Une héritière à protéger

Une bouleversante ressemblance

CARLA CASSIDY

Une héritière à protéger

Traduction française de
CAROLE PAUWELS

BLACK ROSE

HARLEQUIN

Collection : BLACK ROSE

Titre original :
HEIRESS RECON

Ce roman a déjà été publié en 2010

HARPERCOLLINS FRANCE
83-85, boulevard Vincent-Auriol, 75646 PARIS CEDEX 13
Service Lectrices — Tél. : 01 45 82 47 47 - www.harlequin.fr
ISBN 978-2-2804-6433-8 — ISSN 1950-2753

Composé et édité par HarperCollins France. Achevé d'imprimer en août 2021.
par CPI Black Print - Barcelone - Espagne
Dépôt légal : septembre 2021.

FSC
www.fsc.org
MIXTE
Papier issu de sources responsables
FSC® C159065

Pour limiter l'empreinte environnementale de ses livres, HarperCollins France s'engage à n'utiliser que du papier fabriqué à partir de bois provenant de forêts gérées durablement et de manière responsable.

Prologue

La musique déversée par la sonorisation du club résonnait dans tout le corps de Brianna Waverly, se calquant sur ses pulsations cardiaques.

Fidèle comme un chien de garde, son dernier garde du corps en date, Curt McCain, marchait sur ses talons. Taillé comme une armoire à glace, il la faisait paraître encore plus petite que son mètre cinquante-cinq.

Tandis qu'elle se frayait un chemin jusqu'au bar, à travers la foule, son nom fusait ici et là.

— Bree ! Par ici !

Tournant la tête, elle vit une jeune actrice qui commençait à se faire un nom à Hollywood agiter frénétiquement le bras en la regardant.

Brianna grimaça un sourire, lui rendit son salut, mais n'interrompit pas sa difficile progression.

Curt détestait ces soirées en boîte. Selon lui, il était presque impossible de faire la différence entre les excentriques, qui étaient monnaie courante à Hollywood, et les vrais psychopathes.

Mais les personnes qu'elle rencontrait la nuit dans les clubs étaient susceptibles d'encourager la fondation pour la protection animale qu'elle avait créée. Cela valait bien quelques sacrifices.

C'était tout un art que de se constituer des réseaux. Brianna en avait presque fait un métier.

Le barman lui adressa un sourire exagérément chaleureux.

— Comme d'habitude ?

Brianna acquiesça.

Sa boisson favorite était une eau pétillante agrémentée d'une rondelle de citron.

Si la plupart des gens qui fréquentaient ces endroits s'enivraient et se comportaient de façon stupide, elle gardait, elle, les idées claires et l'esprit vif.

Curt se trouvait à quelques pas derrière elle, son faciès de bulldog affichant une expression propre à dissuader toute personne saine d'esprit.

Brianna lui avait dit un million de fois qu'il prenait son travail trop au sérieux.

En réalité, elle avait surtout besoin de lui pour l'aider à échapper aux paparazzis avides d'obtenir une photo de la célèbre héritière Bree Waverly.

Son verre à la main, elle fit face à la salle et observa les clients.

Tous ceux qui comptaient à Hollywood finissaient par se retrouver chez Oscar, au terme d'une longue nuit passée à faire la fête.

Le club était le lieu incontournable du moment.

Les lumières tournoyaient sur la piste de danse, baignant de couleurs étranges les corps en transe.

Brianna but une gorgée d'eau pétillante et tenta de se convaincre qu'elle passait une folle soirée, dans un endroit brillant, que c'était exaltant.

Mais la joie n'était plus là.

Depuis quelque temps, plus rien ne la rendait heureuse à Hollywood.

Elle ferait aussi bien de regagner sa villa, d'enfiler son pyjama, et de travailler sur les derniers détails du lancement de la journée d'adoption au refuge de Kansas City.

Un hurlement sur le côté la tira soudain de ses pensées.

Avant qu'elle ait eu le temps de comprendre ce qui se passait, Curt se jeta sur elle.

Au moment où sa tête entra en contact avec le sol, elle eut l'impression que les lampes multicolores de la piste de danse clignotaient à l'intérieur même de son cerveau.

Puis ce fut le trou noir.

1

— Je veux vous confier ma fille.

Troy Sinclair dévisagea l'homme qui venait de prononcer ces mots.

Avait-il perdu l'esprit ?

— Je vous demande pardon ?

Derrière l'immense bureau d'acajou, Brandon Waverly, richissime promoteur immobilier, et l'un des amis les plus proches du père de Troy, s'appuya contre le dossier de cuir de son fauteuil.

Dans son dos, le mur était entièrement recouvert de photographies le représentant avec des dignitaires connus aussi bien sur le plan local que national, dont le maire de Kansas City.

— Je crois que vous vous méprenez sur nos activités, essaya d'expliquer Troy. La société Recovery ne s'occupe pas de personnes, mais…

Brandon balaya ces arguments d'un geste de la main.

— Je sais qu'officiellement votre société récupère des bateaux, des avions, n'importe quels biens impayés. Mais je sais aussi que vous menez des missions autrement plus complexes quand la cause vous paraît juste. Ma fille est une cause juste.

Brandon se pencha en avant. Ses yeux bleus trahissaient un tourment que Troy avait du mal à comprendre.

— Je me suis peut-être mal expliqué, dit l'homme d'affaires. Ce que je veux, c'est que vous emmeniez ma fille quelque part où elle sera en sécurité, et que vous la surveilliez quelques jours.

— Et pour quelle raison ? demanda Troy, sans parvenir à dissimuler sa curiosité.

Il n'avait rencontré Brianna qu'une seule fois, alors qu'il avait quinze ans, et elle dix. Il se souvenait vaguement qu'elle était une jolie petite fille avec de grands yeux bleus et des cheveux d'un blond très pâle.

Mais aujourd'hui, bien sûr, tout le monde « connaissait » Brianna Waverly, la fille à papa qui faisait la fête tous les soirs, la cible préférée des paparazzis.

Troy n'avait aucune envie d'être mêlé de près ou de loin à la vie de Brianna, quelles que soient les circonstances.

Cependant, il aurait la politesse de laisser Brandon aller jusqu'au bout de ce qu'il avait à dire.

— Comme vous le savez peut-être, je travaille en ce moment sur un grand projet, expliqua le promoteur. Un grand centre commercial sur un des terrains que je possède au nord de la ville. Malheureusement, certaines personnes ne sont pas très heureuses de voir pousser des bâtiments au milieu des champs. Nous venons à peine de lancer la construction, et nous avons déjà reçu des menaces et subi des dégradations.

Il soupira.

— Une réunion est prévue mercredi soir avec l'association de riverains opposés au projet. J'étais prêt à faire quelques concessions pour apaiser les tensions. Mais entre-temps, la situation s'est envenimée.

Il ouvrit le tiroir supérieur de son bureau, et en sortit une enveloppe en papier kraft.

— J'ai reçu ceci à mon domicile, ce matin.

Il la poussa vers Troy.

— Allez-y. Ouvrez-la.

A contrecœur, Troy souleva le rabat.

Pour en extraire cinq photos découpées dans un magazine à scandales.

Elles montraient la ravissante Brianna Waverly faisant ce que font le mieux les riches héritières : entrer dans un club célèbre, sortir d'une limousine, siroter un cocktail, et tirer la langue aux photographes.

Les commentaires étaient aussi provocants que les images : « La belle du Kansas boit jusqu'à l'aube. » « La sulfureuse Bree et son garde du corps, romance en vue ? » « L'héritière de l'empire Waverly s'encanaille. »

La seule originalité de ces clichés résidait dans la beauté éblouissante de la jeune femme, et la croix rouge faite au marqueur qui les barrait d'un trait rageur.

Il n'y avait pas de message, mais l'intention était suffisamment claire pour inquiéter Troy.

— Votre fille n'est-elle pas en Californie ? Je ne vois pas comment des gens d'ici pourraient s'en prendre à elle.

Brandon ouvrit de nouveau son tiroir et en sortit un magazine, qu'il jeta d'un geste agacé sur le plateau de son bureau.

En couverture, on pouvait lire : « Bree Waverly sauvagement agressée. Son garde du corps entre la vie et la mort. »

— Cela s'est produit il y a trois jours, dans un club appelé Oscar. Ce genre de presse aime bien en rajouter, mais Curt, le garde du corps de ma fille, a bel et bien pris un coup en voulant la protéger, même si sa blessure est sans gravité. Il est encore à l'hôpital.

Brandon marqua une courte pause.

— Brianna doit arriver cet après-midi en ville, où elle a prévu de séjourner quelques jours. J'ai peur qu'on s'en prenne à elle pour m'atteindre, et je serais plus rassuré si quelqu'un de confiance veillait sur elle.

— Je ne suis pas garde du corps.

— Je le sais bien. Mais c'est l'ami de votre père qui vous demande cela, Troy, au nom de la solidarité entre compagnons d'armes.

Troy soupira.

Il n'avait aucune envie d'accepter cette mission, mais il n'avait pas le choix.

En qualité d'officier de marine, Brandon avait loyalement servi son pays par le passé, et l'ancien membre des forces spéciales de la marine qu'il était lui-même ne pouvait pas y être insensible.

— A quoi pensez-vous exactement ? demanda-t-il, ignorant le mauvais pressentiment qui venait de s'emparer de lui.

L'été s'attardait en ces premiers jours de septembre, et la chaleur était suffocante.

Quittant le luxueux immeuble du centre-ville qui abritait les bureaux de Waverly, Troy s'empressa de monter dans sa voiture et d'enclencher la climatisation.

Après une heure d'entretien avec Brandon Waverly, il avait la tête farcie d'informations et de recommandations, et ne savait toujours pas pourquoi il s'était laissé convaincre.

L'ennui, peut-être, songea-t-il tandis qu'il roulait

vers le nord de la ville, où se trouvait sa propre société Recovery.

Coincés entre une pizzeria et un salon de coiffure, ses locaux étaient loin d'être aussi fastueux que ceux du promoteur, mais il était fier d'avoir réussi à créer cette entreprise sans solliciter l'argent de sa famille.

Malheureusement, après des débuts prometteurs, les affaires étaient au point mort depuis deux mois.

La faute en revenait à l'un de ses associés, Micah Stone, et à l'erreur que ce dernier avait commise durant une mission. Les dégâts avaient été réparés, et Micah avait rencontré la femme de sa vie au cours de cette mésaventure, mais cela avait suffi pour qu'ils aient mauvaise presse.

Evidemment, le chiffre d'affaires de leur société s'en ressentait. La proposition de Brandon ne pouvait donc pas mieux tomber.

D'un autre côté, il n'était pas certain de pouvoir supporter très longtemps la compagnie de Brianna.

Elle lui rappelait un peu trop quelqu'un de son passé, et ces souvenirs faisaient partie de ceux qu'il n'avait aucune envie de réveiller.

Bah, inutile de se mettre martel en tête, décida-t-il. Avec un peu de chance, un de ses associés le convaincrait d'appeler Brandon pour lui dire qu'il avait changé d'avis.

Troy se gara devant l'agence qu'il avait créée trois ans plus tôt avec deux de ses anciens compagnons d'armes, et s'y engouffra.

Il trouva Micah et Lukas à leurs places habituelles — Lukas affalé dans le canapé de cuir capitonné, et Micah renversé dans son fauteuil, les pieds croisés sur son bureau.

— Je vois que vous travaillez dur, lança-t-il, pince-sans-rire.

Lukas se redressa en étirant ses bras au-dessus de sa tête.

— J'ai peut-être l'air de dormir, mais mon esprit travaille à résoudre tous les problèmes de la terre.

Micah ricana.

— Ouais, et depuis une heure j'entends ronfler son esprit. Le bruit des rouages en action, sans doute.

Grimaçant un sourire, Troy traversa la pièce et s'installa à son bureau.

— Je viens de quitter Brandon Waverly, et il a un travail pour moi.

— J'espère que c'est intéressant, dit Lukas.

— Pas vraiment. Il veut que j'assure la protection de sa fille Brianna pendant quelques jours.

Micah plissa le front.

— Tu veux dire, la célèbre Bree ?

— En personne.

Lukas laissa échapper un long sifflement.

— Elle est canon.

— Je suppose que oui, si tu aimes les filles superficielles et sans cervelle.

Il leur résuma son entretien avec Brandon Waverly, et mentionna les coupures de magazine que celui-ci avait reçues.

— Comment peut-il savoir que ce n'est pas un fan californien qui a envoyé ces photos, et tenté d'agresser sa fille dans cette boîte ? remarqua Micah. Un cinglé a pu développer une sorte de fixation sur Bree. Ce genre de choses arrive tout le temps à Hollywood.

— Brandon semble tout à fait sûr que les menaces sont dirigées contre lui, à cause du centre commercial qu'il est en train de faire construire.

Troy prit appui contre le dossier inclinable de son siège, en priant pour que l'un de ses deux associés lui dise que cette idée était stupide.

— Mais il pense qu'ils s'en prendront à sa fille pour l'atteindre, conclut-il.

— Il y a toujours la résidence sécurisée, suggéra Micah. Tu pourrais l'y emmener.

Micah faisait allusion à une ferme isolée appartenant à la société Recovery et qu'ils utilisaient pour ce genre de mission.

— Sinon, j'ai mon chalet au bord du lac, proposa Lukas. Ce serait l'endroit idéal pour la cacher quelques jours. Je n'y suis pas allé depuis un an, et ça doit être plein de poussière. De toute façon, tu as pu te rendre compte par toi-même que ce n'était pas un palace.

Et comment, songea Troy.

Une fille comme Bree, habituée à ce qu'il y avait de mieux, et à ce que le monde tourne autour de sa petite personne, serait probablement horrifiée par ce chalet épouvantablement rustique.

Il fut surpris de constater que cette pensée l'enchantait.

Lukas haussa les épaules.

— Par rapport à certaines missions que nous avons eues, c'est plutôt facile. Tout ce qu'il attend de toi, c'est que tu joues les baby-sitters modèles.

Lukas avait raison, cela n'avait rien de compliqué.

Dans ce cas, pourquoi son intuition lui soufflait-elle de prendre ses jambes à son cou ?

Brianna était contente d'être de retour chez elle.

Même si elle vivait à Hollywood depuis six ans, c'était à Kansas City qu'elle pensait quand elle évoquait « la maison ».

Et après ce qu'il venait de se passer, elle était plus heureuse que jamais de fuir la frénésie qui régnait dans la capitale du cinéma.

Aujourd'hui encore, elle avait parfois du mal à croire que la fille d'un promoteur immobilier du Missouri ait pu se faire un nom à Hollywood. Il avait suffi pour cela qu'elle se montre dans quelques endroits à la mode, et qu'elle attire l'attention des paparazzis. Soudain, sa photographie s'était retrouvée dans la presse à scandale, et la petite provinciale était devenue une vedette.

Debout devant la psyché de sa chambre d'adolescente, elle vérifia une dernière fois son apparence avant de descendre dîner. Elle aurait préféré passer une soirée tranquille avec son père et sa belle-mère, Heather, mais ces derniers avaient invité une relation d'affaires.

Glissant une longue mèche de cheveux blonds derrière son oreille, elle pivota sur ses talons et jeta un coup d'œil à la pendulette posée sur sa table de chevet. Elle avait espéré pouvoir passer un peu de temps seule à seul avec son père, afin de lui faire part de sa décision de changer de vie, mais compte tenu de l'heure, il lui faudrait remettre cette conversation au lendemain.

S'exhortant à faire bonne figure malgré tout, elle lissa le devant de la robe en satin noir qu'elle avait achetée la veille, et jetée à la dernière minute dans sa valise.

Le modèle de créateur était diaboliquement court, et moulait sa fine silhouette comme s'il avait été spécialement créé pour elle. La coupe impressionnerait Heather et son père ne manquerait pas de lui demander où était passé le reste de sa jupe.

Voyant que le repas n'allait pas tarder à être servi, Brianna quitta sa chambre et se mit en quête d'Heather.

Elle la trouva dans le grand salon, sirotant un verre de vin blanc au fond d'un fauteuil.

— Ah, te voilà, dit la ravissante rousse. Ton père est en train de se changer, et Troy devrait arriver d'une minute à l'autre.

— Je suis supposée le connaître ? s'enquit Brianna en se dirigeant vers le bar, où elle se servit un verre de soda.

— Tu te souviens certainement de Troy Sinclair, le fils de Grace et Lyle.

Brianna prit place dans le canapé qui faisait face à sa belle-mère.

— Troy Sinclair, répéta-t-elle d'un ton songeur. Je ne l'ai pas revu depuis l'enfance.

En dépit de l'air détaché qu'elle avait adopté, elle se souvenait parfaitement de lui, même si elle ne l'avait vu qu'une seule fois.

A dix ans, elle s'était immédiatement éprise du jeune garçon aux cheveux blonds et aux yeux gris.

— Il travaille pour papa ?

Heather haussa ses délicates épaules.

— Je suppose. Tu sais bien que je ne m'intéresse guère aux activités professionnelles de ton père. Parle-moi plutôt de toi. Quels sont tes projets ?

Heather n'avait que neuf ans de plus que Brianna, et les deux femmes auraient pu êtres amies. D'ailleurs, lorsque son père l'avait épousée huit ans plus tôt, après dix ans de veuvage, Brianna s'était réjouie.

Très vite, Heather l'avait encouragée à s'installer en Californie et à profiter de sa jeunesse, de sa beauté et de son aisance financière. A vingt et un ans, Brianna, qui avait connu jusque-là une existence très protégée, était naïve et influençable. Elle avait quitté Kansas City dans le seul but de plaire à sa belle-mère, et de gagner son affection.

Puisque Heather se passionnait pour la vie des stars et dévorait les magazines qui leur étaient consacrés, Brianna s'était promis de devenir célèbre.

Il lui avait fallu quelques années pour comprendre que sa belle-mère avait peut-être d'autres raisons pour la pousser hors du nid, et s'assurer qu'elle s'exile presque à l'autre bout du pays. Notamment avoir toute l'attention de son mari pour elle.

Les deux femmes discutaient depuis quelques minutes à peine quand Brandon apparut.

— Mais ce ne serait pas ma fille préférée que je vois là ? lança-t-il d'une voix tonitruante.

Il ouvrit les bras à Brianna, qui courut s'y jeter.

Se blottir dans les bras de son père lui avait toujours été d'un immense réconfort, un peu comme si elle serrait contre elle son ours en peluche favori. Et ce ne fut pas différent, cette fois.

Après l'avoir tenue un moment contre lui, Brandon lui donna un tendre baiser sur le front, et la repoussa à bout de bras pour la regarder.

— Ta couturière aurait-elle oublié d'ajouter une jupe à ce chemisier ? demanda-t-il d'un ton bourru.

Brianna sourit, et caressa la joue du vieil homme.

— Tu m'as manqué, papa.

Le regard bleu de son père se posa intensément sur elle.

— Toi aussi, ma chérie. Est-ce que tout va bien ?

Pour toute réponse, Brianna hocha la tête.

— Curt s'est-il remis de sa mésaventure ?

— Je lui ai parlé juste avant de prendre l'avion. Il doit sortir de l'hôpital dans deux jours.

Elle réprima un frisson en songeant à l'agression dont elle avait failli être victime au club.

— Je ne comprends pas que le responsable n'ait pas été arrêté, dit Brandon, le visage soudain rembruni.

— Ça s'est passé tellement vite ! Les policiers m'ont dit hier qu'ils n'avaient pu obtenir aucun témoignage fiable. Selon les versions, l'homme qui m'a attaquée était un grand blond, un petit chauve, ou un brun trapu !

— L'important, c'est qu'elle soit saine et sauve, intervint Heather. Evitons de remuer ces souvenirs déplaisants, et…

La sonnette de l'entrée la fit taire.

— Ah, voilà Troy ! s'exclama Brandon avec un grand sourire.

Il se leva pour aller accueillir son hôte et Brianna se redressa sur le bord du canapé, impatiente de voir quel genre d'homme était devenu le jeune garçon dont elle gardait le souvenir.

Sexy.

Ce fut le premier mot qui lui vint à l'esprit quand Troy Sinclair entra dans le salon. Sa coupe en brosse accentuait ses traits volontaires, et il se dégageait de sa haute silhouette athlétique et musclée une extraordinaire impression de force et de vitalité.

Elle côtoyait à Hollywood des hommes superbes,

mais il y avait chez Troy Sinclair quelque chose qui l'hypnotisait.

Envahie de picotements électriques, elle sentait son cœur cogner contre sa poitrine avec une intensité alarmante, et cette réaction la choquait. Il y avait longtemps qu'un homme ne l'avait pas bouleversée à ce point.

— Troy, c'est un plaisir de te revoir, dit-elle en retrouvant spontanément le tutoiement de leur enfance.

La chaleur qui l'avait un instant réchauffée s'évanouit quand elle croisa son regard. Les yeux de Troy étaient aussi froids et gris qu'un ciel d'hiver.

Il inclina la tête en un salut courtois et lui offrit un sourire sans chaleur.

— Ravi également, marmonna-t-il.

Puis il se tourna vers Brandon, et accepta le verre qu'il lui tendait.

Vaguement vexée, Brianna se cala contre le dossier du canapé et croisa les jambes.

— Nous allons porter un toast, dit son père. Troy, asseyez-vous donc à côté de ma fille.

Il sent délicieusement bon, pensa Brianna, quand Troy prit place tout près d'elle. Si près qu'elle pouvait percevoir la chaleur qui émanait de son corps. Un mélange de savon et d'eau de toilette épicée…

— J'ai cru comprendre que vous travailliez pour mon père, dit-elle en adoptant un ton plus formel. Que faites-vous, exactement ?

— Je dirige ma propre entreprise.

— Dans le bâtiment, je présume ?

— Troy m'aide à résoudre un petit problème concernant le projet de centre commercial, intervint Brandon. Et maintenant, levons nos verres. A la visite de Brianna, en espérant qu'elle sache combien son vieux papa l'aime.

Les larmes aux yeux, Brianna sourit à son père, et porta son verre à ses lèvres. Au même instant, Robert, le maître d'hôtel, apparut sur le seuil.

— Le dîner est servi, annonça-t-il.

Quelques minutes plus tard, ils devisaient dans la salle à manger. Si la conversation était légère et plaisante, Brianna sentait une certaine tension dans l'air.

Observant à la dérobée le visage de Troy, elle se surprit à scruter avec fascination chacun de ses traits. Avec son teint hâlé, ses pommettes hautes, sa bouche ferme et bien dessinée, il était incontestablement très agréable à regarder, et son extrême courtoisie en faisait un hôte agréable. Mais, chaque fois qu'il glissait un regard vers elle, tout dans son attitude indiquait une inexplicable désapprobation.

— Bree, chérie, il faut que nous parlions sérieusement, dit brusquement Brandon, alors que le repas s'achevait.

— A quel sujet ?

— Troy n'est pas simplement notre invité, ce soir. Je l'ai engagé pour te conduire dans un endroit sûr, où je veux que tu restes quelques jours.

— Mais je suis en sécurité, ici, se récria Brianna, en se demandant quelle mouche piquait son père. Si c'est au sujet de l'incident au club, l'autre soir…

— Oui et non, l'interrompit Brandon. Tu sais que je m'apprête à démarrer un chantier non loin de ton refuge animalier…

Brianna opina.

— … et certains voisins voient cela d'un mauvais œil. J'ai reçu des menaces, et je m'inquiète pour ta sécurité.

— Et tu penses que l'agression au club a un lien avec ces menaces ?

Brianna avait quelques difficultés à concevoir qu'une personne opposée à un projet de construction à Kansas City se donne la peine d'aller jusqu'en Californie pour l'agresser. Mais il lui était tout aussi difficile de croire que quelqu'un la haïssait suffisamment pour s'en prendre à elle.

— Je n'écarte pas cette hypothèse. En tout cas, je trouve la coïncidence pour le moins curieuse.

Brandon se pencha vers sa fille.

— Accorde-moi une faveur. Pars quelques jours avec Troy. Je me sentirai plus tranquille.

— Combien de temps ?

Brandon soupira.

— J'espère que la réunion de mercredi calmera les esprits. Quatre jours, Brianna, c'est tout ce que je te demande.

Après ce qui était arrivé à Curt, et devant l'inquiétude qu'elle voyait briller dans les yeux de son père, Brianna n'eut pas le cœur de protester.

Elle aurait fait n'importe quoi pour lui, et se cacher quatre jours n'était pas la mer à boire.

— D'accord. J'irai avec lui.

Une fois de plus, son regard se posa sur Troy, qui avait gardé le silence durant la discussion.

— Pouvez-vous au moins me dire où nous allons ?

— Ne vous inquiétez pas, j'ai tout prévu pour que vous vous sentiez comme chez vous, répliqua Troy.

Et cette fois, elle aurait juré voir une lueur d'amusement dans ses yeux gris.

2

Le chalet se trouvait à trois heures de route de la résidence des Waverly. Lorsqu'il se mit au volant aux alentours de 21 h 30, Troy se sentait étrangement nerveux à l'idée de passer un si long moment avec Brianna dans l'espace confiné de sa voiture de sport.

Sur les clichés des magazines, la jeune héritière était jolie ; mais en personne, elle était d'une beauté renversante. Ses yeux étaient d'un bleu éblouissant, ses cheveux d'une blondeur irréelle, et ses traits d'une finesse qu'aucun photographe ne pourrait jamais capturer.

Elle était encore plus mince qu'il se l'était imaginé, petite mais extraordinairement bien proportionnée.

Et la robe noire qu'elle portait aurait dû être répertoriée comme arme mortelle, songea-t-il en s'engageant sur la voie rapide Sud.

— Où allons-nous ? fit Brianna d'un ton impatient. Pour ma part, j'ai un petit faible pour le Four Seasons.

Troy retint un sourire. Le luxueux hôtel avait certes tout pour plaire à une héritière accoutumée aux meilleures prestations et aux attentions d'un personnel stylé.

— En fait, nous allons chez un de mes amis.

Elle sentait délicieusement bon, et il résista à l'envie

de baisser la vitre pour respirer un peu d'air frais et chasser son parfum troublant.

— Je craignais de devoir traverser une horde de paparazzis pour arriver jusqu'à la porte de votre père, ce soir. Kansas City doit être une ville plutôt ennuyeuse pour quelqu'un qui a l'habitude des feux de la rampe comme vous.

Son intonation, qui se voulait gentiment ironique, lui parut agressive, et il en conclut que c'était sa façon de prendre ses distances avec Brianna.

— Oh, mais je n'ai pas dit mon dernier mot, répliqua-t-elle d'un ton enjoué. Si je m'en donne la peine, je peux donner une énorme publicité durant mon séjour.

— Pas durant les quatre jours que vous allez passer avec moi, en tout cas.

Brianna lui accorda un bref coup d'œil.

— Il est bien entendu que cet exil ne durera pas plus de quatre jours. Je dois être de retour en ville samedi.

— Un rendez-vous galant ?

Elle croisa les jambes avec lenteur, et Troy se demanda si elle le faisait délibérément pour l'émouvoir.

— Quelque chose comme ça, répondit-elle d'un ton détaché.

Bon sang, elle avait des jambes sublimes.

Et il s'en voulait de l'avoir remarqué. Il ne voulait rien ressentir pour elle. Ni attirance, ni même sympathie.

Il connaissait ce genre de fille. Trop gâtée par la vie, égoïste, habituée à ce que tout le monde se plie en quatre pour lui faire plaisir, elle ressemblait aux femmes qu'il avait été forcé de côtoyer durant sa jeunesse, et qu'il prenait soin d'éviter maintenant qu'il était adulte.

Cette proximité dans l'habitacle étroit de la voiture

le rendait vulnérable, et il n'avait pas éprouvé une telle impression depuis longtemps. Tant qu'il se tenait loin de Brianna, il pouvait à la rigueur se donner l'illusion de contrôler ses pulsions, mais la fragrance richement fleurie de son parfum, qui emplissait ses narines à chaque inspiration, réveillait dangereusement sa libido.

Elle dissimula un bâillement du dos de la main.

— On dirait que la folle vie hollywoodienne vous épuise…

Il n'eut pas besoin de tourner la tête pour sentir sur le lui le poids réprobateur de son regard.

— Vous êtes toujours aussi sarcastique, ou c'est un traitement de faveur que vous me réservez ?

Bien que surpris par la franchise de sa question, Troy haussa les épaules d'un air désinvolte.

— Vous êtes la première à me le faire remarquer.

— C'est bien ce que je pensais.

Elle manœuvra la grille d'aération du tableau de bord, afin que l'air glacé souffle davantage dans sa direction.

— Alors, dites-moi, c'est ça, votre job ? Vous êtes garde du corps ?

— Non. Je possède ma propre entreprise, *Recovery*. Mes deux associés et moi procédons à des saisies de biens ou d'équipements impayés.

Il se garda d'expliquer que leurs compétences ne s'arrêtaient pas là, et que leurs missions étaient la plupart du temps hautement périlleuses.

— Donc, vous avez procédé à une saisie sur ma personne ?

— Temporairement.

— Si vous ne faites pas ce genre de travail d'ordinaire, pourquoi avez-vous accepté de le faire pour mon père ?

— Parce que c'est un ami de mes parents, et aussi parce qu'il a servi dans la marine.

Troy lorgna vers son rétroviseur. A cette heure de la soirée, il y avait peu de circulation, mais il tenait à s'assurer qu'ils n'avaient pas été suivis par des photographes prêts à tout pour réaliser le cliché du siècle, ou par une personne encore plus mal intentionnée.

— Vous étiez également dans la marine ?

— Dans les forces spéciales.

— Ah, ça explique tout.

— Quoi donc ?

Elle lui adressa un sourire moqueur. Les lumières du tableau de bord éclairaient son visage.

— La sacro-sainte amitié virile.

Troy ne se rappelait pas à quand remontait la dernière fois qu'il avait rougi, mais ses joues étaient bel et bien en train de s'empourprer.

Et quelque chose lui disait que ces trois heures dans la voiture avec Brianna allaient lui en paraître dix. Que dire alors des quatre jours qui l'attendaient ?

— Y a-t-il une Mme Sinclair qui vous attend patiemment à la maison ?

— Non.

Contrairement à ce qu'on aurait pu croire, il ne s'accrochait pas désespérément à son célibat. Il attendait simplement de rencontrer la femme idéale.

Et il avait des idées très arrêtées sur la question. Elle serait belle, bien sûr, mais pas vaniteuse. D'ailleurs, il plaçait les qualités morales au-dessus de tout. Intelligente, généreuse, d'une honnêteté à toute épreuve... Une telle femme ne se rencontrait pas tous les jours, mais il savait qu'elle était là, quelque part, à l'attendre elle aussi.

Par chance, Brianna se tut et tourna la tête vers sa vitre. Ce répit ne fut hélas que de courte durée.

— Croyez-vous à la théorie de mon père ?

— Vous voulez savoir si je crois que la personne qui a tenté de vous agresser en Californie est liée d'une façon ou d'une autre à son projet de centre commercial ?

— Exactement.

— Tout est possible, j'imagine. Evidemment, il se peut que cela n'ait rien à voir avec votre père, mais plutôt avec votre style de vie. Les femmes comme vous attirent souvent l'attention de désaxés.

Une fois de plus, il perçut le regard outré de Brianna.

— Les femmes comme moi ? répéta-t-elle d'un ton glacial. Comment pouvez-vous généraliser ainsi ? Et d'abord, qu'est-ce que cela veut dire ? Vous ne me connaissez même pas.

— Je sais tout ce que j'ai à savoir sur vous.

C'était à cause d'une femme comme Bree Waverly qu'il s'était engagé dans la marine à vingt-trois ans. Il lui avait demandé de l'épouser, mais, quand une rumeur avait insinué que sa famille avait perdu toute sa fortune en Bourse, elle avait brutalement rompu. Alors, au lieu de marcher vers l'autel, il s'était précipité dans le premier bureau de recrutement de la marine pour oublier Holly, la superbe blonde qui lui avait brisé le cœur.

— Vraiment ? Et que croyez-vous savoir ?

Troy soupira, tout en se reprochant de ne pas avoir su tenir sa langue. Ce n'était pas dans ses habitudes. D'un naturel franc et entier, il n'hésitait jamais à livrer le fond de sa pensée.

— Je sais que vous êtes trop gâtée, et que vous adorez attirer l'attention. Je sais que vous avez toujours tout obtenu très facilement. Vous buvez probablement trop, il est même possible que vous preniez des substances illicites, et vous ne réalisez pas que vous courez à votre perte.

Elle le surprit en éclatant de rire.

— Incroyable, dit-elle.

— Quoi ?

— Je trouve incroyable que mon père ait décidé de confier ma sécurité à un crétin moralisateur et bourré de préjugés.

Elle rit de nouveau.

— Cela risque d'être très intéressant. Je me demande si nous tiendrons quatre jours sans nous entretuer.

Sur ces mots, elle abaissa le dossier de son fauteuil, s'abandonna contre l'appuie-tête, et ferma les paupières.

La voiture était arrêtée au beau milieu de ce qui semblait être un bois, s'avisa Brianna en ouvrant brusquement les yeux.

L'obscurité l'empêchait de voir où ils se trouvaient au juste. Aucun bâtiment n'apparaissait dans la lumière des phares.

— Nous sommes arrivés, déclara Troy. Attendez-moi ici, le temps que j'aille allumer dans la maison.

Elle hocha la tête, tandis que les dernières traces de sommeil s'évanouissaient.

Si elle ne savait pas exactement à quoi s'attendre quand Troy lui avait dit qu'ils allaient chez un ami à lui, ce n'était en tout cas pas à cela.

Une lumière apparut à l'extérieur, et elle écarquilla les yeux en découvrant le petit chalet niché dans les arbres.

Finalement, Troy n'avait peut-être pas tout à fait tort en la jugeant trop gâtée.

Et si c'était être capricieuse que de manquer d'enthousiasme à l'idée de passer quatre jours dans un chalet presque en ruines, alors oui, elle était capricieuse.

Troy revint et se dirigea tout droit vers le coffre, sans avoir l'élémentaire galanterie de lui ouvrir la portière.

S'extirpant aussi élégamment que possible de la voiture de sport, Brianna faillit se tordre la cheville en coinçant son talon dans un entrelacs de racines.

— Il y a l'eau courante ? demanda-t-elle, sans parvenir à masquer sa répugnance.

— Bien sûr, répondit gaiement Troy. En revanche, la pression laisse à désirer.

Il sortit sa valise du coffre et la posa à ses pieds. Puis il balança son sac à dos sur une épaule s'en fut d'une démarche énergique vers le chalet.

S'arrêtant sur le seuil, il se tourna vers elle.

— Eh bien, vous venez ?

Le regard de Brianna se posa avec incrédulité sur la lourde valise qu'elle avait emportée.

— Je viens, marmonna-t-elle en saisissant la poignée.

Il devait bien s'amuser, se dit-elle en tâchant de faire rouler la valise sur le sol inégal. Il l'avait jugée et condamnée comme étant une mondaine impénitente, une riche héritière insouciante et superficielle, et lui donner une bonne leçon en l'obligeant à porter sa valise, et à vivre dans cet horrible endroit, le faisait jubiler.

Mais elle ne se laisserait pas démoraliser aussi facilement.

Si c'était le prix à payer pour que son père ait l'esprit

tranquille, elle était prête à tout supporter pendant quatre jours.

Même ce goujat de Troy Sinclair !

Monter les quelques marches de bois et passer le seuil de la porte lui demanda un tel effort qu'il lui fallut quelques instants pour reprendre son souffle. Elle en profita pour détailler l'intérieur du chalet. Ce n'était pas aussi catastrophique que ce à quoi elle s'attendait.

La pièce principale servait à la fois de cuisine et de salle à manger. Les meubles dépareillés semblaient provenir d'une brocante et les appareils électroménagers dater des années soixante-dix. Au fond se trouvaient deux portes qui devaient mener à la chambre et à la salle de bains.

Ecoutant son intuition, elle fit rouler sa valise vers l'une des portes.

— Je vais me coucher. Ne me servez pas le petit déjeuner avant 10 heures.

C'était une superbe sortie, se félicita-t-elle.

Hélas, elle venait d'ouvrir la porte de la salle de bains.

Rassemblant toute sa dignité, elle opéra un repli vers la pièce voisine, et se persuada que le petit sourire goguenard de Troy ne lui faisait ni chaud ni froid.

Contre toute attente, elle trouva le sommeil à la minute où elle posa la tête sur l'oreiller.

Brianna se réveilla lentement, et se sentit d'abord désorientée. Le lit dans lequel elle se trouvait n'était pas le sien.

Le second détail que son esprit enregistra fut le chant mélodieux d'un oiseau.

Elle souleva une paupière encore lourde et fixa le mur

de rondins face à elle. Une étroite fenêtre s'y découpait, par laquelle entrait un soleil pâle.

Bien sûr !

Elle était au milieu des bois, dans un chalet appartenant à un ami de Troy Sinclair. Et elle allait devoir passer quatre jours avec un homme qui la confondait visiblement avec le personnage que les tabloïds avaient inventé.

Basculant les jambes par-dessus le matelas, elle attrapa son peignoir et s'en enveloppa, tout en humant la délicieuse odeur de café qui flottait dans l'air.

Après avoir passé rapidement les doigts dans ses cheveux, elle décida qu'elle était prête et ouvrit la porte de la chambre.

Assis à une petite table, Troy lui tournait le dos.

— Tiens, l'héritière est levée. Le café est prêt, mais la bonne a pris sa journée. Il va falloir vous servir vous-même, j'en ai peur.

— Je crois que je peux y arriver, répliqua-t-elle en se dirigeant vers la cafetière électrique.

Moqueuse, elle ajouta :

— Mais j'espère que vous n'exigerez rien de plus compliqué de ma part. Il y a tellement de choses que je ne sais pas faire toute seule.

Elle se servit une tasse et alla s'asseoir en face de Troy.

Avec son jean et son polo blanc, il était aussi séduisant que la veille dans son élégant costume anthracite, ne put-elle s'empêcher de constater.

— Vous m'avez conduite ici à dessein, n'est-ce pas ? Nous aurions pu aller n'importe où, dans un hôtel de luxe, ou une chambre d'hôte de standing à la campagne.

Mais vous avez choisi cet endroit pour me rendre le séjour désagréable.

Pour la première fois, elle le vit sourire, et les petites rides au coin de ses paupières se creusèrent, donnant à son regard un air malicieux.

— J'ai pensé que cela vous forgerait le caractère, reconnut-il.

Brianna s'accorda le temps de boire une gorgée de café avant de répondre.

— Nous voici revenus à la case départ. Vous ne savez rien de moi, ni de mon caractère.

— Au contraire, ma chère Bree.

Il avait insisté sur le surnom que la presse lui avait donné.

Elle porta de nouveau sa tasse à ses lèvres, et l'observa par-dessus le rebord.

Le mépris qu'il lui témoignait était aussi irritant qu'intriguant.

Elle termina son café et se leva.

— Je vais prendre une douche.

Elle fit quelques pas à travers la pièce, puis se tourna vers Troy et lui sourit.

— Je prends mes œufs brouillés, dit-elle, avant de disparaître dans la salle de bains.

S'il s'attendait à ce qu'elle se comporte comme une véritable peste, elle lui ferait bien volontiers ce plaisir.

Un instant plus tard, Brianna se glissait sous un jet d'eau anémique, et ressassait les événements des derniers jours.

Finalement, ces chamailleries avec Troy avaient du bon. Au moins, pendant ce temps-là, elle ne pensait pas à la façon dont sa vie avait basculé dans l'horreur quand Curt avait reçu un coup de couteau.

Il était évident que le geste était dirigé contre elle. Et si Curt ne s'était pas rapidement interposé, elle aurait pu être blessée. Ou pire.

Lorsque son père lui avait expliqué qu'on le visait à travers elle, elle en avait presque éprouvé du soulagement.

Avant qu'il lui fasse part de ses soupçons, elle s'était longuement interrogée sur les raisons qu'on aurait pu avoir de s'en prendre à elle, et n'avait pas trouvé de réponse.

Avec un peu de chance, la réunion de mercredi soir dont son père avait parlé résoudrait ce problème. Elle pourrait enfin se consacrer à ce qui lui tenait le plus à cœur.

Et dans cette nouvelle vie, il ne serait plus question de Los Angeles ni de paparazzis.

Il avait toujours été très clair dans son esprit que son séjour à Hollywood serait temporaire. La seule chose qui lui importait réellement, c'était le refuge pour animaux qu'elle possédait à Kansas City.

Et ce qu'elle tenait tant à dire à son père la veille, c'est qu'elle avait désormais l'intention de s'impliquer dans son fonctionnement quotidien, et d'en assumer toutes les responsabilités.

Elle en avait déjà prévenu le directeur, Mike Kidwell. Si elle n'envisageait évidemment pas de s'en séparer, ce dernier, vétérinaire de formation, devrait à l'avenir lui déléguer une partie de ses fonctions.

Elle coupa l'eau et attrapa une serviette pour se sécher.

Si tout se passait bien, elle pourrait apprendre la

bonne nouvelle à son père le jeudi matin. Elle savait que sa décision l'enchanterait.

En réalité, elle avait vendu à son père une partie du terrain où était bâti son refuge, afin qu'il y construise son centre commercial. Jamais elle n'aurait imaginé que les fermiers voisins s'opposeraient à ce projet, qui devait créer des emplois et redynamiser la région.

Elle enfila un jean et un T-shirt, où était imprimé BREE en travers de la poitrine, brossa ses cheveux mouillés, et revint dans la pièce principale.

Troy se tenait devait l'antique gazinière et faisait griller du bacon.

— Si vous êtes doué pour la cuisine, je vous laisserai préparer aussi le déjeuner et le dîner, dit-elle en retournant s'asseoir à table.

Il se tourna et lui coula un regard amusé.

— Et si nous nous répartissions plutôt les tâches ? Je m'occupe du petit déjeuner, vous du déjeuner, et nous préparons ensemble le dîner.

Sans un mot, elle le regarda casser des œufs dans un bol et les battre avec un soupçon de lait.

— La dernière fois que nous nous sommes parlé, vous vous êtes montré odieux. Que vous est-il arrivé pour que vous soyez soudain doux comme un agneau ?

— Je suis comme d'habitude. Et je ne me trouve pas spécialement odieux.

Les tranches de pain de mie jaillirent du grille-pain, et il s'en saisit pour les beurrer.

— Nous venons du même milieu. Certains d'entre nous utilisent leur fortune et les privilèges qui y sont associés pour construire quelque chose de positif. D'autres mènent une vie faite d'excès et ne vont nulle part.

— Et parce que vous avez vu quelques photos de moi dans les tabloïds, vous pensez tout savoir à mon sujet ?

Troy prit deux assiettes, y fit glisser les œufs brouillés, et vint les déposer sur la table.

— Vous n'êtes pas aussi intelligent que vous l'imaginez, monsieur le garde du corps.

Brianna mordit dans un toast, et mâcha pensivement, sans quitter Troy des yeux.

— Si vous croyez que ces clichés qui ne capturent qu'une fraction de seconde de ma vie suffisent à me résumer, c'est que vous avez un sérieux problème.

Il laissa échapper un petit soupir.

— Ecoutez, je crois que nous sommes partis du mauvais pied. Je n'ai pas envie de passer les quatre jours qui viennent à me disputer avec vous.

Il lui tendit la main.

— Je vous propose une trêve.

Il avait de belles mains, nota Brianna. Puissantes, mais élégantes et soignées.

Lorsque leurs paumes s'effleurèrent, elle sentit une onde de chaleur courir tout le long de son bras. Son cœur se mit à battre plus vite.

— D'accord pour une trêve, dit-elle, en s'empressant de rompre le contact.

Le petit déjeuner se déroula en silence, et Brianna garda les yeux tournés vers la fenêtre ouverte.

Le vert presque noir des pins contrastait avec celui plus tendre d'autres variétés d'arbres dont elle ignorait le nom. Un peu plus loin, entre les troncs, elle pouvait distinguer une large coulée d'eau, sans doute une rivière, que le soleil faisait scintiller. Une brise fraîche soufflait, charriant des odeurs de terre humide et d'herbe. Hormis le chant d'un oiseau et les stridulations des criquets dissimulés dans les hautes herbes, aucun bruit ne venait troubler la quiétude de cet endroit isolé de tout.

Finalement, l'idée de passer quatre jours ici ne lui semblait plus aussi affreuse. Mais il n'était évidemment pas question qu'elle en informe Troy.

— Qu'allons-nous faire pour passer le temps ? s'enquit-elle. Je suppose que vous ne savez pas faire de manucures ?

— Donnez-moi une paire de ciseaux, et je ferai de mon mieux.

Cette perspective la fit grimacer.

— Je crois que le seul moyen pour que tout se passe bien, c'est que vous soyez aux petits soins pour moi, que vous me serviez des cocktails, que vous me divertissiez…

Entrant dans son jeu, il lui fit un clin d'œil.

— Nous verrons cela quand vous aurez enfilé un tablier et joué les femmes de chambre.

— Vous pouvez toujours rêver.

— J'imagine que vous ne savez pas pêcher ?

— Eh bien, si, figurez-vous. Quand j'étais petite, mon père m'emmenait tous les dimanches au lac de Smithville, et nous passions la journée à pêcher. Mais cela fait des années que je n'ai pas touché une canne à pêche.

— C'est comme le vélo, ça ne s'oublie jamais.

De nouveau, Brianna tourna la tête vers la fenêtre.

L'idée de rester assise au bord de l'eau à attendre qu'un poisson morde lui semblait étrangement attrayante.

— Vous lavez la vaisselle et je l'essuie ? proposa-t-elle quand ils eurent fini de déjeuner.

Troy eut un regard surpris.
— Ça marche.

Troy fermait le robinet quand son portable sonna. Il se rua vers l'appareil, posé sur la table basse du coin salon.
— Sinclair, dit-il.
A son expression crispée, Brianna sut que la personne qui appelait venait de lui apprendre une mauvaise nouvelle.
— D'accord. Très bien. Ne bougez pas. Je vous rappelle dans un instant.
Il raccrocha et fixa Brianna.
Quelque chose dans son regard la fit paniquer.
— Quoi ? Qu'y a-t-il ? Qui était au téléphone ?
— C'était votre belle-mère. Votre père a été enlevé.

3

— Enlevé ?

Brianna le dévisagea comme si la signification de ce mot lui échappait totalement.

— De quoi parlez-vous ?

La mission qui s'apparentait plus ou moins à du baby-sitting venait de prendre un tour aussi inattendu que dangereux, comprit Troy, tandis qu'il luttait contre une soudaine envie de la prendre dans ses bras.

Elle avait l'air si fragile, debout devant lui, ses grands yeux bleus pleins d'effroi.

— Quelqu'un a appelé Heather pour lui faire savoir que votre père avait été enlevé.

Il hésita un moment, ne sachant pas ce qu'il pouvait lui dire exactement, puis il opta pour l'entière vérité.

— Il lui a dit que Brandon serait tué si elle prévenait la police.

Brianna le scrutait comme si elle espérait le voir éclater de rire et avouer lui avoir fait une blague.

— Y a-t-il eu une demande de rançon ? demanda-t-elle finalement.

Troy secoua la tête.

— Non. Il a simplement demandé à Heather de tenir sa langue si elle voulait revoir son mari vivant.

— Vous devez me ramener à la maison. Il faut que je sois avec Heather. Nous devons trouver mon père.

Elle se mit soudain à trembler. Ses yeux s'emplirent de larmes.

Troy s'avança vers elle et la prit par les épaules, redoutant une crise de nerfs.

— Calmez-vous. Je suis d'accord pour vous reconduire à Kansas City, mais à une condition.

— Laquelle ?

— Jusqu'à ce que nous sachions précisément ce qu'il se passe, nous nous installerons dans une résidence sécurisée que possède ma compagnie. C'est une ferme au nord de la ville, pas très loin de l'endroit où votre père construit son centre commercial.

— D'accord. Tout ce que vous voudrez.

— Bien. Faites votre valise, et partons.

Il ne leur fallut que quelques minutes pour rassembler leurs affaires, charger les bagages dans le coffre de la voiture, et se mettre en route.

— Il pensait que c'était moi qui courais un danger, dit Brianna, d'une voix ténue et inquiète. Il a voulu me protéger, mais il n'a pas pensé à lui. Quel que soit le montant de la rançon, je la paierai. Le ravisseur peut avoir tout ce que je possède, du moment qu'il me rend mon père sain et sauf.

— Ne nous emballons pas, tempéra Troy. Rien ne dit qu'il y aura une demande de rançon. Il y a peut-être d'autres enjeux.

— Lesquels ? s'étonna la jeune femme.

Craignant que la crispation de ses mains sur le volant

trahisse sa nervosité, Troy fit un effort pour que son intonation n'en laisse rien paraître.

Le fait que le ravisseur n'ait pas immédiatement fait part de ses exigences n'était pas bon signe, mais il ne voulait pas alarmer davantage Brianna.

— Cela a peut-être un rapport avec la réunion que votre père devait tenir mercredi soir. Le ravisseur a pu s'imaginer qu'en empêchant Brandon de s'y rendre, la construction du centre commercial serait retardée.

— Hum, c'est une hypothèse. Cela me semble quand même un peu stupide. Il devra bien finir par le relâcher, et les travaux reprendront.

— Attendons d'avoir plus d'informations, avant de tirer des conclusions.

Troy jeta un coup d'œil à l'horloge du tableau de bord. Il était presque midi. Ils ne seraient pas à Kansas City avant 15 heures. D'ici là, il s'avérerait peut-être qu'il s'agissait d'une mauvaise plaisanterie ou d'un malentendu.

— Vous ne pouvez pas rouler plus vite ? fit Brianna avec impatience.

— Si on nous arrête pour excès de vitesse, cela nous ralentira considérablement. Calez-vous dans votre fauteuil, et essayez de vous détendre jusqu'à ce que nous soyons arrivés.

Il savait qu'il était ridicule de lui conseiller de se détendre, compte tenu des circonstances, mais il n'y avait de toute façon rien d'autre à faire pour le moment.

— Je devrais peut-être appeler Heather, dit-elle.

Joignant le geste à la parole, elle plongea la main dans son sac et en sortit un téléphone à écran tactile dernier cri.

L'appareil avait été conçu pour être beau, mais c'était surtout un symbole. Celui d'une femme habituée à l'argent et au pouvoir, sensible aux apparences, et pas si mécontente que cela de susciter l'envie, quoi qu'elle en disait.

— Je ne crois pas que ce soit une bonne idée, dit Troy. Elle doit laisser la ligne libre au cas où le ravisseur rappellerait, et elle a promis de me le faire savoir s'il y avait du nouveau.

Lorsque Brianna replaça le téléphone dans son sac et, murée dans son silence, tourna résolument la tête vers la vitre, il se sentit soulagé.

Il avait besoin de réfléchir aux conseils qu'il donnerait à Heather.

En principe, il pensait qu'il fallait toujours prévenir les autorités quand un crime était commis. Mais il n'avait jamais été confronté à une situation comme celle-ci.

Que se passerait-il s'il insistait pour qu'Heather appelle la police, et que Brandon se faisait tuer ? Parviendrait-il à vivre avec cette culpabilité tout le reste de sa vie ?

Il glissa un coup d'œil vers sa passagère.

S'il la trouvait incroyablement capricieuse et superficielle, et s'il n'approuvait pas la façon dont elle menait sa vie, il ne doutait pas un instant qu'elle adorait son père. Et il ne voulait pas être celui qui arracherait Brandon à sa fille.

Il se sentirait mieux s'ils découvraient en arrivant qu'Heather avait reçu une demande de rançon. Au moins, ils sauraient à qui ils avaient affaire.

Ce serait beaucoup plus ennuyeux, dans le cas contraire.

Brianna garda le silence durant tout le trajet. Troy devinait sans peine la nature de ses pensées. En revanche, il était surpris de la voir si calme. Compte tenu du personnage, il s'était attendu à une crise de nerfs.

Lorsqu'ils s'engagèrent dans le quartier où résidait sa famille, Brianna se redressa sur son siège, le visage crispé.

— Ce n'est peut-être qu'une très mauvaise plaisanterie, ou une erreur.

— Peut-être, dit Troy, n'ayant pas le cœur de la contredire.

Si c'était le cas, Heather les aurait déjà appelés pour les prévenir que Brandon était de retour chez lui.

La maison d'enfance de Brianna était une immense bâtisse de trois étages située sur un terrain d'un hectare.

Lorsque Troy manœuvra dans l'allée circulaire qui desservait la maison, son estomac se noua davantage.

De l'extérieur, tout paraissait normal. Il n'y avait pas de voitures de police garées devant la maison, pas d'équipes de journalistes éparpillées sur les pelouses. Heather n'avait prévenu personne.

Brianna jaillit hors de la voiture avant que Troy ait eu le temps de couper le contact.

— Heather ! cria-t-elle, en franchissant la porte principale.

La jolie rousse apparut sur le seuil du salon. Les yeux gonflés et rougis, elle triturait un mouchoir.

Laissant échapper un petit sanglot, Brianna courut vers elle, et les deux femmes s'étreignirent longuement.

— Dieu merci, tu es là, dit Heather en s'écartant. Je

ne sais pas quoi faire. J'avais tellement peur de prendre une décision qui nuirait à ton père.

— Du nouveau ? lança Troy, qui venait de les rejoindre, sans autre préambule. Une demande de rançon ?

— Non. Rien depuis le premier appel.

Elle leur fit signe d'entrer dans le salon.

— Avez-vous prévenu quelqu'un d'autre ? demanda Troy quand ils furent assis.

— Seulement ma sœur. Elle ne devrait pas tarder à arriver.

Heather se tamponna les yeux avec son mouchoir.

— Et j'ai aussi appelé le bureau de Brandon pour vérifier s'il y était. Sa secrétaire m'a dit qu'il n'était pas venu travailler.

— Comment cela s'est-il passé ? Tu sais où on l'a enlevé ?

La voix de Brianna tremblait légèrement, et Troy éprouva de nouveau le besoin ridicule de la prendre dans ses bras et de lui assurer que tout se passerait bien.

— Apparemment, quelqu'un l'attendait quand il est sorti de la maison ce matin. Tu connais ton père, la première chose qu'il fait après s'être habillé, c'est sortir chercher son journal. C'est à ce moment-là que cela a dû se produire car sa voiture est toujours dans le garage.

Un sanglot échappa à Heather, et elle tourna vers Troy un regard implorant, comme s'il possédait la solution miracle.

— Que devons-nous faire ?

Brianna le regarda à son tour, ses grands yeux bleus emplis de la même attente que ceux de sa belle-mère.

— J'ai quelques coups de fil à passer, dit-il, en sortant son portable de sa poche. Je veux d'abord m'entretenir avec mes associés. Ensuite, j'appellerai le commissaire Wendall Kincaid.

Heather se leva d'un bond.

— Non ! Vous ne pouvez pas faire ça. Il a dit qu'il le tuerait si je prévenais la police.

Le regard de Brianna ne le lâchait pas, et il se demanda comment il en était venu à endosser une telle responsabilité.

— Nous allons encore attendre deux heures, décida-t-il finalement. Mais à mon avis, que le ravisseur rappelle ou non, la meilleure solution est de prévenir la police.

— Il s'agit de mon mari, s'écria Heather. Et je ne veux rien faire qui puisse mettre sa vie en danger.

— Il est déjà en danger, remarqua Brianna d'une voix douce. Et pour le moment, nous ne pouvons rien faire d'autre que d'attendre que le téléphone sonne.

Troy hocha la tête et se leva.

— En attendant, j'appelle mes associés.

Il sortit sur le perron. Si Heather ne voulait pas qu'il prévienne la police, il savait qu'il pourrait au moins compter sur l'aide de Micah et Lukas pour mener à bien sa mission.

Ce n'était pas parce que Brandon était momentanément absent qu'il allait manquer à son devoir : le promoteur lui avait demandé d'assurer la sécurité de sa fille jusqu'à mercredi soir, et c'était bien ce qu'il avait l'intention de faire.

Troy était toujours dehors lorsque Lukas arriva dans son pick-up noir, suivi de près par Micah et le tas de ferraille qui lui tenait lieu de voiture. Il les mit rapidement au courant de la situation, en insistant sur le fait qu'Heather ne voulait pas prévenir la police.

— Je pourrais interroger les voisins et leur demander si quelqu'un a remarqué une voiture suspecte, suggéra Micah.

Troy hocha la tête.

— Bonne idée. Quant à toi, Lukas, tu resteras avec Heather quand je conduirai Brianna à la résidence sécurisée. J'espère qu'une rançon sera demandée avant la tombée de la nuit. Ensuite, nous pourrons mettre en place un plan d'action.

Les heures qui suivirent s'étirèrent avec une lenteur insupportable, dans une atmosphère lourde de tension.

La sœur d'Heather était arrivée, et avait conduit cette dernière à l'étage, afin qu'elle essaie de se reposer.

Micah avait fait le tour du voisinage. Mais, dans ce quartier huppé où les propriétés bâties sur d'immenses terrains, et nichées dans la végétation, se dissimulaient derrière de hautes grilles qui les faisaient ressembler à des forteresses, personne ne pouvait voir ce qui se passait chez les autres.

Brianna était recroquevillée sur le canapé, et offrait une image de désolation et de solitude. Son regard révélait le tourment que lui causaient ses pensées, et Troy savait bien à quelles choses horribles elle pensait.

A 19 heures, il comprit que cela ne servait à rien de rester tous assis là, à attendre quelque chose qui ne se produirait jamais.

— Brianna, je veux absolument que vous passiez la nuit dans la résidence sécurisée. Mes associés nous préviendront s'il y a du nouveau, mais mon instinct me dit qu'il ne se passera plus rien ce soir.

Pour la première fois depuis des heures, le visage de Brianna parut reprendre vie. Elle leva le menton d'un air de défi.

— Je n'irai nulle part.

— C'était pourtant la condition pour que je vous ramène ici.

— Eh bien, les conditions ont changé.

Troy retint un soupir agacé. Il avait espéré qu'elle se montrerait raisonnable. Il était maintenant évident que ce ne serait pas le cas.

— Brianna, votre père voulait que vous soyez en sécurité, lui expliqua-t-il patiemment. S'il avait voulu que vous restiez ici, il n'aurait pas fait appel à moi.

Elle eut une petite moue hésitante, puis un regain d'assurance se lut dans ses yeux.

— Eh bien, papa n'est pas là pour dire ce qu'il en pense. Et, de toute façon, il avait peur que quelqu'un s'en prenne à moi. Finalement, c'est lui la victime.

Sa voix monta dans les aigus.

— Il ne m'arrivera plus rien, maintenant.

Cette fois, Troy ne put réprimer un soupir de frustration. Affirmer que Brianna était totalement hors de danger était très prématuré.

— J'ai promis à votre père de prendre soin de vous.

— Je ne risque rien dans ma propre maison, répliqua Brianna en se levant brusquement. Vous n'avez aucune raison de vous inquiéter pour moi. Et maintenant, si vous voulez bien m'excuser, je vais me coucher.

Elle traversa la pièce avec une énergie un peu brouillonne.

— Cela m'a fait plaisir de vous revoir, Troy, mais je n'ai plus besoin de vos services.

Brianna entrebâilla la porte de sa chambre, au premier étage, et tendit l'oreille vers la cage d'escalier.

Le son de la télévision, en sourdine dans le salon, était le seul bruit audible dans toute la maison. Il était plus de minuit, et elle supposait qu'un des associés de Troy regardait le petit écran, ou s'était endormi devant.

Le téléphone n'avait pas sonné durant les longues heures de la nuit, et son angoisse n'était plus supportable.

Où était son père ? Etait-il toujours en vie ? Elle ne savait pas ce qu'elle deviendrait s'il lui était arrivé quelque chose.

Ouvrant sa porte en grand, elle s'avança dans le couloir.

Elle n'avait jamais été le genre de femme à attendre bien gentiment sans rien faire. Elle avait besoin d'agir ou elle allait devenir folle.

Immanquablement, ses pensées se tournèrent vers Troy. Même si leurs relations n'étaient pas spécialement chaleureuses, elle avait eu envie à plusieurs reprises de se blottir dans ses bras puissants, de sentir son cœur battre contre sa joue, de respirer son parfum.

Elle avait vu sa voiture de sport s'éloigner quelques heures plus tôt. Il ne restait plus dans l'allée qu'un imposant pick-up équipé d'un pare-buffle et d'une batterie de phares sur le toit, comme pour un safari.

Au lieu de se diriger vers le grand escalier qui menait dans le hall, elle prit la direction opposée et emprunta un étroit escalier de service, qui desservait la cuisine. De là, elle pourrait sans attirer l'attention accéder au vaste garage situé derrière la maison, où était remisées quatre voitures.

Personne ne se rendrait compte qu'elle était sortie, et elle serait de retour avant le lever du soleil.

Retenant son souffle, elle entama la descente, en priant pour que les marches ne craquent pas. Si son père avait réellement été enlevé à cause de ses activités, elle devait absolument consulter ses dossiers.

Et elle ne pouvait le faire qu'en se rendant dans son bureau, en ville.

Avant d'entrer dans la cuisine, elle marqua une pause. La dernière chose dont elle avait envie était de tomber sur Lukas en train de se préparer un petit en-cas nocturne, ou d'étancher sa soif. En temps normal, elle n'aimait déjà pas rendre des comptes ; dans la situation présente, elle tenait moins que jamais à se justifier. Elle avait simplement besoin de faire quelque chose qui lui donne l'impression d'être utile à son père.

N'entendant pas un bruit, elle s'avança dans la pièce plongée dans l'obscurité, gagna la porte de service, composa le code à quatre chiffres qui déverrouillait la serrure, et sortit dans la nuit tiède de septembre.

La pleine lune éclairait comme en plein jour le chemin qui menait au garage. Elle savait qu'elle trouverait le 4 X 4 qu'elle utilisait toujours quand elle était en visite chez son père.

Elle composa un autre code, et se glissa dans le vaste bâtiment. Il ne lui restait plus qu'à espérer que Lukas n'entendrait pas le moteur démarrer, ou les pneus crisser sur le gravier.

Elle ne voulait inquiéter personne. Seulement faire ce qu'elle croyait juste.

Elle ne prit pas la peine d'allumer le garage. La lumière de la lune qui entrait par la porte ouverte lui suffisait.

Repérant la voiture, elle en ouvrit la portière et s'installa au volant, puis elle reposa un instant sa nuque sur l'appuie-tête, et s'autorisa un soupir de soulagement.

— Où allons-nous ?

Elle poussa un cri en entendant la voix familière qui venait de s'élever de la banquette arrière.

Pivotant sur son siège, elle toisa sévèrement Troy.

— Que faites-vous dans ma voiture ?

Il se pencha, et le parfum de son eau de toilette, qui la troublait tant, chatouilla ses narines.

— J'avais le pressentiment que vous ne resteriez pas tranquille ce soir.

— Figurez-vous que j'avais envie d'aller danser, répliqua-t-elle d'un ton sarcastique.

— Excellente idée. Je serai votre cavalier.

Il quitta la banquette arrière et vint s'asseoir à côté d'elle.

— Je croyais vous avoir renvoyé, dit-elle d'un ton plaintif, tandis qu'elle tournait la clé dans le contact.

Troy sourit.

— Etant donné que vous ne m'avez pas engagé, vous ne pouvez pas me renvoyer.

— Dans ce cas, je pourrais considérer que vous me harcelez.

En réalité, elle n'était pas mécontente d'avoir de la compagnie.

— Il va falloir vous y faire. En attendant le retour de votre père, qui est le seul à pouvoir me relever de mes fonctions, vous êtes coincée avec moi. Et maintenant, dites-moi où nous allons.

— Au bureau de mon père.

Elle sortit en marche arrière, et actionna la télécommande pour fermer la porte du garage.

— Si toute cette histoire a un lien avec les constructions qu'il réalise, je veux tout connaître de ses affaires.

— Pourquoi ne m'avez-vous pas dit cela plus tôt ?

— Parce que je savais que vous ne me laisseriez pas sortir. Vous insistiez pour que je reste assise bien tranquillement. Mais j'en ai assez de rester assise. Je veux faire quelque chose.

Elle redoutait qu'il lui fasse un interminable sermon. Sa résistance ne tenait qu'à un fil, et elle était sur le point de perdre la lutte qu'elle menait contre sa peur.

Troy attacha sa ceinture de sécurité.

— Eh bien, faisons-le.

Elle lui adressa un sourire reconnaissant, et s'engagea dans la rue.

— Depuis combien de temps étiez-vous caché dans la voiture ?

— Depuis la tombée de la nuit.

— Je suis donc à ce point prévisible ?

Il rit, et le son rauque et sensuel fit momentanément s'évanouir la sensation de froid qui l'avait envahie depuis qu'elle avait appris l'enlèvement de son père.

— Disons que j'ai eu l'impression que vous n'auriez pas envie de rester toute la nuit à écouter les jérémiades d'Heather et de sa sœur.

— Je préfère agir plutôt que de me tordre les mains en sanglotant.

A cette heure de la nuit, le trafic était presque nul, et ils arrivèrent en ville en un temps record.

Le bureau de son père se trouvait au cinquième étage d'un immeuble qui en comptait dix. Brianna pressa le bouton de l'Interphone, et un vigile aux cheveux gris vint lui ouvrir, le visage éclairé par un sourire chaleureux.

— Brianna ! Je ne savais pas que vous étiez de retour en ville.

— En fait, je suis là depuis deux jours. Comment allez-vous, Charlie ?

Le gardien ferma la porte derrière eux.

— Bien, comme toujours. Mais c'est à vous qu'il faut demander ça. J'ai lu dans le journal que vous aviez eu des ennuis.

Le vieil homme secoua la tête.

— C'est une drôle de vie que vous menez là, jeune fille.

— Je sais, Charlie, je sais. Nous allons passer un petit moment dans le bureau de papa.

— Appelez-moi quand vous aurez terminé.

Il retourna s'asseoir derrière la banque d'accueil, et les suivit des yeux tandis qu'ils gagnaient les ascenseurs.

— On dirait que vous êtes connue ici, dit Troy comme ils entraient dans la cabine.

— J'ai passé beaucoup de temps au bureau avec papa quand j'étais petite, et Charlie est veilleur de nuit depuis des années.

Les portes se refermèrent dans un soupir hydraulique, et l'ascenseur s'éleva jusqu'au cinquième étage.

Brianna utilisa sa clé pour déverrouiller la porte, puis elle alluma les néons.

En face d'eux se trouvait le bureau de la réceptionniste. Derrière ce bureau, on pouvait voir la porte qui menait au sanctuaire de Brandon.

Elle se dirigea vers cette porte et l'ouvrit, consciente de la présence de Troy sur ses talons.

Pendant quelques secondes, l'odeur qui flottait dans la pièce lui serra le cœur. C'était l'odeur de son père adoré, mélange d'eau de Cologne à la lavande, des pastilles de menthe qu'il suçotait à longueur de journée, et des cigares qu'il s'autorisait quelquefois.

— Ça va ? demanda Troy.

Elle fut vaguement surprise de réaliser qu'il était assez sensible pour comprendre à quel point il lui était pénible de se trouver là.

Elle hocha la tête et gagna le bureau.

— Je vais bien.

Mais ce n'était pas vrai. Elle était terrorisée. Bien plus qu'elle ne l'avait été de toute sa vie.

— Je dois trouver quelque chose. N'importe quoi qui me permette de comprendre ce qui se passe.

Elle commença par ouvrir le tiroir du haut. Troy arrêta son bras avant qu'elle ait pu regarder à l'intérieur.

— Attendez.

Il la fit se déplacer sur le côté, et prit une grande enveloppe dans le tiroir.

— Qu'est-ce que c'est ?

A la façon dont il tenait l'enveloppe serrée contre son torse, il était évident qu'il savait ce qui s'y trouvait.

Ses lèvres s'étrécirent en une ligne sévère, et son regard gris s'assombrit.

— Ce sont des photos de vous. Votre père me les a montrées lors de notre entretien.

— Des photos de moi ? Je veux les voir.

Après avoir marqué une courte hésitation, Troy sortit les clichés de l'enveloppe et les tendit à Brianna.

— C'est pour cette raison qu'il a fait appel à moi.

La découverte de photos d'elle barrées d'une croix rouge avait quelque chose d'angoissant et de malsain, et Brianna les reposa sur le bureau d'une main tremblante.

— Et papa croyait que cela avait un rapport avec son projet de centre commercial ?

Troy opina.

— Il considérait cela comme un avertissement, et il était prêt à geler le chantier le temps que la menace soit identifiée.

Le désespoir s'empara de Brianna, assorti d'un terrible sentiment de culpabilité.

Aveuglée par les larmes, elle se jeta sans réfléchir dans les bras de Troy.

4

Troy était loin de s'attendre à ce que Brianna Waverly lui tombe dans les bras.

Et il n'avait pas prévu non plus prévu la réaction immédiate et viscérale que provoquerait le contact de ses courbes délicates contre son corps.

Mais le son de ses sanglots, tandis qu'elle enfouissait le visage dans son polo, le rappela à de tout autres préoccupations.

Elle fut plus prompte à se ressaisir qu'il ne l'aurait cru.

— Désolée, dit-elle en essuyant ses larmes d'un rapide revers de main. Je n'avais pas l'intention de faire ça.

Elle se laissa tomber dans le fauteuil de son père, l'air misérable, et Troy prit appui contre le bureau, à côté d'elle.

— Je me sens tellement coupable, dit-elle.

Troy eut une mimique d'incompréhension.

— Coupable ? Mais pour quelle raison ?

Rejetant la tête en arrière, elle libéra un soupir tremblant, et de nouveau ses yeux s'emplirent de larmes.

— C'est moi qui ai suggéré à papa de construire ce centre commercial. Je lui ai même vendu le terrain que j'avais hérité de ma mère. La seule chose qui m'importait, c'est que ce serait bon pour mes activités.

— Vos activités ?

Il pensait que la principale occupation de Brianna consistait à se montrer dans les clubs à la mode et à se faire prendre en photo.

— Mon refuge pour les animaux abandonnés. Il se trouve sur le terrain voisin. Je pensais que le centre ferait venir des gens qui pourraient avoir envie d'adopter un animal de compagnie.

Un refuge animalier ?

Ce nouvel élément apportait un éclairage différent sur la personnalité de l'héritière.

— Brianna, votre père est un homme d'affaires avisé. Il n'aurait jamais accepté d'acheter le terrain et de lancer un tel projet s'il avait pensé qu'il n'était pas rentable.

A la réflexion, le refuge devait lui permettre de bénéficier d'un allègement d'impôt. La plupart des personnalités hollywoodiennes finançaient des associations caritatives dont elles ne se souciaient pas le moins du monde. Sauf lorsqu'il s'agissait, une fois l'an, d'organiser une réception et de s'y faire photographier…

Brianna enveloppa le bureau du regard.

— Nous devons fouiller chaque tiroir, chaque dossier, et essayer de trouver quelque chose qui nous mette sur la piste de celui qui a enlevé mon père.

Deux heures plus tard, ils avaient rassemblé tous les documents relatifs au centre commercial, et les avaient passés en revue.

Outre les plans, les devis, les bordereaux administratifs, il s'y trouvait une pile de lettres anonymes menaçant Brandon de boycott et de diverses catastrophes.

Les écritures étaient différentes, mais le contenu était

sensiblement identique, ce qui incitait Troy à penser qu'il s'agissait d'une association de riverains.

Une des lettres était signée par un certain James Stafford. Le nom évoquait quelque chose à Troy, mais il ne parvenait pas à le situer.

De toute façon, il était fatigué. Brianna aussi. Son visage livide et ses paupières lourdes le disaient assez.

— Nous en avons fait assez pour ce soir, dit-il. Nous sommes tous les deux épuisés, et cela ne sert à rien que nous nous attardions ici.

La jeune femme acquiesça et se leva, les épaules légèrement voûtées, comme si le poids de son propre corps était trop lourd à porter.

— Brianna, venez avec moi à la résidence sécurisée. Je me sentirais mieux si je vous savais en lieu sûr jusqu'à ce que nous sachions contre qui nous devons lutter. C'est ce que votre père voulait. Ce dont il m'a chargé.

— Mais si quelqu'un appelait à la maison, ou s'il se passait quelque chose ?

— Lukas ou Micah me préviendront.

D'un geste spontané, il lui prit la main.

— Je vous en prie, ne nous disputons plus sur ce sujet.

— D'accord. Je suis trop fatiguée pour me disputer avec vous.

Il lui adressa un sourire complice.

— Je sais quand je peux tirer parti de la situation. Nous irons chercher quelques-unes de vos affaires demain. En attendant, je peux vous fournir un T-shirt pour la nuit et une brosse à dents neuve.

Il était précisément 3 heures du matin lorsque Troy s'arrêta devant la ferme que possédait la société Recovery.

C'était une maison basse, tout en longueur, posée au milieu d'une prairie verdoyante et entourée de chênes centenaires.

— Ce n'est rien d'extraordinaire, annonça-t-il. Mais c'est plus grand que le chalet, et sans doute un peu plus confortable.

Brianna haussa les épaules.

— Du moment qu'il y a un lit, cela m'ira très bien. J'ai simplement besoin de quelques heures de sommeil, avant de me replonger dans les dossiers.

Troy glissa sous son bras les quelques chemises cartonnées qu'il avait prises dans le bureau de Brandon, et ouvrit la porte de la maison.

Après un rapide tour du propriétaire, il installa Brianna dans une des chambres, et sortit un T-shirt du tiroir d'une commode.

— Essayez de dormir, dit-il en lui tendant le vêtement.

— La première chose à faire demain, c'est de se rendre sur le chantier pour voir s'il s'y passe quelque chose d'anormal, déclara Brianna d'un ton décidé.

— On verra. A chaque jour suffit sa peine.

En dépit de sa fatigue, Troy ne trouva pas facilement le sommeil.

Les événements de la journée se reformaient sans cesse dans son esprit. Qu'avait à gagner le ravisseur de Brandon ? Cela n'avait aucun sens. Bien sûr, sa disparition pourrait ralentir le projet de construction, mais le chantier finirait bien par redémarrer. Même sa mort n'empêcherait pas l'érection du centre commercial.

Il finit par s'endormir comme une masse, et fut réveillé par les premières lueurs de l'aube qui filtraient à travers le store. Malgré l'heure très matinale, il attrapa son portable sur la table de chevet, et pressa la touche de raccourci attribuée à Lukas.

Son associé décrocha à la première sonnerie.

— Du nouveau ? demanda-t-il sans préambule.

— Non, répondit Lukas. Tout le monde dort. Brianna est montée se coucher de bonne heure, et je ne l'ai pas vue depuis.

— Elle avec moi, à la ferme. Je voudrais que tu me rendes un service, et que tu cherches des informations sur un certain James Stafford. Il a écrit une lettre de menace à Brandon, et son nom me semble familier, même si, pour le moment, je ne vois pas de qui il peut s'agir.

— Ce sera fait. Je t'appelle dès que j'ai l'info. Et sinon, je pense vraiment qu'il faudrait prévenir Kincaid.

— Je sais.

Quelques minutes avant de s'endormir, Troy s'était reproché de ne pas avoir passé outre l'hystérie d'Heather et prévenu les autorités.

Il mit fin à la conversation et resta assis sur le bord du lit pendant de longues minutes, à se demander s'il devait appeler le commissaire Wendall Kincaid.

Troy n'avait toujours pas pris de décision lorsque Brianna le rejoignit dans la cuisine un peu après 8 heures.

— Bonjour, dit-elle, en se dirigeant tout droit vers la cafetière.

— Vous avez bien dormi ?

— Etonnamment bien.

Elle se servit une tasse de café et vint s'asseoir à côté de lui.

— Pourquoi votre compagnie a-t-elle besoin d'une résidence sécurisée ?

— Nous avons acheté cet endroit lorsque nous avons démarré notre activité. A ce moment-là, nous ne savions pas à quel genre de situation nous devrions faire face, et nous nous sommes dit que l'un de nous ou de nos clients pourrait avoir besoin d'un endroit où se cacher quelque temps.

Elle but une gorgée de café, tout en l'observant par-dessus le rebord de sa tasse.

— Vous ne faites pas que saisir des voitures impayées, n'est-ce pas ?

— Disons que certaines de nos affaires n'ont rien à voir avec le brave type du coin qui n'arrive plus à payer le crédit de sa voiture. Nous chassons de plus gros gibiers, qui possèdent de plus gros jouets. Et nous menons aussi des missions qui n'ont rien à voir avec le travail de saisie.

— Vous voulez dire du genre missions secrètes ?

Il eut un sourire moqueur.

— J'adorerais vous en parler, mais ce ne serait plus un secret.

— Certes. Vous avez eu des nouvelles de la maison ?

— Rien de neuf pour le moment, et je crois qu'il est temps d'appeler le commissaire Kincaid.

Lisant la peur dans les yeux de Brianna, Troy s'empressa d'ajouter :

— Kincaid ne fera rien qui puisse mettre votre père en danger, et il possède des ressources que nous n'avons pas.

Elle soutint son regard. Il vit qu'elle hésitait.

— J'ai tellement peur de commettre une erreur.

Allons voir le chantier, puis je prendrai une décision à propos de la police.

Ils quittèrent la maison à 9 heures. Troy avait pris le volant du 4 X 4, et Brianna tenait le rôle du navigateur.

— Tournez à gauche au prochain carrefour, dit-elle comme ils atteignaient le nord de la ville.

Ils roulèrent un moment sur une voie express, puis elle lui indiqua une sortie, et ils se retrouvèrent bientôt sur une route de campagne.

Troy aurait sans doute admiré le paysage bucolique s'il n'avait pas été aussi conscient de la présence de Brianna.

Comment était-il possible qu'il soit aussi attiré par une femme avec qui il n'avait rien en commun ?

Elle ne ressemblait aucunement à son idéal féminin, et pourtant il se surprenait à se demander quel goût avaient ses lèvres, et si sa peau était aussi soyeuse qu'elle en avait l'air.

La nuit précédente, durant ces brefs instants où il l'avait tenue dans ses bras, son imagination s'était emballée, le faisant s'interroger à propos de choses tout à fait incongrues.

— Le refuge se trouve un peu plus loin sur la droite, annonça-t-elle, rompant un silence qui commençait à devenir pesant.

Troy ralentit et vit le panneau sur le bord de la route. Le refuge lui-même, un long bâtiment blanc, se dessinait à l'arrière-plan, précédé d'enclos grillagés pour les chiens.

— Ma mère est morte quand j'avais dix ans, et m'a laissé un important héritage, que j'ai touché le jour de mes vingt et un ans. La première chose que j'ai faite, c'est d'acheter ce terrain de cinquante hectares pour y réaliser mon rêve de toujours. Et c'est ici qu'aura lieu mon fameux rendez-vous de samedi. Une fois par an, nous organisons une journée portes ouvertes pour encourager l'adoption.

— Pourquoi un refuge ? Je pensais que vous auriez plutôt envie d'investir dans une usine de chaussures.

— Voilà que vous recommencez à faire des suppositions stupides à propos de ma vie, répliqua Brianna, visiblement vexée. J'ai toujours aimé les animaux, et l'un de mes souhaits a toujours été de venir en aide aux plus malheureux d'entre eux, et de leur trouver un bon foyer.

— C'est admirable, marmonna Troy, vaguement ironique.

En réalité, elle le surprenait, et il s'en voulait de commencer à l'apprécier. Cela aurait été tellement plus facile si elle avait bien voulu rester dans la case « arrogante, égoïste et superficielle » où il l'avait mise.

— Le chantier de papa est un peu plus loin dit-elle, et Troy accéléra de nouveau.

Ils n'eurent qu'une faible distance à parcourir. Un mobile-home servant de bureaux signalait l'entrée. Un peu plus loin, on apercevait des bulldozers et des tractopelles immobilisés, surmontés par la silhouette vaguement inquiétante d'une grue.

Derrière la zone où avaient été commencés les travaux s'étendaient des collines boisées.

Troy se gara et ils descendirent de la voiture.

Il n'était pas encore midi, mais le soleil était déjà brûlant, et une puissante odeur de terre emplissait l'air. Un lapin surpris par leur approche détala vers un buisson.

Il n'y avait pas un seul ouvrier dans les parages. Le mobile-home devait être vide car personne ne sortit pour les accueillir.

Troy suivait Brianna pas à pas tandis qu'elle faisait le tour du site. Le soleil allumait des reflets d'or sur sa longue chevelure. Il éprouva soudain l'envie d'y enfouir les doigts et de laisser les mèches soyeuses couler entre ses phalanges.

Et pourtant, il préférait les brunes, fit-il l'effort de se rappeler. Sa femme idéale était une brune pulpeuse au regard de braise. Pas une blonde écervelée à la minceur excessive à son goût. Encore que Brianna n'était pas si écervelée que cela, finalement.

Il n'avait aucune idée de la raison qui avait pu la pousser à venir ici, ni de ce qu'elle espérait y trouver. S'attendait-elle à trouver son père attaché à un bulldozer ou enfermé dans le mobile-home ?

En tout cas, elle montait les marches métalliques de ce dernier. Elle regarda par l'imposte, et il vit ses épaules s'affaisser, signe qu'il n'y avait personne à l'intérieur.

Elle tourna vers lui un visage blême de déception.

— Je pensais que, peut-être…

— Je sais, répondit Troy avec sympathie. Venez. Nous allons passer chez vous pour que vous puissiez prendre quelques effets, puis nous retournerons à la ferme.

Ils avaient à peine fait deux pas vers la voiture quand le coup de feu éclata, soulevant un nuage de poussière aux pieds de Brianna.

Troy la vit écarquiller les yeux, juste avant qu'il ne se jette sur elle, tout en attrapant dans le même temps le revolver fixé à sa cheville.

Pour la seconde fois de la semaine, Brianna se retrouva projetée au sol et bloquée par un puissant corps masculin.

Quelqu'un venait de tirer sur elle.

Tandis qu'elle essayait de comprendre ce que cela signifiait, elle s'avisa que Troy tenait une arme à la main.

— C'est venu des bois, murmura-t-il.

Son regard gris avait pris le dangereux éclat de l'acier sous ses paupières étrécies, et un léger voile de transpiration recouvrait son front tandis qu'il s'obligeait à rester immobile pendant de longues secondes qui ressemblaient pour elle à une torture.

— A trois, je veux que vous couriez vous cacher derrière la benne de ce bulldozer, dit-il en indiquant la machine d'un signe de tête.

Elle avait envie de hurler qu'elle n'irait nulle part, que son corps était paralysé par la peur. Mais elle savait aussi qu'ils deviendraient une cible moins évidente une fois à l'abri de l'imposant engin mécanique.

— D'accord, dit-elle d'une voix tremblante.

— Un…

La voix de Troy n'était qu'un souffle dans son oreille, et Brianna sentit la tension gagner tous ses muscles.

— … deux… trois !

Il roula sur le côté pour la libérer, et commença à faire feu.

Brianna cria et courut se mettre à l'abri, bientôt rejointe par Troy.

Il lui semblait faire une crise cardiaque. Son cœur battait à une vitesse folle, douloureusement, et elle avait l'impression d'étouffer.

On avait tiré sur elle.

Pourquoi ? Pourquoi quelqu'un lui voudrait-il du mal ? Cela n'avait aucun sens.

Elle se plaqua contre la benne qui sentait l'essence et la terre, rassurée par la solidité du métal qui les protégeait. Un filet de sueur coula le long de son dos, moins dû à la chaleur qu'à la situation.

Les minutes s'écoulaient avec une lenteur insupportable.

— Vous pensez qu'il est toujours là ? s'enquit-elle, d'une voix qui tremblait plus qu'elle n'aurait cru.

— Je ne sais pas.

Il se pencha pour jeter un coup d'œil alentour, et Brianna hurla lorsqu'une balle ricocha sur un coin de la benne.

— Nous voilà fixés, marmonna Troy en reculant.

— Que fait-on, maintenant ?

Elle avait envie de s'accrocher à lui, mais elle ne voulait pas le distraire.

— Il faut appeler la police, murmura-t-elle.

Troy grimaça.

— Mon portable est dans la voiture.

Quelques minutes passèrent, dans un silence éprouvant, et Brianna se demanda ce qu'elle avait fait pour mériter une telle épreuve.

— Que fait-on ? répéta-t-elle.

— Nous attendons.

— Quoi ?

— La prochaine action du tireur. Malheureusement, nous sommes dans une position défensive, et la seule chose que nous pouvons faire, c'est réagir en fonction de ce qu'il fait.

Le front de Troy était à présent trempé de sueur, et

elle voyait un muscle tressaillir nerveusement dans sa mâchoire.

Quant à elle, l'angoisse la dévorait au point qu'elle se sentait proche de l'évanouissement.

Brianna n'avait aucune conscience du temps qui s'était écoulé lorsqu'une camionnette apparut sur la route et tourna vers l'entrée du chantier.

Lorsqu'elle reconnut le logo du refuge sur la portière, un intense soulagement l'envahit.

— C'est Mike Kidwell et Sandy Cartwright ! Ils travaillent au refuge.

Elevant la voix, elle s'adressa à eux.

— Couchez-vous !

Ils restèrent où ils étaient, cibles parfaites pour quiconque aurait eu envie de tirer.

— Que se passe-t-il ? cria Mike. Nous avons entendu des coups de feu.

— Bree, vous n'avez rien ? fit Sandy.

— Je crois que le tireur est parti, dit Troy. Retournons à la voiture.

Ils se levèrent et regagnèrent d'un pas pressé l'entrée du chantier.

S'attendant à une volée de balles, Brianna laissa échapper un soupir lorsque Troy ouvrit la portière et la poussa à l'intérieur.

Ce ne fut qu'après qu'il se présenta à Sandy et à Mike.

— Nous avons entendu des coups de feu, répéta ce dernier, et nous sommes venus voir. Il y a eu tellement de problèmes ici ces derniers temps. J'ai appelé la police. Une patrouille ne devrait pas tarder à arriver.

Sandy vint se poster devant la portière passager, son visage juvénile exprimant une vive inquiétude.

— Vous êtes sûre que tout va bien ?

Sandy avait vingt-trois ans, et travaillait comme secrétaire au refuge depuis trois ans.

— Oui, ça va, affirma Brianna.

Elle ne put s'empêcher de remarquer que la jeune femme avait lissé et éclairci ses cheveux châtain clair, arborant à présent la même coiffure que la sienne.

— J'aime bien votre nouvelle coupe de cheveux, dit-elle.

Et tout en prononçant ces mots, elle se demanda comment elle pouvait prêter attention à un détail aussi superficiel, alors qu'on venait de tirer sur elle. Le choc, sans doute.

Sandy rougit de satisfaction.

— J'ai pensé que ce serait bien, vous savez, pour samedi. Il y aura beaucoup de journalistes et je voulais faire bonne impression.

— Espérons surtout que les adoptions seront nombreuses, repartit Brianna.

Troy s'était mis au volant, et elle se pencha au-dessus de lui pour s'adresser à Mike.

— Tout est en place pour samedi ?

— Certainement. Vous n'avez aucun souci à vous faire.

— Désolé d'interrompre votre conversation, dit Troy en tournant la clé de contact. Je n'ai pas envie de m'attarder par ici.

— Nous n'attendons pas la police ? s'étonna Brianna.

— Je préfère vous mettre à l'abri. Mike n'aura qu'à leur expliquer ce qui s'est passé, et ils nous appelleront en cas de besoin.

Il démarra en soulevant un nuage de poussière, et s'engagea à vive allure sur la route.

— Très James Bond comme départ, ironisa Brianna. Tout comme le fait de porter une arme à la cheville.

Il lui jeta un regard incrédule.

— Je suis content de voir que ça vous amuse d'être la cible d'un tueur.

La dureté de son intonation fit aussitôt monter des larmes aux yeux de Brianna.

— J'essayais de ne pas y penser… Sinon je ferai une crise de nerfs.

Il détourna les yeux, embarrassé.

— D'accord, excusez-moi.

Ils roulèrent quelques minutes en silence, puis il s'exclama d'un ton bourru :

— Pour l'amour du ciel, ne pleurez pas.

— Je ne pleure pas, répliqua Brianna, tout en s'essuyant discrètement les yeux d'un revers de main.

La tête tournée vers la vitre, elle regarda un moment défiler le paysage. Mais, perdue dans ses pensées, elle ne voyait rien.

— Je ne comprends pas, dit-elle finalement. Ils ont mon père. Pourquoi voudraient-ils en plus me tuer ? Qu'est-ce que j'ai à voir avec tout ça ?

Les jointures de Troy étaient blanches à force de crisper les doigts sur le volant.

— Je crois qu'il faut envisager une autre hypothèse. En fait, cela n'a peut-être rien à voir avec votre père.

Il tourna la tête, et lui jeta un bref regard pénétrant.

— Peut-être que, depuis le début, c'est vous qui êtes visée.

5

Durant le trajet jusqu'à la résidence Waverly, Troy n'avait cessé de se faire des reproches.

Il avait été si captivé par le soleil illuminant les cheveux blonds de Brianna, par la façon dont son T-shirt ajusté moulait ses seins et révélait la naissance de son ventre, qu'il n'avait pas prêté attention à ce qui se passait autour d'eux.

Le tueur les avait-il suivis jusqu'au chantier, se garant à l'écart et prenant position dans les bois ?

Bon sang, il aurait dû accorder moins d'attention à son accompagnatrice, et davantage à son travail, qui consistait à la protéger.

A présent, il discutait avec Micah sous le porche, tandis que Brianna faisait sa valise.

— Tout cela n'a aucun sens, dit-il à son associé. Après l'enlèvement de Brandon, je me disais que Brianna ne courait plus aucun danger. S'il y a vraiment un lien avec le centre commercial, pourquoi s'en prendre à elle, maintenant qu'ils ont Brandon ?

— Tu as raison. Et il y a autre chose qui m'inquiète. Ce n'est pas normal que n'ayons toujours pas eu de nouvelles du ravisseur.

— Je sais.

— J'ai quand même une bonne nouvelle. J'ai appris des choses sur James Stafford. C'est un défenseur de l'environnement bien connu pour ses actions en marge de la loi. Il a été arrêté plusieurs fois pour violation de propriété, actes de vandalisme, et divers méfaits.

— Ce qui ne fait pas de lui un ravisseur.

— Sans doute, mais d'après mes informateurs, il devient de plus en plus offensif. L'année dernière, il a été interrogé dans une histoire de meurtre, mais aucun élément n'a pu être retenu contre lui, et l'affaire n'a jamais été résolue.

Ceci n'était pas pour apaiser les craintes de Troy.

— J'appelle Kincaid dès que nous serons à la ferme, décida-t-il. Je me moque de ce qu'en pensent Heather et Brianna. Il est temps de prévenir la police.

Micah acquiesça.

— Tu as raison. Il nous faut de l'aide.

— Comment s'en sort Heather ?

— Je crois qu'elle avale des tranquillisants par poignées. Elle passe les trois quarts du temps dans sa chambre et, quand elle en sort, elle a l'air complètement hébétée.

Au même moment, Brianna apparut avec une valise et une mallette d'ordinateur.

— C'est le portable de papa, dit-elle. Nous y trouverons peut-être des réponses.

Apparemment, elle préférait continuer à croire que tout cela avait un rapport avec les activités professionnelles de son père, alors qu'elle pouvait tout aussi bien être la véritable cible.

Quand ils arrivèrent à la ferme, Brianna éprouva le besoin de prendre une douche et de changer de vêtements.

Dès qu'elle eut disparu dans la salle de bains, Troy appela Wendall Kincaid.

Les relations entre le commissaire et les trois hommes de *Recovery* avaient d'abord été houleuses, mais depuis que Micah avait été accusé de meurtre et qu'ils avaient travaillé tous ensemble pour prouver son innocence, une solide amitié était née entre eux.

Troy savait qu'il risquait de mettre cette amitié en péril en révélant à Kincaid que l'enlèvement avait eu lieu la veille et qu'ils avait délibérément attendu avant de le prévenir.

Ainsi qu'il l'avait craint, Kincaid entra dans une de ces colères homériques dont il était coutumier.

— Je commence à croire que partout où vous passez tous les trois, les ennuis suivent !

Troy lui fit part des menaces que le ravisseur avait faites à Heather, et de la lettre que Brandon avait reçue de James Stafford, puis il lui parla de la fusillade sur le chantier.

— Brianna est en lieu sûr avec moi, conclut-il.

— Et je suppose que tu ne comptes pas me dire où ça se trouve ?

— Tu supposes bien.

— O.K., je mets tout de suite une équipe dessus. Dis à Mme Waverly que nous ferons le maximum pour que le ravisseur ne se rende pas compte que nous travaillons sur cette affaire. On va d'abord interroger James Stafford. Nous commençons à avoir l'habitude de ses méthodes.

La conversation se termina juste au moment où Brianna entrait dans la cuisine.

Elle portait de nouveau un jean et un T-shirt — rose cette fois, et frappé au logo du refuge. Une odeur de gel douche et de shampooing, mêlée à son parfum exotique, flottait dans son sillage.

Troy sentit un brutal élan de désir s'emparer de lui, et se détesta de la trouver aussi attirante.

— J'ai prévenu la police, dit-il, espérant provoquer une dispute puisqu'il ne lui avait pas demandé la permission.

— Tant mieux. Il est évident que nous ne réussirons pas seuls à retrouver papa. Nous avons besoin d'aide.

Une lueur inquiète passa dans son regard.

— J'espère seulement qu'ils seront assez discrets pour ne pas attirer les soupçons du ravisseur.

Elle laissa échapper un soupir tremblant et glissa une mèche de cheveux mouillés derrière son oreille.

— Vous croyez qu'il est déjà mort ? demanda-t-elle soudain d'une voix désincarnée.

Troy hésita à répondre.

D'un côté, chaque minute qui passait accréditait la thèse de la mort de Brandon. De l'autre, il ne voulait pas être celui qui anéantirait le dernier espoir auquel Brianna s'accrochait.

— Non, dit-il finalement. Non, je crois qu'il est toujours en vie et que nous allons le retrouver.

A sa grande surprise, elle s'avança vers lui, et il devina son besoin d'être réconfortée, d'une présence physique.

Et de son côté, il brûlait d'envie de la prendre dans ses bras.

Il savait que c'était une erreur, qu'il aurait dû faire un pas en arrière, arrêter la progression de Brianna…

Et pourtant, il lui ouvrit les bras.

Elle se blottit contre lui, noua les bras autour de son cou, l'enivrant de la chaleur de son corps et de sa délicieuse odeur.

Il sentait son souffle sur sa mâchoire, et savait qu'il lui suffirait de baisser la tête pour connaître enfin le goût de ses lèvres.

N'avait-il aucun tact ? Il se serait giflé. Elle ne cherchait que du réconfort, et il se laissait mener par sa libido !

Elle ne pleurait pas, et quand elle effleura sa nuque du bout des doigts, il sentit chaque muscle de son corps se raidir.

— Troy, dit-elle dans un souffle.

Il baissa les yeux sur ses lèvres entrouvertes, et il sut qu'il allait l'embrasser.

Ce devait être un baiser rapide, à peine esquissé, qui ne promettait rien et n'offrait pas grand-chose.

Mais à la seconde où leurs bouches se frôlèrent, cette sage résolution s'évanouit.

Doux et brûlant.

Ce fut la première sensation de Troy lorsque leurs lèvres se rencontrèrent. Sa raison s'envola.

La bouche ardente de Brianna s'ouvrait à lui, sa langue épousait la sienne tandis que ses doigts s'enfonçaient dans ses épaules, et il fut totalement prisonnier de son désir.

Ce moment, il l'avait espéré depuis la minute où il l'avait vue dans sa troublante robe noire, mais jamais il n'avait pensé qu'il en serait aussi bouleversé.

Il laissa glisser ses mains jusqu'à sa taille, là où son T-shirt se soulevait et révélait une bande de peau soyeuse, à la naissance des hanches.

Brianna se pressa plus étroitement contre lui. Elle ne pouvait ignorer la force de son désir.

Les doigts de la jeune femme caressaient à présent sa nuque, plongeaient dans ses cheveux. Leur baiser s'embrasait, exacerbant la faim qu'il avait d'elle.

Il n'aimait peut-être pas la vie que menait Brianna, mais il adorait sa façon d'embrasser et la sensation exquise de son corps délicat contre le sien.

Il brûlait soudain de la renverser sur le sol, d'arracher son T-shirt et de caresser ses seins. Il voulait l'enlacer, nue, dans une étreinte sauvage, sans se soucier des conséquences.

Pourtant, il savait qu'il ne faudrait pas quinze jours à la jeune héritière pour renouer avec sa vie californienne, si son père était retrouvé vivant.

Et il savait aussi que, si elle n'était pas la femme de ses rêves, il ne représentait pas non plus son idéal masculin.

S'ils couchaient ensemble, ce ne serait qu'une relation purement physique. Il ne serait pas question d'amour, et encore moins d'engagement.

Ce serait torride, échevelé, et ils n'en éprouveraient, ni l'un ni l'autre, aucun regret.

Les premières notes d'une chanson à la mode s'élevèrent soudain dans la pièce, rompant la magie entre eux.

— C'est mon portable, dit-elle en s'écartant.

Ses lèvres étaient rouges et gonflées, et son regard un peu hagard.

— Dans ce cas, vous devriez répondre, dit-il, en se réjouissant que sa voix ne révèle en rien le tumulte intérieur dont il était la proie.

Il suivit des yeux le balancement de ses hanches tandis

qu'elle se dirigeait vers la table. Devait-il maudire cette interruption ou s'en féliciter ?

Elle consulta l'écran de son téléphone, et décrocha.

— Salut, Kent, j'avais l'intention de t'appeler.

Puis elle sortit de la cuisine et gagna sa chambre, sous le regard perplexe de Troy.

Brianna ne savait pas ce qui avait été le plus déroutant pour elle. La fusillade de ce matin, ou le fait que Troy Sinclair venait de l'embrasser comme aucun homme ne l'avait fait auparavant.

Tout en avançant dans le couloir distribuant les chambres, elle essaya de se concentrer sur sa communication plutôt que sur ce qui venait de se passer dans la cuisine.

Kent Goodwell avait été son petit ami à l'université, et jusqu'à ce qu'elle quitte Kansas City pour la Californie. Au fil du temps, leur histoire d'amour s'était transformée en une solide amitié, et ils avaient pris l'habitude de se retrouver lorsqu'elle venait rendre visite à son père.

— Je n'ai pas eu le temps de t'appeler, dit-elle en se laissant tomber sur le bord du lit. C'est la folie ici, depuis que je suis arrivée.

— Tu vas bien ? Tu as l'air stressé.

Il la connaissait si bien qu'il était difficile à Brianna de lui mentir. Or elle ne pouvait pas lui parler de l'enlèvement de son père. Il en allait de sa sécurité.

— Oh, tu sais, je suis débordée avec l'organisation de la journée portes ouvertes. Tu viens, n'est-ce pas ?

— Je ne manquerais ça pour rien au monde.

— Et tu vas me prendre un chien ?

Cette suggestion le fit rire.

— Ce ne serait pas raisonnable. J'arrive à peine à garder une plante verte en vie. Tu es libre pour dîner ce soir ? J'ai plein de choses à te raconter.

— Non, je ne peux pas. Je n'ai vraiment pas une minute à moi, Kent. Peut-être la semaine prochaine…

Elle espérait de toutes ses forces que d'ici là son père serait de retour, et que toute cette mésaventure ne serait plus qu'un mauvais souvenir.

— Ecoute, appelle-moi dès que tu as un moment. Tu sais que je suis toujours disponible pour toi.

Elle sourit bien qu'il ne puisse pas la voir, en proie à un sentiment doux-amer. Kent était un homme formidable, et il lui arrivait parfois de regretter que l'amour se soit éteint entre eux.

La communication achevée, Brianna resta assise sur le lit à se demander pourquoi cela n'avait pas marché entre eux.

Machinalement, elle effleura ses lèvres, où demeurait encore l'empreinte du baiser de Troy, et elle eut sa réponse. Jamais elle n'avait ressenti une telle magie avec Kent. Ce dernier s'était toujours montré gentil, attentionné, mais leur histoire manquait de passion.

Elle envisagea un instant de rester dans sa chambre, mais l'ordinateur de son père était dans la cuisine, et elle voulait jeter un œil dans ses dossiers et vérifier ses e-mails.

De toute façon, ce n'était pas parce que Troy et elle s'étaient embrassés qu'elle allait l'éviter durant les jours à venir.

Après tout, ce n'était qu'un baiser.

Il n'y avait pas de quoi en faire un drame.

Troy était assis à la table de la cuisine et regardait par la fenêtre, l'air songeur.

— C'était Kent Goodwell, un ami de la fac, dit-elle. Nous avons l'habitude de nous voir quand je suis en ville. Je lui ai dit que j'étais trop occupée pour dîner avec lui.

Elle comprit que la tempête allait s'abattre sur elle au moment où elle croisa le regard gris de Troy, aussi menaçant qu'un ciel d'orage.

— Ecoutez, à propos de ce qui s'est passé... Je veux que vous compreniez que je suis attiré physiquement par vous, mais que vous n'êtes pas du tout mon genre.

Brianna se força à rire pour lui cacher combien elle était blessée par ses paroles.

— De quoi avez-vous peur ? Que votre baiser me fasse tomber amoureuse de vous et que tout se complique ?

Elle secoua la tête.

— Je n'aime pas les histoires compliquées, Troy. Et vous m'avez bien fait comprendre lors de notre première entrevue chez papa que vous ne m'aimiez pas.

— Ce n'est pas que je ne vous aime pas, répliqua-t-il. C'est que j'ai une idée très précise de la femme avec qui je veux partager ma vie.

— Vraiment ?

Elle s'assit en face de lui.

— Parlez-moi un peu de ce parangon de féminité.

Il grommela, et son regard lança des éclairs.

— Vous vous moquez de moi.

— Non. Je vous promets que non. Je suis sincèrement curieuse de savoir.

Brianna n'avait pas d'idée préconçue sur l'homme qu'elle épouserait un jour. Que Troy en ait l'intriguait. En outre, elle avait bien besoin d'une diversion pour ne plus penser au fait que les chances de retrouver son père s'amenuisaient, et pour oublier qu'elle avait failli être tuée sur le chantier.

Ecouter Troy faire l'exposé des qualités d'une femme qu'il n'avait pas encore rencontrée était beaucoup moins épuisant émotionnellement que de laisser libre cours aux pensées qui tourbillonnaient dans sa tête.

Ça pouvait même être amusant.

— Elle devra être calme et réservée, commença Troy.

— Ce qui me place définitivement hors jeu, dit Brianna, moqueuse.

Il marmonna quelque chose d'incompréhensible puis :

— Ce sera une femme simple qui aime les choses simples, quelqu'un qui pense aux autres avant de penser à elle. Elle sera institutrice, ou peut-être assistante sociale, et elle rêvera d'une vie de famille tranquille.

Il regarda par la fenêtre avec une expression étrangement radoucie, presque tendre et, pendant un bref instant, Brianna regretta de ne pas être cette femme.

Puis une violente colère l'envahit.

Elle se sentait furieuse contre lui, contre cette situation, et surtout contre elle-même pour avoir formulé une pensée aussi ridicule.

La femme qu'il venait de décrire ne pouvait pas être plus éloignée de ce qu'elle était.

C'était parfait. Il n'était pas non plus son genre d'homme.

— Mon père a disparu, et nous restons ici à discuter de votre vie amoureuse, dit-elle d'un ton exaspéré.

Elle se saisit de l'ordinateur portable de son père, souleva le capot, et pressa le bouton de démarrage.

— Pendant que vous rêvassez à vos amours, je vais

regarder si je trouve quelque chose là-dedans qui pourrait nous apporter des indices sur l'identité du ravisseur.

Si seulement elle pouvait revenir en arrière et faire en sorte que ce baiser n'ait jamais eu lieu, songea Brianna en commençant à ouvrir les dossiers de son père.

Si seulement le souvenir des lèvres de Troy sur les siennes n'était pas gravé dans sa mémoire.

Pendant ces quelques minutes où il l'avait tenue dans ses bras, où sa bouche avait pris possession de la sienne, elle s'était sentie la femme la plus importante du monde.

L'après-midi passa heureusement plus vite qu'elle ne l'avait redouté, tandis qu'elle s'absorbait dans les documents informatiques.

Au moins, il lui semblait faire quelque chose d'utile.

Il était presque 19 heures quand elle s'arrêta. A la va-vite, ils préparèrent des sandwichs et des chips en guise de dîner.

— Je suis sidérée par la quantité d'affaires que mon père gérait en même temps…

— C'est que votre père est l'un des promoteurs les plus talentueux de la région.

Elle soupira.

— Peut-être, mais je commence à me demander si c'est bien à cause du centre commercial qu'on lui en veut, ou si cela concerne un tout autre projet.

— Mais nous savons que c'est au sujet du centre commercial que votre père s'inquiétait, lui rappela Troy.

Elle tourna les yeux vers le jardin. Le soleil amorçait sa descente vers l'horizon, dans un ciel zébré de longues traînées pourpres.

Encore une nuit sans savoir si elle reverrait son père vivant…

— Vous ne mangez pas, remarqua Troy, une lueur soucieuse au fond de ses yeux gris.

Elle baissa les yeux vers le sandwich abandonné sur l'assiette, l'appétit coupé par la peur qui la tourmentait.

Refusant de lui laisser voir ses craintes, elle lui fit une petite moue.

— Je suis habituée à mieux, dit-elle avec dédain.

Puis elle se leva en emportant son assiette, et jeta le contenu dans la poubelle.

Elle sentait le regard de Troy peser sur elle, et elle devina que sa remarque l'avait agacé.

Mais c'était aussi bien ainsi.

Plus elle entretiendrait des rapports distants avec Troy Sinclair, plus elle le conforterait dans l'idée faussée qu'il avait d'elle, mieux ce serait.

Ce simulacre de dîner achevé, Troy s'installa dans le salon pour regarder la télévision et Brianna se remit au travail.

Incapable de se concentrer, elle finit par tourner les yeux vers la fenêtre.

Dehors, il faisait nuit, et l'impression de solitude qu'elle éprouvait maintenant depuis quelques mois s'intensifia.

Oh, elle avait eu quelques aventures ces dernières années, mais aucun de ces hommes n'avaient suffisamment compté pour qu'elle ait envie de les présenter à son père. C'étaient tous des garçons séduisants et drôles, ravis de se montrer avec elle en public, mais qui n'avaient pas grand-chose à lui dire une fois qu'ils étaient seuls.

Elle était un cliché vivant : la petite fille riche qui s'amusait follement en public et avait des quantités d'amis, mais qui se retrouvait seule chez elle presque tous les soirs, en se demandant à quoi ressemblait une vie de famille normale.

A 21 heures, elle sentit ses paupières s'alourdir. Mieux valait aller se coucher, plutôt que de s'acharner à étudier des dossiers auxquels elle ne comprenait rien.

Levant les bras au-dessus de sa tête, elle s'étira en bâillant, et se figea en entendant la sonnerie désormais familière du portable de Troy.

Aussitôt, elle se précipita dans le salon, où Troy se penchait vers la table basse pour prendre son téléphone.

Les nerfs à vif, l'adrénaline se déversant en elle avec une telle force qu'elle en avait la nausée, elle essaya de deviner ce qui se disait à l'autre bout du fil.

Etait-ce le ravisseur qui appelait ?

Y avait-il enfin une demande de rançon ?

C'était impossible à savoir alors que Troy ne s'exprimait que par onomatopées, tout en arpentant la pièce.

Quand il raccrocha, elle se précipita vers lui.

— Qui était-ce ? Il s'est passé quelque chose ?

Elle s'accrocha à son bras, le secouant comme un enfant qui fait un caprice pour obtenir quelque chose.

Il secoua la tête.

— C'était le commissaire Kincaid. Il m'appelait pour m'informer de la façon dont se déroule leur enquête.

— Et alors ?

— Ils ont pris James Stafford en filature, et surveillent en permanence sa maison. Pour le moment, celui-ci se comporte tout à fait normalement. Ils ont également placé ses téléphones sur écoute, et ils sauront très vite s'il échange des appels suspects.

— Le ravisseur ne risque-t-il pas de se rendre

compte de quelque chose ? Ne verra-t-il pas qu'il y a des policiers partout ?

Elle enfonça un peu plus fort ses doigts dans le bras de Troy en se rappelant les menaces que le ravisseur avait proférées lorsqu'il avait appelé Heather.

Troy posa une main sur la sienne.

— Il n'en saura rien. Croyez-moi, Wendell connaît les enjeux, et il ne commettra pas d'erreur.

Brianna sentit un peu de sa tension s'apaiser, mais ne s'écarta pas de lui, rassurée par la force de son bras sous ses doigts, la chaleur qui irradiait de son corps.

Plongeant ses yeux dans les siens, elle y lut quelque chose de sombre et de délicieux — une envie, une faim.

Elle avait envie d'y céder, de se laisser aller dans ses bras.

Tant pis si elle n'était pas la femme avec qui il voulait passer le reste de sa vie.

Ce qui lui importait, c'était d'être la femme avec qui il voulait passer le reste de cette nuit.

Le ventre soudain noué par un désir irrépressible, elle toucha son torse, là où elle pouvait sentir battre son cœur.

— Que faites-vous, Brianna ? dit-il d'une voix enrouée.

— Je ne sais pas…

Un frisson la traversait.

Une tension presque palpable envahit l'atmosphère, et elle se pencha vers lui, impatiente de se perdre dans ses bras.

A sa grande surprise, il posa les mains sur ses épaules, et la repoussa doucement.

— Je ne suis pas un de vos hommes objets d'Hollywood, Bree. Quand je fais l'amour avec une femme, cela signifie quelque chose. Et nous savons tous les deux que si nous passons la nuit ensemble, cela ne signifiera rien.

Il laissa retomber ses bras le long de son corps.

— Je vais me coucher. A demain.

L'espace d'un instant, tandis qu'elle le regardait s'éloigner dans le couloir, elle regretta de ne pas être une femme ordinaire avec des aspirations ordinaires.

Ou tout au moins que Troy Sinclair soit aussi fidèle à ses convictions.

6

— Je veux aller à la réunion, ce soir, déclara Brianna le lendemain matin lorsqu'ils se retrouvèrent dans la cuisine.

— Vous avez perdu l'esprit ? s'exclama Troy.

Il s'était levé du mauvais pied, après avoir passé la nuit à rêver qu'il faisait l'amour avec Brianna.

— Auriez-vous déjà oublié qu'on a essayé de vous tuer ? ajouta-t-il avec une brusquerie destinée à la faire réagir.

Elle haussa les épaules, et son attitude désinvolte ne fit qu'augmenter la colère de Troy.

— Bien sûr que non, je n'ai pas oublié. Mais, la nuit dernière, j'ai trouvé des notes que papa avait prises en prévision de la réunion, et je crois que je devrais y aller pour le représenter.

— C'est de la folie !

— Mais non, réfléchissez ! Hier nous étions perdus au beau milieu de nulle part. Ce soir, la réunion se tiendra dans une salle pleine de monde. Personne ne s'en prendra à moi devant des centaines de témoins.

Elle lui adressa un délicieux sourire, qui lui donna malgré lui l'envie de lui sourire en retour.

— Et puis, reprit-elle, j'ai totalement confiance en

vous pour tenir le rôle de garde du corps. Mon père n'aurait jamais engagé quelqu'un d'incompétent.

— Je ne suis pas un super héros pour autant, répliqua-t-il d'un ton maussade.

— Je crois que c'est important que j'y aille, insista-t-elle.

Et cette fois, il n'y avait plus la moindre trace d'humour dans son regard.

— Nous verrons ou nous entendrons peut-être quelque chose qui nous mettra sur une piste. Et, de toute façon, j'ai besoin de montrer aux gens que les Waverly ne renoncent jamais, que nous ne sommes pas du genre à nous laisser impressionner par des menaces.

Troy s'adossa à sa chaise, et lutta contre l'envie de porter la main à son front, là où battait un mal de tête persistant.

Tout cela était si éloigné de la mission qu'il pensait remplir…

Cela devait être un travail facile, quelques jours à surveiller une femme qu'il était certain de détester.

Il n'avait pas prévu que Brandon Waverly serait enlevé, et que la menace contre Brianna deviendrait bien réelle.

Et il s'attendait encore moins à être attiré par elle.

— Brianna, je crois que ce n'est vraiment pas une bonne idée.

— Merci de me donner votre avis, mais j'irai quand même à la réunion.

Elle avait le même regard buté que le soir où il avait quitté la résidence Waverly après lui avoir fait promettre de ne pas bouger, et qu'elle était sortie en catimini.

Il comprit alors que s'il n'acceptait pas de l'accompagner, elle finirait par trouver un moyen de se rendre seule à cette réunion.

Elle était intelligente, pleine de ressources, et têtue comme une mule… Autant dire qu'il pouvait être certain de ne jamais avoir le dernier mot avec elle.

Se figurant déjà tous les incidents qui pourraient s'y produire, il soupira.

— Bon, eh bien, nous allons aller à cette réunion…

— Ne soyez pas aussi inquiet, dit-elle avec un sourire chaleureux. Je ne suis pas suicidaire, vous savez. Simplement, je ne crois pas être en danger.

— Vous réalisez quand même que vous courez un risque ?

Le sourire de Brianna s'évanouit.

— Je crois que tenter d'apprendre quelque chose qui pourrait aider mon père vaut la peine que je le prenne.

Troy jugea délicat de contester son besoin d'agir. Si l'un des membres de sa famille avait été enlevé, il aurait remué ciel et terre pour le retrouver.

— Et si je préparais le petit déjeuner ? proposa-t-elle.

Il leva un sourcil.

— Vous pouvez faire ça ?

Elle rit et le son harmonieux de son rire le réconforta.

— Vous seriez surpris de ce que je peux faire quand je m'en donne la peine.

Quelques minutes plus tard, Troy regardait Brianna aller et venir dans la cuisine pour rassembler les ingrédients d'une omelette.

A contrecœur, il se rappela que cette femme à peine maquillée en jean et T-shirt n'était pas la vraie Bree Waverly.

Elle essayait visiblement de tirer le meilleur parti d'une situation difficile, mais quand tout serait terminé, elle retournerait en Californie. On verrait de nouveau sa photo dans les tous les journaux à scandale, et elle renouerait avec un genre de vie qu'il ne voulait même pas essayer de comprendre.

C'était le genre de vie qu'Holly avait souhaité, mais qu'elle avait cru inaccessible quand les rumeurs avaient couru sur la faillite boursière de sa famille.

A l'évocation de celle qui lui avait brisé le cœur, il ressentit comme toujours une pointe d'amertume, et s'efforça de penser à autre chose.

Le petit déjeuner se déroula dans une ambiance agréable et détendue, comme s'ils étaient amis depuis longtemps. Troy fut étonné de découvrir chez Brianna un sens de l'humour et de la repartie qu'il n'avait pas soupçonné jusque-là.

Au fil de la conversation, il s'aperçut qu'ils avaient lu les mêmes livres, aimé les mêmes films, et qu'ils avaient finalement plus de points communs qu'il ne l'aurait cru.

Ils en vinrent à évoquer leur enfance. Troy avait grandi dans un environnement aimant et protégé, avec trois sœurs plus âgées que lui.

— Elles m'en faisaient voir de toutes les couleurs. J'avais les cheveux longs quand j'étais petit, et elles testaient des coiffures sur moi.

Brianna rit aux éclats.

— Je vous vois très bien en petit garçon blond avec des boucles et des rubans roses dans les cheveux.

Il grimaça.

— C'est une chance que je n'aie pas été traumatisé par cette expérience.

— Vous êtes toujours proches aujourd'hui ?

— Très. Elles sont toutes mariées et ont des enfants, mais nous sommes très proches.

— Vous voulez des enfants ?

Il hocha la tête.

— Un jour, c'est sûr. Je veux une famille. Et vous ?

— Je veux au moins deux enfants. J'ai toujours regretté que mes parents n'aient pas pu me donner des frères et sœurs. Ce n'est pas toujours facile d'être un enfant unique.

— Il m'est arrivé de regretter de ne pas être le seul enfant de la famille, dit-il en plaisantant.

Brianna eut un sourire compréhensif.

— Et vous avez aussi des amis sur qui vous pouvez compter en la personne de Lukas et de Micah. Ça doit être bien, dit-elle d'un air songeur. J'ai grandi seule avec mon père, et je n'avais pas d'amis.

— Vous en avez sûrement en Californie.

Elle se rembrunit.

— Je suis entourée de personnes avec qui je fais la fête, mais ce ne sont pas vraiment des amis. Ils aiment être vus avec moi, et ils espèrent que nous serons photographiés ensemble.

Elle eut une petite moue désabusée.

— Certains se servent de moi pour être invités à des réceptions ou être présentés à des producteurs. Je sais que je ne dois rien attendre d'eux en retour.

Elle rit et agita la main comme pour balayer ce qu'elle venait de dire.

— Hier, je réfléchissais et je me disais que j'étais le

cliché de la pauvre petite fille riche qui n'a pas d'amis. Je sais que ceux qui m'entourent ne me veulent pas que du bien. J'ai appris à me montrer prudente dans mes relations.

Troy comprenait très bien ce qu'elle voulait dire.

S'il y avait beaucoup d'aspects positifs dans le fait d'être riche — et il n'aurait jamais eu l'indécence de prétendre le contraire —, la médaille avait aussi son revers, et non des moindres.

Comment savoir si on était apprécié pour soi ou pour son argent ?

La question finissait toujours par se poser, et la réponse n'était jamais évidente.

— Vous me prenez sans doute pour une petite peste geignarde…

— Non. Pas du tout. Je sais de quoi vous parlez.

Il hésita un moment. Les souvenirs remontaient à la surface.

— Il y a eu une femme, quand j'étais jeune… avant que je n'entre dans la marine. Je pensais que je l'aimais, et j'étais persuadé que c'était réciproque. Je l'ai demandée en mariage, et elle a accepté. Et j'ai commencé à envisager notre avenir ensemble.

Cela avait été une des expériences les plus douloureuses de sa vie, mais il était surpris de constater qu'il pouvait en parler sans que cela le fasse souffrir.

Le temps avait passé… ou bien il avait gagné en maturité.

— Je ne sais pas qui a lancé la rumeur, mais le bruit a couru que ma famille avait perdu toute sa fortune dans de mauvais investissements. C'était totalement faux. Apparemment, Holly l'a cru. Elle a immédiatement rompu nos fiançailles, et j'ai réalisé que ce qu'elle aimait en moi, c'était le style de vie que mon argent pouvait lui offrir.

— Oh, Troy, je suis désolée pour vous, dit Brianna avec compassion.

Il sourit.

— Ne le soyez pas. En réalité, elle m'a rendu un grand service. Après notre rupture, j'ai intégré la marine, et tout cela, comme on dit, est de l'histoire ancienne.

Même si Brianna était très éloignée de la femme avec qui il aimerait partager sa vie, la facilité avec laquelle il s'ouvrait à elle l'étonnait.

Elle savait écouter, ce qui la rendait dangereusement sympathique.

Après le petit déjeuner, Brianna continua son laborieux travail de recherche dans les dossiers de son père, et Troy appela Lukas à la résidence Waverly pour prendre des nouvelles.

La situation était toujours la même, et il se rabattit sur le commissaire Kincaid. L'enquête restait au point mort.

En désespoir de cause, il regagna la chambre où il avait passé la nuit, et où se trouvait un ordinateur.

Il s'installa au bureau et alluma l'appareil, espérant trouver une image de la salle où devait se tenir la réunion.

S'il devait assurer la sécurité de Brianna face à une menace inconnue, il lui fallait connaître la disposition des lieux.

Le progrès avait parfois du bon, songea-t-il quelques instants plus tard en découvrant la page web adéquate. On y détaillait tout ce qu'il y avait à savoir sur la salle des fêtes, du prix de sa location à la configuration des lieux.

L'estomac serré par l'appréhension, il étudia les photos de l'intérieur et de l'extérieur, mémorisa les indications les plus importantes, et réfléchit à un plan d'action.

Même s'il n'avait aucune raison de croire qu'on essaierait de s'en prendre à Brianna au beau milieu d'une réunion publique, il avait un mauvais pressentiment pour ce soir.

Malheureusement, il savait que cela ne suffirait pas à dissuader de s'y rendre cette tête de mule dont il devait assurer la sécurité.

Le trajet monotone jusqu'à la salle des fêtes donna à Troy l'occasion de ressasser encore ses doutes. Cette expédition était une folie, et il aurait dû se montrer plus ferme.

Sa passagère lui décocha un regard inquiet, et il tourna brièvement la tête vers elle.

— Nerveuse ?

Depuis qu'ils avaient quitté la ferme, il gardait un œil sur son rétroviseur afin de s'assurer que personne ne les suivait.

— Pas vraiment, prétendit Brianna.

Mais ses doigts crispés sur le dossier qu'elle tenait sur ses genoux démentaient sa belle assurance.

— Je veux simplement faire ce que papa aurait fait s'il avait été là : calmer la foule et dire à tout le monde que le centre commercial est une bonne chose.

— Vous croyez que vous en serez capable ?

— Je crois que le problème vient de ce que les gens font l'amalgame avec ces gigantesques zones commerciales, dotées de milliers de places de stationnement, et de centaines de boutiques dans les galeries marchandes.

Le regard soudain enflammé, elle se lança dans une description passionnée de son projet.

— Ce n'est pas du tout ce que nous avons en tête. Il n'y aura qu'une dizaine de magasins, dont une véritable épicerie à l'ancienne et un restaurant, groupés autour d'une place dans un esprit de village. Et, naturellement, nous avons pensé aux espaces verts. Je ne comprends vraiment pas ce qui déchaîne ainsi la vindicte des riverains.

Le front barré d'un pli soucieux, elle tourna les yeux vers la vitre, et Troy sut qu'elle pensait à son père.

Serrant les doigts autour du volant, il regretta de ne rien pouvoir faire pour alléger sa peine.

Tout ce qu'il dirait serait une platitude. Et Brianna était assez intelligente pour s'en rendre compte.

Hélas, il ne croyait pas à une issue favorable.

Le fait que Brandon ait maintenant disparu depuis trois jours, sans que le ravisseur ne se manifeste, le portait à croire que le promoteur était déjà mort.

Le chagrin de Brianna serait infini. Lui-même n'en sortirait pas indemne émotionnellement.

La salle des fêtes se situait non loin du chantier du futur centre commercial. C'était un immeuble de brique rouge assez quelconque, dont le parking exigu était déjà plein, bien qu'il fût encore tôt.

De l'autre côté de la route se trouvait un terre-plein et Troy décida de s'y garer.

— Maintenant, je commence à me sentir nerveuse, avoua Brianna.

Frottant d'un geste fébrile la paume de ses mains sur la jupe de son sobre ensemble bleu marine, elle ajouta :

— Je ne m'attendais pas à ce qu'il y ait autant de monde.

Troy lui adressa un sourire d'encouragement.

— J'ai du mal à croire que Bree, la cible favorite des paparazzis, ait peur d'affronter la foule.

— Bree n'est pas là ce soir, il n'y a que moi, cette brave vieille Brianna. Et tout ce que je veux, c'est faire en sorte que tout aille bien quand mon père rentrera à la maison.

Si son père rentrait, songea Troy tandis qu'il descendait de voiture et allait ouvrir la portière de sa passagère.

Dès que Brianna se fut redressée, il passa un bras autour de ses épaules, tout en balayant la zone du regard, à la recherche d'une menace potentielle. Puis il l'entraîna rapidement vers le bâtiment, ne s'autorisant à relâcher son souffle qu'une fois les portes du hall franchies.

Ils furent discrètement accueillis par un policier en civil qui se présenta comme étant Ben Tremain, et sa présence apaisa quelque peu les inquiétudes de Troy.

Conformément à ce qu'il avait pu voir sur le site web, la salle des fêtes se composait d'une grande pièce où se tenaient les expositions, les spectacles en tous genres, les mariages et les bals, d'une salle de dimensions plus modestes et d'une cuisine.

Ce soir, la réunion aurait lieu dans la salle principale. Les chaises avaient été disposées en rang face à une estrade. Sur celle-ci une longue table recouverte d'une nappe de feutrine verte était garnie de micros.

Troy conduisit Brianna jusqu'à l'estrade, lui permettant ainsi de prendre ses distances avec la foule qui s'entassait à l'entrée.

Ils s'assirent côte à côte et regardèrent entrer les gens.

— Vous reconnaissez quelqu'un ? s'enquit Troy.

Il était tendu et prêt à réagir à toute tentative d'approche.

Sa nervosité augmenta quand il vit un homme à la haute stature et aux cheveux noirs faire son entrée.

Ayant fait une recherche internet dans l'après-midi pour en savoir davantage au sujet de James Stafford, il avait immédiatement reconnu ce dernier.

Stafford portait un costume bien coupé et visiblement onéreux qui soulignait sa carrure athlétique, et affichait une arrogance insupportable, saluant bruyamment autour de lui, telle une véritable star.

Lorsqu'il marcha vers eux, Troy se leva et s'avança pour faire barrage entre Stafford et Brianna.

— On peut savoir qui vous êtes ? demanda l'homme, en le fixant d'un air de défi.

— Troy Sinclair. Je sais qui vous êtes, monsieur Stafford.

L'activiste eut un sourire ironique.

— Je suis l'homme qui va faire fermer ce chantier.

Un œil par-dessus l'épaule de Troy, il s'adressa à Brianna.

— Où est passé votre cher papa ? Craindrait-il d'affronter d'honnêtes citoyens ?

Une lueur de mise en garde passa dans le regard de Troy.

— Et si vous alliez vous asseoir, monsieur Stafford ? La réunion ne va pas tarder à commencer.

Troy soutint le regard de l'homme un long moment. Ce dernier finit par faire machine arrière, et alla s'installer docilement sur une chaise au premier rang.

Troy retourna s'asseoir près de Brianna.

— C'est James Stafford, lui dit-il à l'oreille.

— Il a demandé pourquoi papa n'était pas là, ce qui veut dire qu'il ne sait pas qu'il a été enlevé.

Ou bien il jouait la comédie, songea Troy, mais il préféra ne pas la détromper.

La soirée allait être rude, constata-t-il en observant les visages fermés et les regards butés. Curieusement, il se sentit nerveux pour Brianna.

Bientôt, tout le monde fut assis, et un silence glacial tomba sur la salle de réunion.

— Bonsoir, dit Brianna. Pour ceux qui ne me connaissent pas, je suis la fille de Brandon Waverly.

Si elle était nerveuse, elle n'en laissait rien paraître. Elle parlait fort et distinctement, sans le moindre chevrotement.

— Où est votre père ? lança Stafford d'un ton goguenard. Il a peur de nous ?

Plusieurs voix s'élevèrent pour soutenir Stafford.

Brianna leva la main pour obtenir le silence.

— Mon père n'a pas pu venir ce soir, mais je suis ici pour discuter avec vous, et répondre à toutes vos questions.

Et c'est ce qu'elle fit les deux heures qui suivirent.

Ne l'écoutant que d'une oreille, Troy se mit à songer à la conversation qu'ils avaient eue un peu plus tôt.

Elle avait dit qu'elle se voyait comme le cliché de la pauvre petite fille riche, mais lui-même l'avait réduite à l'état de cliché en la jugeant sur les apparences.

Il l'avait vue comme une peste superficielle qui ne pensait qu'à dépenser de l'argent en vêtements de luxe et à faire la fête, sans se soucier de rien d'autre.

Il s'était trompé.

Elle était en réalité bien plus complexe qu'il ne le croyait. Dévouée à son père, courageuse jusqu'à la témérité, elle le touchait d'une façon qui n'avait rien à voir avec un simple désir physique.

Pour tout dire, il commençait à bien l'aimer.

Tandis qu'elle continuait à parler, il sentit l'ambiance de la salle se modifier. Elle était en train de les convaincre petit à petit.

— Je ne vois pas pourquoi nous aurions besoin d'un restaurant, s'exclama un vieil homme en salopette de jean et chemise à carreaux.

— Pour le plaisir de déguster un bon rosbif ou une tarte aux pommes, répondit Brianna du tac au tac.

— Je peux avoir ça en restant à la maison, répliqua le fermier.

Désignant d'un signe de tête la femme aux cheveux blancs tirés en chignon qui était assise à côté de lui, il ajouta :

— Emma fait les meilleurs tartes aux pommes du comté.

— Mais peut-être Emma en a-t-elle assez de faire des tartes aux pommes. Peut-être aimerait-elle aller de temps en temps dans un endroit où elle pourrait s'asseoir et se détendre, pendant que quelqu'un d'autre s'occuperait d'elle.

— Bien dit ! approuva Emma.

Tout étonnée de son audace, la vieille dame rougit tandis que l'assistance s'esclaffait, et Brianna lui sourit gentiment.

— Quand le restaurant sera terminé, je veillerai à ce que vous soyez invités pour l'inauguration.

— Vous n'avez pas le droit de soudoyer les gens pour les mettre de votre côté, protesta Stafford, en bondissant sur ses pieds.

— Elle fait ce qu'elle veut, cria quelqu'un au fond de la salle. Moi, je veux bien me faire inviter.

Une fois encore, la salle éclata de rire.

Stafford se rassit, ses yeux sombres teintés de dégoût. Visiblement, il n'aimait pas la tournure que prenait la soirée.

Troy se demanda si le militant retenait Brandon. L'avait-il enlevé pour l'empêcher d'assister à la réunion et, ce faisant, envenimer les relations avec les riverains ?

Si c'était le cas, pouvait-on s'attendre à ce que Brandon soit relâché le lendemain ?

Stafford était-il le genre d'homme à recourir au meurtre pour parvenir à ses fins ?

Seul le temps le dirait.

Il était plus de 21 heures et la nuit était tombée lorsque la réunion se termina.

A sa grande surprise, Troy se sentait fier de Brianna, fier de la façon dont elle avait géré la foule, de l'intelligence des réponses qu'elle avait fournies.

Patiemment, elle avait réussi à convaincre les plus réticents que le centre commercial ne serait pas une source supplémentaire de délinquance et de trouble à l'ordre public, qu'il offrirait au contraire de nombreux avantages.

Troy resta auprès d'elle tandis que l'assistance se dispersait. Il n'avait pas oublié qu'on avait tenté de s'en prendre à elle au milieu de la foule en Californie, et se tenait sur le qui-vive.

Lorsqu'il n'y eut plus personne dans la salle à l'exception de Ben, le policier en civil, Troy et Brianna se levèrent.

— Vous avez fait du bon travail, mademoiselle Waverly, approuva Ben en les accompagnant à la porte.

— Merci, je crois que ça c'est bien passé.

Ses joues étaient légèrement rougies par l'excitation de la soirée, et une flamme victorieuse brillait dans ses yeux, la faisant paraître plus jolie que jamais.

— Eh bien, je vous souhaite une bonne soirée, conclut le policier.

— Bonsoir, répondirent Troy et Brianna d'une seule voix.

Le parking était désert, à l'exception d'une voiture.

Comme ils s'apprêtaient à traverser la route pour regagner la leur, James Stafford sortit de l'ombre d'un bâtiment.

— Vous avez gagné cette manche, mademoiselle Waverly, dit-il d'un ton hargneux. Ne vous imaginez pas que vous avez gagné la guerre.

Troy se rapprocha de Brianna, alerté par l'intonation malveillante de Stafford.

Le fait que l'homme ait attendu qu'il n'y ait plus personne pour les affronter ne lui disait rien de bon.

— Nous ne sommes pas en guerre, répliqua calmement Brianna. Il faut vivre avec son temps, et vous savez très bien que le commerce finira par se développer dans cette zone. C'est inévitable. La ville ne cesse de s'étendre vers le nord, et tout le monde ne sera pas aussi attentif que mon père aux souhaits des habitants de la région.

Plus elle parlait, plus Troy était impressionné par son intelligence, et par le sang-froid avec lequel elle soutenait le regard de Stafford.

— Je ne m'inquiète pas pour l'avenir, répliqua ce dernier, mais pour ce qui est en train de se passer maintenant.

— Je crois surtout que vous cherchez à faire parler de vous, monsieur Stafford. Ce qui vous plaît, c'est d'avoir votre photo dans les journaux.

L'homme au physique d'athlète ricana méchamment.

— Ça vous va bien de dire ça.

— Je crois que la conversation est terminée.

Sur ces mots, Brianna tourna les talons. Stafford fit mine de lui emboîter le pas. Troy s'interposa.

— A votre place, je ne ferais pas ça, dit-il d'une voix basse et calme. En fait, si j'étais vous, je ferais en sorte de rester aussi éloigné que possible de Brianna Waverly.

Il gardait un ton neutre pour ne pas envenimer la situation, sachant que sa marge de manœuvre était réduite.

Si Stafford était bien le ravisseur de Brandon, mieux valait éviter de le provoquer, au risque qu'il élimine son otage. Mais d'un autre côté, Troy devait songer à assurer la sécurité de Brianna.

Une étincelle de rébellion passa dans les yeux de Stafford, mais avant qu'il ait eu le temps de réagir, l'air tiède de la nuit s'emplit du bruit d'un moteur qui démarrait, suivi d'un brutal crissement de pneus.

Troy tourna la tête vers la route, et son sang se glaça en voyant une voiture qui semblait surgie de nulle part foncer droit sur Brianna.

Cette dernière s'était figée au beau milieu de la chaussée, telle une biche prise dans la lumière des phares.

— Brianna ! hurla-t-il.

La voiture ne ralentit pas, et ne fit pas le moindre écart pour l'éviter.

7

Brianna dévalait dans le fossé.

Elle avait plongé sans réfléchir, mue par un instinct de survie et, tandis que son corps heurtait des pierres et des débris de toutes sortes, elle avait l'impression qu'elle n'en finirait jamais de rouler sur elle-même.

Elle finit cependant par s'arrêter, sur le dos, son cœur cognant furieusement dans sa poitrine.

Elle resta immobile, redoutant que le moindre mouvement lui provoque d'insupportables douleurs.

S'était-elle cassé quelque chose ?

Cette perspective la terrifiait.

Le clignotement des étoiles au-dessus d'elle semblait lui envoyer un signe d'encouragement.

Si elle n'avait pas fait un bond sur le côté au moment décisif, elle serait morte. Le conducteur de la voiture, quel qu'il soit, était bel et bien déterminé à la tuer.

— Brianna !

La voix inquiète de Troy déchira le silence de la nuit.

— Par ici, parvint-elle à répondre.

Elle entendit le bruit de ses pas s'approcher du fossé, et ses yeux s'emplirent de larmes. Elle venait de frôler la mort.

En une fraction de seconde, elle revit toute la scène.

Les phares l'aveuglaient. Pendant un court instant qui lui avait pourtant semblé une éternité, elle s'était sentie prisonnière d'un étau mortel, totalement impuissante. Puis elle avait senti la chaleur du moteur, respiré l'odeur de l'échappement ; la voiture était passée à quelques centimètres d'elle.

Troy arriva jusqu'à l'endroit où elle gisait et se pencha au-dessus d'elle, ses traits indiscernables dans la pénombre.

— Vous n'avez rien ?

Ce qu'elle ne pouvait lire sur son visage, elle le perçut dans sa voix, altérée par l'inquiétude.

— Je ne sais pas. Je crois que non.

Comme elle faisait mine de se redresser, il l'interrompit d'un geste.

— Ne bougez pas. Je vais appeler une ambulance.

— Non, ce n'est pas la peine…

Elle parvint tant bien que mal à se relever. Elle s'avisa alors que James Stafford se trouvait légèrement en retrait de Troy.

— Elle va bien ? s'enquit le militant, comme si Brianna n'était pas présente.

— Ça va, dit-elle, en découvrant avec soulagement qu'elle n'avait apparemment aucune fracture.

Troy passa un bras autour de la taille de Brianna et la guida vers la voiture. Stafford leur emboîta le pas.

— Vous savez que je n'ai absolument rien à voir avec ça, j'espère ? dit-il en hâte. Ce ne sont pas mes méthodes.

Troy prit le temps d'installer Brianna sur le siège passager avant de se tourner vers Stafford.

— Vous avez vu à quoi ressemblait la voiture ?

L'homme secoua la tête.

— C'est arrivé trop vite, et il faisait sombre. Tout ce que j'ai vu, ce sont les phares, et Mlle Waverly qui restait figée au milieu de la route.

— Je l'emmène loin d'ici, dit Troy en claquant la portière.

Brianna regarda les deux hommes discuter quelques instants. Que pouvaient-ils bien avoir à se dire ?

Puis Troy se glissa au volant, et Stafford retourna vers le parking où il avait laissé sa voiture.

— Vous êtes sûr que ça va ? fit Troy en tournant la clé dans le contact. Je devrais vous conduire aux urgences.

— Non, je vous assure que ce n'est pas la peine. J'ai mal partout, mais je suis sûre qu'il n'y a pas de fractures.

Elle tâcha de lui sourire, mais ses lèvres se mirent à trembler, et les larmes lui montèrent de nouveau aux yeux.

— Ramenez-moi à la ferme, Troy, dit-elle d'une voix à peine audible.

— Tenez bon, répondit-il en lui pressant gentiment le bras. Nous y serons dans quelques minutes.

A plusieurs reprises, Brianna le vit jeter un coup d'œil dans son rétroviseur, et comprit qu'il s'assurait de ne pas être suivi.

Finalement, elle rejeta la tête en arrière et ferma les paupières.

Aussitôt, les images terribles de la voiture qui fonçait droit sur elle envahirent son esprit, et des frissons l'envahirent malgré la chaleur de la nuit.

Il lui faudrait du temps pour oublier.

Ils n'échangèrent pas un mot durant le trajet de retour. L'euphorie de la réunion, l'impression de succès qu'elle avait éprouvée s'étaient évanouis.

Il ne lui restait plus qu'une peur grandissante qu'elle ne voulait pas affronter.

Lorsqu'ils furent arrivés à destination, Troy aida Brianna à entrer et à s'installer sur le canapé, puis il disparut dans la salle de bains.

Peu après, elle entendit couler l'eau et comprit qu'il lui préparait un bain.

Elle ferma les yeux. Un bain chaud était le remède idéal pour ses muscles endoloris, et le fait que Troy y ait pensé la surprenait.

En tout cas, cette histoire était complètement insensée. De telles choses n'arrivaient pas à des gens comme elle.

Bon sang, mais qu'était devenue sa vie ?

Elle luttait contre un début d'hystérie lorsque Troy réapparut dans le salon.

— Je vous ai fait couler un bain. Je pense que vous en avez bien besoin.

— Merci.

— Juste une chose, Brianna. Avez-vous reconnu la marque de la voiture ?

Elle secoua la tête.

— Tout s'est passé dans une espèce de brouillard.

— Vous n'avez même pas aperçu la couleur ?

— Non, désolée.

Elle se leva en grimaçant, ce que Troy ne manqua pas de remarquer.

— J'ai une bouteille de scotch dans la cuisine, si vous avez besoin d'un remontant.

— Non merci. Je ne bois pas d'alcool. En revanche, si vous aviez du thé...

— Bien sûr. Je vous prépare ça tout de suite.

Une profonde ride d'inquiétude creusait son front, et ses cheveux courts se dressaient en épis, comme s'il y avait passé plusieurs fois la main.

— Ce serait formidable, répondit-elle. Je l'aime avec un nuage de lait et une cuillère à café de sucre. Vous voulez bien être un amour et me l'apporter dans la salle de bains quand ce sera prêt ?

— Pas de problème. Mais vous êtes sûre que vous n'avez pas besoin de voir un médecin ?

— Certaine.

Elle fit un effort pour lui adresser un sourire rassurant.

— Tout fonctionne normalement.

La vaste salle de bains avait conservé ses éléments anciens, mais Brianna n'était pas d'humeur à apprécier son charme suranné.

Elle venait d'apercevoir son image dans le miroir en pied, et cela n'avait rien de réjouissant.

Son ensemble déchiré et maculé de boue était fichu. Et que dire de son collant troué et filé ? Elle était dans un état épouvantable. Bah, au moins, elle était en vie.

Quelqu'un avait essayé de la tuer.

Les mots résonnaient encore dans son esprit lorsqu'elle eut finit de se déshabiller.

Elle remarqua que Troy avait déposé près de la baignoire deux serviettes moelleuses et un flacon de bain moussant.

Tout en versant dans l'eau quelques gouttes du liquide parfumé au jasmin, elle se demanda combien de femmes avaient séjourné avant elle dans la ferme.

Lorsque la surface de l'eau fut couverte de mousse, elle s'y glissa avec un petit soupir de plaisir.

Ce ne fut pas pour autant qu'elle parvint à se détendre. On avait voulu la supprimer, et cet effrayant constat ne quittait plus son esprit.

Elle n'avait pas pris au sérieux son agression en Californie. Elle avait même réussi à se persuader que la fusillade sur le chantier n'avait rien à voir avec elle, mais plutôt avec les activités de son père.

Il était beaucoup plus difficile de se dire que ce qui s'était passé ce soir ne la concernait pas.

Cette voiture l'attendait. Elle était restée garée quelque part sur le bas-côté, phares éteints et moteur coupé. Puis elle avait pris vie dans un rugissement de moteur et avait fondu sur elle.

Qui se cachait derrière tout cela ?

Comment pouvait-elle se protéger d'un danger, quand elle ignorait d'où il venait ?

Un léger coup frappé à la porte l'arracha à ses pensées. Elle s'assura qu'elle était entièrement couverte de mousse et répondit :

— Vous pouvez entrer.

La porte s'ouvrit sur Troy, l'air terriblement mal à l'aise, les yeux baissés sur la tasse en porcelaine qu'il avait eu la délicatesse de déposer sur une sous-tasse.

Il était possible qu'elle l'ait trouvé prétentieux, borné, et peut-être un peu goujat lors de leur première rencontre, mais à cet instant, alors qu'elle se sentait plus vulnérable que jamais, elle ressentit pour lui une étrange tendresse.

— Qu'y a-t-il de si intéressant au fond de cette tasse ? demanda-t-elle. Ne me dites pas que vous lisez l'avenir dans les feuilles de thé.

Il tourna les yeux vers elle, et rougit de façon tout à fait charmante.

— Je ne voulais pas mettre à mal votre pudeur.

Elle eut une petite moue amusée.

— Je suis décente.

— C'est ce que je vois.

Son regard glissa sur elle, puis il se tourna pour déposer la tasse sur le rebord du lavabo.

— Vous avez besoin d'autre chose ?

— Non, c'est parfait. Merci pour le thé.

— Je vous en prie.

Il s'esquiva rapidement, mais elle eut le temps d'apercevoir dans ses yeux une flamme troublante.

Une flamme qui lui donna l'impression que la température de l'eau venait de s'élever de plusieurs degrés.

Il la désirait.

Elle s'immergea un peu plus dans l'eau parfumée, l'esprit et le corps en ébullition.

Il ne l'aimait peut-être pas, il méprisait peut-être le genre de vie qu'il lui prêtait, mais il avait envie d'elle.

Et c'était réciproque.

Il lui plaisait. Non seulement elle aimait son physique d'athlète, mais elle était aussi attirée par son calme et sa confiance en lui.

D'une certaine façon, il lui rappelait son père. Il était franc et honnête, n'hésitait pas à dire ce qu'il pensait, prenait ses décisions en fonction d'un sévère code moral, et allait jusqu'au bout de ce qu'il avait entrepris.

Il aurait très bien pu mettre un terme à sa mission après l'annonce de l'enlèvement de son père. Après tout, l'homme qui payait ses honoraires n'était plus en position de le faire, et ne reviendrait peut-être jamais.

Son cœur se serra à cette pensée. Elle n'était pas prête à accepter la possibilité de ne jamais revoir son père.

Troy aurait pu la déposer à la résidence Waverly et se laver les mains de toute cette histoire, mais il ne l'avait pas fait.

Il était toujours là avec elle. Il la protégeait.

Cependant, la gratitude qu'elle éprouvait à son égard n'avait rien à voir avec le fait qu'elle le désirait.

Sortant de l'eau, elle attrapa une serviette qu'elle enroula en turban autour de ses cheveux mouillés, et se sécha sommairement avec la seconde.

Puis, drapée dans la serviette humide, elle s'assit sur le rebord de la baignoire pour boire son thé.

Troy lui avait expliqué à quoi devrait ressembler la femme qu'il épouserait un jour, et elle savait qu'elle ne lui correspondait en rien.

Mais il n'avait pas encore trouvé cette femme, ils étaient seuls dans une maison isolée, et elle avait besoin de ses bras autour d'elle pour la réchauffer.

Elle termina son thé et démêla longuement ses cheveux.

Le bain avait apaisé en partie la douleur qui irradiait dans ses muscles, mais les écorchures qu'elle s'était faites au genou et au coude la picotaient désagréablement. Enfin, si on considérait la brutalité de sa chute et la durée de sa roulade, elle devait s'estimer heureuse de ne s'être rien cassé…

Ouvrant la porte de la salle de bains, elle traversa rapidement le couloir et s'enferma dans sa chambre.

Là, elle enfila un débardeur à fines bretelles rose pâle et une culotte assortie, et se drapa dans un peignoir. Puis elle retourna étendre la serviette dans la salle de bains, récupéra la tasse et la sous-tasse, et jeta un coup d'œil dans le salon.

Troy était assis sur le canapé, devant la télévision qui fonctionnait en sourdine.

— Ça va mieux ? demanda-t-il.

— Oui. Mais je crois que j'aurai des courbatures, demain.

Elle alla mettre sa vaisselle dans le lave-vaisselle, puis vint s'asseoir près de Troy.

— Il faut que nous parlions, dit-il. J'ai appelé Wendall Kincaid, et je lui ai expliqué ce qui s'est passé. Malheureusement, il n'y avait pas d'autre témoin, et ni Stafford ni moi n'avons pu voir la marque de la voiture.

— Je n'ai pas envie d'en parler maintenant. Je sais que ce n'est pas la meilleure attitude à adopter, mais j'ai tendance à nier les choses.

— Il est impossible de nier ce qui s'est passé ce soir, protesta Troy.

Quelqu'un avait essayé de la tuer.

Les mots venaient d'envahir de nouveau son esprit, et elle eut l'impression qu'une main de glace lui empoignait le cœur.

Réprimant un frisson, elle se pencha et posa la main sur l'avant-bras de Troy.

— Ne peut-on pas faire semblant, juste cette nuit ? J'ai envie d'aller me coucher, et je ne tiens pas à faire des cauchemars.

Il la dévisagea avec surprise, et prit la télécommande pour mettre la télévision en veille.

— Vous êtes sujette aux cauchemars ?

— Non. Mais c'est la première fois qu'une voiture essaie de m'écraser.

Brianna se rapprocha et posa la tête sur l'épaule de Troy, qu'elle sentit se crisper.

Tant pis s'il voulait garder ses distances. Son corps était délicieusement chaud et rassurant, et elle n'allait pas se priver de ce réconfort.

— Si je dormais avec vous cette nuit, je me sentirais sûrement mieux, dit-elle sans arrière-pensée.

Levant les yeux vers lui, elle eut l'impression de se brûler à la flamme de son regard.

Le silence s'éternisa entre eux, avant que Troy ne réplique d'un ton sourd :

— Je ne crois pas que ce soit une bonne idée.

Il savait devoir battre en retraite, mettre suffisamment de distance entre eux pour ne plus sentir la délicieuse odeur qui émanait de Brianna.

— Et moi, je crois que c'est une idée formidable, répliqua cette dernière en se lovant plus étroitement contre lui.

Avait-elle une idée de ce qu'elle était en train de lui faire subir ?

Se rendait-elle compte que chacune de ses terminaisons nerveuses était électrifiée par sa proximité ?

Il s'était senti électrisé dès qu'il était entré dans la salle de bains et l'avait aperçue dans la baignoire. Bien qu'elle fût en grande partie couverte de mousse, il n'avait pas pu s'empêcher de remarquer le soyeux de ses épaules nues et la grâce de son long cou.

Dès lors, il n'avait plus pensé qu'à une chose, se déshabiller et la rejoindre dans l'eau.

Pour cette raison, il n'était pas question qu'il passe la nuit dans le même lit qu'elle.

Même en ce moment, alors qu'elle ne cherchait visiblement qu'un réconfort amical, il se demandait se qu'elle portait sous son court peignoir rose. Avait-elle un déshabillé de soie, ou était-elle nue ?

— J'ai seulement besoin d'une épaule contre laquelle me blottir, dit-elle, lui caressant la joue de son souffle tiède. Un compagnon de chambre, en quelque sorte.

— Je ne suis pas très doué pour ça, répliqua-t-il, la gorge si nouée qu'il s'étonnait de pouvoir encore parler.

— Oh, je crois que vous vous sous-estimez.

Les cheveux de Brianna sentaient le shampooing à la vanille, et il rêvait d'y enfouir les doigts, de sentir les mèches d'or couler entre ses phalanges. Il avait envie de caresser sa peau et de découvrir si elle était aussi douce qu'il le croyait.

— Brianna, je ne peux pas dormir avec vous. Comprenez-moi, si je partage votre lit, je ne suis pas certain de rester un gentleman.

Il lui était pénible d'avouer qu'il se sentait vulnérable face à elle, mais il avait pour habitude de se montrer honnête en toutes circonstances.

Une fois encore, elle leva les yeux vers lui, et le mélange d'espièglerie et de séduction qui dansait dans ses prunelles bleues acheva d'embraser ses sens.

— Troy, j'espère de toutes mes forces que vous ne serez pas un gentleman.

Il était perdu.

Comment lutter contre le désir qui le faisait vibrer, le poussait à glisser les doigts dans les cheveux soyeux de Brianna, à attirer doucement son visage vers le sien, à prendre possession de ses lèvres ?

Comme pour leur premier baiser, il fut stupéfait par

l'urgence presque désespérée avec laquelle Brianna lui répondit.

Dans un dernier sursaut de raison, il essaya de s'écarter, de s'interdire de faire ce qu'il savait être une erreur, mais elle referma les bras autour de son cou et l'embrassa avec plus de fièvre encore.

Elle était la tentation personnifiée et, devant elle, sa raison fuyait.

Son corps souple et tiède contre le sien sentait merveilleusement bon, et ses lèvres lui communiquaient une chaleur enivrante.

Leur baiser semblait ne pas avoir de fin, lui dérobant son souffle, et faisant battre son cœur à un rythme endiablé.

Lorsque leurs lèvres se séparèrent enfin, Brianna glissa hors de ses bras et se leva du canapé.

— Ne réfléchis pas, Troy. Ce soir, il ne faut ni parler ni réfléchir. J'ai failli mourir et, ce que je veux, c'est me sentir vivante.

Elle lui tendit la main et, sans plus se poser de questions, Troy la saisit et se leva à son tour.

C'était une erreur, ne put-il s'empêcher de penser tandis qu'il suivait Brianna dans le couloir qui menait à la chambre principale.

Il était encore temps de faire machine arrière.

Dès qu'ils arriveraient à la porte, il la renverrait dans sa chambre et ils en resteraient là.

Malheureusement pour lui, une fois devant la porte, elle dénoua la ceinture de son peignoir et le laissa glisser jusqu'à terre.

A cet instant, l'idéal féminin qu'il s'était forgé pendant

des années s'évanouit au profit de la femme bien réelle qui se trouvait devant lui.

Sans lui lâcher la main, elle s'avança vers le lit, puis se plaqua contre lui. Instinctivement, il resserra les bras autour d'elle, la tenant si serrée qu'il pouvait sentir le battement de son cœur contre le sien.

Leurs lèvres s'unirent alors en un baiser passionné qui non seulement lui ôta toute hésitation, mais anéantit toute capacité de raisonnement.

Tandis que leur baiser s'enflammait, Brianna défit les boutons de sa chemise avec impatience, tira dessus pour la libérer de la ceinture, et la fit glisser sur ses épaules.

Le vêtement tomba à terre derrière lui et elle posa les mains à plat sur son torse.

Interrompant leur baiser, Troy plongea les yeux dans les siens, voulant s'assurer qu'il n'y avait pas le moindre doute pour elle, aucune hésitation de dernière minute.

La lumière du couloir qui éclairait faiblement la chambre plongée dans l'obscurité dessinait des ombres sur son visage, mais cela lui suffit pour déchiffrer l'expression du regard de Brianna.

La flamme qui dansait dans ses yeux parlait de faim, de besoin et d'envie. Il n'y avait rien qui ressemblât le moins du monde à une hésitation.

Alors qu'elle contournait le lit et se penchait pour repousser le drap, la vision de ses fesses parfaites largement révélées par sa culotte échancrée galvanisa encore son désir.

Elle se glissa dans le lit, et il s'assit de l'autre côté pour se défaire de son holster de cheville et de son arme, qu'il posa sur la table de chevet avec son téléphone portable.

A sa grande surprise, se mains tremblaient, et il se

sentait comme un adolescent sur le point de connaître sa toute première expérience sexuelle.

Il ne lui fallut qu'un instant pour se débarrasser du reste de ses vêtements et rejoindre Brianna sous les couvertures.

Aussitôt, elle roula dans ses bras et ils s'embrassèrent avec fièvre.

L'air s'emplissait de gémissements étouffés. Leurs corps ardents se cherchaient, anticipant l'union qu'ils ne tarderaient pas à connaître.

Ses doigts se faufilèrent sous le débardeur de Brianna, remontèrent délicatement le long de son dos, lui arrachant un frisson tandis qu'il parcourait sa mâchoire de petits baisers, et s'attardait juste sous le lobe de l'oreille.

Bouleversé par la douceur de sa peau et le frémissement de son souffle entrecoupé de petits ronronnements de plaisir, il fit passer le vêtement au-dessus de sa tête et recueillit dans ses paumes ses seins tendus qu'il caressa longuement, voluptueusement, avant que sa bouche ne prenne le relais.

Elle se prêtait à ses caresses, ondulant au gré des sensations qu'il lui procurait, l'évidence de son plaisir ne faisant qu'exacerber le sien.

Se grisant de son odeur, il lui embrassa le ventre, empruntant un chemin sinueux qui le conduisit à l'aine, à l'intérieur des cuisses.

Elle geignit et se cambra contre lui, avide, frémissante, et il fit lentement glisser la culotte le long de ses cuisses chaudes et douces, retardant encore le moment de lui offrir ce qu'elle attendait si désespérément.

Malgré la torture d'un désir impérieux, il ne voulait rien précipiter. Avant de satisfaire son propre plaisir, il songeait à celui de Brianna ; il tenait à ce qu'elle savoure pleinement ce moment.

Il posa les lèvres entre ses cuisses, la chavira par les frôlements habiles de sa langue, de ses lèvres.

Entre gémissements rauques et murmures fiévreux, elle répétait son prénom, et il aima la sonorité qu'elle lui donnait.

Attentif à la tension qui croissait en elle et la faisait vibrer, il revint au-dessus d'elle. Les yeux rivés aux siens, il introduisit les doigts au cœur de sa brûlante et palpitante moiteur, accélérant le rythme de sa caresse jusqu'à ce qu'il la sente agitée de la tête aux pieds par des spasmes de plaisir.

Elle s'affaissa bientôt, telle une poupée de chiffon, le fixant sans le voir. Sa transe ne dura que quelques secondes, puis elle tendit la main vers son sexe durci et l'encercla langoureusement.

Surpris, Troy eut un léger sursaut, puis il s'abandonna au plaisir qu'elle lui donnait, osant à peine respirer.

Brianna enfouit son visage dans le creux de son cou, l'embrassant là où palpitait follement une veine, puis elle posa les lèvres sur son torse, traçant un chemin humide jusqu'à son ventre, tandis que sa main continuait à le torturer subtilement.

Elle entendait prendre une part active à leur étreinte, mais il ne pouvait plus attendre.

Le plaisir trop longtemps contenu montait en lui avec la force d'un ouragan brisant les digues, submergeant tout sur son passage.

S'il ne l'interrompait pas maintenant, il ne se contrôlerait pas assez longtemps pour la satisfaire.

Avec un cri étranglé, il se tourna vers la table de chevet et attrapa un préservatif dans le tiroir.

Il ne lui fallut que quelques secondes pour le sortir de sa pochette et le mettre en place, tandis que Brianna, devinant l'urgence qui le taraudait, avait roulé sur le dos et s'offrait sans réserve.

Prenant position entre ses jambes, il l'embrassa une nouvelle fois. Ce fut un baiser bref mais intense, émouvant.

Puis il sut qu'il ne pouvait plus retarder le moment de la faire sienne.

Leurs yeux ne se quittèrent pas un instant comme il venait lentement en elle, avec une retenue qui les mettaient tous deux au supplice.

Lorsqu'elle referma les jambes dans son dos afin de l'accueillir encore plus profondément, il ne put retenir un râle, se figeant un instant pour savourer la chaleur de son corps palpitant, et les sensations qui le submergeaient.

La tête vide de toute pensée, il n'eut plus pour seul but que de la posséder totalement, jusqu'à ce qu'ils retombent tous deux épuisés, éperdus de bonheur.

Avec lenteur au début, ils commencèrent à se mouvoir, allant à la rencontre l'un de l'autre, puis il l'entraîna dans une danse sauvage, lui imposant un rythme rapide et puissant.

Les mains crispées sur ses fesses, le souffle court, Brianna accueillait en gémissant ses assauts redoublés, cédait avec volupté aux chocs presque brutaux de son corps.

Bientôt, alors qu'elle se contractait autour de lui en criant son nom, il sentit qu'il la rejoignait dans l'extase.

Il aurait voulu lui faire l'amour indéfiniment, observer

encore le magnifique visage de Brianna illuminé par la passion, mais une vague plus forte l'emporta soudain, et il s'abandonna dans un cri au vertige d'un bonheur inédit.

Dans un état second, ses bras le soutenant à peine, il attendit en cherchant son souffle que s'apaisent les derniers soubresauts qui agitaient son corps. Brianna lui caressait tendrement le dos.

— Finalement, tu es un formidable compagnon de chambre, dit-elle sur le ton de la plaisanterie.

Il eut un petit rire.

— Tu m'as considérablement facilité la tâche, dit-il sur le même ton.

Puis il se libéra de ses bras et roula sur le côté pour gagner la salle d'eau attenante.

— Je reviens tout de suite.

Quelques instants plus tard, Troy s'observait dans le miroir fixé au-dessus du lavabo.

A quoi jouait-il ?

Ses sentiments à l'égard de Brianna avaient toujours été partagés, mais à présent, il ne savait plus du tout où il en était.

Elle avait sa vie en Californie, et il serait stupide de sa part de vouloir s'accrocher à elle, stupide de croire qu'il était assez bien pour une femme comme elle.

De toute façon, ils n'avaient rien en commun.

Elle était compliquée, et il aimait la simplicité.

Elle était exigeante et gâtée, et il attendait d'une femme qu'elle soit douce, compréhensive et généreuse.

Fermant les yeux, il essaya de visualiser sa femme idéale, celle dont il avait bâti le portrait au fil des années, et qu'il aspirait toujours à rencontrer.

Ce fut le visage de Brianna qui lui apparut.

8

Brianna se réveilla lentement, revenant à la réalité avec un sentiment de bien-être qu'elle n'avait encore jamais connu auparavant.

Troy.

Ce fut sa première pensée consciente, et elle tendit aussitôt la main à côté d'elle — pour découvrir avec déplaisir que le lit était vide.

Elle ouvrit les yeux. Le soleil entrait à flots dans la chambre. Troy devait déjà être levé depuis un moment.

Elle roula vers la place qu'il avait occupée, et enfouit le nez dans son oreiller, discernant encore un peu de son odeur.

Elle ne se faisait aucune illusion sur ce qui s'était passé entre eux la nuit précédente.

C'était un mélange de vulnérabilité et de désir qui l'avait conduite dans le lit de Troy, et elle ne regrettait rien.

Elle referma les bras autour de son oreiller. Combien il lui serait facile de tomber amoureuse de Troy !

Elle avait déjà fait des choses folles dans sa vie, mais celle-ci serait sans doute la plus folle de toutes.

Même s'il était attiré par elle physiquement, il avait

été très clair à propos du genre de femme qu'il voulait épouser, et elle ne lui correspondait en rien.

En tout cas, cela avait été agréable de dormir avec lui, leur étreinte mise à part.

Au milieu de la nuit, elle s'était réveillée en hurlant, revoyant en rêve la voiture qui fonçait sur elle. Troy l'avait alors réconfortée, la berçant dans ses bras jusqu'à ce qu'elle se rendorme.

Abandonnant à regret l'oreiller, elle s'assit et réfléchit à la journée qui l'attendait.

Ce serait difficile, elle n'avait aucun doute à ce sujet.

Non seulement, elle devrait composer avec le souvenir de leur folle nuit de passion, mais elle devrait aussi se résoudre à admettre qu'on avait essayé à deux reprises de l'éliminer.

Comme elle s'y attendait, ses muscles protestèrent quand elle se leva. Ses épaules et son dos étaient endoloris par sa chute, et les abrasions sur sa peau la brûlaient.

Elle traversa nue le couloir, et se dirigea vers sa chambre pour y prendre des vêtements. Puis elle se rendit dans la salle de bains et prit une douche.

9 heures venaient de sonner à l'antique carillon de la cuisine quand Brianna entra dans la pièce, et découvrit Troy attablé devant une tasse vide.

— Bonjour, lança-t-elle d'un ton enjoué, tout en se dirigeant vers la cafetière électrique.

Elle s'en servit une tasse, puis se tourna vers Troy.

— Je te ressers ?

Il hocha la tête.

— Merci.

Elle vint le servir, alla reposer la verseuse sur la machine, et s'assit près de lui.

— Tu as eu des nouvelles de quelqu'un ce matin ?

— J'ai fait le point avec Lukas. Rien n'a changé pour le moment. J'ai aussi appelé Kincaid, mais c'est toujours au point mort de son côté.

Brianna but lentement une gorgée de café.

— Il est temps d'envisager que mon père est mort, n'est-ce pas ?

Elle avait prononcé ces mots d'un ton étrangement détaché, comme s'il elle parlait de quelqu'un d'autre.

Et puis, tout à coup, une vague d'émotion la submergea.

Elle ne voulait pas prendre en considération cette épouvantable éventualité. Et pourtant, il y avait quatre jours qu'ils étaient sans nouvelles de son père, et personne n'avait trouvé la moindre piste.

Troy soutint longuement son regard, ses yeux gris emplis de compassion.

— Je crois que tu dois te préparer au pire.

Elle hocha la tête, reconnaissante qu'il n'ait pas cherché à lui mentir.

Elle attendait de lui qu'il soit honnête avant tout, qu'il lui dise les choses en face.

Il fit rouler sa tasse entre ses mains, des mains qui lui avaient donné tant de plaisir pendant la nuit.

Hélas, elle avait le sentiment que les pensées qui occupaient maintenant son esprit n'avaient rien de plaisant.

— A quoi penses-tu ? demanda-t-elle, sans vraiment être sûre de vouloir connaître la réponse.

Elle espérait que son regard soudain assombri n'était pas le signe avant-coureur d'une mise au point concernant ce qui s'était passé la nuit précédente.

Même si elle savait depuis le début qu'elle n'était pas la femme de sa vie, elle n'avait pas pour autant envie d'entendre que leur étreinte ne signifiait rien pour lui — que dans le grand dessein de sa vie, *elle* ne signifiait rien.

Il but une gorgée de café. Quand il posa sa tasse sur la table, son regard était encore plus sombre.

— Je crois que depuis le début nous avons adopté la mauvaise approche.

Elle plissa le front.

— Que veux-tu dire ?

— Je parle du projet de centre commercial et de l'enlèvement de ton père.

— Je ne comprends pas.

— Ton père a cru que l'agression dont tu as failli être victime en Californie, et ces fameuses photos de toi, étaient une façon de lui faire peur et de l'obliger à modifier ses projets. Il était persuadé d'être la véritable cible.

— Eh bien, cela semble logique, non ?

Troy grimaça.

— Je ne sais pas trop… Ce matin, j'ai longuement réfléchi, et j'en suis arrivé à la conclusion que cela n'a peut-être rien à voir avec le centre commercial, ni avec aucun autre de ses chantiers en cours.

Brianna le considéra avec étonnement.

Elle avait beau essayer de suivre le cheminement de ses pensées, elle ne voyait pas du tout où il voulait en venir.

— Mais de quoi s'agit-il, alors ?

— De toi. Je pense que c'est toi qui es visée depuis le début.

Le visage de Brianna exprima sa surprise.

Il lui semblait que Troy avait déjà évoqué cette hypothèse, mais elle n'y avait pas particulièrement prêté attention. Ou du moins avait-elle refusé d'y croire, comme c'était le cas lorsque quelque chose l'ennuyait ou la déstabilisait. Au lieu de poser clairement le problème et de chercher à le résoudre, elle le niait tout simplement.

— Dans ce cas, pourquoi a-t-on enlevé mon père ?

— Parce qu'une personne proche de toi savait combien cela te ferait souffrir.

Il tendit le bras au-dessus de la table et prit sa main glacée dans la sienne.

— Quelqu'un dans ton entourage veut te voir malheureuse avant de t'éliminer définitivement.

Brianna ne put retenir un petit hoquet de surprise et d'effroi.

Elle aurait voulu protester, lui dire qu'il se trompait complètement, mais les mots ne voulaient pas franchir la barrière de ses lèvres.

A dire vrai, elle était terrifiée à l'idée qu'il puisse avoir raison.

— Qu'allons-nous faire ?

— Nous allons faire le point sur les personnes qui font partie de ta vie.

Il retira sa main, et elle en éprouva une curieuse sensation d'abandon.

— Mais, d'ores et déjà, reprit-il, mon instinct me dit qu'il s'agit de quelqu'un qui vit à Kansas City.

Brianna ne cacha pas sa perplexité.

— Qui ?

— On pourrait commencer par Kent.

— *Kent* ? Il ne ferait jamais cela. Nous sommes les meilleurs amis du monde.

— Tu as dit que tu étais allée à l'université avec lui ?

Brianna opina.

— En fait, nous avons commencé à sortir ensemble au lycée, et notre histoire s'est terminée quand nous avons quitté la fac.

— Que s'est-il passé ?

Elle haussa les épaules.

— Rien de vraiment important. Kent n'était pas l'amour de ma vie. Je le voyais plus comme un ami que comme un amoureux. Je suis allée vivre en Californie, il est resté ici, et nous avons réussi à conserver une formidable amitié.

Avec une petite moue attendrie, elle conclut :

— C'était un charmant amour de jeunesse qui n'a pas mûri.

Troy porta de nouveau sa tasse à ses lèvres, l'observant par-dessus le bord.

— Et il a accepté sans difficultés la transformation de votre relation ?

Brianna hésita avant de répondre.

Même si Kent s'était montré très fair-play, elle avait toujours eu l'impression que cette rupture lui avait brisé le cœur.

— Je ne sais pas. Il est possible qu'au début il ait été blessé par ma décision de partir en le laissant derrière moi, mais cela remonte à des années, maintenant.

— Tu devrais savoir que la vengeance est un plat qui se mange froid.

— Donc, tu crois qu'il serait devenu une sorte de

psychopathe ? fit Brianna, d'un ton qui dissimulait mal son incrédulité.

Troy soupira.

— Je ne sais pas quoi penser. Tout ce que je dis, c'est qu'il est temps que nous nous intéressions à ton entourage. Qu'en est-il de tes employés au refuge ?

— Sandy et Mike ?

Elle retint un petit rire comme elle tentait de les imaginer en tueurs fous.

— Je ne vois pas quelle raison ils auraient de vouloir ma mort.

— Parle-moi d'eux.

— Eh bien, dit-elle en prenant appui contre le dossier de sa chaise, Sandy avait vingt ans et venait d'obtenir son diplôme de secrétariat quand je l'ai engagée. Elle est passionnée par les animaux et elle a un excellent contact avec les gens. Mike est vétérinaire de formation, et il est aussi déterminé que moi à sauver les animaux en détresse.

Elle secoua la tête.

— Aucun des deux ne me ferait de mal. Cela n'a aucun sens. Et je n'apprécie pas que tu m'obliges à remettre en question la loyauté des personnes qui m'entourent.

— Je comprends. Je sais bien que rien de tout cela n'est facile.

Un long silence se fit. Chacun réfléchissait à ce qui venait de se dire.

— Bon, reprit Brianna, quel est le plan pour la journée ?

— Je crois que nous ferions mieux de rester ici et de nous faire oublier. De toute façon, j'ai besoin que tu établisses la liste des personnes avec qui tu es en relation à Kansas City, et aussi de celles qui auraient des raisons de t'en vouloir en Californie. J'imagine que tu en auras pour toute la journée.

Brianna eut une moue déconfite.

— J'ai toujours essayé d'être quelqu'un de bien, d'être aimable avec tout le monde, et de traiter les gens comme j'aimerais qu'on me traite. Je ne vois pas qui pourrait agir de cette façon envers moi.

— Fais un effort, dit-il avec une rudesse inattendue. Je ne sais pas si tu te rends compte, mais depuis ton arrivée à Kansas City, on a déjà essayé par deux fois d'attenter à ta vie. Fais cette liste, Brianna.

Elle hocha la tête et le suivit des yeux tandis qu'il se levait et allait déposer sa tasse dans l'évier.

— Que vas-tu faire pendant ce temps ?

— M'absenter quelques heures. Une réunion avec mes associés. Malheureusement, nous avons d'autres affaires en cours dont je veux discuter avec eux.

Brianna réalisa soudain l'ampleur des sacrifices auxquels il consentait pour être avec elle. Il n'avait rien prévu de tout cela, et sa vie avait été tout aussi bouleversée que la sienne.

— Troy, je suis désolée de t'avoir entraîné dans cette histoire. Je sais que tu n'imaginais pas être coincé avec moi aussi longtemps.

Il sourit et son regard gris s'éclaircit brièvement.

— Je suis ravi d'être coincé avec toi.

Puis il retrouva son sérieux et sortit une clé de sa poche.

— Je vais devoir prendre ta voiture. J'avais demandé à Micah de ramener la mienne chez moi le soir où nous sommes allés inspecter le bureau de ton père.

— Ça ne me dérange pas. Assure-toi seulement qu'il n'y a pas de bombe à l'intérieur avant de démarrer.

Elle avait voulu plaisanter pour détendre l'atmosphère, mais Troy ne fut pas dupe.

Posant la main sur son épaule, il plongea son regard dans le sien.

— Tu es en sécurité ici. Personne ne peut soupçonner ta présence.

— Je sais.

— Je serai de retour pour le déjeuner.

— Fiche le camp, dit-elle d'un ton léger. Ça va aller.

A la minute où Troy quitta la maison, Brianna ressentit cruellement son absence, et elle fut effrayée de constater à quel point elle tenait déjà à lui.

Il lui avait demandé de réfléchir aux personnes qui pourraient souhaiter sa mort, mais c'était au-dessus de ses forces.

Elle ne pouvait pas imaginer que Kent ait ressassé sa vengeance pendant toutes ces années, tout en lui jouant la comédie de l'amitié.

C'était la même chose pour Mike Kidwell et Sandy Cartwright. Quelle raison auraient-ils de lui en vouloir ? Les seules relations qu'elle avait avec eux étaient liées au refuge, et ils n'avaient jamais eu le moindre différend.

Alors, qui ?

Une partie d'elle s'accrochait toujours désespérément à l'hypothèse selon laquelle tout cela était lié aux activités de son père.

Dans le cas contraire, cela voulait dire que son père avait été enlevé à cause d'elle, et cette idée lui brisait le cœur.

Entre Troy et son père, on pouvait dire que son cœur était mis à rude épreuve.

D'un côté, elle ne pouvait avouer ses sentiments naissants au premier. De l'autre, elle redoutait de ne plus jamais avoir l'occasion de dire au second combien elle l'aimait.

— Tu pourrais t'arranger avec Kincaid pour qu'il assure la protection de Brianna, et ainsi tu aurais les mains libres, suggéra Micah.

Troy et lui s'étaient retrouvés au siège de *Recovery* pour parler des dossiers en cours ; Lukas continuait de monter la garde chez les Waverly.

— La police ne dispose pas des effectifs nécessaires pour la surveiller comme je le fais, répliqua Troy.

Ce n'était pas faux, mais de toute façon il n'aurait cédé sa place pour rien au monde. Aussi étrange que cela paraisse, l'idée qu'un autre que lui assure la protection de Brianna lui faisait horreur.

Personne ne la connaissait comme lui. Personne ne saurait prendre soin d'elle comme lui.

Il songea à leur complicité lorsqu'ils s'étaient endormis dans les bras l'un de l'autre, à ce moment où elle s'était réveillée en pleurant et où il l'avait consolée.

Qui la prendrait dans ses bras si elle faisait de nouveau un cauchemar ? Qui apaiserait ses peurs s'il n'était pas là ?

— Brandon m'a engagé et, tant qu'il ne m'aura pas libéré de ma mission, je resterai fidèle au poste, déclara-t-il d'un ton solennel.

Micah l'observa longuement, et finit par demander :

— Tu te rends compte que Brandon ne sera peut-être pas en mesure de te libérer ?

Troy hocha la tête et son associé poursuivit :

— Pendant combien de temps vas-tu mettre ta vie entre parenthèses pour cette mission ? Et, tout aussi important, combien de temps Brianna acceptera-t-elle de rester cachée ? A un moment ou à un autre, elle aura envie de retrouver sa vie d'avant.

— Je ne sais pas, avoua Troy. Pour le moment, notre seule option est de prendre les choses comme elles viennent.

— C'est bien joli, tout ça, dit Micah, mais nous ne pouvons pas rester bloqués indéfiniment sur une seule affaire. Pendant que nous surveillons la résidence Waverly, ni Lukas ni moi ne pouvons avancer sur les autres dossiers.

— Je sais.

— Je m'inquiète pour l'avenir de la société.

— Ecoute, j'ai dit à Kincaid que je ne voulais pas de présence policière à la maison à cause de la menace sur la vie de Brandon. La police fait ce qu'elle peut, mais il serait peut-être temps qu'elle se montre plus volontaire dans ses actions.

Troy soupira.

— J'espérais que cela se réglerait tout seul en quelques heures. Je voulais aussi respecter le souhait d'Heather de laisser le plus possible la police en dehors de cette affaire… Mais j'en parlerai à Brianna dès mon retour.

Ce ne fut qu'une fois dans sa voiture que Troy prit pleinement conscience de la mise en garde de Micah.

Cela ne pouvait pas continuer ainsi indéfiniment.

Même s'il tenait absolument à aller jusqu'au bout, il ne pouvait pas en attendre autant de ses associés.

Et puis, il devait se montrer réaliste. Avec un tel comportement, il risquait de couler l'entreprise en un temps record.

De plus, Brianna ne tarderait pas à se rebeller contre la réclusion qu'il lui imposait.

C'était une jeune femme qui aimait sortir, faire la fête dans les clubs à la mode et avoir sa photo dans les magazines.

Quel que soit le danger qui pesait sur elle, l'isolement finirait par la rendre folle et elle serait prête à prendre tous les risques pour sortir.

Et c'était précisément ce qu'il redoutait.

Tant qu'ils ne sauraient pas qui se cachait derrière ces agressions, elle serait en danger, partout où elle irait.

Il crispa nerveusement les mains autour du volant.

Bon sang, il leur fallait une piste ! Il leur suffirait d'un indice pour pouvoir mettre un terme à tout cela.

Et ensuite ?

Ensuite, elle retournerait en Californie parader devant les objectifs, dans des robes représentant une année de salaire pour la plupart des gens. Et il oublierait que sa peau était douce comme la soie, qu'elle lui avait fait l'amour avec une passion qu'il était loin d'imaginer...

Quant à lui, eh bien, il continuerait à chercher la femme de sa vie.

En espérant qu'elle existe.

Quoiqu'il en soit, rien de tout cela ne se produirait tant qu'ils n'auraient pas élucidé cette affaire.

Jusqu'à présent, Brianna s'était montrée réticente

à faire le point sur son entourage, et à déterminer qui pourrait lui en vouloir.

Si la menace venait d'une personne liée à sa vie en Californie, elle était la seule à pouvoir identifier un suspect potentiel. Un suspect qui se trouvait forcément à Kansas City à l'heure actuelle.

Il était dans le noir total, et il n'aimait pas cela.

Peut-être Brianna ne s'était-elle pas montrée tout à fait honnête avec lui. Peut-être y avait-il quelque part un ex-petit ami animé de pulsions meurtrières.

Elle avait dit qu'il n'y avait personne, à l'exception de Kent Goodwell, mais il avait le plus grand mal à y croire. Une femme telle que Brianna ne pouvait pas vivre seule. Elle avait forcément dû collectionner les aventures.

Il se gara devant la maison, et sortit de la voiture avec l'intention de la cuisiner sans pitié au sujet de sa vie en Californie.

Il n'en eut pas l'occasion.

Il n'avait pas claqué sa portière que Brianna se ruait vers lui, comme si elle le guettait depuis longtemps.

Le visage rouge et les mains tremblantes, elle était très agitée, et Troy sentit son pouls s'accélérer.

— Que se passe-t-il ? Il est arrivé quelque chose de grave ?

— J'ai consulté les e-mails de mon père, dit Brianna tout en le prenant par le bras pour l'inciter à rentrer rapidement dans la maison, et j'ai trouvé un message de son avocat. Papa voulait divorcer d'Heather.

Comme ils entraient dans le salon, elle lui lâcha le bras et se mit à faire les cent pas.

— C'est peut-être pour cette raison qu'elle ne voulait

pas prévenir la police. Si elle avait voulu se débarrasser de papa avant que le divorce ne soit prononcé ?

Ses pas rapides et lourdement martelés faisaient vibrer les larges lames de pin patiné qui formaient le plancher.

— Et maintenant, elle veut m'éliminer pour récupérer toute la fortune de papa.

Elle interrompit ses allées et venues et se posta devant Troy, les yeux brillants d'émotion.

— Elle a déjà réussi à se débarrasser de moi une première fois. Aujourd'hui, elle a peut-être envie de quelque chose de définitif.

9

— Brianna, assieds-toi, ordonna Troy. Tu me donnes le tournis.

Il prit place dans le canapé et lui désigna un fauteuil.

— Qu'entends-tu par « elle a déjà réussi à se débarrasser de moi » ?

Brianna se laissa tomber dans le fauteuil, rejeta la tête en arrière, et soupira.

— C'est Heather qui a suggéré que je m'installe en Californie. Quand elle a épousé papa, elle passait son temps à lire les magazines à scandale, et rêvait de la vie des stars…

Elle se redressa et chercha le regard de Troy.

— Elle m'a dit que j'étais aussi jolie que toutes ces femmes qui gravitaient dans les soirées à Hollywood, et m'a encouragée à profiter de ma jeunesse.

Ne pouvant croire qu'elle ait pu être aussi naïve, elle esquissa une petite moue désolée.

— Je ne savais pas quoi faire pour la satisfaire et, pour tout dire, je me sentais un peu comme la cinquième roue du carrosse. Bref, j'ai fait mes valises et je lui ai laissé le champ libre.

D'une main tremblante, elle repoussa une mèche de cheveux derrière son oreille.

— C'est la seule chose qui ait un peu de sens, Troy. D'après le message, papa devait rencontrer son avocat la semaine prochaine et finaliser sa demande de divorce. Heather a dû payer quelqu'un pour l'éliminer, et maintenant elle s'en prend à moi. Si papa et moi disparaissons, elle aura tout, la maison, l'argent, l'entreprise…

Folle de rage, Brianna se leva d'un bond.

— Il faut que j'aille à la maison. Je dois voir Heather. Je veux la regarder droit dans les yeux et lui parler de ce divorce.

Troy n'essaya pas de l'en dissuader.

Il devinait à l'éclat de ses yeux, au port altier de son menton, qu'il lui serait impossible d'interdire à Brianna de voir sa belle-mère. A moins de l'attacher.

Ils n'échangèrent plus un mot, jusqu'à ce qu'ils aient pris place dans la voiture.

— C'est Heather qui a insisté pour que la police ne soit pas prévenue, reprit Brianna. Quand tu as essayé de lui faire comprendre que l'inverse serait préférable, elle est devenue hystérique et a refusé catégoriquement.

— Elle était effrayée et voulait respecter les instructions du ravisseur, rétorqua Troy, jouant l'avocat du diable.

Elle secoua la tête d'un air buté.

— C'est forcément elle, Troy. Je ne vois pas qui d'autre pourrait être derrière tout ça.

Troy ne savait pas ce qu'il devait croire. Mais, une chose était sûre, la culpabilité d'Heather n'était pas l'hypothèse la plus insensée. Tout le monde savait qu'une grande partie des divorces se passaient mal. Surtout si une fortune considérable était en jeu.

Si le testament de Brandon prévoyait que sa fille hérite

de la moitié de ses biens, il était possible qu'Heather n'ait pas voulu se contenter de l'autre moitié.

Pourquoi partager quand on pouvait tout avoir ?

— Elle trompait sûrement papa, continua Brianna. Elle doit avoir pour complice un amant beaucoup plus jeune. On lit tout le temps ce genre de choses dans les journaux.

Elle était raide de colère. Ses yeux étincelaient de fureur.

— Tâche de te calmer, dit Troy d'un ton apaisant. De toute façon, la police surveille discrètement la maison. Si Heather est coupable, ils ne tarderont pas à le savoir.

— Je sais.

Rejetant de nouveau la tête en arrière, elle prit plusieurs profondes respirations.

— Si c'est vraiment elle, alors papa est mort. Elle ne l'aurait pas fait enlever pour le garder en vie.

Sa phrase s'était terminée dans un sanglot, et Troy essaya de la rassurer.

Il aurait fait n'importe quoi, dit n'importe quoi pour effacer cette angoisse de son visage.

— Ne tire pas de conclusions hâtives, Brianna. Nous ne savons même pas si elle a quelque chose à voir dans cet enlèvement. Tant que nous n'avons pas confirmation de la mort de Brandon, il reste toujours de l'espoir.

Elle lui adressa un sourire reconnaissant, comme s'il venait de dire exactement ce qu'elle avait besoin d'entendre. Puis elle soupira encore.

— Je voudrais tellement que tout cela soit terminé. Je veux que mon père revienne à la maison, et je veux retrouver ma vie.

— Tu as tellement hâte de retourner en Californie ?

Elle le surprit en secouant la tête.

— Ça n'a jamais été ma vie. Je serais évidemment obligée d'y retourner pour empaqueter mes affaires, mais j'avais déjà décidé depuis quelques semaines qu'il était temps pour moi de vivre la vie dont je rêve depuis que je suis toute petite.

— C'est-à-dire ?

— Je veux m'installer à Kansas City et diriger le refuge à temps plein. Je devais annoncer la nouvelle à mon père, mais je n'en ai pas eu l'occasion.

Le cœur de Troy se serra devant la douleur qu'exprimaient la voix et le visage de la jeune femme.

Il était également stupéfait par ce qu'elle venait de dire.

Il avait cru qu'elle retournerait en Californie quand tout serait terminé. C'était tellement logique. Et d'ailleurs, il voyait mal comment elle pourrait être heureuse ici, à s'occuper d'animaux.

Peut-être s'était-elle convaincue que c'était ce qu'elle souhaitait profondément, mais il ne lui donnait pas longtemps pour en avoir assez de Kansas City et de la cause animale.

— Et en parlant du refuge, reprit Brianna, comme si elle venait de lire dans ses pensées, j'ai l'intention d'être là demain pour la journée d'adoption.

Il lui jeta un coup d'œil en coin, vit son expression obstinée, et comprit qu'il ne servirait à rien de discuter.

— D'accord, nous trouverons une solution.

Brianna se redressa sur son siège et, comme si elle n'avait pas entendu sa réponse, se lança dans un vibrant plaidoyer.

— Je me suis démenée pendant six mois pour obtenir des donations, j'ai dépensé beaucoup d'argent pour la publicité de cet événement. Je ne vais pas laisser un psychopathe m'empêcher de faire ce que j'ai à faire.

Il sourit.

— Bree, ma puce, j'ai dit que j'étais d'accord. Nous trouverons un moyen pour que tu puisses y aller.

— Merci.

Elle se rassit au fond du fauteuil, visiblement rassérénée.

— Si Heather avoue tout lors de notre confrontation, nous n'aurons plus de souci à nous faire pour demain. La coupable sera derrière les barreaux, et tout sera terminé.

Troy hocha la tête, mais il était à peu près sûr qu'Heather ne craquerait pas aussi facilement. D'ailleurs, rien ne permettait d'affirmer qu'elle était coupable.

En attendant, il allait devoir se creuser l'esprit pour trouver comment assurer la sécurité de Brianna dans un endroit envahi par une foule au sein de laquelle le meurtrier n'aurait aucun mal à se glisser incognito.

Alors que la voiture s'engageait dans la rue où se trouvait la maison de son enfance, Brianna sentit un regain de colère à l'égard de sa belle-mère l'envahir.

Etait-il vraiment possible qu'Heather soit aussi diabolique ? Avait-elle fait enlever et tuer son père, avant de s'en prendre à elle pour s'approprier sa part d'héritage ?

Au fond d'elle-même, Brianna s'était toujours vaguement demandé si Heather avait épousé son père pour l'argent. Après tout, il avait le double de son âge, et on pouvait s'interroger sur ses motivations.

— Je croyais que la police surveillait la maison, dit-elle, comme Troy ralentissait à proximité de la résidence Waverly.

— Fais-moi confiance, ils sont là.

Il lui désigna un camion du service des eaux garé un peu plus loin dans la rue, et manœuvra pour s'engager dans l'allée.

Il coupa le moteur devant la maison, et prit le bras de Brianna avant qu'elle ait eu le temps de défaire sa ceinture.

— Je suppose qu'il ne servira à rien de te recommander de garder ton calme ?

— Sans doute pas. Je ne sortira pas d'ici sans avoir obtenu des réponses d'Heather. Et je suis particulièrement d'humeur à lui faire cracher la vérité.

Elle se dégagea brusquement, ôta sa ceinture et sortit de la voiture.

Brianna se servit de sa clé pour ouvrir la porte principale. Troy, sur ses talons, la surveillait comme si elle s'apprêtait à commettre un crime.

Un crime, sans doute pas. Mais elle se sentait sur le point d'exploser. Elle avait envie de hurler, de casser quelque chose, de cesser d'être une victime et d'agir au lieu de subir.

— Heather ! cria-t-elle en se précipitant vers l'escalier.

Au passage, elle adressa un bref signe de tête à Lukas, qui avait surgi dans le hall, alerté par le bruit.

— Heather, descends tout de suite !

— J'ai l'impression qu'il va y avoir de la bagarre, souffla Lukas à Troy.

Heather apparut sur le palier, vêtue d'une longue robe d'hôtesse pourpre qui jurait avec le rouge de ses cheveux, le visage livide.

— Bree, tu as des nouvelles ? Il s'est passé quelque chose ?

Elle dévala les marches et tendit les mains pour se

saisir de celles de Brianna, qui eut aussitôt un mouvement de recul.

A cet instant, elle n'était plus que haine à l'égard de cette femme à qui elle avait autrefois désespérément tenté de plaire, cette femme qu'elle croyait son amie.

Surprise, Heather laissa retomber ses mains et tourna les yeux vers Troy.

— Monsieur Sinclair… quelque chose ne va pas ?

— Papa voulait divorcer, dit Brianna de but en blanc.

Elle n'aurait jamais cru que le visage d'Heather pouvait blêmir davantage, et pourtant ce fut le cas.

— Allons-nous asseoir, dit-elle d'une voix éteinte.

Elle les précéda dans le salon et leur désigna un siège.

— La décision de divorcer ne venait pas uniquement de ton père. Nous l'avions prise ensemble.

Les émotions se bousculèrent dans l'esprit de Brianna.

Lorsque son père lui avait annoncé qu'il allait épouser Heather, elle avait été sincèrement heureuse. Elle espérait alors qu'il avait trouvé la compagne de toute une vie.

— As-tu fait quelque chose à mon père ? demanda Brianna d'une voix vibrante de colère. Craignais-tu qu'il ne se montre pas assez généreux avec toi lors du divorce ? As-tu engagé quelqu'un pour le tuer et te débarrasser de moi ?

Le hoquet de surprise qui échappa à Heather parut sincère.

— Brianna, comment peux-tu penser de telles choses ? Ton père et moi avions l'intention de t'en parler. Nous nous aimons toujours, mais ce n'est plus le même genre d'amour. Je ne ferais jamais rien contre lui, ni contre toi.

— Mais tu as refusé l'intervention de la police.

— Parce que le ravisseur a dit qu'il tuerait Brandon si

je prévenais les autorités ! J'ai peut-être fait une erreur, mais j'étais terrifiée à l'idée de prendre une décision qui pourrait être fatale à ton père.

— As-tu un amant ?

— Absolument pas, répondit Heather avec fermeté. Ni ton père ni moi n'avons décidé de divorcer à cause de quelqu'un d'autre. Nous nous sommes tout simplement éloignés au fil du temps. Nous nous aimons toujours, mais nous ne sommes plus amoureux. C'est aussi simple que cela, et nous ne sommes pas le premier couple à qui cela arrive.

La colère de Brianna retomba d'un seul coup lorsqu'elle comprit qu'il ne servirait à rien de presser Heather de questions.

Si sa belle-mère n'était pas coupable, elle ne pourrait pas les aider. Et si elle était coupable, elle ne semblait pas décidée à l'avouer.

Se ruer ici pour l'affronter était complètement stupide.

Sur cette conclusion, Brianna se leva.

— Si tu n'as rien à voir avec tout cela, je suis navrée, dit-elle. Mais si tu es coupable, je ferai en sorte que tu passes le reste de ta vie en prison.

Tournant les talons, elle se dirigea vers la porte, à demi aveuglée par un voile de larmes.

Troy la suivit comme une ombre.

Après lui avoir ouvert la portière, il fit le tour de la portière et s'installa au volant.

— Ça va ? demanda-t-il en posant sa main sur la sienne.

Cette chaleur lui apporta un peu de réconfort, mais rien ne put empêcher les larmes de rouler sur ses joues.

— Je ne sais pas ce que j'espérais. Je m'attendais

peut-être à ce que ça se passe comme dans un roman policier, tu sais, quand le coupable craque et avoue tout.

— Cela se passe rarement ainsi dans la vraie vie.

Il pressa sa main, puis fit démarrer la voiture.

— Je voudrais que tu appelles ton ami, le commissaire Kincaid, et que tu lui fasses part de nos soupçons au sujet d'Heather.

— Je le ferai, mais je suppose qu'elle figure déjà sur sa liste des suspects. Qu'il s'agisse d'enlèvement ou d'assassinat, l'épouse est toujours la première personne à être soupçonnée.

— Pour moi, c'est l'hypothèse la plus logique. J'ai beau retourner la question dans tous les sens, je ne vois pas d'autre solution.

— En tout cas, ce n'est pas le moment de négliger ta sécurité. Dès que nous serons rentrés, je réfléchirai à un plan de protection pour demain.

Posant la main sur son genou, Brianna lui adressa un sourire penaud.

— Je me rends compte que je te complique la tâche en exigeant d'aller au refuge demain.

— Ne t'inquiète pas. Je trouverai un moyen.

— Merci, Troy. Je suis vraiment contente de ne pas être seule pour traverser cette épreuve.

Une nouvelle vague d'émotion monta en elle.

Elle était à deux doigts de tomber amoureuse de Troy.

Otant sa main, elle se rencogna contre sa portière. Tomber amoureuse de lui était la chose la plus stupide qu'elle pourrait faire.

Et Dieu seul savait combien de décisions stupides elle avait déjà prises.

Elle aurait dû revenir à Kansas City depuis des années.

Elle aurait dû passer du temps avec son père et donner un véritable sens à sa vie.

— Tu avais raison à mon sujet, dit-elle.

Surpris, il lui glissa un rapide coup d'œil.

— A propos de quoi ?

— A propos des chances que je gâche en perdant mon temps dans les fêtes hollywoodiennes. Depuis presque deux ans, je me disais qu'il était temps de revenir à la maison, de me rendre utile, mais il faut croire que quelque chose me plaisait quand même dans cette vie faite de paillettes et de glamour.

Il esquissa un sourire.

— Donc, tu reconnais être humaine ? Quelle surprise !

Elle haussa les épaules.

— J'ai été stupide. J'aurais pu profiter de la présence de mon père, développer mes activités ici. J'ai vingt-neuf ans, et je n'ai encore rien construit de concret. Je n'ai même pas de petit ami attitré. Je ne m'étais pas rendu compte à quel point j'avais mis ma vie entre parenthèses.

— Ce n'est pas trop tard, tu sais, dit-il avec une pointe d'humour. Tu n'as pas encore atteint l'âge canonique. Tu as encore tout le temps de trouver quelqu'un, de te consacrer à ton travail, et de te bâtir une vie épanouie.

— Je sais. Mais, sans mon père, ce ne sera pas la même chose.

De nouveau elle sentit les larmes lui brûler les paupières, mais refusa de céder à la peur.

— Je ne suis même pas passée voir Sam au refuge.

— Qui est Sam ?

— Un labrador qui se croit le propriétaire des lieux et qui tient une grande place dans mon cœur.

Penser à ce chien qu'elle adorait lui fit du bien.

— Il y a deux ans, je l'ai sauvé des mains d'un homme qui voulait le noyer parce qu'il n'avait aucun talent de chasseur. Entre Sam et moi, ça a tout de suite été le coup de foudre. Je m'efforce de venir le voir au moins quatre fois par an. Un jour, quand j'aurai trouvé une grande propriété bien clôturée, je le prendrai avec moi.

— Il paraît que les labradors sont d'excellents animaux de compagnie.

Brianna hocha la tête.

— Presque tous les chiens peuvent devenir de bons compagnons, même ceux qui ont été maltraités ou dressés pour être agressifs. Il suffit d'être patient et de comprendre comment ils fonctionnent. Et puis, ce qu'il y a de bien avec eux, c'est qu'ils ne te jugent pas. Ils se moquent de ce que tu as fait. Du moment que tu les nourris et que tu les aimes, ils t'aiment en retour. C'est la relation la moins compliquée qui puisse exister.

— J'aime quand les choses ne sont pas compliquées, dit Troy.

Ses mots rappelèrent brutalement à Brianna qu'elle ne correspondrait jamais à ses critères en matière de femmes.

Jamais elle ne serait celle qui partagerait le reste de sa vie.

Le désespoir qui avait menacé de la submerger un instant plus tôt s'abattit de nouveau sur elle, tel un ciel qui se couvre d'un seul coup de gros nuages noirs à l'approche d'un orage.

Et dans son cœur, le timide rayon de soleil qui éclairait le début de sa relation avec Troy fit place à une obscurité totale.

10

Il était un peu plus de 9 heures quand Troy s'engagea dans l'allée goudronnée qui menait au refuge.

L'opération portes ouvertes ne devait pas commencer avant 13 heures, mais la seule façon pour lui d'assurer efficacement la sécurité de Brianna était d'arriver longtemps à l'avance et d'inspecter les moindres recoins.

Il s'était assuré qu'ils n'avaient pas été suivis depuis la ferme, et à première vue rien ne lui sembla suspect lorsqu'il se gara dans le parking réservé aux visiteurs.

— Mike est déjà là, dit Brianna, en pointant le doigt vers un pick-up garé le long du bâtiment principal. Il fait sans doute un dernier bilan de santé de l'ensemble des animaux.

Ils descendirent du 4 X 4 de Brianna, et prirent le chemin des bureaux.

A l'approche du bâtiment, cette dernière émit un long sifflement modulé.

Un chien au superbe pelage blond apparut presque aussitôt à la hauteur du pick-up de Mike. Dès qu'il aperçut Brianna, il se rua vers elle.

— Sam ! cria-t-elle, le visage illuminé par la joie.

L'animal bondit sur elle et la renversa sur la pelouse.

Riant comme une enfant alors qu'il lui léchait le

visage en remuant frénétiquement la queue, elle offrait un charmant tableau qui marqua l'esprit de Troy.

Loin de l'héritière hautaine qui fréquentait les soirées hollywoodiennes, elle se rapprochait tout à coup du portrait qu'il s'était fait de la femme idéale.

Se pourrait-il finalement qu'elle ne soit pas qu'une aventure parmi d'autres, mais la femme de sa vie, celle qu'il aimerait toujours ?

Médusé par le tour que prenaient ses pensées, Troy décida de reporter sa réflexion à plus tard. Briana se releva et posa la main sur la tête du chien.

— Sam, assis !

Le chien obéit instantanément.

— Dis bonjour.

Sam aboya une fois et tendit sa patte droite.

En riant, Troy saisit la patte du chien et la secoua.

— Bonjour, mon vieux.

Tournant la tête vers Brianna, il lui sourit d'un air approbateur.

— Il est superbe.

Elle hocha la tête, visiblement fière de son chien.

— Et très intelligent.

— Allons à l'intérieur, dit Troy, retrouvant le sens des priorités.

Il ne voulait pas s'attarder inutilement en plein air, là où Brianna représentait une cible idéale.

Pour le moment, il ne percevait aucune menace, mais il ne voulait prendre aucun risque. Après tout, le jour où ils s'étaient rendus sur le chantier du centre commercial, il n'avait rien senti non plus.

Le refuge était divisé en deux zones. Il y avait d'abord une pièce d'accueil, relativement petite, avec un comptoir en demi-cercle derrière lequel se trouvait une réceptionniste. Sur le côté droit, une porte marquée « bureau » abritait les quartiers du directeur. Au fond, un couloir desservait la plus vaste des zones, consacrée à l'hébergement des chiens et des chats.

Comme Troy s'engageait dans le couloir, Mike vint à sa rencontre.

Ils échangèrent une chaleureuse poignée de main, et Troy l'interrogea sur le fonctionnement du refuge.

— Combien d'animaux avez-vous ?

— Pour le moment, nous en avons soixante-dix, mais nous nous efforçons d'en maintenir le nombre au-dessous de cinquante…

Agé d'une quarantaine d'années, brun aux yeux bleus, le vétérinaire était un bel homme au visage franc et amical qui s'exprimait d'une voix posée.

— J'espère que nous parviendrons à placer une quinzaine de chats et de chiens aujourd'hui.

— Brianna a l'air de s'impliquer énormément.

— C'est vrai. Elle est formidable. Je trouve que c'est très généreux de sa part d'investir autant d'argent dans cet endroit. Bien sûr, il y a les subventions, et les donations qu'elle réussit à obtenir des ses amis, mais elle n'est pas en reste.

— Comme quoi les bonnes actions ne sont pas toujours récompensées à leur juste valeur, dit Troy entre ses dents.

— Pardon ?

— Vous savez sans doute qu'elle a des ennuis.

— J'imagine que vous faites allusion à ce qui s'est passé sur le chantier ?

— Entre autres. Quelqu'un a récemment essayé de la renverser en voiture.

Le vétérinaire écarquilla les yeux.

— Mais pourquoi ? Que se passe-t-il ?

— Je n'en sais rien, mais je voulais vous prévenir que six policiers en civil se mêleront aux visiteurs pour assurer la sécurité de Brianna.

Par bonheur, Wendall Kincaid avait finalement accepté de lui envoyer des hommes pour l'après-midi.

— Grâce à ce dispositif, elle ne sera pas seule un seul instant, ajouta-t-il.

— Je peux faire quelque chose ? s'enquit Mike, l'air profondément concerné.

Troy lui tapa sur l'épaule.

— Oui. Débrouillez-vous pour faire adopter une vingtaine de ces bestioles.

Le vétérinaire sourit.

— Je ferai de mon mieux. En attendant, je vais mettre les chiens dehors dans les enclos, où les visiteurs pourront les voir.

— Très bien. Je vous laisse travailler.

Troy revint vers la zone d'accueil. Brianna s'était assise au bureau de la réceptionniste et parlait au téléphone.

— Je veux que tout soit prêt au plus tard pour 12 h 30, disait-elle à son interlocuteur. Et je préfère qu'il y ait trop de hot dogs que pas assez. N'oubliez pas la moutarde. J'adore la moutarde. Très bien. A tout à l'heure.

Elle raccrocha et sourit à Troy.

— J'ai fait venir un marchand ambulant. En plus des hot dogs, il y aura de la barbe à papa et du pop-corn.

— Tu t'es donné beaucoup de mal, on dirait.

— Je veux que ce soit une journée de détente en famille. Ah oui, et il y aura aussi de la musique. J'ai engagé un disc-jockey. Il devrait arriver vers 11 h 30 pour tout installer.

— Je ne savais pas que cela prendrait une telle ampleur. Tu n'as vraiment rien laissé au hasard.

Brianna s'appuya contre le dossier inclinable de son siège et passa une mèche de cheveux derrière son oreille.

— Je travaille dessus depuis des mois. Il ne s'agit pas seulement de faire adopter des animaux. Je veux faire connaître nos actions. Les gens doivent savoir que nous existons, et que nous offrons une alternative aux méthodes barbares telles que la noyade ou le coup de fusil. Il n'y a pas d'euthanasie chez nous, sauf évidemment pour épargner des souffrances inutiles à un animal malade. Nous avons mis en place un enclos spécial où les gens peuvent déposer leurs animaux en toute discrétion, sans qu'on leur pose de questions, et sans qu'ils aient le sentiment d'être jugés.

Passionnée par le sujet, Brianna s'était illuminée pendant son explication, mais son humeur changea brusquement.

— J'aurais tellement voulu que…

Sa voix s'étrangla.

— Il aurait été très fier de toi, dit Troy.

Elle lui adressa un sourire teinté de tristesse.

— Je sais. Même si nous sommes installés depuis trois ans, nous n'avons jamais rien fait de ce genre pour nous faire connaître. Après cette journée, j'espère que tout le monde à Kansas City saura que le refuge existe.

La matinée passa en un éclair tandis que Troy suivait Brianna à travers la propriété, la regardant accomplir des tâches de dernière minute et vérifier les plus infimes détails.

Sandy arriva à 11 heures, les cheveux plus blonds encore que lors de leur précédente rencontre, et vêtue d'un pantalon noir et d'un chemisier qui ressemblaient étrangement à l'une des tenues que Brianna portait sur les photos que Brandon lui avait montrées. Visiblement, elle poussait l'admiration pour son idole jusqu'à l'imitation.

A 12 h 30, tout était prêt pour accueillir une gigantesque fête.

Le disc-jockey avait installé ses platines et les testait. L'air était chargé d'alléchantes odeurs de hot dogs, de barbe à papa et de pop-corn. Les chiens étaient tous dehors dans les enclos, et aboyaient furieusement, comme s'ils avaient conscience qu'il allait se passer quelque chose d'important.

Troy alla faire un tour du côté des box, où demeuraient quelques chiens dont l'état de santé ne permettait pas une adoption, ou qui avaient besoin d'être rééduqués avant d'être confiés à de nouveaux maîtres.

S'approchant d'une fenêtre qui offrait une vue sur l'arrière de la propriété, il observa la zone fortement boisée qui s'y étendait.

Il entendit un bruit de pas légers, respira l'odeur familière d'un parfum, et sut que Brianna l'avait rejoint.

— Jusqu'où s'étend le domaine ?

— Sur plusieurs centaines d'hectares, dit-elle en venant se placer à côté de lui. Je ne suis même jamais allée jusqu'aux limites de la propriété. Le bois est complètement à l'abandon et envahi par la végétation.

J'aimerais en défricher une partie et m'agrandir. J'ai pensé à un centre de dressage pour les chiens d'aveugles.

Il tourna les yeux vers elle. Ses cheveux étaient en bataille, et le rouge à lèvres qu'elle avait appliqué le matin avant de quitter la maison avait disparu depuis longtemps. Une légère odeur de chien mouillé se mêlait à son parfum, et pourtant elle ne lui avait jamais paru aussi jolie.

— Tu as de grands projets, dit-il d'un ton admiratif.

Elle sourit.

— C'est toujours mieux de voir grand, non ? Et toi, Troy ? Quel genre de rêves as-tu ?

— Aucun. J'aime ma vie comme elle est.

Soudain, il éprouva le besoin de prendre ses distances avec elle et avec le désir qui menaçait de l'envahir.

— Il est presque 13 heures, dit-il. Nous ferions mieux de retourner à l'accueil.

Combien de temps une adepte de la vie mondaine à Hollywood serait-elle heureuse dans une ville comme Kansas City, à diriger un centre d'adoption pour les animaux ?

Il lui donnait trois mois au maximum avant que l'attrait de la nouveauté se dissipe et qu'elle se mette à regretter ses amis, la folle animation des soirées, les boutiques de luxe, et qu'elle finisse par tout quitter. Lui y compris.

Les policiers en civil arrivèrent quelques minutes plus tard et, à 13 heures pile, tout était en place.

Il ne manquait plus que les visiteurs.

— Et si personne ne venait ? s'inquiéta Brianna, en fixant l'entrée.

— Ne vous inquiétez pas, dit Sandra. Les gens vont venir. Au pire, ils se déplaceront pour vous voir.

Brianna sourit à la jeune femme.

— Je ne veux pas qu'ils viennent pour moi, mais pour les animaux.

Elle se retourna de nouveau vers la fenêtre. Son visage s'éclaira.

— Voilà une voiture ! Oh, c'est Kent !

Avant que Troy ait eu le temps de la retenir, elle se rua dehors.

Il esquissa un geste pour la suivre, puis se détendit en voyant deux policiers en civil lui emboîter le pas.

Depuis la fenêtre, il vit Brianna se jeter dans les bras d'un grand et bel homme brun qui sortait d'un luxueux coupé.

Voilà donc à quoi ressemblait l'homme avec qui Brianna était sortie durant ses études, songea-t-il avec une pointe de jalousie devant la jeunesse et l'assurance de Kent Goodwell.

Sa réaction le déconcerta. Comment pouvait-il être jaloux alors qu'il avait la certitude que Brianna n'était pas faite pour lui ?

Serrant les mâchoires, il s'obligea à se rappeler qu'il était en mission.

Il ne put toutefois s'empêcher de jeter un regard noir au couple qui entrait en riant.

— Troy, dit Brianna en tournant vers lui un visage béat, voici Kent, mon meilleur ami. Kent, je te présente Troy, un ami qui me tient aussi lieu de garde du corps en ce moment.

Kent le dévisagea avec surprise, puis lui tendit la main.

— Un garde du corps ?

— C'est une longue histoire, marmonna Brianna.

Kent lui sourit, montrant des dents parfaitement alignées et d'une blancheur éclatante.

— Dans ce cas, il faut vraiment que nous trouvions un moment pour discuter de tout ce qui s'est passé depuis la dernière fois que nous nous sommes vus.

— Je vois arriver d'autres voitures, les interrompit Sandy d'une voix enjouée.

— Nous en parlerons plus tard, répondit Brianna à Kent.

Kent était toujours amoureux d'elle, se dit Troy en remarquant la façon dont le séduisant trentenaire suivait Brianna des yeux. Cela se voyait dans la façon qu'il avait de la toucher sans raison.

Durant l'après-midi, Troy ne put s'empêcher de remarquer que Kent n'était jamais très loin de Brianna. Il buvait ses paroles, accédait à la moindre de ses demandes, et passait son temps à la dévorer des yeux quand il pensait qu'elle ne le voyait pas.

Il était évident pour Troy que Kent n'avait pas fait son deuil de cette histoire d'amour. En revanche, il lui était difficile de décider si ces sentiments bafoués avaient échappé à son contrôle et s'étaient transformés en folie meurtrière.

Le cas n'était pas rare. Les journaux et les comptes rendus d'audience étaient truffés de ce genre d'histoires.

Mais avant de s'emballer, il devait déterminer s'il existait de véritables raisons de soupçonner Kent, ou si la jalousie altérait son jugement.

— Vingt-trois chiens et chats, annonça triomphalement Brianna, en jetant les bras autour de Troy.

Le vendeur de hot dogs était parti, le disc-jockey remballait son matériel, et les dernières voitures des visiteurs quittaient le parking.

Comme il se crispait et restait les bras ballants, elle recula d'un pas et l'observa avec étonnement.

— Ça ne va pas ?

— Je suis fatigué. Mais je suis content que la journée ait été un succès pour toi.

— Pas pour moi, pour les animaux. Il faut fêter ça. Si j'étais en Californie, je te proposerais d'aller boire du champagne dans un club et de danser toute la nuit. Mais on peut aussi s'arrêter en chemin et acheter une bouteille de vin et une pizza surgelée.

Avant qu'il ait eu le temps de répondre, Mike entra dans le bureau, l'air épuisé mais satisfait.

— Allez-y, dit-il. Je fermerai avec Sandy.

— Vous êtes sûr ? fit Brianna.

— Mais oui. Rentrez et reposez-vous. Il ne reste plus grand-chose à faire ici de toute façon. Nous en avons pour une demi-heure, tout au plus.

— D'accord.

Brianna avait l'impression d'être couverte de poils et de poussière et rêvait de prendre un bain, aussi ne s'attarda-t-elle pas davantage.

Dès qu'ils furent dans la voiture, Troy se tourna vers elle.

— Il est encore amoureux de toi.

— Qui ?

— Kent.

Elle haussa les épaules.

— Ne dis pas de bêtises ! Nous sommes amis. Il m'aime bien, mais il n'est pas amoureux de moi.

— Je te dis que si.

La mâchoire de Troy était agitée d'un tic nerveux, et elle le regarda avec étonnement.

— Bon, d'accord, si tu veux. Mais je ne suis pas amoureuse de lui, et il le sait.

Elle ne comprenait pas la réaction de Troy.

Que lui arrivait-il ? On aurait presque pu croire qu'il se comportait comme un amant jaloux.

Elle écarta aussitôt cette pensée ridicule.

Elle n'était même pas sûre que Troy Sinclair l'appréciait. Pourquoi serait-il jaloux d'un ex-petit ami ?

Troy démarra la voiture, et ils quittèrent l'allée pour s'engager sur la route.

— A quoi penses-tu ? demanda-t-elle, en regrettant de ne pas pouvoir lire dans son esprit.

C'était la première fois qu'elle sentait une telle distance entre eux.

— Je me demande jusqu'à quel point Kent est obsédé par toi. Admettons qu'il préfère te voir morte plutôt qu'avec quelqu'un d'autre…

— Mais c'est de la folie ! s'exclama Brianna.

Puis elle tourna la tête vers sa vitre et s'absorba un moment dans la contemplation du paysage.

Finalement, elle en vint à se demander si c'était plus fou que tout ce à quoi ils avaient pensé jusqu'à présent.

— Si c'est Kent, pourquoi aurait-il enlevé mon père ?

— Je ne sais pas. Peut-être pour te faire du mal ? Peut-être pour te faire rester plus longtemps en ville ? Il sait que tu ne retourneras pas en Californie tant que ton père ne sera pas revenu. Il avait peut-être l'intention de jouer les héros, de te réconforter pendant que tu t'inquiétais pour ton père.

— Tu as vraiment l'esprit tordu.

Les lèvres de Troy s'étirèrent en un sourire désenchanté.

— Parfois, il faut se montrer tordu pour dénicher les gens tordus.

Au même moment, son portable sonna.

Il répondit et écouta sans mot dire pendant près d'une minute.

— Bien. D'accord. J'ai compris.

Il raccrocha, glissa l'appareil dans la poche de poitrine de sa chemise, puis jeta un bref coup d'œil à Brianna.

— C'était Kincaid. Ils ont reçu un appel anonyme, disant qu'ils devraient fouiller chez Sandy Cartwright s'ils voulaient retrouver Brandon.

— Sandy ?

Brianna songea à jeune femme dynamique et enjouée qui travaillait pour elle, et ne put se résoudre à envisager son implication dans l'enlèvement de son père.

Pourtant, il ne fallait négliger aucune possibilité.

— Nous devons y aller, dit-elle en se redressant sur son siège. Je sais où elle habite.

Même si cela semblait totalement invraisemblable, elle ne tenait soudain plus en place.

Etait-il possible qu'ils obtiennent enfin des réponses ?

— Il vaut mieux laisser la police s'en occuper, suggéra Troy.

— Tourne à gauche au prochain carrefour. La maison de Sandy ne se trouve qu'à quinze minutes d'ici.

Troy laissa échapper un soupir.

— Pourquoi ai-je parfois l'impression de parler sans que personne ne m'écoute ?

— Je t'écoute. Mais tu devrais suffisamment bien me connaître maintenant pour savoir que je ne peux pas rester sans rien faire face à ce genre d'information.

— Tu as raison, je le savais.

Une nouvelle fois, il pinça les lèvres en un curieux rictus, et elle se demanda s'il ne commençait pas à être las de toute cette histoire.

Cette pensée lui causa une peine inattendue. Combien, en l'espace de quelques jours, elle s'était attachée à Troy !

Malheureusement, elle ne pouvait pas s'accorder le temps d'y penser maintenant.

Elle devait se concentrer sur le fait qu'ils tenaient enfin leur premier indice concernant son père.

— Je me demande qui a bien pu passer cet appel, dit-elle d'un ton songeur. Je suppose que la police peut le tracer.

— Le temps le dira, répondit Troy.

Même si elle ignorait quel lien Sandy pouvait avoir avec son père, même si elle peinait à voir en elle une coupable, son esprit turbinait sans relâche.

Heather et son père étaient sur le point de divorcer. Se pouvait-il que Sandy et son père aient entretenu une liaison ?

Non, elle ne pouvait imaginer son père avec une femme aussi jeune. Ce n'était vraiment pas son genre.

— Tourne de nouveau à gauche au prochain carrefour.

Plus ils approchaient de la vieille ferme où vivait Sandy, plus Brianna se mettait à y croire.

Il fallait que son père soit là. Et en vie.

Elle ferma les yeux et imagina les bras solides de son père autour d'elle, son odeur familière d'eau de toilette, de cigare et de pastilles de menthe.

Quelque part au fond d'elle, elle n'ignorait pas que les chances étaient minces pour qu'il soit encore en vie, mais son cœur s'accrochait à la dernière petite flamme d'espoir qui brûlait encore en lui.

Kent. Sandy. Heather. James Stafford… Les noms de tous ces suspects dansaient dans sa tête. Qui parmi eux avait enlevé son père ? Qui était assez monstrueux pour désirer sa mort ?

Elle en examina un, l'écarta au profit d'un autre, l'esprit de plus en plus confus tandis qu'elle s'efforçait de trouver des réponses.

— Tourne à droite, dit-elle, rompant le silence pesant qui s'était installé dans la voiture. La ferme de Sandy est à environ deux kilomètres sur la droite.

— Elle habite dans une ferme ? Elle a pourtant l'air très jeune. Elle vit avec ses parents ?

— Non, elle vit seule. Elle a hérité la propriété de ses grands-parents.

— C'est plutôt isolé.

— L'endroit idéal pour garder quelqu'un prisonnier.

— Ne te fais pas trop d'illusions. C'est probablement une fausse piste. Il est tout à fait possible que le ravisseur s'amuse avec nous. Sandy ne me fait pas du tout l'effet d'une criminelle.

Brianna songea à la jeune femme qui s'était éclairci les cheveux jusqu'à obtenir la même couleur qu'elle, et qui essayait de copier ses tenues.

Sandy lui avait toujours fait l'effet d'une gentille fille un peu naïve.

— Je sais. Mais c'est le premier message que nous avons du ravisseur depuis son appel à Heather.

— Nous ne sommes même pas sûrs que cet appel

anonyme vienne de lui. La police reçoit toutes sortes de messages insensés dans des cas comme celui-ci.

— Mais ils ont l'air de le prendre au sérieux puisque ton ami le commissaire nous a prévenus, répliqua Brianna.

Ils s'engagèrent dans l'allée qui menait à la ferme. Trois voitures de police étaient déjà stationnées devant la maison.

Apparemment, les recherches n'avaient pas commencé. Les agents étaient regroupés sous la véranda, en compagnie d'un grand homme brun vêtu d'un costume.

— C'est Wendall Kincaid, dit Troy en coupant le moteur.

Brianna avait envie de sauter de la voiture et de courir à travers la maison en fouillant toutes les pièces, et puis elle fut paralysée par la peur.

Désemparée, elle tourna la tête vers Troy.

— Je sais, dit-il en posant une main sur la sienne.

Elle déglutit avec peine.

— Je me sens soudain terrifiée, avoua-t-elle. J'ai peur que nous découvrions son cadavre. Et j'ai peur aussi qu'il n'y ait personne et que l'incertitude se prolonge.

Elle regarda vers la maison. Kincaid et un agent s'étaient écartés du groupe et venaient vers eux.

Troy lui lâcha la main.

— Viens. Allons voir ce qui se passe.

Une fois les présentations faites, le commissaire s'expliqua sur les raisons de leur attente.

— Il nous faut soit une commission rogatoire, soit la permission de Sandy Cartwright de pénétrer chez elle.

— Elle est au refuge, mais elle devrait arriver d'ici une demi-heure, dit Brianna.

Elle avait l'estomac noué, et la perspective de devoir

encore attendre trente longues minutes la mettait hors d'elle.

— Pourquoi ne pas tout simplement enfoncer la porte ? suggéra-t-elle.

Une lueur de sympathie s'alluma dans les yeux noirs du commissaire.

— Parce que c'est illégal.

— L'enlèvement aussi.

— Cela jouerait contre vous au tribunal. Je comprends votre impatience, mais nous devons faire les choses en bonne et due forme.

Brianna soupira.

— Garde ton calme, lui conseilla Troy, en passant un bras autour de ses épaules.

Elle s'appuya contre lui. Combien de temps encore pourrait-elle tenir sans s'effondrer nerveusement ?

Sandy s'arrêta dans l'allée et descendit de voiture, l'air à la fois surpris et effrayé.

— Que se passe-t-il ? Pourquoi la police est-elle là ?

Sa voix tremblait et déraillait dans les aigus.

— Nous avons reçu des informations, et voudrions fouiller les lieux, expliqua le commissaire Kincaid.

— Mais pourquoi ?

Son regard affolé faisait l'aller-retour entre le commissaire et Brianna.

— Je ne peux pas en parler, dit Kincaid.

Il la gratifia d'un sourire rassurant.

— Ce n'est probablement rien, mais nous devons le faire. Avons-nous votre autorisation ?

Elle hésita, et Brianna eut l'impression qu'elle allait s'évanouir.

Même si elle n'imaginait pas Sandy en meurtrière, se pouvait-il que sa jeune employée ait un lien avec l'enlèvement de son père ?

— D'accord, pourquoi pas, dit finalement la jeune femme.

Elle tendit son trousseau de clés au commissaire, qui fit signe à un agent de venir le chercher.

— Il serait préférable que tout le monde reste dehors, dit Kincaid.

Posant les yeux sur Sandy, il ajouta avec amabilité :

— Nous ferons en sorte de ne pas mettre trop de désordre.

— Si vous me disiez seulement ce que vous cherchez, je pourrais peut-être vous aider. Vous savez, je ne me drogue pas, si c'est de cela qu'il s'agit.

Avant que le commissaire ait eu le temps de répondre, un agent apparut sur le perron.

— Chef, venez voir ! Je crois que ça va vous intéresser.

Brianna blêmit. Se libérant de l'étreinte de Troy, elle se rua vers la maison.

— Brianna, attendez ! Je vais vous expliquer, cria Sandy.

Lui expliquer ?

Lui expliquer quoi ?

D'horribles pensées traversèrent l'esprit de Brianna tandis qu'elle courait vers la porte d'entrée.

11

Troy courut derrière Brianna, le cœur battant si fort qu'il entendit à peine Wendall le rappeler.

Montant les marches du perron en deux longues enjambées, il entra dans un salon parfaitement ordonné.

Un agent se tenait devant la porte menant dans la cuisine, mais ce qu'il y avait à voir était dans une pièce au fond du couloir.

Wendall sur les talons, Troy se fraya un chemin parmi les policiers et entra dans une petite pièce.

Brianna s'y tenait au centre, les mains plaquées sur la bouche, dans un état de choc évident.

Il ne lui fallut qu'un regard autour de la pièce pour comprendre ce qui avait provoqué cette réaction.

Les quatre murs étaient recouverts de photographies de Brianna, visiblement découpées dans des magazines, et il se dégageait de cet assemblage une impression malsaine, qui mettait incroyablement mal à l'aise.

— Qu'est-ce que c'est que ce truc ? s'écria Wendall en franchissant le seuil.

Sandy le suivait, secouée de sanglots hystériques.

La voyant faire un pas vers Brianna, Troy s'interposa aussitôt entre les deux femmes.

— Je suis tellement embarrassée, dit Sandy d'une

voix hachée. Je vous en prie, Brianna, je n'ai rien fait de mal. Je ne sais pas pourquoi la police est ici, mais je ne m'en prendrais jamais à vous.

— Fouillez le reste de la maison et les dépendances, ordonna le commissaire à ses hommes.

— Je vous en supplie, il faut me croire, continua Sandy. Je vous admire tellement.

Elle renifla de façon pitoyable.

— Je collectionne simplement vos photos pour essayer de trouver des vêtements qui ressemblent aux vôtres, dans la limite de mes moyens, bien sûr. Je vous trouve merveilleuse, Bree. Je voulais seulement vous ressembler.

Elle enfouit le visage dans ses mains.

— Vous m'admirez ? répéta Brianna, partagée entre l'incrédulité et le dégoût.

Elle désigna l'invraisemblable montage de photos.

— Vous m'admirez pour ça ?

Avant que quiconque ait eu le temps de l'arrêter, elle commença à arracher les photos et à les déchirer.

L'assistance médusée la laissa faire. Elle y mettait de plus en plus d'acharnement.

— Il ne faut pas m'admirer pour ça, cria-t-elle, proche de l'hystérie. Ce n'est pas moi. Je ne suis pas comme ça.

Troy finit par s'avancer pour la prendre dans ses bras. Elle essaya de lutter, de se dégager, mais il tint bon.

Elle leva alors vers lui un regard où la frustration se lisait entre les larmes.

— Je ne vis pas tous les jours comme ça. Seulement le samedi soir.

— Je sais, dit Troy.

Puis, voyant qu'elle s'était calmée, il laissa retomber ses bras. Brianna en profita pour se tourner vers Sandy.

— Excusez-moi de m'être emportée ainsi. Je comprends que vous ayez pu vous laisser éblouir par les apparences, même si je ne l'approuve pas.

— Je n'avais pas de mauvaises intentions, je vous assure, gémit la jeune secrétaire. Je ne ferais jamais rien contre vous, vous pouvez me croire.

— Sandy, si vous tenez vraiment à m'admirer, faites-le pour l'action que je mène en faveur des animaux, pas parce que je porte de beaux vêtements et que j'ai ma photo dans les magazines.

Elle revint vers Troy.

— Rentrons. Je ne crois pas qu'ils trouveront quoi que ce soit ici.

Elle n'attendit pas sa réponse et quitta la pièce, les épaules voûtées.

Troy la suivit, en proie à une colère grandissante.

Il ne savait pas ce qui l'avait provoquée, pas plus qu'il ne savait contre qui elle était dirigée, mais elle le rongea tout le long du trajet de retour vers la ferme.

Les doigts crispés sur le volant, il tâcha d'en identifier l'origine. Etait-ce le fruit de la jalousie qu'il avait éprouvée plus tôt à l'égard de Kent ?

Peut-être cela venait-il tout simplement des photos de Brianna placardées sur les murs.

A première vue, l'obsession de Sandy semblait bénigne, mais il ne pouvait s'empêcher de se demander combien de déséquilibrés avaient développé à l'égard de Brianna des obsessions beaucoup moins innocentes.

— C'était plutôt angoissant, remarqua-t-il, rompant

le silence pour la première fois depuis qu'ils avaient quitté le domicile de Sandy.

— Je la crois incapable de faire du mal à qui que ce soit, répondit Brianna. En fait, j'ai toujours su que je représentais une sorte de modèle pour elle, mais je ne pensais pas que cela allait jusque-là.

Elle soupira.

— En tout cas, j'espère qu'elle ne démissionnera pas. Elle aime sincèrement les animaux, et c'est une excellente secrétaire. De plus, c'est vraiment une gentille fille.

— C'est tout ce qui t'inquiètes ? Son éventuelle démission ?

Troy se sentait terriblement nerveux, en proie à des émotions qu'il ne parvenait pas à analyser.

— Bien sûr que non, ce n'est pas tout ce qui m'inquiète, protesta Brianna.

— Quoi qu'il en soit, tu devrais te demander combien d'autres cinglés affichent tes photos partout sur leurs murs. C'est bien joli de poser en tenues sexy et d'affoler les foules, mais il ne faut pas venir s'étonner après si des déséquilibrés se font des idées.

— Tu exagères. Et puis, je ne suis pas la seule à Hollywood à avoir ma photo dans les magazines.

— Non, mais tu es la seule avec qui j'ai fait l'amour. Et tu es la seule à qui je tiens.

Serrant les lèvres, il s'accrocha de plus belle au volant. Bon sang, il ne voulait pas dire ça.

Il surprit le regard de Brianna sur lui tandis qu'il se garait devant la résidence sécurisée.

— C'est mon travail de veiller à ta sécurité, dit-il, comme si elle avait demandé une explication, et ton style de vie me complique la tâche.

— N'essaie pas de rejeter la faute sur moi, dit-elle.

Elle sortit de la voiture et claqua la portière avec plus de force que nécessaire.

Troy la suivit. Il l'avait mise en colère, et il accueillait avec soulagement cette nouvelle tension entre eux.

Il avait besoin de prendre ses distances.

Avec Brianna, et avec cette situation.

Les choses lui échappaient, et il détestait le sentiment d'impuissance qui était le sien.

Brianna le rendait fou. Il commençait à s'attacher un peu trop à elle, et cela lui déplaisait.

Dès qu'il eut ouvert la porte, elle le bouscula pour se ruer à l'intérieur, et se dirigea tout droit vers sa chambre, dont elle claqua la porte.

En espérant que Brianna ne ressortirait pas de sitôt, Troy se laissa tomber sur le canapé.

Il ne savait pas pourquoi elle lui portait ainsi sur les nerfs, mais c'était ainsi, et il avait besoin d'être seul un moment.

Elle sortit de la chambre pour s'enfermer dans la salle de bains et, quelques instants après, il entendit couler l'eau.

Rejetant la tête en arrière, il ferma les yeux. Aussitôt, il se représenta la salle de bains emplie de vapeur, l'eau chaude s'infiltrant dans les cheveux blonds de Brianna et ruisselant sur son corps délicat.

Ce fut à cet instant qu'il comprit d'où venait sa colère. C'était tout bonnement l'expression d'un désir qu'il s'interdisait d'assouvir.

Il ne pouvait pas rester indifférent face à Brianna, et il s'en voulait.

A cause d'elle, il était en pleine confusion, et il accumulait les erreurs sur le plan professionnel, ne sachant plus par quel bout prendre cette enquête.

Il se raidit quand l'eau s'arrêta, et tendit l'oreille. Retournerait-elle dans sa chambre ?

Naturellement, elle ne fit pas ce qu'il souhaitait et entra dans le salon d'une démarche guerrière. Sanglée dans son peignoir rose, elle arborait un air de dignité blessée.

— Tu es vraiment mal placé pour parler de choix personnels et de style de vie, Troy, s'exclama-t-elle.

Il se leva. L'incompréhension lui fit plisser les yeux.

— De quoi parles-tu ?

— Du fait que tu as trente-cinq ans, et que tu n'es pas marié parce que tu attends toujours la femme idéale. Or la vraie raison, c'est que tu t'accroches à des chimères parce que tu as peur d'avoir une relation avec une vraie femme.

— Tu dis n'importe quoi ! D'ailleurs, je remarque que tu as presque trente ans, et je ne vois personne d'important dans ta vie.

Elle rougit, et releva le menton avec défi.

— Au moins, je ne me suis pas construit une image mentale totalement déconnectée de la réalité. Tout ce que j'attends d'un homme, c'est qu'il comprenne qu'il est possible d'aimer les animaux et les talons aiguilles, qu'il accepte les erreurs que j'ai pu commettre, et qu'il m'aime bien que je ne sois pas toujours facile à vivre.

Elle s'interrompit et prit une profonde inspiration.

— Pourquoi se dispute-t-on ?

Troy se laissa de nouveau choir dans le canapé.

— Je ne sais pas. Peut-être pour évacuer le stress.

— Il doit bien exister un meilleur moyen pour évacuer le stress, répliqua Brianna en prenant place à côté de lui.

Troy avait bien sa petite idée, mais il savait que faire l'amour avec elle maintenant ne ferait que compliquer les choses plus tard.

— Cela ne peut pas continuer comme ça, dit-elle d'un ton radouci. Tu dois retrouver une vie normale. Je ne peux pas exiger de toi que tu continues indéfiniment à me protéger.

Voyant qu'il ouvrait la bouche pour protester, elle reprit en hâte :

— Ramène-moi chez moi demain. J'y serai en sécurité.

Elle posa la main sur son bras.

— Tu as largement rempli ta mission, Troy. Cela ne devait durer que quelques jours, pas toute la vie.

C'était étrange, songea Troy. Il était justement en train de se dire qu'il devait prendre ses distances avec Brianna, et elle lui en donnait l'occasion. Il pouvait enfin se libérer de ses engagements…

Dans ce cas, pourquoi cette perspective lui causait-elle une telle tristesse ?

Brianna observait les traits élégants de Troy, ses cheveux si doux au toucher malgré sa coupe en brosse, ses yeux gris qui tantôt évoquaient la froideur d'un glacier, tantôt se posaient sur elle comme une chaude caresse.

Elle était amoureuse de lui, et elle se sentait prise en étau entre le besoin de fuir aussi loin que possible, et l'envie de se jeter dans ses bras en lui avouant ce qu'elle ressentait. Or elle savait qu'elle commettrait une folie en choisissant la seconde hypothèse.

Pourquoi lui imposer cet aveu, alors qu'elle savait,

qu'elle avait toujours su, qu'elle n'était pas la femme qu'il lui fallait ?

— Pourquoi veux-tu rentrer chez toi ? demanda Troy. Cela ne te pose pas de problème de vivre sous le même toit qu'Heather ? Après tout, elle n'a toujours pas été éliminée de la liste des suspects.

— Tu sais, plus j'y réfléchis, moins je pense qu'Heather a quelque chose à voir avec la disparition de papa. Je ne la crois pas assez machiavélique pour manigancer tout ça.

— Ecoute, la journée a été très éprouvante. Nous devrions peut-être attendre demain avant de prendre une décision.

— Ta famille ne te manque pas ?

Il esquissa un sourire fatigué qui ne se répercuta pas dans son regard.

— Ma famille a l'habitude que je disparaisse pendant plusieurs jours d'affilée.

Elle replia ses jambes sur le canapé et soupira.

— J'appelais mon père tous les dimanches quand j'étais en Californie.

— Ça n'a pas dû être facile pour toi quand il a épousé Heather.

Brianna y réfléchit quelques instants.

— Oui et non. Pendant longtemps, il n'y a eu que papa et moi. Quand je suis devenue assez grande pour comprendre, je me suis rendu compte que mon père souffrait de sa solitude. Rencontrer Heather l'a vraiment rendu heureux. J'aimais l'idée qu'il ait quelqu'un avec qui partager sa vie, quelqu'un qui serait là quand j'irais vivre ailleurs.

La tension présente entre eux depuis le retour s'était

évanouie, laissant place chez Brianna à un calme étrange. Elle savait que le moment était venu pour eux de se séparer, et elle préférait que cela ait lieu avant qu'elle ne se soit trop attachée à Troy.

L'espoir que son père puisse encore être en vie ne trouvait plus aucun écho en elle, mais elle n'avait envie de penser pour le moment ni à cela ni aux conséquences que cela aurait sur son avenir.

— Parle-moi encore de toi, Troy. J'ai envie d'en savoir plus sur ta vie.

Comprenant son désespoir, son besoin de penser à autre chose qu'au sort de son père, Troy passa l'heure suivante à lui raconter des anecdotes sur son enfance, et à lui parler de ses trois sœurs.

— Et toi ? fit-il. Comment était ta vie en Californie ? Quand tu arrachais les photos sur les murs de Sandy, tu disais que cela ne te représentait pas.

Elle sourit.

— Tu serais surpris de savoir à quel point ma vie était normale. Je passais beaucoup de temps à prendre contact avec des personnes susceptibles de faire des dons au refuge. Deux fois par semaine, j'allais dans un club de sport. Sinon, j'allais au cinéma, et je lisais beaucoup. J'adore lire. Je faisais mes courses, j'invitais des amis à dîner… Bref, je ne faisais rien d'extraordinaire. C'est ce que les gens qui lisent ces magazines ne comprennent pas. Personne ne fait la fête trois cent soixante-cinq jours par an…

Elle marqua une hésitation.

— Enfin, si. Je connais deux ou trois personnes en dehors de la réalité, mais je ne suis pas comme ça.

— J'ai remarqué que tu ne reçois pas beaucoup d'appels sur ton portable.

— C'est un numéro confidentiel. Les seules personnes à l'avoir sont quelques amis, papa et Heather.

Etouffant un bâillement, elle se leva.

— Je suis épuisée. La journée a été longue.

Troy quitta à son tour le canapé et étira les bras au-dessus de sa tête.

— Oui, la journée a été longue.

Elle l'attendit tandis qu'il éteignait les lumières et vérifiait que les portes étaient bien verrouillées, puis ils s'engagèrent ensemble dans le couloir.

— Bonne nuit, Brianna, dit-il quand ils furent devant la porte de la chambre qu'elle occupait.

Compte tenu du fait qu'ils se diraient adieu pour toujours le lendemain, et qu'elle en souffrirait inévitablement, elle attendait autre chose de lui ce soir que ces simples mots.

Ce qu'elle voulait, c'était un souvenir qu'elle pourrait emporter en s'en allant, et qu'elle chérirait longtemps.

— Troy…

Son prénom s'échappa de ses lèvres comme une supplique et, comme elle faisait un mouvement vers lui, il lui ouvrit les bras.

La bouche de Troy prit possession de la sienne avec un appétit féroce. Elle se plaqua contre lui et trouva un certain réconfort dans le fait de savoir qu'à défaut d'être la femme qu'il voulait pour toujours, elle était, sa réaction immédiate le lui prouvait assez, celle qu'il voulait maintenant.

Cela lui suffisait. Et puis, de toute façon, elle n'avait pas vraiment le choix.

Elle se suspendit à son cou, avec l'envie de se perdre en lui.

Quand leur baiser prit fin, elle le prit par la main et l'attira à l'intérieur de sa chambre.

— Troy, fais-moi l'amour, murmura-t-elle. Cette nuit est la dernière qui nous reste, et je te veux. J'ai besoin de toi.

La force de son désir se lisait sur son beau visage. Il brûlait dans ses yeux. Il se percevait dans la tension de son corps. Et pourtant, Brianna sentit l'hésitation de Troy.

— Demain, ce sera fini, insista-t-elle. Tu vas me ramener chez moi, et tu vas retrouver ta vie. Mais ce soir, j'ai décidé que tu étais à moi.

Elle n'aurait pas cru possible que son regard puisse s'enflammer davantage, mais ce fut pourtant le cas. Sans dire un mot, il commença à déboutonner sa chemise.

Elle se déshabilla aussi et ils se précipitèrent entre les draps, impatients de se retrouver.

Il savait où l'embrasser, comment la caresser pour faire naître le plaisir, et elle avait envie de pleurer alors que son amour pour lui emplissait chaque parcelle de son être.

On aurait dit qu'ils étaient amants depuis des années, tout en ayant su conserver la fraîcheur de jeunes amoureux.

Elle l'embrassa avec désespoir, vibrant du besoin d'imprimer à tout jamais cet instant dans son esprit, mais aussi dans celui de Troy.

Nouant les jambes autour de lui et s'émouvant du contact de sa peau nue contre la sienne, elle huma son parfum. Les images de cette dernière nuit ne manqueraient pas de l'assaillir chaque fois qu'il lui arriverait de sentir par hasard cette fragrance sur un autre homme…

Tandis que les lèvres de Troy se posaient de nouveau sur les siennes, elle passa les doigts dans ses cheveux, puis laissa descendre ses mains le long de son dos puissant.

Elle se sentait tellement en sécurité dans ses bras, comme si elle y était à sa place, pour toujours.

Mais, « toujours » n'existait pas.

Lorsque le soleil se lèverait, ce serait terminé. Qu'importait ! Elle savourerait chaque seconde de ces dernières heures avec lui.

Ses lèvres habiles frôlaient le creux de son cou, parcouraient ses épaules, se posaient sur le mamelon tendu, le taquinant du bout de la langue, le mordillant doucement.

Soudain, son portable sonna et Troy se crispa.

— Ignore-le, dit-elle, ne voulant pas rompre la magie du moment.

— Tu devrais répondre, insista-t-il, d'une voix enrouée par le désir. C'est peut-être important.

Il roula sur le côté, et elle eut envie de crier de frustration. Il prit son portable sur la table de chevet et le lui tendit.

L'écran indiquait un appel masqué. Elle y répondit quand même, d'une voix incertaine.

— Allô ?

— Brianna, c'est Mike.

Le vétérinaire du refuge avait un ton affolé qui la fit immédiatement se redresser.

— Je suis désolé de vous déranger, mais dans l'effervescence de cette journée, j'ai oublié de rentrer Sam dans son chenil. Je suis repassé au refuge parce que j'avais oublié quelque chose, et je l'ai découvert sur le bord de la route. Apparemment, il a été heurté par une voiture. C'est assez grave, Brianna, et je crois que vous devriez venir tout de suite.

— J'arrive, dit-elle, avant de raccrocher précipitamment.

— Que se passe-t-il ? s'enquit Troy.

Brianna bondit hors du lit et ramassa ses sous-vêtements.

— C'est Sam. Mike pense qu'il a été renversé par une voiture.

Elle alla prendre un pantalon de survêtement et un T-shirt dans un tiroir, et les enfila. Puis elle se rua hors de la chambre, en larmes.

Pas Sam. Elle ne voulait pas qu'on le lui arrache maintenant.

Et dans la peine terrible qu'elle éprouvait, tout se mêlait. Elle pleurait son chien, mais aussi son père, la perte de la seule famille qui lui restait, et enfin l'homme qu'elle aimait et dont elle savait qu'il ne l'aimerait jamais en retour.

12

Troy l'attira dans ses bras et la serra contre lui en lui murmurant des mots de réconfort.

Il aurait dû voir venir ces larmes, ce moment de détresse.

Jusqu'à présent, elle avait fait preuve d'une force et d'un maîtrise surprenantes, affronté chaque fausse piste, chaque nouvelle menace avec un dédain mêlé d'humour. Mais cela n'était qu'une façade.

Oui, il aurait dû réaliser à quel point elle était fragile, comprendre qu'elle pouvait craquer à tout moment.

Sa furie chez Sandy, puis son besoin frénétique de faire l'amour, étaient les signes avant-coureurs de cette crise de larmes qui la secouait maintenant.

Tout cela était trop pour elle, et il aurait voulu pouvoir alléger un peu de sa peine, même s'il savait que c'était impossible.

— S'il arrive quelque chose à Sam, je ne sais pas ce que je ferai, sanglota-t-elle, le nez dans sa chemise. Je ne peux pas supporter l'idée de le perdre lui aussi.

S'il savait qu'elle ne pleurait pas seulement à cause de son chien, il ne pouvait malheureusement pas lui promettre que tout finirait par s'arranger.

— Brianna.

Il posa les mains sur ses épaules et la repoussa gentiment à bout de bras.

— Tu m'as dit que Mike était un excellent vétérinaire, et je suis certain qu'il fera tout ce qui est en son pouvoir pour sauver Sam. Allons nous en assurer par nous-mêmes.

Elle hocha la tête et, comme elle levait de nouveau les yeux vers lui, il essuya tendrement ses larmes.

Quelques instants après, ils étaient à bord de sa voiture et roulaient vers le refuge.

La lune éclairait la route comme en plein jour, et Troy roulait aussi vite que possible sans les mettre en danger.

Comme toujours, il gardait un œil sur le rétroviseur. Mais, à cette heure de la nuit, et sur ces routes de campagne, il n'y avait pas d'autre voiture que la sienne.

Ni l'un ni l'autre ne parlèrent pendant de longues minutes, puis il se décida à rompre le silence.

— Demain, avant de te ramener chez toi, je demanderai à Kincaid de te fournir une protection policière.

Jusqu'à cet instant précis, il n'était pas certain d'accepter la décision de Brianna de rentrer chez elle. Mais, après ce qui avait failli se passer entre eux, il savait que c'était mieux pour tous les deux.

Dire qu'il était prêt à lui faire l'amour sans protection, sans penser aux conséquences. Ils avaient failli commettre une erreur qu'ils auraient pu payer tout le reste de leur vie.

Jamais il ne remercierait assez le hasard qui avait fait sonner le téléphone juste à temps, même s'il s'inquiétait évidemment pour ce pauvre chien.

Toutefois, prononcer ces mots définitifs l'emplissait

d'un étrange désespoir. Et à travers ce désespoir, il comprit combien il avait désiré être un héros à ses yeux.

Malgré leurs efforts, ils n'avaient toujours aucune piste concernant l'enlèvement de Brandon, et il était probable que Kincaid et ses hommes obtiendraient de meilleurs résultats.

Il était temps pour lui de tirer sa révérence, et c'était sacrément difficile.

— Oui, très bien, pourquoi pas, répondit Brianna, l'esprit ailleurs. Mike a dit que c'était grave.

— Nous verrons cela quand nous y serons.

Le destin lui jouerait vraiment un tour cruel en lui enlevant Sam. Elle devait déjà faire face à l'enlèvement de son père, et aux menaces qui pesaient sur elle.

En son for intérieur, il pria pour que le chien s'en sorte. Brianna avait besoin de souffler un peu.

— Il ne faut pas qu'il meure, gémit-elle. J'allais acheter une maison avec un grand jardin. Il allait devenir mon chien.

Troy ne répondit rien. Il ne trouvait pas les mots pour l'aider. Mais y en avait-il ?

Il leur fallut vingt minutes pour rejoindre la ferme. Lorsqu'ils s'arrêtèrent devant le bâtiment, l'endroit semblait désert. Il n'y avait pas de lumières, bien que le pick-up de Mike fût garé à sa place.

— Il doit être à l'arrière, dit Brianna. C'est là que se trouve la salle d'opération.

Elle courut vers la porte, et Troy la suivit. Frénétiquement, elle essaya d'introduire sa clé dans la serrure, mais ses mains tremblaient tellement que Troy finit par lui arracher le trousseau et par ouvrir la porte lui-même.

Brianna s'engouffra à l'intérieur et, sans prendre la peine d'allumer, se dirigea vers la salle d'opération.

Troy n'était pas loin derrière, s'orientant grâce à la lune qui entrait par les fenêtres et dessinait la silhouette de Brianna, laquelle passait devant les chenils.

Les chiens se mirent à aboyer et à gémir quand elle héla Mike, rendant ses appels à peine audibles.

Une étrange sensation de malaise s'empara de Troy, mais il refusa d'y prêter attention.

Au fond de la salle se trouvait une porte fermée. Aucune lumière n'en filtrait. Brianna l'ouvrit quand même, puis tourna la tête vers Troy.

— Il n'est pas là.

Troy vit son visage se décomposer totalement, puis elle ajouta d'une voix tremblante :

— Nous arrivons trop tard. Sam est mort.

— Tu n'en sais rien. Inutile de paniquer. Retournons plutôt dehors. Le pick-up de Mike est encore là. Il se trouve forcément quelque part.

Brianna hocha la tête et passa devant lui pour gagner l'avant du bâtiment.

Le malaise de Troy augmenta d'un cran.

Son instinct lui criait que quelque chose ne tournait pas rond, mais il était incapable de décider si la menace qu'il pressentait était réelle, ou s'il subissait l'impact émotionnel de la situation.

Où était passé Mike ?

Qu'était devenu Sam ?

Avaient-ils croisé Mike sans le voir ? Il était tout à fait possible que le vétérinaire ait été occupé à charger le cadavre du chien dans le plateau de son pick-up, pendant qu'eux-mêmes entraient dans le bâtiment par la porte principale.

Les aboiements incessants lui faisaient mal à la tête, l'empêchaient de réfléchir clairement.

Mike aurait dû les attendre, puisqu'il leur avait demandé de venir. Pourquoi ne s'était-il pas encore manifesté ?

Troy revenait vers l'accueil quand un coup l'atteignit à l'arrière de la tête avec une telle force qu'il s'effondra.

La dernière chose qu'il entendit avant de sombrer dans l'inconscience fut Brianna qui hurlait de terreur.

Tétanisée, Brianna fixait l'homme qui se penchait au-dessus du corps inerte de Troy, une barre de fer à la main.

— Mike ? parvint-elle à articuler.

Elle n'y comprenait rien. Pourquoi Mike aurait-il attaqué Troy ? Cela n'avait aucun sens.

Mike jeta la barre qui rebondit lourdement sur le sol, puis plongea la main dans la poche de son blouson et en sortit un revolver.

— Bonsoir, Bree.

Un tremblement incontrôlable s'empara d'elle.

Troy ne bougeait pas. Etait-il mort ? Le coup sur la tête l'avait-il plongé dans un coma irréversible ?

Elle détacha les yeux de l'homme qu'elle aimait et scruta le visage de Mike déformé par un rictus mauvais.

— Mike, qu'est-ce qui vous prend ? Que… Que voulez-vous ?

Il s'approcha d'elle et sortit un morceau de ficelle de sa poche.

— Pour le moment, je veux que vous vous taisiez, et que vous vous tourniez.

Le revolver était pointé sur son cœur, et la main qui le tenait ne tremblait pas.

Elle recula et chercha désespérément une arme, un moyen de s'échapper, mais il n'y avait rien.

Et, de toute façon, elle ne pouvait pas s'enfuir en laissant Troy derrière elle. Il avait besoin de soins… s'il n'était pas déjà mort.

A cette pensée, un sanglot monta dans sa gorge. Elle parvint à le refouler. Pour le moment, et aussi cruel que ce fût pour elle, il lui fallait faire totalement abstraction de Troy.

— Je vous ai demandé de vous tourner, cria Mike.

Elle hésita, puis obtempéra, terrifiée par l'intonation du vétérinaire.

Il lui ligota les mains dans le dos, puis la poussa pour la faire tomber et lui entrava les pieds avec un autre morceau de ficelle.

— Que faites-vous, Mike ? Parlez-moi.

Elle avait l'impression d'être en plein cauchemar, du genre de ceux qu'on ne comprend pas, et qui n'en sont que plus effrayants.

Il utilisa un dernier bout de ficelle pour attacher ses chevilles jointes au pied du bureau de la réceptionniste, puis se redressa et lui sourit.

— Nous parlerons quand je reviendrai. En attendant, il faut que j'aille me débarrasser de ça, dit-il en jetant un regard haineux à Troy.

— Laissez-le ! s'écria Brianna, d'une voix étranglée par les larmes. Quel que soit le problème, c'est entre vous et moi, Mike. Laissez-le en dehors de cela.

— Taisez-vous ! hurla Mike.

Il glissa le revolver dans sa ceinture et s'avança vers

Troy. Lui soulevant les pieds, il se mit à le traîner vers la porte.

Quand il eut disparu, un lourd sanglot échappa à Brianna, puis elle commença à se débattre pour essayer de dénouer ses liens. Mais il l'avait attachée avec soin, serrant la corde avec une telle force autour de ses poignets et de ses chevilles qu'elle lui entaillait la peau.

Tandis qu'elle luttait désespérément, son cerveau fonctionnait à plein régime.

Elle avait toujours traité Mike avec respect, comme un membre très apprécié de son équipe. Pourquoi agissait-il ainsi ? Quelles pouvaient bien être ses raisons ?

Et qu'allait devenir Troy ?

Mike avait-il l'intention de le tuer, ou voulait-il seulement le neutraliser pour s'en prendre à elle ? Où Mike l'avait-il emmené ?

L'horreur de la situation s'accroissait à chaque minute.

Elle tenta de pousser le bureau avec ses jambes, mais le meuble était trop lourd. Si elle avait pu le faire bouger suffisamment pour faire tomber le téléphone, elle aurait sans doute réussi à appeler les secours en composant le numéro avec son nez…

A demi aveuglée par les larmes, elle essaya de se redresser assez pour apercevoir le dessus du bureau.

A son grand désespoir, elle découvrit que le téléphone avait disparu.

Au moins n'avait-elle pas entendu de coup de feu, se réjouit-elle. Puis elle songea que Mike n'en avait peut-être pas eu besoin parce que Troy était déjà mort.

La faute lui en revenait entièrement.

Troy n'avait rien à voir dans tout cela. Il s'était trouvé

impliqué dans cette terrible histoire en voulant rendre service à un ancien compagnon d'armes.

Lorsque son père avait été enlevé, elle aurait dû insister pour que Troy renonce à sa mission. Si elle avait agi ainsi, Troy ne serait pas en danger.

Mike avait-il tué son père ?

Une fois encore, elle s'efforça de comprendre le sens de tout cela.

Qu'avait-elle fait à Mike ? S'il entendait la tuer, elle espérait qu'il lui expliquerait au moins pourquoi avant qu'elle ne rende son dernier souffle.

Les minutes s'écoulaient avec une lenteur insoutenable. Les yeux rivés sur la porte, Brianna guettait le retour de Mike.

A l'arrière du bâtiment, les chiens s'étaient tus, lui laissant tout le loisir de ressasser de sombres pensées.

Si seulement elle était rentrée de Californie un an plus tôt, deux ans plus tôt.

Elle avait perdu tellement de temps avec son père, un temps qu'elle ne retrouverait sans doute jamais.

Comme elle aurait voulu pouvoir revenir en arrière, échanger les robes de couturiers et les paparazzis contre des jeans et des photos de famille !

Et surtout, dire à Troy qu'elle l'aimait !

Même si elle savait qu'il ne l'aimait pas en retour, en tout cas pas de la façon dont elle l'aurait voulu, elle regrettait de ne pas lui avoir dit combien elle le trouvait merveilleux.

Elle ne voulait pas mourir avant d'avoir vraiment vécu. Jusqu'ici, elle avait papillonné, perdu son temps. Il lui restait encore des milliers de choses à accomplir.

Soudain, la silhouette de Mike se dessina dans l'embrasure de la porte, et elle retint son souffle. Sur son visage d'ordinaire si séduisant se lisait une haine féroce. Si elle n'en comprenait pas la raison, Mike, à l'évidence, lui en voulait mortellement.

— Qu'avez-vous fait à Troy ? Où l'avez-vous emmené ?

En entendant le son de sa propre voix, tremblante et pathétique, elle se ressaisit, mue par une puissante poussée d'adrénaline.

— Espèce de salaud ! s'exclama-t-elle. Qu'avez-vous fait de lui ?

Il esquissa un sourire mauvais.

— Nous n'avons plus à nous en inquiéter. Il ne reviendra pas jouer les preux chevaliers pour vous sauver. Personne ne vous sauvera, Bree. Il n'y a que vous et moi.

Troy reprit lentement conscience et sentit comme un poignard lui transpercer la tête.

Une douleur accablante battait dans sa nuque, et il n'aspira qu'à sombrer de nouveau dans le néant, là où la douleur n'existait pas.

Un sentiment d'urgence l'en empêcha.

Etendu sur le dos, il perçut progressivement une odeur de terre mouillée, mêlée à un fumet désagréable qu'il ne parvint pas à identifier.

Pourquoi était-il à l'extérieur ?

Il ouvrit les yeux et ne vit rien.

Il n'y avait pas d'étoiles. Pas de lune. Rien que des ténèbres impénétrables.

Il plissa le front, provoquant un violent élancement derrière ses tempes.

Où était-il ? Que s'était-il passé ?

De nouveau, le néant l'appelait, l'invitant, tel le chant obsédant des sirènes, à céder à son attrait, à rompre son contact ténu avec la conscience.

Il lutta de toutes ses forces pour ne pas se laisser happer, et parvint à s'asseoir.

Brianna.

Ce prénom traversa sa mémoire, et soudain tout lui revint en bloc.

Sam. L'appel affolé de Mike…

Mike !

Troy leva la main et la porta à l'arrière de son crâne. En dépit de la douleur à la limite du supportable et du large renflement, il n'y avait pas de sang.

Brianna.

Que lui était-il arrivé ?

Au prix d'un effort surhumain, il parvint à se lever, et sa tête heurta un plafond bas. Plié en deux, il tendit une main et rencontra un mur de planches.

Mais où était-il, bon sang ?

Il fit quelques pas en tâtonnant. Ses mains touchèrent une sorte de sac et il en explora le contenu.

Sous ses doigts roulaient de drôles de petits cailloux, légèrement friables. Reconnaissant enfin l'odeur qui l'avait incommodé quelques instants plus tôt, il comprit qu'il s'agissait de croquettes pour chiens.

Il devait se trouver dans une sorte de réserve…

Au moment où il formulait cette pensée, son pied heurta quelque chose de mou, et il entendit un gémissement.

— Qui est-là ?

Un autre gémissement s'éleva, et Troy s'accroupit.

Sa main se posa sur une chaussure d'homme. La

chaussure était glissée sur un pied, et le pied était relié à un corps.

Un corps vivant.

— Brandon ? fit-il, incrédule.

— Aidez-moi.

La voix était presque inaudible, mais Troy reconnut celle de Brandon Waverly.

Il était vivant !

— Brandon, c'est Troy. Troy Sinclair. Tout va bien.

— Troy ? marmonna Brandon. Drogué… Peux pas bouger.

Troy rampa vers la tête du vieil homme et la souleva.

— Vous êtes blessé ?

— Non. Comment m'avez-vous retrouvé ? Qui a fait ça ?

— Vous ne le savez pas ?

— Non. Pas vu… l'homme qui m'a enlevé. Il portait un masque. Jamais vu son visage, jamais entendu sa voix.

— C'est Mike, le vétérinaire du refuge.

Abandonnant un instant le père de Brianna, Troy inspecta les lieux à tâtons.

La pièce était petite, mais solidement construite. Finalement, ses doigts entrèrent en contact avec des gonds et il sut qu'il avait trouvé la porte. Il y donna un coup d'épaule. Rien ne bougea.

L'esprit toujours embrumé par la douleur, il s'évertua à réfléchir.

Il devait forcément y avoir un moyen de sortir, et il allait le trouver.

Il devait retrouver Brianna.

— Troy ?

La voix chétive de Brandon s'était élevée dans l'obscurité.

— Où est Brianna ?

Une fois encore, Troy se jeta contre la porte.

Il préférait ne pas répondre à Brandon.

Comment lui avouer que sa fille était aux mains d'un fou ?

13

— Vous pensiez que vous pouviez revenir comme ça et prendre la direction du refuge ?

Mike se pencha pour la détacher du pied du bureau.

— Vous pensiez vraiment que vous pouviez passer tout ce temps à faire la fête et décider soudain de changer de vie, en vous appropriant ce que j'ai eu tant de mal à mettre sur pied ?

Brianna observa avec surprise son visage déformé par la haine.

— C'est de cela qu'il s'agit ?

Un rire hystérique monta à ses lèvres, mais elle parvint à le contenir, craignant trop la réaction de Mike.

— Vous avez peur de perdre vos prérogatives ? Mais il n'a jamais été question de vous remplacer. Si vous aviez des craintes, vous auriez pu m'en parler au lieu de...

Ce dernier secoua la tête avec un sourire rusé, et elle ne termina pas sa phrase.

— Vous ne savez pas ce qui est en jeu. Vous et votre cher papa alliez tout gâcher. Si vous étiez morte dans ce club en Californie, tout le reste aurait pu être évité.

Brianna eut un hoquet de surprise.

— Vous ? C'est vous qui avez essayé de me tuer ce soir-là ?

Il eut un rire bref, dénué d'humour.

— Si je m'en étais chargé personnellement, vous ne seriez plus là. Malheureusement, j'ai confié le travail à un de mes associés, et il ne s'est pas montré à la hauteur.

— Mais pourquoi ? Je ne comprends pas.

Elle replia ses jambes sous elle, s'efforçant de mettre un peu de distance entre eux et de gagner du temps.

— Si vous voulez me tuer, dites-moi au moins pourquoi.

Il resta accroupi à sa hauteur, ne s'inquiétant visiblement pas qu'on puisse venir lui porter secours.

Mais qui le ferait ?

C'était la nuit, l'endroit était isolé, et Troy était probablement mort.

Elle tenta de chasser cette pensée, sachant qu'elle risquait de devenir folle si elle s'y attardait.

Elle devait garder l'esprit clair, réfléchir à un moyen de sortir d'ici.

Elle ne pouvait pas le faire si elle laissait le désespoir et le chagrin l'envahir.

— Avez-vous une idée de l'argent qu'on peut se faire en vendant des petits chiens de luxe ? Le genre de miniatures que les femmes à Hollywood emmènent partout comme un accessoire de mode. C'est un marché énorme, et j'empoche un maximum de fric. Là-bas dans les bois, j'ai un élevage qui tourne à plein régime, et vous alliez me mettre sur la paille avec votre stupide idée de vous occuper du refuge à plein temps.

Se relevant, il enfonça les mains dans les poches de son pantalon, et la toisa de toute sa hauteur.

— Je savais que je pouvais interrompre le chantier du centre commercial assez longtemps pour trouver un autre endroit et déménager mon élevage, mais vous avez débarqué avec votre soudain besoin d'un retour à une vie plus simple.

Il ricana méchamment.

— Une vie plus simple, tu parles ! Avec le fric que vous avez ! Bref, cela n'a pas été compliqué de semer la panique chez les riverains. Il a suffi que j'en touche deux mots à ce crétin de Stafford. Toujours prêt à monter au créneau, celui-là. Et puis vous avez débarqué.

Il secoua la tête, l'air écœuré.

— C'est là que j'ai compris que j'allais devoir me montrer créatif. Je me suis dit que la disparition de votre père vous accaparerait tellement que vous n'auriez pas le temps de penser au refuge. Et puis, j'ai fini par comprendre qu'il fallait que je me débarrasse de vous définitivement.

Le visage déformé par la rage, il éructa :

— Vous n'avez rien à faire ici. Le refuge est à moi. Tout ce qui a été fait ici, c'est grâce à moi. Et vous ne m'empêcherez pas de m'enrichir.

Toutes ces informations étourdissaient Brianna. Mike avait enlevé son père. Il élevait clandestinement des petits chiens de luxe…

Elle eut envie de lui demander ce qu'il avait fait de son père, mais elle craignait d'entendre la réponse.

De toute façon, si elle ne parvenait pas à lui échapper, elle n'aurait plus à se soucier de son père.

D'ailleurs, pourquoi Mike ne la tuait-il pas tout de suite ? Personne n'entendrait le coup de feu.

Tandis qu'il s'accroupissait pour lui détacher les chevilles, elle chercha à gagner du temps.

— Donc, c'est vous qui avez essayé de me renverser le soir de la réunion ?

— Je ne l'avais pas prémédité. J'avais emprunté la voiture d'un ami pour vous suivre et découvrir où vous vous cachiez avec votre petit ami. Puis je vous ai vue au milieu de la route, toute seule, et j'ai appuyé sur l'accélérateur.

Mike donnait des signes d'inattention. Rassemblant ses jambes enfin libérées, Brianna le frappa de toutes ses forces au visage.

Elle le toucha au menton, et il tomba à la renverse en la traitant de tous les noms.

Bondissant sur ses pieds, Brianna courut vers la porte. Elle hurla quand il la saisit par les cheveux et la tira en arrière.

— Criez autant que vous le désirez, Bree. Personne ne peut vous entendre.

Il l'attira vers lui, et pointa le canon de son arme juste sous son menton.

— Je pourrais vous tuer maintenant, mais je n'ai pas envie de nettoyer les dégâts. Nous allons faire une petite promenade du côté du chantier de votre cher papa. Quelqu'un finira bien par y trouver votre cadavre, et on pensera que c'est un coup de cet illuminé de Stafford.

Il commença à la pousser vers la sortie, et elle sut qu'elle n'avait que quelques secondes pour agir si elle voulait s'en sortir. Mais il ne s'agissait pas de faire n'importe quoi. Elle devait attendre le bon moment.

Mike glissa son arme dans sa ceinture et, pendant un bref instant, il desserra les doigts autour de ses cheveux.

Maintenant.

Brianna fit brusquement volte-face, le poussa de

toutes ses forces, et courut, non pas vers l'entrée, mais vers le fond du bâtiment.

Au bout, il y avait une porte.

Si elle ne parvenait pas à l'atteindre, elle trouverait toujours un endroit où se cacher.

Lorsqu'elle entra dans le chenil, les chiens se mirent à aboyer et à gémir comme s'ils sentaient sa peur, comme s'ils répondaient à son stress.

— Vous ne pourrez pas sortir d'ici, cria Mike dans son dos.

Pour le moment, l'obscurité la protégeait, mais il la verrait si elle ouvrait la porte, et il n'hésiterait pas à l'abattre.

Touchant le fond du désespoir, elle tourna dans la troisième allée et se réfugia au fond d'une cage vide.

Retenant son souffle, priant pour qu'un miracle se produise, elle attendit.

L'oreille aux aguets, elle essaya de percevoir les pas de Mike, mais le bruit des chiens l'en empêchait.

Jamais elle n'avait connu une telle peur. Son sang s'était figé, et son cœur cognait si fort contre sa cage thoracique qu'elle en avait mal.

Les néons du plafond s'allumèrent par rangées successives.

— Bree !

Le rire machiavélique de Mike résonna dans la pièce.

— Je gagne toujours à cache-cache.

Oh Seigneur, pensa-t-elle, il allait la trouver.

Il allait la trouver et la tuer.

Elle recula tout au fond de la large cage, et sentit les barreaux d'acier s'enfoncer dans son dos.

Les secondes s'égrenaient dans un silence éprouvant. Les chiens s'étaient tus, mais Brianna n'entendait pas Mike. Elle n'avait pas la moindre idée de l'endroit où il se trouvait.

Elle se mordit le poing pour s'empêcher de crier.

Elle était allée se jeter toute seule dans un piège dont elle ne pourrait pas ressortir.

En s'enfermant dans cette cage, elle avait signé son arrêt de mort.

La douleur qui lui martelait le crâne s'était atténuée, et Troy commençait à pouvoir réfléchir plus clairement.

Mike lui avait fait les poches avant de l'enfermer. Son portable avait disparu, ainsi que son portefeuille.

Il avait probablement cherché une arme, mais il n'avait pas pensé à vérifier sa cheville. Présence familière, son revolver pesait contre sa peau et, après s'être jeté contre la porte dans l'espoir de l'ouvrir, Troy s'en saisit.

Il aurait préféré ne pas avoir à s'en servir, afin que Mike continue à ignorer qu'il était non seulement en vie, mais qu'il était armé ; une attaque discrète aurait été préférable.

Mais les minutes s'écoulaient, des minutes où se jouait la vie de Brianna.

— Je reviens vous chercher, Brandon, dit-il. Je vous promets que tout va bien se passer.

Il tâtonna pour trouver l'emplacement de la serrure, puis il posa le canon contre la porte et tira.

La serrure sauta et la porte s'ouvrit.

Troy appuya dessus et tomba à genoux à l'extérieur, dans la lumière de la lune.

Sans perdre un instant, il se releva et fureta autour de lui.

Il se trouvait au milieu d'une petite clairière entourée d'épaisses broussailles.

Pivotant dans les quatre directions, ilfinit par comprendre qu'il se trouvait dans le bois qui marquait la limite de la propriété de Brianna, et se mit à courir vers le refuge.

Il ne savait pas combien de temps il était resté inconscient. Cela pouvait être quelques minutes, comme cela pouvait être une heure. Il arriverait peut-être trop tard.

Cette pensée lui fit accélérer la cadence.

Son cœur battait avec régularité, un calme étrange s'était emparé de lui.

C'était le calme qui précède la tempête.

Si Mike s'en était pris à Brianna, il serait sans pitié.

Sa formation militaire lui revint en un éclair tandis qu'il se glissait le long des arbres et contournait buissons et hautes herbes avec la rapidité silencieuse d'un félin.

Le bâtiment apparut.

Toute la façade arrière était allumée.

Il raffermit sa prise sur la crosse de son arme, déterminé à tirer si c'était nécessaire.

Oui, il était prêt à éliminer Mike Kidwell pour sauver la vie de Brianna, et en assumerait les conséquences devant la justice.

Plaqué contre le mur, il se glissa jusqu'à la porte, et actionna la poignée.

Fermée.

La mâchoire crispée, il continua d'avancer, telle une ombre, et entendit démarrer un moteur.

Il atteignit l'angle du bâtiment juste à temps pour apercevoir le vétérinaire au volant de son pick-up.

— Kidwell ! hurla-t-il.

Mike accéléra. Le gravier crissa sous ses pneus. Troy prit rapidement position, et pointa son arme sur le camion.

Il tira trois fois, et la dernière balle alla se ficher dans le pneu avant gauche.

Le lourd véhicule se mit à zigzaguer le long du chemin, traversa la route, et alla finir sa course dans un arbre, dans un énorme fracas de tôles.

Le moteur s'arrêta, et le silence de la nuit recouvrit la scène.

Ce fut à ce moment-là que le cœur de Troy se mit à battre frénétiquement.

Il ne savait pas si Brianna se trouvait dans le pick-up, ou si elle était restée au refuge. Il ne savait pas si elle était morte ou vivante.

Sans lâcher son arme, il s'approcha de la voiture.

Mike était effondré sur le volant, et Brianna ne se trouvait pas sur le siège passager.

Cette découverte lui fit l'effet d'un coup de poing à l'estomac, et il peina à reprendre son souffle.

Mike avait-il déjà tué Brianna ?

Il passa le bras par la vitre baissée et posa les doigts sur le cou du vétérinaire, cherchant un pouls.

Lorsqu'il le toucha, l'homme émit un long et profond gémissement.

— Où est Brianna ?

Mike ne réagit pas.

— Troy ?

La voix venait du plancher devant le siège passager, et il la vit recroquevillée sous le tableau de bord.

— Brianna, s'exclama-t-il, avec un immense soulagement.

Il fit rapidement le tour du pick-up et ouvrit la portière. Brianna lui tomba dans les bras.

— Je croyais que tu étais mort, dit-elle entre deux sanglots. Oh, mon Dieu, je croyais qu'il t'avait tué !

Troy la serra contre lui, les larmes aux yeux. Puis il la fit pivoter, et libéra ses mains toujours entravées.

Mike s'était remis à gémir et, sachant combien il était dangereux, Troy s'empressa de refaire le tour de la voiture.

Il repoussa Mike contre le dossier.

Son visage était ensanglanté. La voiture n'avait pas d'airbag, et le contact avec le volant avait manifestement été rude.

Lui faisant rapidement les poches, Troy découvrit un revolver, un portable et son portefeuille. Il tendit les trois objets à Brianna, et entreprit d'attacher les mains de Mike au volant.

Lorsque ce fut fait, il récupéra le portable et appela les secours, puis il prit Brianna dans ses bras et serra contre lui son corps tremblant.

— C'est fini, murmura-t-il dans ses cheveux. C'est enfin fini. J'ai retrouvé ton père. Il est vivant.

Rejetant la tête en arrière, il observa son visage, subitement illuminé de joie, et sut qu'une partie de son cœur resterait à jamais avec elle.

14

Le soleil venait de dissiper les brumes matinales, conférant à l'atmosphère une limpidité de cristal, mais Brianna était trop lasse pour apprécier le spectacle de la nature qui s'éveillait.

La nuit lui avait paru irréelle. La police était arrivée avec plusieurs équipes de journalistes. Deux ambulances avaient pris en charge Mike et son père.

Grâce au ciel, son père s'en sortirait.

Il était déshydraté et souffrait des effets du tranquillisant que Mike lui avait injecté à hautes doses, mais il serait bientôt sur pied.

Quant à Mike, il souffrait d'une commotion cérébrale et avait le nez cassé. Il vivrait donc pour rendre compte de ses actes devant un tribunal. Et les chefs d'accusation étaient si nombreux qu'il risquait fort de ne jamais sortir de prison.

A présent, Brianna se trouvait dans le baraquement de planches hébergeant l'élevage clandestin de Mike.

Soixante-dix-sept chiots. Elle les avait comptés. Et parmi eux, elle avait eu la merveilleuse surprise de découvrir un Sam en parfaite santé.

— On dirait que vous avez du pain sur la planche, dit une voix d'homme dans son dos.

Elle pivota sur ses talons, et offrit un sourire fatigué au commissaire Kincaid.

— Ce n'est pas exactement le genre de publicité dont je rêvais pour le refuge, mais il est vrai que je vais avoir fort à faire.

Elle soupira.

— Je ne comprends pas qu'un homme dont la vocation est de sauver les animaux ait pu se lancer dans un tel trafic.

— L'argent, dit le commissaire d'un ton désabusé. On en revient toujours à la même chose. A propos de Mike, je viens d'avoir des informations de l'hôpital. Il est conscient, et il plaide la folie passagère. Il prétend qu'il ne voulait tuer personne. S'il a enlevé votre père, c'était uniquement pour ralentir les travaux du centre commercial et vous faire peur.

— Mais oui, bien sûr, fit Brianna avec amertume.

— Nous essayons de retrouver ses associés en Californie, poursuivit le commissaire. Nous avons saisi son ordinateur, et je pense que nous y trouverons toutes les réponses que nous cherchons au sujet de ses affaires et de ses complices.

— Je suis soulagée que mon père s'en soit sorti, et que personne n'ait été sérieusement blessé.

Elle reporta son attention sur les chiots.

— Quant à ces petits bonshommes, je vais prendre contact avec d'autres refuges et voir s'ils peuvent m'aider à les placer.

— Nous avons déjà reçu des appels de personnes ayant appris toute l'histoire aux informations télévisées, et qui proposent leurs services, dit Wendall.

— Peut-être n'aurait-il pas tué mon père, mais quoi

qu'il dise, je suis persuadé qu'il avait l'intention de nous supprimer, Troy et moi.

— De toute façon, il sera poursuivi pour tentative de meurtre.

Sur ces entrefaites, Troy entra dans le bâtiment, et Brianna sentit son cœur s'emballer.

Elle avait eu si peur de le perdre ! Et tant pis si leur histoire devait s'arrêter, l'essentiel était qu'il soit sain et sauf.

— Si Mike avait trouvé mon arme, Brandon et moi serions toujours enfermés dans cette réserve, dit-il.

Il n'ajouta pas que s'il n'avait pas réussi à se libérer, Brianna serait morte.

— Je t'ai dit que ce holster de cheville faisait très James Bond, répliqua Brianna avec humour.

Les yeux gris de Troy s'éclairèrent, puis il se tourna vers le commissaire.

— Nous pouvons y aller ?

Wendall Kincaid hocha la tête.

— Nous en avons terminé avec vous. Si nous avons d'autres questions, nous vous appellerons. En attendant, reposez-vous. La nuit a été longue.

Avec un signe de tête à chacun d'eux, il pivota sur ses talons et quitta le bâtiment.

C'était la première fois que Brianna et Troy se retrouvaient seuls depuis l'arrivée de la police.

Elle avait envie de se jeter dans ses bras, de sentir le battement rassurant de son cœur, mais elle n'osait pas faire le premier pas.

— J'ai eu si peur pour toi, dit-elle sans bouger d'un pas.

Troy enfonça les mains dans ses poches.

— Pas autant que moi j'ai eu peur pour toi.

— J'ai du mal à croire que c'est terminé.

Et c'était encore plus difficile de croire que le moment était venu pour eux de se dire adieu.

Après tout ce qu'ils avaient traversé ensemble, après tout ce qu'ils avaient partagé, la perspective de ne plus jamais le revoir emplissait Brianna d'un infini chagrin.

— On y va ? demanda Troy.

Elle ouvrit la bouche pour dire oui, puis se ravisa.

C'était le moment où jamais de lui dire ce qu'elle pensait.

— Avant, j'ai quelque chose à te dire.

Elle fit un pas vers lui.

— Si je ne le fais pas maintenant, je le regretterai toute ma vie.

Il se crispa, les épaules raidies. Un nerf joua dans sa mâchoire. Ses paupières s'étrécirent imperceptiblement, et il ôta les mains de ses poches.

— Brianna, on vient de vivre l'enfer. Je suis épuisé, et je voudrais sortir d'ici. Quoi que tu aies à dire, ça ne peut attendre un autre moment ?

— Non. Cela ne prendra qu'une minute.

Elle fit un pas de plus, s'approchant assez pour distinguer l'ombre d'une barbe blonde sur ses joues, et pour respirer l'odeur de son parfum désormais si familier.

Elle voulait trouver les mots justes pour qu'il comprenne qu'il ne s'agissait pas d'une réaction au traumatisme de la nuit, ou à l'effervescence du moment.

— Je t'aime.

Les mots étaient sortis tous seuls, dans leur émouvante simplicité. Le cœur serré par l'émotion, elle guettait sa réaction.

Elle ne savait pas vraiment ce qu'elle espérait de lui, mais en tous cas ce n'était pas ces lèvres serrées en une mimique amère et ce mouvement de recul.

En réalité, elle rêvait d'un moment de romantisme absolu. Elle voulait qu'il la prenne dans ses bras et lui dise qu'il l'aimait aussi, qu'il ne pouvait pas imaginer continuer à vivre sans elle.

Mais ce n'était pas la joie d'un amour partagé qui se lisait sur le visage de Troy. C'était plutôt un mélange d'incrédulité et de gêne qui lui brisa le cœur.

— Tu n'es pas obligé de dire quelque chose, s'exclama-t-elle, en luttant contre les larmes qui montaient en elle. Je sais que je ne corresponds pas à ton idéal féminin. Je crois que tu apprécies Brianna, mais que tu n'as aucune tolérance pour Bree, et le problème, c'est que je suis les deux à la fois.

Elle se mordilla la lèvre inférieure, cherchant ses arguments.

— Je ne vais pas m'excuser pour la façon dont j'ai mené ma vie en Californie. J'ai aimé cette vie-là. Cela fait partie de moi. J'aime la bière et la pizza, et un bon vieux jean usé jusqu'à la corde. Mais j'aime aussi le champagne, le caviar, et les robes de couturiers. Je ne suis pas la femme simple dont tu rêves. Je suis quelqu'un de compliqué.

Elle fut surprise de sentir les larmes mouiller ses joues.

— Le pire, c'est que je crois que tu m'aimes aussi, mais tu t'accroches à cette femme imaginaire.

Les mots s'enchaînaient en un flot ininterrompu, comme si elle avait attendu toute une vie pour les prononcer.

— Je n'ai pas encore décidé si c'était la peur ou l'égoïsme qui font que tu es toujours célibataire et que tu t'entêtes à vivre dans tes rêves, mais moi j'existe. Je suis réelle, et je t'aime. Voilà, c'est dit ! Je voulais que tu le saches. Et maintenant, je suis prête à partir.

Passant devant lui, elle franchit la porte du baraquement, en espérant de toutes ses forces qu'il la rappellerait pour lui dire qu'il l'aimait.

Les larmes jaillirent de plus belle tandis qu'il lui emboîtait le pas en silence.

La sensation d'épuisement qui pesait sur ses épaules n'était rien comparée au poids de son son chagrin.

— Je vais te raccompagner chez toi, dit-il, et je demanderai à un de mes associés de te ramener ta voiture et tes affaires dans l'après-midi.

— Comme tu voudras, dit-elle.

En réalité, elle n'avait prêté aucune attention à ce qu'il disait.

Elle avait eu l'impression d'avouer son amour à une pierre, et elle ne devait qu'à un dernier sursaut de dignité de ne pas s'effondrer.

Par son détachement cynique, il avait brisé son rêve. Tout espoir de bonheur avec lui était anéanti à jamais.

Le trajet du retour s'était fait dans un silence pesant, lourd de rancœur et d'incompréhension, et Brianna fut soulagée lorsqu'ils arrivèrent enfin en vue de la résidence Waverly.

Décrochant rapidement sa ceinture, elle posa la main sur la poignée de la portière, pressée d'en finir.

Troy la retint par le bras, et un immense espoir lui gonfla le cœur.

Peut-être lui avait-il fallu un peu de temps pour mesurer

toute l'ampleur de ce qu'elle venait de lui avouer, et pour faire le point sur ses propres sentiments.

— Brianna, je veux seulement que tu saches que tu es une femme formidable. Je te souhaite de rencontrer un homme qui pourra t'apporter tout ce que tu désires.

Sa voix n'exprimait aucune émotion, et son regard était d'un gris aussi terne que celui d'un ciel de pluie.

Elle acquiesça, la gorge nouée de tristesse et d'amertume mêlées.

— Mais cet homme, ce n'est pas toi, termina-t-elle à sa place.

Il ôta la main de son bras.

— Nous venons de vivre une expérience traumatisante, et tes émotions sont confuses. Quand tu auras pris un peu de recul, tu comprendras que ce que tu ressens pour moi n'est en fait rien d'autre que de la gratitude, et cette espèce de lien très particulier entre une victime et la personne qui l'a aidée. Ce n'est pas de l'amour.

— Merci de m'expliquer ce que je ressens, dit-elle d'un ton sarcastique.

Elle ouvrit la portière, sortit de la voiture, puis se pencha dans l'habitacle.

— J'espère que tu seras heureux, Troy, et que tu trouveras ce que tu recherches.

A demi aveuglée par les larmes, Brianna courut vers la porte d'entrée et sonna.

La porte ne s'était pas encore ouverte qu'elle entendit Troy manœuvrer dans l'allée.

Elle essaya de se persuader que cela ne l'atteignait pas. Il lui fallait penser à tellement de choses…

En premier lieu, elle devait présenter ses excuses à

Heather pour l'avoir soupçonnée. Puis elle irait voir son père à l'hôpital.

Ah, et puis elle devait absolument trouver un foyer pour ces soixante-dix-sept chiots.

Elle serait bien trop occupée pour gâcher la moindre minute à penser à Troy, conclut-elle au moment où l'employée de maison s'effaça pour la laisser entrer.

Elle monta précipitamment l'escalier, se rua dans sa chambre, se jeta en travers du lit. Elle n'avait pas le cœur brisé, se répétait-elle, elle n'aimait pas vraiment Troy, son indifférence ne l'atteignait pas…

Brianna ne vit pas passer les deux semaines qui suivirent. Elle fit un bref aller-retour en Californie pour organiser son déménagement, et travailla au refuge de l'aube au coucher du soleil.

Plusieurs vétérinaires bénévoles vinrent assurer la prise en charge des chiots de l'élevage clandestin, et veillèrent à la bonne santé des pensionnaires du refuge, en attendant qu'elle puisse engager quelqu'un. Grâce à une dizaine de volontaires qui se chargèrent d'appeler les refuges environnants et firent appel à la population locale, les chiots trouvèrent rapidement un foyer.

Son père gardait peu de souvenirs de sa séquestration dans la réserve. Mike le maintenait inconscient la plupart du temps, lui fournissant juste assez d'eau et de nourriture pour qu'il ne meure pas.

Apparemment, son intention n'avait jamais été de le tuer. Il voulait simplement faire reporter la construction du centre commercial, le temps de pouvoir déménager ses installations. Entretemps, Brianna lui avait fait part de son désir de venir s'installer de façon permanente à Kansas City. Elle était alors devenue pour lui une menace dont il fallait s'occuper.

Heather accepta de bonne grâce ses excuses, et Brianna comprit qu'elles resteraient amies même après que le divorce serait prononcé.

Mais, en dépit de la charge de travail qui pesait désormais sur elle, en dépit du soutien chaleureux de ses amis et de sa famille, le souvenir de Troy la hantait toujours. Et, malgré la façon dont ils s'étaient séparés, malgré les mots définitifs qu'il avait prononcés, elle espérait toujours qu'il changerait d'avis et reviendrait vers elle.

Il était à peine 8 heures ce jour-là quand Brianna arriva au refuge. Le temps était radieux, laissant présager une superbe journée.

Sam, qui n'avait nullement souffert de sa courte mésaventure, l'accueillit avec sa fougue coutumière, manquant la renverser.

— Du calme, mon grand, dit-elle en lui tapotant la tête.

Ils se dirigèrent de concert vers la réception.

Sandy l'accueillit avec un sourire lumineux.

En l'espace de quelques jours, leur relation avait évolué favorablement. Métamorphosée par l'incident qui s'était produit chez elle, Sandy avait retrouvé sa vraie personnalité, et une belle amitié était en train de naître entre les deux jeunes femmes.

— Bonjour, Brianna. J'ai fait du café, et j'attends trois familles ce matin pour des adoptions.

— Excellente nouvelle.

Brianna gagna le chenil pour jeter un œil aux chiens.

Passant de cage en cage, elle eut un mot et une caresse pour chacun, puis elle revint à son bureau afin de consulter son agenda.

L'air affairé, Sandy passa la tête dans l'embrasure de la porte.

— Si ça ne vous ennuie pas de rester à la réception pendant environ une heure, j'aimerais toiletter le schnauzer qu'on nous a amené hier.

— Oui, bien sûr.

Brianna se servit une tasse de café et alla s'installer derrière la banque d'accueil.

Les yeux tournés vers la fenêtre, elle sirota son café et, comme chaque fois que son esprit disposait d'un moment de répit, ses pensées dérivèrent vers les événements qui avaient marqué les deux semaines qui venaient de s'écouler.

Les associés de Mike en Californie avaient été identifiés et arrêtés, et seraient jugés pour la tentative d'agression durant laquelle son garde du corps avait été blessé.

Elle avait trouvé le temps de déjeuner avec Kent et lui avait expliqué tout ce qui s'était passé. Durant ce moment passé ensemble, elle s'était rendu compte que Troy avait vu juste au sujet de son ex-petit ami. Kent était toujours amoureux d'elle. Avec le plus grand tact, elle avait fait comprendre à ce dernier qu'ils n'étaient pas faits l'un pour l'autre, et qu'il était temps pour lui de tourner la page.

Employant sans le vouloir les mêmes mots que Troy, elle lui avait dit qu'il était un homme formidable, et lui avait souhaité de rencontrer une femme qui lui apporterait tout ce qu'il désirait.

N'était-il pas étrange de briser le cœur de quelqu'un alors que son intention était tout autre ?

Elle n'avait jamais voulu faire souffrir Kent, et elle savait que Troy n'avait jamais été dans cette disposition d'esprit à son égard.

Sa prochaine rencontre avec Troy se ferait sans doute au tribunal, à l'occasion du procès de Mike, puisqu'ils seraient tous deux appelés comme témoins.

Serait-elle parvenue à l'oublier à ce moment-là ?

D'une certaine façon, elle était persuadée que Troy occuperait toujours une place à part dans son cœur, et que le temps n'apaiserait jamais complètement la douleur de leur séparation.

La matinée passa dans un tourbillon d'activités tandis que les familles venaient choisir leur chien, et que Brianna était submergée de coups de téléphone.

Les candidatures pour le poste de vétérinaire affluaient, et elle avait commencé à faire passer quelques entretiens. Elle se montrait particulièrement exigeante, ne voulant pas prendre sa décision dans l'urgence. La mésaventure avec Mike l'avait évidemment échaudée, et elle attendait de son prochain collaborateur qu'il fasse montre d'une moralité irréprochable.

Il était presque 13 heures lorsqu'elle envoya Sandy déjeuner. Totalement dévouée au refuge, la jeune femme y passait de longues heures, dépassant ses horaires normaux, et Brianna soupçonnait qu'elle y aurait volontiers passé ses nuits si elle l'y avait autorisée.

— Je vais essayer ce nouveau restaurant à l'entrée de l'autoroute, dit Sandy. Ce sont les grands spécialistes du poulet, paraît-il. Vous voulez que je vous rapporte quelque chose ?

— Non, merci. Je n'ai pas faim.

— Vous êtes sûre ? Vous me dites toujours que ce n'est pas bon de sauter un repas.

Brianna haussa les épaules.

— Je dinerai tôt ce soir, voilà tout.

— Comme vous voudrez. Je reviens dans une heure.

— Prenez votre temps. Je m'occupe de tout.

Brianna regarda sa jeune employée s'éloigner d'une démarche guillerette et monter dans sa voiture.

Comme elle l'avait toujours pensé, Sandy était vraiment une gentille fille, et elle ne regrettait pas de lui avoir accordé unc seconde chance.

Se calant contre le dossier de son fauteuil, elle ouvrit le journal à la page des annonces immobilières.

Pour le moment, elle vivait chez son père, mais elle avait hâte d'acheter sa propre maison.

Une maison avec un grand terrain clos pour Sam.

— Ecoute ça, mon grand, dit-elle au chien. Six pièces, une cuisine entièrement équipée, un jacuzzi, et un terrain d'un hectare entièrement clôturé.

Elle se pencha et tapota la tête du chien qui dormait à ses pieds en ronflant.

— Ça te plaît ? Tu aimerais nager dans le jacuzzi ?

Un bruit de pneus sur le gravier lui fit soudain tourner la tête vers la fenêtre.

Aussitôt, elle reconnut la voiture de sport qui venait de s'arrêter devant le bâtiment, et son estomac se noua.

Incrédule, elle regarda Troy s'extraire souplement du siège passager, ses cheveux fraîchement coupés lui donnant une allure martiale.

Que faisait-il ici ?

D'un geste machinal, elle passa la main dans ses cheveux, se demanda de quoi elle avait l'air ; puis elle s'en voulut de cette réaction.

Elle avait dû oublier quelque chose à la ferme, et il venait le lui rapporter. Ou bien il avait besoin de parler avec elle d'un détail concernant son affaire.

Ce n'était pas la peine qu'elle se fasse la moindre illusion.

Pourtant, elle ne put empêcher son cœur de battre follement tandis qu'il franchissait le seuil d'une démarche déterminée.

Elle ignorait combien de temps il fallait pour guérir un cœur blessé, mais deux semaines ne suffisaient pas.

Affichant une désinvolture qu'elle était loin d'éprouver, elle s'exclama :

— Eh bien, mais regardez qui voilà !

— Bonjour, Brianna. Tu as l'air en forme.

— Merci. Tu n'es pas mal non plus.

En réalité, il était fantastique.

Son jean délavé collait à ses cuisses musclées comme une seconde peau. Sa chemise était entrouverte, révélant la peau hâlée de son torse ; ses manches retroussées découvraient des avant-bras puissants. Des bras qu'elle rêvait de sentir autour d'elle.

— J'ai appris que tu avais résolu le problème des chiots.

Elle hocha la tête.

— J'ai été bien aidée. Les gens se sont proposés spontanément, et nous avons réussi à placer tous les chiens.

Sa frustration grandissait à chaque minute qui s'écoulait, et bientôt elle n'y tint plus.

— Qu'est-ce qui t'amène, Troy ?

Il fit un pas vers elle, une expression indéchiffrable sur le visage.

— Je suis venu adopter une bête.

— Oh !

Il n'avait jamais exprimé le désir d'avoir un animal auparavant et, de toute façon, il aurait pu s'adresser ailleurs.

Pourquoi venait-il la voir alors qu'il connaissait les sentiments qu'elle éprouvait pour lui ?

Un étrange espoir s'empara d'elle, auquel elle n'osa pourtant pas croire.

Prenant sur elle, elle prit un formulaire d'adoption dans un casier et le déposa sur le comptoir.

— Tu as une préférence ?

— Blonde. Résolument blonde. Et il faut qu'elle soit très compliquée, et têtue comme une mule.

Elle le dévisagea avec stupeur. Etait-ce une mauvaise blague ? Avait-elle mal compris ?

— Il faut qu'elle aime les jeans et les robes de couturiers, ajouta-t-il. Les hot dogs dégoulinants de moutarde et le caviar.

Elle. Il parlait d'elle.

Brianna sentit son cœur se dilater de joie.

Faisant le tour du comptoir, elle repartit d'un ton mutin :

— J'ai justement la compagne idéale pour vous, cher monsieur. Mais je crois qu'il va falloir lui apprendre à obéir.

Les lèvres parfaites de Troy s'étirèrent en un sourire qui la réchauffa tout entière.

— Oh, ce ne sera pas nécessaire. Elle me plaît telle qu'elle est, et je n'imagine pas de continuer à vivre sans elle.

Il n'eut rien d'autre à ajouter pour qu'elle se jette dans ses bras.

— J'espère que c'est bien de moi que tu parles, car aucun des chiens qui se trouvent ici n'apprécie les chaussures à talons aiguilles.

Doucement, Troy repoussa une mèche de cheveux qui tombait sur son front, et lui embrassa le bout du nez.

— C'est bien de toi que je parle.

— Et qu'est devenue la femme de tes rêves ? Celle dont tu me vantais sans cesse les mérites.

Le sourire de Troy s'évanouit.

Il lui prit le menton entre les mains, et plongea son regard dans le sien.

— Tu m'as demandé si je m'accrochais à ce rêve par peur ou par égoïsme, et cette question m'a hanté pendant deux semaines.

— Et tu connais la réponse ?

— C'était de la peur.

Il soupira.

— Quand je t'ai rencontrée, je ne savais pas à quoi ressemblait l'amour. Je n'ai pas su le reconnaître quand il s'est présenté.

Il l'aimait !

Brianna faillit en perdre le souffle.

— J'étais plein d'idées toutes faites à ton sujet, et j'avais peur que tu me fasses souffrir, continua-t-il. Et puis, ces derniers jours, j'ai compris que mon cœur était déjà brisé. Parce que je t'avais chassée de ma vie.

— Je ne peux pas changer ce que je suis, Troy, dit-elle avec tendresse. Il y a un peu de Bree en moi, et elle ne disparaîtra jamais.

Il sourit de nouveau.

— J'aime aussi cette femme. Je vous aime toutes les deux, Bree et Brianna.

Impatient soudain, Troy lui donna un baiser qui emplit son cœur d'un bonheur immense.

Grâce à lui, la pauvre petite fille riche, à la fois naïve et frivole, s'était transformée en une femme sereine, sûre de ses sentiments, et prête à assumer de vraies responsabilités.

Quoi qu'elle en dise, Hollywood était désormais derrière elle. Elle avait trouvé dans les bras de Troy ce à quoi elle aspirait depuis toujours.

1

Cela faisait exactement quatre heures et trente-deux minutes que Roman Bradshaw était arrivé à Thunder Key lorsqu'il l'avait vue pour la première fois.

C'était dans un petit restaurant de bord de mer, le Shark and Fin, et il avait cru à une hallucination. Il avait alors immédiatement regagné le bungalow où il séjournait — ce même bungalow où ils avaient passé leur lune de miel deux ans auparavant — et il s'était persuadé qu'il était devenu fou.

Le deuxième jour, il avait croisé son regard. Elle était derrière le bar. Ses cheveux blonds avaient la même coupe seyante qu'auparavant, un carré court qui lui arrivait au menton et caressait doucement ses pommettes hautes. Elle avait levé les yeux vers lui et… rien. Pas la moindre étincelle d'intérêt ou de surprise.

Sur sa tempe, il avait discerné cette fine cicatrice, à peine visible mais qui lui était si familière. Elle portait toujours au poignet le même bracelet en argent. Elle ne l'avait plus quitté depuis qu'il le lui avait offert pendant leur voyage de noces. Et il savait que son prénom était gravé à l'intérieur : Leah.

Il se trouvait au fond du bar, près de la porte. Sans

pouvoir se l'expliquer, il craignait que, s'il s'approchait trop près d'elle, elle ne disparaisse.

Alors, il la regardait.

Ce n'était pas elle qui le servait. Mais lorsqu'il croisa son regard par-dessus le bar, elle le soutint pendant un long moment. Puis elle se tourna vers la fille qui s'approchait du comptoir, et prononça quelques mots en le désignant.

La serveuse revint vers lui et lui demanda :

— Je peux vous aider ? Vous voulez une autre bière ?

Il secoua la tête. Il était incapable de parler. Leah le regardait toujours, l'air préoccupé, comme si elle craignait d'avoir affaire à un client mécontent.

— Non, merci. C'est parfait, avait-il fini par bredouiller.

Puis il était parti.

Il ne savait pas quoi penser. Comment pouvait-elle ne pas le reconnaître ? Il n'avait pas changé. Il était le même homme que celui qu'elle avait épousé. C'était intérieurement qu'il avait subi un bouleversement.

Etait-ce vraiment Leah ? Il craignait de découvrir la vérité, de la perdre de nouveau. Alors il avait passé des heures à parcourir la plage balayée par le vent, l'esprit hanté par des questions auxquelles il avait peur de trouver des réponses. Perdait-il la raison ? Cette femme était-elle un produit de son imagination, un fantôme qui traversait le cauchemar qu'était devenue sa vie, depuis que la voiture de Leah était tombée d'un pont, basculant dans le vide par une nuit d'orage ?

Et si cette femme était vraiment Leah, par quel miracle se trouvait-elle ici ? Pourquoi avait-elle disparu ? Comment avait-elle pu leur faire cela... à lui, à ses amis ?

Il rêva d'elle cette deuxième nuit. Ils étaient en

voiture, et traversaient une forêt dans le nord de l'Etat de New York. Ils admiraient les couleurs des feuilles d'automne. C'était d'ailleurs un moment qu'ils avaient vécu ensemble, pour fêter leurs six mois de mariage… avant que les choses ne se gâtent.

Sauf que dans son rêve, lorsqu'il avait quitté la route du regard pour jeter un coup d'œil à sa femme, si belle et si éclatante, le siège du passager s'était soudain trouvé vide. Elle avait disparu comme par enchantement.

Il s'était réveillé haletant, le corps moite.

Le jour suivant, il était arrivé au Shark and Fin un peu plus tôt. Elle n'y était pas, et le bar était presque vide. C'était en début d'après-midi, et dehors le soleil écrasant du mois d'août se réverbérait de manière presque aveuglante sur le sable blanc. Des touristes, chargés de serviettes, crème solaire et parasols, envahissaient la plage. Thunder Key était une petite île peuplée d'originaux, une des moins fréquentées de l'archipel des Keys, au sud de la Floride. Elle abritait pourtant une petite ville située à quelques kilomètres de la route sur pilotis qui reliait tout le chapelet d'îles au continent. Son calme relatif était ce qui avait séduit Leah lors de leur lune de miel.

Il n'y avait qu'un seul hôtel, et c'était une des rares îles où, en été, la population locale demeurait plus nombreuse que celle des touristes. Le Shark and Fin était un établissement très pittoresque, qui s'élevait au bout d'une petite route, à l'extrémité de l'île. Il fallait traverser un pont arqué pour l'apercevoir soudain sur la plage, comme surgi de la mer. Son architecture était typique des Bahamas, avec des murs peints de poissons colorés, de lunes éclatantes et de slogans joyeux. Les gens y entraient pieds nus.

Leah avait découvert le bar le dernier jour de leur séjour, et elle était immédiatement tombée sous son charme. « Il représente à lui tout seul l'atmosphère des îles Keys », lui avait-elle dit. « Nous devrions quitter New York et ouvrir un bar comme celui-là. Nous serions heureux ici. Pas de stress, de pollution, de téléphone portable, d'ordinateur ou de fax. Rien que toi et moi. »

Et maintenant, il était là. Sans téléphone portable. Sans ordinateur. Et miraculeusement, Leah était là elle aussi.

— Je peux vous servir quelque chose ?

Roman sortit de sa rêverie et leva les yeux vers son interlocuteur.

C'était un jeune homme. Il avait des cheveux blonds un peu longs, une barbe de plusieurs jours, et un tablier autour de la taille. Roman l'avait vu faire des allées et venues dans le restaurant les derniers jours. Il s'était dit que c'était certainement le cuisinier.

Même si le Shark and Fin était réputé pour ses plats traditionnels des îles Keys — du poisson frit, de grosses frites coupées à la main, des beignets de conque et de la soupe aux coquillages — Roman se contenta d'une bière. Lorsque l'homme revint, il l'arrêta.

— Je me demandais qui était le propriétaire des lieux, commença-t-il.

— Morrie Sanders, répondit le jeune homme en le considérant avec méfiance. Il y a un problème ? Vous avez besoin de lui parler ? Il est dans l'Ouest, chez sa fille. C'est Leah qui s'occupe du restaurant quand il n'est pas là, mais elle n'est pas encore descendue.

— Elle habite ici ?

Il n'avait pas remarqué qu'il y avait un appartement à l'étage. Puis il se rendit soudain compte de ce que l'homme avait dit.

— Leah ? Elle s'appelle Leah ?

Il entendit un bruit sourd dans sa tête et comprit que c'était le sang qui cognait à ses tempes. Il n'avait pas encore réussi à l'admettre : mais c'était bien Leah, avec sa cicatrice, son bracelet, son sourire en coin…

Le front du cuisinier se plissa, et lorsqu'il reprit la parole, Roman eut l'impression que sa voix lui parvenait de très loin.

— Oui, c'est cela. Quelque chose ne va pas ? ajouta-t-il en croisant les bras.

— Non, tout va très bien.

Roman avait la tête qui tournait. *Leah.*

— Leah. Elle est… Depuis combien de temps est-elle là ? Vous savez d'où elle vient ? Vous savez…

L'homme l'interrompit.

— Hey, vous lui voulez quoi ?

Il parlait d'un ton protecteur, agressif. Son visage était devenu froid.

Roman battit en retraite.

— Simple curiosité.

Il devait réfléchir vite, mais il n'avait toujours pas les idées claires. Leah ne l'avait pas reconnu — ou du moins elle ne semblait pas l'avoir reconnu.

— J'étais… Elle est très séduisante. Je pensais…

— Vous pensez mal.

— Vous pouvez me donner son nom de famille ?

Il n'arrivait toujours pas à le croire. *Leah. Vivante. Ici.*

— Je ne donne aucune information personnelle sur Leah.

Le cuisinier lui lança un regard noir, puis tourna les talons.

Roman comprit que le personnel du Shark and Fin ne lui en dirait pas plus, et, après avoir fini rapidement sa bière, décida d'aller se renseigner en ville. Des ruelles plantées de palmiers partaient de l'artère principale de l'île, qui rejoignait la route suspendue. Il posa prudemment quelques questions dans la petite épicerie, à la banque, à la poste, à l'office de tourisme, la bibliothèque et au Cuban Café. Il apprit que Leah était connue sous le nom de Leah Wells, qu'elle travaillait chez Morrie Sanders depuis plus d'un an, et que ce dernier essayait de vendre le Shark and Fin pour pouvoir aller s'installer dans le Nouveau-Mexique auprès de ses petits-enfants. Il était évident que tout le monde à Thunder Key appréciait Leah, et que les questions personnelles la concernant n'étaient pas bienvenues.

Il prétendit être intéressé par le Shark and Fin, et se fit passer pour un homme d'affaires new-yorkais voulant investir dans un commerce local.

— Adressez-vous à Leah, lui dirent-ils. Elle vous mettra en contact avec Morrie.

Il n'était pas encore prêt à lui parler. Il avait peur de ce moment, peur de briser le sortilège et de la faire disparaître. Mais il voulait en savoir plus sur elle, alors il se mit à la suivre. Il apprit ainsi que le matin elle courait sur la plage. Ensuite, elle allait en ville et prenait un café-crème au Cuban Café. Une fois, il la vit entrer dans une boutique qui faisait partie d'un ensemble de magasins entourant une cour ombragée. Il découvrit qu'elle y vendait quelques-unes de ses créations. Elle faisait encore quelques pièces uniques : des robes sexy, des petits hauts, des shorts et des pantalons aux imprimés colorés. Il constata qu'elle créait également des bijoux maintenant : des colliers en coquillages et des bracelets en perles. Et d'après ce qu'on lui en dit, ils avaient beaucoup de succès auprès des touristes.

Elle passait le reste de son temps au Shark and Fin.

C'était sa nouvelle vie, celle qu'elle avait adoptée après avoir disparu sous un pont, dix-huit mois plus tôt. C'était Leah Wells, et elle ne le reconnaissait pas.

Roman savait peu de choses — à vrai dire, absolument rien — au sujet des amnésies. La veille, il avait appelé Mark Davison, le mari de sa sœur Gen, qui était médecin. Mark avait semblé surpris par ses questions, mais lui avait donné quelques informations générales.

Les pertes de mémoires pouvaient être d'origine physique ou psychologique, de courte durée ou beaucoup plus longues, voire permanentes. Essayer de faire remonter trop vite les souvenirs à la conscience du patient pouvait être dangereux. Mais Mark était un médecin spécialisé dans le traitement de la douleur, pas un psychiatre. Il ne pouvait pas lui dire grand-chose de plus.

Pourquoi ces questions ? lui avait demandé Mark. Mais Roman avait raccroché sans répondre. Pour le moment, il n'était pas prêt à parler de Leah à quiconque.

Ce soir-là, Roman retourna au Shark and Fin. Il y avait du monde, mais il ne voulut pas se mettre au fond de la salle cette fois. Il s'installa à la dernière place libre au bar.

Lorsque le cuisinier sortit de l'arrière-salle, il s'essuya

les mains sur son tablier et dit à Leah quelques mots que Roman ne put entendre. Ce fut alors que Leah regarda dans sa direction.

Elle portait un chemisier sans manches et un pantalon large, coupé dans un imprimé gai. Cela lui ressemblait bien de porter des vêtements aux couleurs éclatantes. C'était probablement elle qui les avait faits, et ils mettaient en valeur sa silhouette mince et souple.

Elle se dirigea vers lui.

— Je peux vous aider ?

Roman sentit sa bouche s'assécher et son cœur se serrer. C'était sa voix. Une voix rauque, douce et mélodieuse. *Leah*. Il dut se forcer à parler, à risquer de briser l'enchantement ou le rêve qui l'avait ramenée dans sa vie. Il fallait qu'il sache si c'était bien elle.

— Bonjour, réussit-il à articuler.

Elle ne disparut pas. Mais son visage n'exprima rien de particulier lorsqu'elle le dévisagea.

— Je vous sers quelque chose ?

Ses yeux avaient toujours la même expression. Pas la moindre lueur de reconnaissance.

Il fallait qu'il sache.

— Vous vous souvenez…

Il arrivait à peine à parler tant sa gorge était nouée.

— Me souvenir de quoi ?

Elle semblait ne pas comprendre.

— De moi, finit-il par dire doucement.

— Hum… Je vous ai vu là l'autre soir, répondit-elle d'une voix méfiante. Je vous ai vu plusieurs fois, en fait.

Soit elle était la meilleure actrice qu'il ait jamais rencontrée, soit elle ne savait réellement pas qui il était. Il eut l'impression d'avoir reçu un coup dans l'estomac, mais qu'en même temps le monde s'ouvrait de nouveau à lui.

— Je vous sers quelque chose ? redemanda-t-elle.

— Non.

Elle commença à se retourner.

— Attendez !

Il vit ses épaules se raidir. Le brouhaha des conversations, le cliquetis des verres qui s'entrechoquaient semblèrent se dissoudre dans le lointain.

— Je voudrais… seulement parler avec vous, dit-il.

— Je n'ai pas le temps, répliqua-t-elle en regardant le bar de manière explicite.

— Peut-être après la fermeture ? Quelle heure est-il ?

— Je ne peux pas, dit-elle. Je vais me coucher dès que j'ai fini mon service.

— Alors, le matin, insista-t-il. Je viendrai courir avec vous.

Elle plissa les yeux.

— Comment savez-vous que je cours le matin ?

— Je vous ai vue.

— Ecoutez, commença-t-elle, le regard froid. Je ne sais pas ce que vous voulez, mais je ne suis pas intéressée.

— Si vous ne savez pas ce que je veux, comment pouvez-vous être certaine que vous n'êtes pas intéressée ?

— Joey m'a parlé de vous. Il m'a dit que vous posiez des questions sur moi.

— Accordez-moi quelques minutes, c'est tout. Il faut absolument que je vous parle, insista-t-il.

D'ordinaire, il ne s'obstinait jamais lorsqu'une femme disait non. Mais cette fois il ne pouvait pas partir : c'était impossible.

— Je ne suis pas intéressée, répéta-t-elle.

— Et pourquoi pas ?

Il veilla à garder un ton désinvolte. Elle coinça une mèche de cheveux derrière son oreille, et il sut à ce geste familier qu'elle était nerveuse.

— Je suis lesbienne, ça vous va ?

Roman faillit éclater de rire.

— Je ne vous crois pas, répliqua-t-il.

Les images lui venaient à l'esprit en rafale : Leah toute nue devant la cheminée, Leah pleurant alors qu'ils faisaient l'amour — quand il l'avait emmenée chez ses parents… Elle était la partenaire la plus généreuse, la plus passionnée qu'il ait jamais eue.

— Qui êtes-vous ? demanda-t-elle soudain.

L'expression de son regard le stoppa net.

Elle avait peur. De quoi ? De lui ? Une sensation de froid l'envahit. Que s'était-il donc passé la nuit où sa voiture avait basculé de ce pont ? Pourquoi Leah se trouvait-elle à cet endroit ? Il ne l'avait jamais compris. Elle était sur une route qu'elle ne prenait jamais, partie pour un déplacement dont elle n'avait parlé à personne, avec des documents pour entamer une procédure de divorce qu'il n'aurait jamais accepté de signer. C'était un des nombreux détails étranges, horribles, qui avaient entouré sa mort.

Il avait fallu deux jours pour retrouver sa voiture. A l'intérieur, ils avaient découvert son sac, avec son alliance glissée dedans, et des formulaires de divorce dans une pochette, mais pas son corps. La police avait déclaré qu'il avait dû être emporté par la rivière en crue. Les recherches avaient duré plusieurs jours, mais les plongeurs n'avaient rien trouvé.

Roman n'avait parlé à personne des formulaires de

divorce. Les relations entre Leah et sa famille avaient déjà été assez difficiles de son vivant. Il n'y avait aucune raison de les rendre plus pénibles encore après son décès.

Mais elle n'était pas morte.

— Je m'appelle Roman, dit-il en la regardant.

Rien. Pas la moindre réaction.

— Roman Bradshaw.

— Enchantée d'avoir fait votre connaissance, répliqua-t-elle. Mais il faut maintenant que je retourne à mon travail, il y a beaucoup de monde ce soir.

Il la laissa partir parce qu'il n'avait pas le choix. Il ne pouvait pas encore lui dire la vérité. Elle n'était pas prête. Elle ne le reconnaissait pas, et elle ne voulait pas lui parler. Il ne pouvait pas débarquer ici et l'emporter sur son épaule, comme un homme des cavernes, en lui disant qu'elle était sa femme.

Mais il n'abandonnerait pas pour autant.

Leah serra les lacets de ses chaussures de course sur la terrasse de bois à l'arrière du Shark and Fin. Le soleil se levait sur l'Atlantique. Une lueur chatoyante, d'un bleu doré perçait à travers les nuages du matin. Il faisait encore frais à cette heure matinale, mais la température n'allait pas tarder à grimper.

La plage était calme, déserte. Elle aimait ce moment de la journée, elle aimait cet endroit, elle aimait sa vie à Thunder Key : la mer à perte de vue, le soleil, le sable, le style de vie décontracté de ses habitants… tout la ravissait.

Elle était ici chez elle, et les habitants de l'île étaient sa famille. C'était tout ce qu'elle savait. Il n'y avait pas une seconde de ces dix-huit derniers mois à Thunder

Key qui ne soit clairement, précisément imprimée dans sa mémoire.

Ce qui rendait d'autant plus étonnant le fait qu'elle ne se remémore rien de sa vie auparavant.

« Vous vous souvenez de moi ? »

Le visage de l'homme lui vint brusquement à l'esprit. Comment aurait-elle pu l'oublier ? Une mâchoire carrée, des yeux d'un bleu intense, des joues lisses, d'épais cheveux bruns… Elle avait même aperçu une fossette craquante lorsqu'il éclatait de rire. Il était grand, large d'épaules. Riche, aussi, certainement. Il avait l'assurance d'un homme habitué à être obéi. Elle s'était renseignée et avait appris qu'il résidait dans un bungalow de l'hôtel White Seas, pour une durée indéterminée.

L'attirance qu'elle avait ressentie pour lui avait été instantanée. Elle avait regardé de l'autre côté du bar, et son cœur s'était emballé. Elle avait ressenti le besoin fou de se jeter dans ses bras, et…

Et quoi ? En même temps, une peur soudaine, irraisonnée, s'était emparée d'elle.

Si elle avait appris quelque chose au cours de ces dix-huit derniers mois, c'était de suivre son instinct. C'était tout ce qui lui restait.

Alors, elle s'était appliquée à rendre son visage impassible, et elle était restée aussi loin que possible de cet homme si sexy.

Elle regarda rapidement autour d'elle et fut soulagée de ne voir personne. Il savait qu'elle courait le matin. Il le lui avait dit : « Il faut que je vous parle. »

Elle ne voulait pas lui parler. Il ne *fallait pas* qu'elle lui parle.

Elle se redressa, les chaussures étroitement lacées,

alors que des images se précipitaient dans son esprit. Le visage de l'homme d'hier soir, souriant, attentif, se mêla à des images étranges du même homme, à un autre moment, à un autre endroit, puis tout disparut et il n'y eut plus que des sensations et des bruits. C'étaient les signes annonciateurs d'une crise de panique.

Elle avait eu de telles attaques auparavant, qui la réveillaient la nuit ou survenaient même parfois durant la journée, mais cela ne lui était plus arrivé depuis longtemps. Ces moments étaient douloureux, terrifiants.

Puis elle avait appris à les désamorcer : elle avait arrêté d'essayer de se souvenir du passé, et ces crises avaient disparu.

Mais voilà qu'elles la reprenaient…

Le vent qui soufflait. Le froid. Le noir. Des cris — les siens.

Elle sentit un étau lui enserrer les tempes, et faillit se plier en deux. Mais elle ne voulait pas se laisser vaincre. Alors, elle se força à se redresser, à marcher… Puis à courir, courir. Respirer. Courir.

Elle avait couru avant d'arriver à Thunder Key. Elle le sentait. Elle pouvait tenir pendant des heures. C'était son échappatoire à la douleur, au passé. Elle arriva sur la frange de sable humide et éprouva immédiatement une sensation de réconfort à ce contact. Elle aimait courir juste au bord de la mer. Plus elle courait vite, plus elle chassait les images du passé, qui passaient sans se fixer. Seule la douleur, elle, demeurait.

D'une certaine manière, l'homme du bar avait fait resurgir le passé. Etait-ce pour cela qu'il était dangereux ? Lui rappelait-il quelqu'un ?

Ou l'avait-elle connu ?

Les oiseaux tournoyaient au-dessus d'elle, et leurs cris vrillaient l'air calme du matin. Elle était seule, toute seule, mais dans sa tête le vent continuait à souffler et les cris à résonner. Parfois, elle craignait de devenir folle.

Il faisait nuit noire. Des éclats de lumière, et elle tombait, toujours plus bas. De l'eau. La douleur. Mais supportable. Elle arrivait à bouger… à marcher.

Le routier qui l'avait recueillie sur le bas-côté de l'autoroute portait une chemise à carreaux verts et un jean délavé avec un trou à un genou. Il avait un visage rond, jovial, et un regard bienveillant.

Elle était mouillée, meurtrie, secouée. L'aube se levait, et elle ne savait pas depuis combien de temps elle était là.

— Je vais vers le sud, avait-il dit.

— Moi aussi. A Thunder Key.

D'où cela était-il venu ? Elle ne savait même pas où était situé cet endroit. Lorsqu'elle s'était entendue prononcer ces mots, la peur s'était emparée d'elle, mais elle n'avait pas laissé cela l'arrêter.

— Vous vous appelez comment ? avait demandé le routier.

Elle n'avait pas su quoi répondre. L'homme avait désigné du doigt le bracelet qu'elle portait.

— Leah, avait-il lu à la lueur du tableau de bord. Et votre nom de famille ?

Ils venaient de passer devant un panneau indicateur : Wells, deux kilomètres.

— Leah… Wells, avait-elle répondu en frissonnant malgré la chaleur qui régnait dans l'habitacle.

Il avait un atlas routier. Dans l'index, elle avait trouvé

Thunder Key, qui faisait partie d'une chaîne d'îles au large de la Floride.

Le routier l'avait emmenée jusqu'en Caroline du Sud. Il lui avait donné de l'argent pour qu'elle puisse finir son voyage en bus. Elle avait tenté de refuser mais il avait insisté.

— Une jolie dame comme vous ne devrait pas faire de l'auto-stop, avait-il déclaré.

Elle lui avait demandé son adresse, et avait promis de le rembourser. Et elle lui avait envoyé l'argent, un mois plus tard, lorsqu'elle avait touché son premier salaire du Shark and Fin.

Elle avait rencontré Morrie sur la plage le jour où elle était arrivée à Thunder Key. Elle était assise sur un banc, plongée dans la contemplation du vaste océan aux eaux claires.

— Vous êtes perdue ? lui avait-il demandé.

— Non. Je pense que je me suis retrouvée.

Elle était là où elle voulait être. C'était tout ce qu'elle savait.

Alors, il lui avait demandé si elle avait besoin d'un travail et d'un endroit pour vivre. Il ne lui avait posé aucune autre question. Cet homme au crâne dégarni, la soixantaine dynamique, n'aimait lui-même pas parler de son passé, mais elle savait qu'il avait fait de la prison. Tout cela était derrière lui. Il avait payé, lui avait-il dit. Il avait refait sa vie à Thunder Key et possédait maintenant le Shark and Fin.

Elle se doutait qu'il avait encore quelques liens avec le milieu. Il lui avait proposé de l'aider à savoir d'où elle venait, lorsqu'elle lui avait appris qu'elle souffrait d'amnésie. Et un jour il était arrivé avec de nouveaux papiers au nom de Leah Wells.

— Au cas où tu en aies besoin, avait-il déclaré.

Elle n'aimait pas l'idée d'avoir de faux papiers, mais elle n'avait pas voulu vexer Morrie. Il avait tant fait pour elle ! Alors, elle avait pris les documents, et les avait rangés au fond d'un tiroir.

Ces derniers temps, Morrie s'était réconcilié avec sa famille après avoir été en froid avec elle pendant de nombreuses années. Elle ne le voyait plus guère, il lui manquait beaucoup, et elle se demandait parfois ce que le futur allait lui réserver.

Pendant dix-huit mois, elle avait été heureuse ici. Et maintenant, Morrie vendait le bar, un étranger l'observait, et ses attaques de panique la reprenaient.

Elle s'arrêta de courir en arrivant à proximité du parking de la salle des fêtes. De là, elle s'engagea dans l'artère principale de Thunder Key, tout en reprenant son souffle avant d'entrer dans le Cuban Café.

La petite ville était calme à cette heure matinale. Au loin, elle apercevait de temps à autre une voiture sur la route. La plupart des véhicules poursuivaient leur chemin vers les stations à la mode des autres îles, où leurs passagers trouveraient des attractions plus excitantes et une vie nocturne plus animée.

Mais Thunder Key apportait à Leah tout ce qu'elle voulait. Elle l'avait tout de suite senti.

Elle avait retrouvé son souffle et son calme lorsqu'elle entra dans le café qui venait d'ouvrir.

— Bonjour, Viv, dit-elle. Mon café latte est prêt ?

— Bien sûr, répondit Vivien Ramon de sa voix rauque de fumeuse.

Des fils argentés brillaient dans ses cheveux d'un noir de jais, mais la lueur qui pétillait dans ses yeux lui donnait l'air étonnamment jeune. Son mari était fabriquant de voiles, et elle tenait le seul café de l'île. Si Leah considérait Morrie comme son père, Viv était comme une mère pour elle.

Ses véritables parents étaient morts. Elle le sentait sans que le moindre doute soit permis.

Tout comme Morrie, Viv ne posait pas beaucoup de questions. Mais Leah savait qu'elle se faisait du souci pour elle.

Viv lui avait recommandé d'aller voir un médecin. Elle lui avait aussi proposé de l'aider à faire des recherches pour savoir qui elle était. Jusqu'à maintenant, Leah avait refusé. Elle avait peur — de quoi, elle l'ignorait. Mais elle savait que son passé était douloureux, et cela suffisait à la dissuader de chercher des réponses à ses questions. Elle n'était pas prête, et ne le serait peut-être jamais.

— Voilà, ma petite, déclara Viv en lui tendant le café fumant et sucré par-dessus le comptoir.

Puis elle regarda par-dessus l'épaule de Leah.

— Je prendrai la même chose.

Le cœur de Leah fit un bond dans sa poitrine, mais elle réussit à n'en rien laisser paraître. Puis, lentement, très lentement, elle se força à se retourner.

— Bonjour, lui dit-il avec un sourire éclatant.

Il avait dû entrer derrière elle, pourtant elle ne l'avait pas vu dehors. Comment avait-elle pu ne pas le remarquer ? Comme hier soir dans le bar, il émanait de lui une présence et un charisme intenses.

Elle aurait voulu le détester. C'était une réaction

violente, viscérale, qu'elle ne pouvait s'expliquer. Elle ressentait l'envie de lui dire des choses dures, horribles.

Mais il était difficile de penser et plus encore de parler, tant sa gorge était serrée.

— J'étais certain que je vous trouverais ici. Roman. Roman Bradshaw. Du bar, ajouta-t-il bien que ce fût inutile.

Leah fut enfin capable de lui répondre.

— Oui. Bien sûr. Roman.

Son nom vint à ses lèvres avec douceur, et elle se sentit frissonner en le prononçant. Elle prit son café et évita de croiser le regard de Vivien, bien qu'elle ait remarqué l'expression de curiosité qui était passée sur le visage de son amie.

Lorsque Viv n'essayait pas de l'obliger à consulter un médecin, elle s'évertuait à lui faire rencontrer des hommes célibataires.

Mais Leah n'était pas prête pour cela, non plus. Elle avait repoussé toutes les propositions bien intentionnées de Viv… sans le moindre regret.

Elle avait l'impression que son cœur était mort.

Mais en ce moment il battait la chamade.

— Il faut que je vous parle, déclara l'homme.

Puis il remercia Viv qui tendait une deuxième tasse par-dessus le comptoir.

Elle le vit payer leurs deux consommations avant de comprendre ce qui se passait.

— Non ! s'exclama-t-elle. Je ne veux pas que…

— Ce n'est rien, répliqua-t-il. N'y pensez plus.

Leah sortit la pièce qu'elle avait mise comme tous les matins dans la poche de son coupe-vent, et la posa sur le comptoir.

Puis elle se retourna et se rua vers la porte au moment où une femme entrait, tenant un petit chien noir en laisse.

Tremblant de tous ses membres sans savoir pourquoi, Leah ne marqua même pas un temps d'arrêt, poussée par le besoin irrépressible de sortir de cette salle soudain trop petite. Et elle trébucha sur le chien.

Le caniche poussa un jappement, Leah tomba et son café se renversa, éclaboussant la femme. Leah se confondit en excuses et feignit d'ignorer que le liquide lui avait brûlé la main.

— Vous allez bien ? demanda Roman qui était accouru vers elle.

Viv lui tendit des serviettes. Elle était déjà en train d'essuyer le sol. La femme avec le caniche épongeait sa manche maculée de café. Le chien poussa des jappements et se mit à tourner en rond, ses griffes crissant sur le sol carrelé.

— Je vais bien. Je suis désolée, dit Leah à Viv.

Elle s'adressa à la femme :

— Je paierai les frais de nettoyage. Vous n'avez qu'à envoyer la note au Shark and Fin. Je suis désolée, ajouta-t-elle encore à l'attention de tous.

Puis elle se releva et sortit sans ajouter un mot. Elle se retrouva dehors avant même de s'en rendre compte.

— Attendez !

Certainement pas.

— Vous devriez soigner votre main : la peau est toute rouge.

Roman la rattrapa en quelques longues enjambées. Elle aurait pu se mettre à courir, mais elle aurait parié qu'il aurait réussi à la suivre.

— Ça ira. Je vais bien.

Elle refusait de le regarder, mais elle avait tout de même pleinement conscience de lui.

Et il sentait même bon, bon sang ! Une odeur propre, musquée, masculine.

Attention danger ! Tous les signaux étaient au rouge. Elle devait rester loin de lui.

— Vous voulez bien ralentir ?

Elle se retourna brusquement.

— Vous voulez bien arrêter de me suivre ? s'écria-t-elle. Je n'ai pas été claire, lorsque je vous ai dit hier soir que je ne voulais pas vous parler ?

— Si vous ne voulez pas me parler, alors comment Morrie va-t-il pouvoir me vendre son bar ? demanda-t-il sur le ton de l'évidence.

Pendant une minute, elle le considéra fixement sans pouvoir prononcer une parole.

— Vous êtes intéressé par le bar ? finit-elle par demander.

Comment avait-elle pu être aussi bête ?

Elle repensa à la façon dont elle s'était conduite dans le Cuban Café, à la façon dont elle en était sortie… Elle était presque dans un état second.

— Je suis désolée. C'est seulement…

Comment pouvait-elle lui expliquer ? C'était un étranger. Viv et Morrie étaient les seules personnes auxquelles elle s'était confiée. Même à Joey, le cuisinier du Shark and Fin, elle n'avait pas tout raconté.

— C'est seulement… ? demanda-t-il.

— Vous me rappelez quelqu'un, finit-elle par dire. Je ne sais pas…

Elle était terrifiée. Et si c'était plus que ça ? Si elle l'avait connu dans le passé ? Comme il était impossible d'éviter plus longtemps de faire face à cette question, elle demanda :

— Je vous connais ?

Elle attendit sa réponse, avec le sentiment que le monde allait s'écrouler autour d'elle.

2

Roman dévisagea Leah, et lui répondit très lentement :

— Non, vous ne me connaissez pas.

Elle avala sa salive avec difficulté et ne put s'empêcher de répéter :

— Je suis désolée. J'imagine que c'était seulement... Je ne sais pas.

— Vous n'avez pas à être désolée, répliqua-t-il d'un ton brusque. Pourquoi ne pas reprendre à zéro ?

Il lui tendit la main.

Mon Dieu, comment aurait-il pu être plus dangereusement beau ? *Attention !*

— Je m'appelle Roman Bradshaw, répéta-t-il.

Il lui tendait toujours la main.

— J'habite à New York. Je voudrais investir dans un commerce des îles Keys, et le bar de Morrie m'intéresse.

Finalement, elle saisit la main tendue. Une décharge électrique lui parcourut le bras, et elle dut faire appel à toute sa volonté pour ne pas reculer vivement.

— Je m'appelle Leah. Leah Wells.

Sa voix était presque normale, Dieu merci, songea-t-elle.

— Je gère le bar pour Morrie. Je serais heureuse de

vous donner toutes les informations dont vous aurez besoin.

Il n'avait toujours pas lâché sa main. Les secousses électriques ne s'étaient pas arrêtées, et le simple fait d'être aussi près de lui faisait trembler ses genoux.

— Bien, déclara-t-il. Je suis libre ce matin si vous avez du temps à me consacrer.

Il y avait quelque chose de très direct dans son regard si intense, mais elle y décela également un soupçon de vulnérabilité.

— Le bar ouvre à 10 heures, répondit-elle en tremblant intérieurement d'émotions qu'elle ne comprenait pas. Venez m'y retrouver.

Elle retira sa main et s'éloigna sans se retourner, mais elle était certaine qu'il n'avait pas bougé et qu'il la suivait du regard alors qu'elle rejoignait la plage.

La surface de l'océan ressemblait à un kaléidoscope mouvant où scintillaient des nuances de bleu et de vert. Des oiseaux marins glissaient gracieusement dans le ciel et se laissaient porter par les courants pour venir frôler la surface de l'eau. C'était un spectacle qu'elle aimait et qu'elle avait envie de retrouver chaque matin. Mais pour la première fois elle était pressée de retourner au bar.

Elle était sortie de son champ de vision depuis longtemps mais sentait encore le poids de son regard sur elle. Lorsqu'elle arriva au Shark and Fin, elle monta deux à deux les marches de l'escalier qui menait à son appartement et se précipita sous la douche. Et, alors que l'eau ruisselait sur son visage, elle se mit à pleurer sans raison.

— Mon chéri, j'espère que tu vivras un jour le même bonheur que Genevieve et Mark. Tu sais que c'est la seule chose qui m'importe : ton bonheur. Il faut que tu reviennes à la maison.

Roman écoutait avec une impatience mal contenue la voix de sa mère qui tentait de le convaincre de revenir à New York. Il était retourné à son hôtel, le White Seas, en attendant d'aller retrouver Leah au Shark and Fin. Il avait besoin d'un instant pour réfléchir et pour calmer les battements de son cœur.

Cette conversation avec sa mère tombait à un mauvais moment.

— Tu nous manques, poursuivait Barbara Bradshaw. Et je suis certaine que tu as besoin de nous.

— J'ai besoin de Thunder Key, répliqua Roman. C'est là où je veux être, là où j'ai besoin d'être en ce moment.

— En quoi te complaire dans le souvenir de cette fille peut-il te faire du bien ?

— Cette fille était ma femme, maman. Leah. Elle avait un prénom.

Elle *est* ma femme, corrigea-t-il intérieurement. Elle *a* un prénom.

Il n'avait pas dit à sa mère que Leah était vivante. Alors même que tous les membres de sa famille pensaient depuis un an et demi que sa femme était morte, leurs sentiments envers elle étaient toujours aussi peu cordiaux. Ils n'accepteraient pas volontiers son retour, et instinctivement il savait qu'ils tenteraient de le convaincre que son amnésie était feinte. N'avaient-ils pas déjà essayé à de multiples reprises de les séparer ? Ils n'avaient jamais réussi.

Il avait détruit leur mariage tout seul.

Lorsque les recherches pour retrouver Leah avaient officiellement été abandonnées, il était retourné travailler. Son métier avait toujours tenu une place capitale dans sa vie. Son grand-père avait fondé Bradshaw Securities, un cabinet de courtage en bourse. C'était une entreprise familiale : son père, ses oncles, ses cousins, sa sœur y travaillaient. Mais tout lui semblait vain maintenant : actions, obligations, contrats à termes… A quoi bon ?

Son appartement avec vue sur Central Park était vide, lui aussi. Il n'y avait plus Leah en train de lacer ses chaussures de sport, le défiant d'arriver à la suivre.

Pas de Leah en train de s'essayer à faire la cuisine, et s'éclipsant au dernier moment pour acheter des plats préparés.

Pas de Leah dansant en sous-vêtements devant le canapé jusqu'à ce qu'il éteigne enfin son ordinateur et lui prodigue de l'attention.

Du moins, c'est ainsi que les choses avaient commencé. Petit à petit, elle s'était rendu compte qu'il n'allait pas changer, et que ce qui les avait attirés — leurs différences — pouvait aussi les éloigner. Il ne savait pas comment cela s'était produit. C'était comme si un jour il avait relevé la tête à la fin de l'une de ses semaines de quatre-vingts heures de travail, et s'était rendu compte qu'il l'avait perdue… Et ne savait plus comment la reconquérir.

Puis cela était devenu impossible parce qu'elle était morte.

Il avait passé les premiers mois suivant son décès à faire comme si rien ne s'était passé. Puis il avait passé une autre année à faire semblant de pouvoir encaisser le coup.

Les trois derniers mois, il avait arrêté de jouer la comédie et avait cessé de se rendre au travail. Sa famille n'avait pas compris. Depuis sa naissance, Roman avait été élevé pour prendre un jour la tête de l'entreprise. La première sortie avec son père dont il se souvenait, c'était lorsque — à l'âge de quatre ans — il était allé avec lui à Wall Street voir l'ouverture de la cotation. Et bien entendu, il avait fait des études de finances à Yale et Harvard.

Il avait laissé derrière lui une fortune de plusieurs millions de dollars, et il ne savait toujours pas pourquoi. Il avait fermé son appartement de Central Park, mis des draps sur les meubles, enfermé ses costumes dans des housses. Il avait annulé tous les rendez-vous de son agenda plein à craquer.

Il lui avait fallu trois mois pour organiser son départ de la vie pour laquelle il avait tout sacrifié, même sa femme.

Sa famille pensait qu'il avait perdu la tête.

— Maman, je dois raccrocher, déclara-t-il, en chassant les souvenirs du passé.

— Quand rentreras-tu à New York ?

— Je ne sais pas. En fait, je pense faire un investissement ici. Il s'agit d'un bar-restaurant, le Shark and Fin. Mais ne t'inquiète pas : je vais bien. Je fais des affaires.

Si une chose pouvait convaincre sa famille qu'il allait bien, c'était certainement le fait qu'il cherche à investir de l'argent — même s'ils regretteraient certainement que ce soit à Thunder Key. Il dit au revoir à sa mère et raccrocha avant qu'elle ne puisse ajouter un mot.

Par la porte ouverte du bungalow, il apercevait un paysage de carte postale : le sable doré, l'océan turquoise, un ciel sans nuages… Il ferma les yeux, et se laissa bercer par le froissement des longues feuilles de palmiers dans la brise légère.

Leah était sur le pas de la porte et il distinguait sa silhouette dans la lueur bleutée et scintillante de l'aube.

— Viens, dépêche-toi !

Il lui dit d'attendre. Il se rasait. Elle le chatouilla et il se mit à rire, mais il continua à se raser.

— Je ne peux pas attendre. J'espère que tu me rattraperas avant qu'un autre ne le fasse !

Et elle disparut.

Roman avait laissé tomber son rasoir, et s'était précipité hors du bungalow, vêtu seulement d'une serviette de bain autour de la taille. Leah avait cet effet sur lui : elle lui faisait faire des choses folles, complètement inconcevables pour lui qui avait reçu l'éducation stricte et conservatrice des Bradshaw. Il avait traversé la plage déserte en courant, retenant d'une main la serviette pour préserver un semblant de dignité, et l'avait rattrapée dans les vagues — ou peut-être était-ce elle qui l'avait attrapé parce qu'elle s'était retrouvée dans ses bras, et il avait senti ses jambes se nouer autour de sa taille.

Ils étaient tombés dans l'eau peu profonde. Les yeux verts de Leah étaient son seul point d'ancrage, et sans qu'il sache comment, sa serviette avait disparu, le bas du Bikini de Leah avait glissé, et là, dans la lumière timide de l'aube et au milieu des vagues crénelées d'écume, elle lui avait fait faire des choses qu'il n'aurait jamais imaginées.

Roman ouvrit les yeux avec un sursaut. Comment

pouvait-il encore avoir si mal ? Comment se faisait-il qu'il puisse encore sentir Leah dans ses bras ?

Incapable de penser à autre chose, il partit pour le Shark and Fin. Il était un peu tôt, mais il n'arrivait plus à attendre. Il suivit le chemin en lattes de bois qui longeait le lagon bordé de palétuviers.

Lorsqu'il sortit du couvert des arbres, il s'engagea sur la petite route menant au Shark and Fin. Et là, derrière le bâtiment, il aperçut des dauphins qui jouaient en bondissant dans l'eau scintillante.

« C'est un bon présage », lui avait dit Leah lorsque — alors qu'ils effectuaient un survol des îles Keys — ils en avaient aperçu des douzaines qui se poursuivaient dans les vagues.

Il espérait qu'elle avait raison. Il avait bien besoin d'un peu de chance.

Le Shark and Fin venait tout juste d'ouvrir pour la journée. La porte d'entrée était poussée pour aérer la salle, et des ventilateurs fixés au plafond remuaient mollement l'air chaud. Leah était assise à une vieille table en chêne près d'une large baie vitrée, en train de dessiner, totalement absorbée par son travail.

Roman s'arrêta sur le pas de la porte, s'emplissant les yeux et le cœur de ce spectacle. Combien de fois l'avait-il surprise exactement dans la même attitude, alors qu'elle travaillait sur une de ses créations dans leur appartement new-yorkais ? Les souvenirs affluèrent, lui coupant le souffle pendant un instant.

Elle s'était douchée après sa course — ses cheveux étaient encore humides. Elle avait toujours été trop impatiente de commencer la journée pour utiliser un séchoir. Comme d'habitude, elle était à peine maquillée, juste assez pour mettre en valeur ses lèvres pleines, ses yeux expressifs et ses pommettes hautes. Elle portait un haut sans manches rose fuchsia et un corsaire blanc. Elle balançait un pied chaussé d'une sandale tout en réfléchissant, et il nota que les ongles de ses orteils étaient peints en rose.

Elle ne l'avait pas remarqué, perdue dans son travail.

Mais lui avait pleinement conscience d'elle. Son cœur s'était mis à battre la chamade dès qu'il avait posé les yeux sur elle, et le passé l'avait submergé de nouveau.

« Vous me rappelez quelqu'un. » Il avait eu toutes les peines du monde à ne pas lui dire la vérité lorsqu'elle avait prononcé ces mots. « Je vous connais ? » Qu'était-il censé faire ? Son cœur lui criait de la prendre dans ses bras et de lui dire qu'ils étaient mari et femme, qu'elle était sa Leah, bon sang !

« Non. Vous ne me connaissez pas. » Il n'avait pas menti. Elle ne le connaissait pas. Pas encore.

Mais cela arriverait, en son temps. Il ne fallait pas brusquer les choses, c'était ce qu'il se répétait sans cesse. Doucement, doucement, doucement.

Cela lui était presque insupportable. Mais il avait peur, si peur de la perdre de nouveau ! Et si elle se souvenait de lui, et le repoussait définitivement hors de sa vie ? C'était elle qui avait fait établir des formulaires de divorce, pas lui. Etait-ce une ultime tentative pour le forcer à changer, à s'occuper d'elle, à lui faire plus de place dans sa vie ?

— Bonjour, déclara-t-il calmement en entrant dans le bar, lorsqu'il fut capable de parler.

Elle sursauta et leva les yeux vers lui. Lorsque leurs regards se croisèrent, il eut l'impression qu'une vague balayait tout sur son passage, et qu'il perdait pied de nouveau.

— Oh ! bonjour, répondit-elle en se levant pour l'accueillir.

Elle posa son carnet et son crayon pour lui tendre la main de manière très professionnelle. Mais il remarqua qu'elle avait remis ses cheveux derrière l'oreille en un geste qui trahissait sa nervosité.

Elle lui adressa son sourire en coin qui faillit lui faire perdre sa maîtrise de lui-même.

Puis elle le surprit en rougissant lorsque leurs mains se touchèrent. Elle était un peu timide, cette nouvelle Leah. Malgré tout ce qu'il retrouvait en elle, elle n'était plus tout à fait la même. Et il voulait apprendre à la connaître. Il voulait tout savoir de sa nouvelle vie.

— Merci d'avoir accepté de me rencontrer ce matin, dit-il doucement, lâchant sa main alors que toutes les fibres de son corps voulaient la retenir, la prendre dans ses bras, la serrer, et ne jamais la laisser partir.

Mais la brusquer était probablement la pire chose qu'il puisse faire s'il ne voulait pas la faire fuir.

Il allait devoir contenir son impatience comme il avait contenu son chagrin et son sentiment de culpabilité depuis qu'il l'avait perdue.

— J'ai contacté Morrie, déclara-t-elle. Il propose que je vous fasse visiter le bar, et si vous êtes toujours intéressé, je l'appellerai et je vous laisserai discuter ensemble des détails.

— Bien, répondit Roman d'un ton enjoué.

Il avait déjà décidé d'acheter le bar. Il n'avait pas besoin de connaître les détails. Bon sang, il aurait volontiers acheté l'île tout entière s'il l'avait fallu !

La visite ne dura pas longtemps. Le bar lui-même était grand ouvert sur l'extérieur, spacieux, baigné par la lumière du matin. Il y avait une salle à l'arrière avec un billard, et une petite cuisine où le cuisinier préparait une soupe aux coquillages et du poisson frit.

— Je peux voir l'appartement à l'étage ? demanda-t-il.

Il savait qu'elle risquait d'être réticente car c'était là qu'elle habitait. Mais s'il devait acheter le bar, il était normal qu'il fasse cette demande.

Il voulait voir où elle vivait.

Elle hésita un instant, puis répondit :

— Bien sûr.

Il crut voir ses joues rosir de nouveau, puis elle le précéda pour monter le petit escalier de bois.

— Voilà, dit-elle en ouvrant la porte et en s'effaçant pour lui laisser le passage.

Il entra dans la pièce. Contre un mur, il y avait un plan de travail avec un évier et des plaques en guise de cuisine. Le long du mur opposé se trouvait un canapé-lit qu'elle n'avait pas replié, et la vue des draps froissés et des oreillers lui serra l'estomac. De manière caractéristique, Leah avait laissé traîner quelques affaires. Il remarqua qu'elle s'était dirigée vers la large fenêtre. Elle se tenait là, debout, encadrée par des rideaux légers qui laissaient libre la vue sur l'océan. Seul un mobile étrange, un entrelacs de branches, de liens en daim, de perles et de plumes, était suspendu devant la vitre.

Le reste de la pièce comprenait un coin repas avec deux chaises, un petit canapé couleur prune aux formes rondes, et une table basse. Dessus étaient posés quelques plantes, des livres, des magazines, ainsi qu'une boîte avec des coquillages et du fil pour ses créations.

— Vous êtes une artiste ? demanda-t-il d'un air qu'il voulait détaché.

Elle se tourna vers lui.

— Je fais quelques petites choses, des vêtements et des bijoux.

Deux ans plus tôt, ses créations étaient vendues dans des boutiques de luxe de Manhattan. A l'époque, elle était tout aussi modeste en ce qui concernait son travail que maintenant.

Leah ne s'était jamais prise au sérieux. Elle aurait pu vendre plus et gagner beaucoup d'argent, mais elle n'avait jamais fonctionné ainsi. Elle n'était pas paresseuse, bien au contraire. Mais elle ne voulait pas que cette activité prenne plus de place qu'elle n'en méritait.

C'était encore une de leurs nombreuses différences.

— Vous semblez être quelqu'un de très créatif, dit-il.

Lui était au contraire efficace et sérieux. « Nous n'aurions jamais dû nous rencontrer », avait-elle lancé lors d'une de leurs disputes. « Nous sommes trop différents. »

— Vous n'avez pas vu ce que je fais.

— J'aimerais beaucoup en avoir l'occasion, répliqua-t-il rapidement. Vous exposez sur l'île ?

Bien entendu, il avait déjà vu les vêtements et les bijoux qu'elle élaborait. Le jour où il l'avait suivie jusqu'à la boutique, un groupe de reggae jouait sur la petite place. Un peu plus loin, quelques magasins situés en bordure de mer vendaient des articles de plongée et proposaient du matériel à la location. Les touristes pouvaient également acheter un seau de poissons pour un dollar, afin de nourrir les pélicans et les énormes tarpons qui croisaient par bancs entiers dans le port.

C'était ce qu'il avait fait, et il avait observé Leah de loin, alors qu'elle entrait dans la boutique.

— Il y a un petit centre commercial sur Rum Beach, déclara-t-elle. On l'appelle le Village des contrebandiers. J'expose dans une petite galerie, l'Artisans Cove.

— Nous pourrions y aller ensemble, suggéra-t-il. Je n'ai pas encore eu l'occasion de visiter l'île et, si je dois investir à Thunder Key, j'aimerais connaître un peu mieux cet endroit. Ce serait strictement professionnel, ajouta-t-il avant qu'elle ne puisse faire la moindre objection.

De nouveau, il la vit rougir.

— Je suis désolée d'avoir réagi ainsi, dit-elle. Je me suis ridiculisée. Mais je ne suis pas prête à sortir avec quelqu'un, c'est tout.

— Et pourquoi donc ? demanda-t-il prudemment.

Elle resta un instant immobile, puis répondit d'une voix calme :

— Je ne sais pas. D'ailleurs, je ne vois même pas pourquoi je vous dis ça.

Roman sentit son cœur se serrer devant le trouble qu'il lut dans son regard doux.

— Je vous comprends, dit-il avec douceur. J'étais marié, mais…

Il commença, puis s'interrompit, attendant une réaction, quelque chose, n'importe quoi…

— Mais ? demanda-t-elle, les yeux écarquillés.

Il laissa passer une seconde, puis deux.

— Je l'ai perdue… dans un accident.

Elle cligna les yeux.

— Je suis désolée, murmura-t-elle, les yeux brillants de compassion.

Il vit les larmes perler. Elle était prête à pleurer… pour lui.

Leah avait toujours ressenti très fortement la douleur des autres. Peu de temps après leur mariage, Nikki Bates, une de ses amies qui travaillait dans la même agence, s'était blessée au dos dans un accident de voiture. Depuis, Nikki souffrait le martyre. Elle n'avait pas de famille, et ce fut Leah qui resta à ses côtés à l'hôpital, et qui lui rendit quotidiennement visite pour l'aider lorsqu'elle put enfin retourner chez elle. Personne ne fut plus affecté qu'elle lorsque Nikki mourut d'une overdose d'analgésiques, quelques semaines seulement avant la disparition de Leah.

Le suicide d'une personne si proche d'elle l'avait déchirée, et ce fut précisément pour cette raison que, lorsque la police avait suggéré que l'accident de Leah était peut-être un suicide, Roman avait immédiatement écarté cette hypothèse. C'était tout simplement impossible. Leah avait été trop blessée par la mort de Nikki pour infliger à d'autres le même chagrin.

Roman préféra changer de sujet de conversation. Il ne se sentait pas encore prêt à parler du passé, ni à prendre le risque qu'elle se souvienne de lui avant qu'il n'ait eu une chance de la convaincre qu'il était devenu un homme différent.

— C'est quoi ? demanda-t-il en tendant la main vers le mobile qui pendait devant la fenêtre.

Il n'y avait pas grand-chose dans l'appartement, et il était curieux d'en savoir plus sur ce qu'elle choisissait de fabriquer. Il devait apprendre à connaître cette nouvelle Leah.

— Un attrapeur de rêve.

Il n'avait jamais rien vu de tel.

— Ça vient d'une vieille légende indienne, expliqua-t-elle.

Elle caressa les perles enfilées sur des lacets en daim qui s'entrecroisaient.

— La toile attrape les bons rêves, et le trou au milieu laisse passer les mauvais, dit-elle en caressant l'objet.

— Vous faites des cauchemars ? demanda Roman en s'approchant d'elle.

Il brûlait de l'envie de la serrer dans ses bras, et dut crisper les poings pour ne pas céder à la tentation.

Elle hocha la tête.

— Oui ? Parfois.

Il ne put se retenir de demander :

— Quel genre de cauchemars ?

— Je ne sais pas vraiment, répondit-elle doucement en détournant le regard. Je ne m'en souviens jamais très bien.

Etait-il dans ces mauvais rêves ?

Alors ce fut elle qui changea de sujet. Elle poussa un soupir, et le regarda droit dans les yeux.

— Nous pourrions descendre dans le bureau de Morrie pour lui téléphoner. Puis je…

Elle haussa doucement les épaules et ajouta :

— Nous pourrions peut-être aller à la galerie. Joey sera ici, avec deux ou trois serveuses. Ils pourront se passer de moi un moment. Si vous en avez toujours envie, je peux vous faire visiter l'île.

— C'est parfait, répondit Roman.

Il se força à sourire. Il se sentait coupable, malgré toutes ses bonnes intentions. Mais il était prêt à continuer à mentir aussi longtemps qu'il le faudrait.

Il avait besoin de temps. Il devait la séduire de nouveau, et cette fois-ci, il devait bien faire les choses.

Il avait déjà perdu Leah une fois, et pour rien au monde il ne voulait revivre cela.

3

Leah se demandait encore quelle idée lui était passée par la tête lorsqu'elle avait proposé à Roman Bradshaw de lui faire visiter l'île. Elle devait vraiment être dans un état second !

Morrie lui avait recommandé d'essayer d'en savoir plus sur cet acheteur éventuel. Il voulait obtenir la garantie que son établissement ne serait pas détruit, et que le personnel ne serait pas licencié. Mais Leah n'avait pas à proposer à Roman de lui servir de guide. C'était stupide ! Et cela ne lui ressemblait pas de réagir avec impulsivité.

Mais elle savait très bien ce qui l'avait poussée à agir ainsi.

C'était sa fossette, celle qui se creusait lorsqu'il souriait, et lui faisait imprudemment oublier la réaction de méfiance instinctive qu'elle avait ressentie en le voyant pour la première fois.

Et maintenant, elle était obligée de passer toute la matinée en sa compagnie ! Dieu merci, ils n'étaient pas seuls.

Le Village des contrebandiers grouillait de monde. On y trouvait une librairie, un magasin de chaussures, un autre de sport, des échoppes vendant des T-shirts et des gadgets pour touristes, et un petit restaurant proposant la cuisine traditionnelle des îles Keys. L'Artisans Cove offrait un large choix de produits liés à la forme et au bien-être — huiles essentielles, livres de yoga, bougies parfumées — ainsi que des bijoux et des vêtements. Quelques artistes y exposaient leurs créations et se relayaient pour garder la boutique. Leah y passait une matinée par semaine.

— Ainsi, voici ce que vous faites, déclara Roman en désignant un choix de bracelets en perles.

Il avait mis un jean aujourd'hui, avec un T-shirt blanc qui moulait ses épaules et ses pectoraux. C'était un très bel homme, et elle n'était pas la seule à l'avoir remarqué.

Marian, l'artiste qui travaillait à la caisse, avait glissé un regard curieux dans leur direction lorsqu'ils étaient entrés, mais elle était fort heureusement en train de renseigner un client. Leah se sentait mal à l'aise d'être vue ici en compagnie de Roman. Elle avait toujours affirmé qu'elle ne voulait pas de relation amoureuse, et elle ne voulait pas que quiconque se fasse des idées.

— Oui, ce sont les miens, répondit-elle.

Puis elle se rendit compte qu'il avait désigné ces bijoux avant qu'elle ne lui ait dit quoi que ce soit.

— Comment avez-vous deviné ?

— Comme ça, répondit-il nonchalamment. Ils m'ont rappelé ceux que j'ai vus dans votre appartement.

— Je fais aussi cela, déclara Leah en lui montrant un support chargé de colliers en cristal et de bijoux ethniques en pierres semi-précieuses. Et aussi les vêtements qui sont dans cette vitrine, ajouta-t-elle en désignant un recoin près de la porte. J'utilise des tissus imprimés à la main qui viennent d'un atelier de Key West.

— C'est très beau, dit Roman. Je suis vraiment impressionné.

Il avait des doigts longs, qui semblaient forts, et elle se surprit à les regarder fixement, à vouloir les toucher.

— Ce n'est pas grand-chose, répliqua-t-elle. Je fais ça seulement pour m'amuser.

Elle se força à quitter ses mains du regard, troublée de constater à quel point tout en lui la fascinait, l'attirait, et l'inquiétait à la fois.

Il se tourna vers elle, avec une expression soudain intense sur le visage.

— Vous faites toujours ça.

— Quoi donc ?

Elle eut l'impression que tout tournait autour d'elle. A sa question : « Je vous connais ? », il avait répondu non. Avait-il menti ? Comment pouvait-elle le savoir ?

— Vous vous dépréciez tout le temps.

— Vous ne me connaissez pas. Comment pouvez-vous dire ça ?

A son regard troublé, Leah eut l'impression qu'il était un peu mal à l'aise.

— Vous avez raison, dit-il en détournant les yeux.

La sonnerie de la porte retentit. Le client avait quitté le magasin, et Marian se précipita vers eux. Elle regardait Roman avec un intérêt manifeste.

Leah sentit sa poitrine se déchirer bizarrement.

— Bonjour, Leah ! lança Marian sans cesser de regarder Roman.

— Bonjour Marian. Je te présente Roman Bradshaw. De New York. Il envisage d'acheter le Shark and Fin. Je lui fais visiter l'île. Marian est une des artistes qui exposent ici, expliqua-t-elle à Roman. Elle fait de la poterie.

— Bienvenue à Thunder Key, Roman Bradshaw, répondit Marian en tendant la main et en souriant d'un air enjôleur.

Roman lui serra rapidement la main. Marian était grande, blonde, pleine d'assurance… Tout ce qu'elle n'était pas. Bon sang, était-elle jalouse ? songea Leah. Elle n'avait jamais ressenti cela auparavant, et elle n'aimait pas ce sentiment. Marian était adorable, et elle s'était toujours comportée avec amitié. C'était elle qui avait proposé à Leah d'exposer dans cette galerie. Elle était célibataire et ne faisait pas mystère qu'elle recherchait une relation, alors que Leah avait clairement fait comprendre à tous qu'elle voulait rester seule.

Mais elle détestait la façon dont Marian regardait Roman. Cela la faisait se sentir possessive, enfantine et ridicule.

— Merci, répondit Roman à Marian.

Marian sourit.

Leah lui montra quelques-unes des créations de Marian, et Roman complimenta la jeune femme.

Au bout de quelques minutes, il s'adressa à Leah :

— J'ai vu qu'ils vendaient des seaux de poissons sur le port. Nous pourrions aller là-bas… J'aimerais parler avec vous d'une ou deux choses que Morrie a évoquées lorsque nous nous sommes téléphoné.

Des sentiments mêlés l'assaillirent : elle était stupidement flattée qu'il ne manifeste pas le moindre intérêt pour Marian. Mais en même temps le fait que son regard profond, intense, reste fixé sur elle la faisait se sentir terriblement mal.

— D'accord.

Que pouvait-elle répondre d'autre ? Du moment qu'ils parlaient affaires, tout irait bien.

Malheureusement, lorsqu'il ouvrit la porte du magasin, et posa doucement sa main sur son coude alors qu'ils sortaient, elle ne le sentit pas disposé à n'avoir qu'une conversation professionnelle. Pour échapper à ce contact, elle accéléra le pas.

— Au revoir ! lança Marian.

La sonnerie retentit lorsque la porte du magasin se referma derrière eux.

— Elle vous apprécie, remarqua Leah, en se forçant à ralentir. C'est quelqu'un de très agréable, vous savez. Si vous voulez connaître les endroits animés de Thunder Key, Marian est vraiment celle qui peut vous les montrer. Elle aime s'amuser et…

Se rendant compte qu'il s'était arrêté, elle se retourna.

— Vous essayez de me caser ? demanda-t-il d'un ton ironique.

Il avait l'air amusé.

Le groupe de reggae se préparait à jouer. La petite place se remplissait de touristes, dans l'air encore frais du matin. Mais la caresse de la chaleur se faisait déjà sentir sur la peau. Bientôt, le mercure allait grimper, comme chaque jour à Thunder Key.

— Non, je…

Elle ne savait pas quoi dire. Dès qu'elle parlait à cet homme, elle avait l'impression d'être une imbécile.

— Vous êtes ici en vacances. J'imagine que vous avez envie de vous distraire, et Marian…

— Ecoutez, Marian ne m'intéresse pas. Et je n'essaie pas de sortir avec vous non plus. Mais si j'achète le bar, nous allons devoir travailler ensemble. Vous n'arrêtez pas de me montrer à quel point vous n'avez pas envie d'être avec moi. Je vais finir par faire un complexe !

Il lui tendit la main.

— Alors, amis ? demanda-t-il.

Elle croisa son regard de nouveau sérieux.

— Amis.

Elle lui serra la main. Et de nouveau, elle ressentit ce nœud à la poitrine. Mais elle n'avait pas le choix. Morrie était enchanté que quelqu'un s'intéresse à son bar, même s'il restait prudent pour le moment. Il se trouvait bien au Nouveau-Mexique, et s'il vendait le Shark and Fin, il pourrait s'y installer de façon permanente.

« Mais si j'achète le bar, nous allons devoir travailler ensemble. »

Comment se faisait-il qu'elle n'y ait même pas pensé jusqu'alors ? D'une certaine manière, elle s'était dit que…

— Vous n'allez pas retourner à New York ? Je pensais que vous vouliez seulement investir de l'argent.

Ils quittèrent le Village des contrebandiers et s'engagèrent sur le chemin en lattes de bois qui menait au port. Des notes de reggae parvenaient jusqu'à eux.

— J'ai l'intention de m'installer ici, dit-il.

— Oh…

— Vous avez l'air déçu. Je vais vraiment faire un complexe !

Il sourit et elle fut frappée par la blancheur de ses dents et la lueur taquine qui vint éclairer ses yeux noirs. Il y avait tant de contradictions en lui ! Il se comportait de manière très professionnelle, réservée, et pourtant, lorsqu'il la regardait, elle décelait en lui une certaine vulnérabilité. Puis il y avait ces moments de légèreté, sans parler de ces fossettes irrésistibles. De toute façon, elle n'avait pas à le comprendre, et elle ne devait surtout pas essayer, se raisonna-t-elle.

— Non. Je suis surprise, c'est tout.

Choquée, plutôt.

— Vous ne m'imaginez pas vivre aux Keys ?

— Non. Je veux dire, vous venez d'une grande ville. Vous êtes…

— Quoi ? Vous ne me connaissez pas. Comment pouvez-vous dire ça ?

Il répéta ses propres paroles avec un autre éclair facétieux dans son regard énigmatique.

Elle s'immobilisa et se mordit la lèvre. Il était si sexy, si inquiétant, si viril… Et il se trouvait si près d'elle, ne la quittant pas des yeux.

— Vous avez raison, dit-elle abruptement. Je ne sais pas à quoi je pensais.

— Mais vous n'avez pas totalement tort, remarqua-t-il.

— Que voulez-vous dire ?

— Je suis un citadin, expliqua-t-il. La vie que l'on mène aux Keys… ce n'est pas la mienne. Ou plutôt, ce n'était pas la mienne. Mais les choses ont changé. J'ai changé.

Il se détourna, et regarda fixement l'océan. Elle fut frappée par l'immense douleur qu'elle lut sur son visage, et son cœur se serra. Pensait-il à sa femme qu'il avait perdue dans un accident ?

— C'est la vie que je veux maintenant, conclut-il calmement.

Elle ne voulait rien ressentir pour lui, mais l'expression de son regard lui donnait envie d'être de ceux qui savent prendre dans leurs bras et apporter du réconfort. En toute amitié.

— Vous croyez que l'on peut changer ?

Sa question la prit par surprise, tout comme l'expression de son regard, comme si sa réponse avait une réelle importance pour lui, ce qui, bien entendu, était impossible. Pourquoi s'en soucierait-il ?

— Je ne sais pas, répondit-elle avec honnêteté. Je suppose que cela dépend de l'envie que l'on en a.

Il se tut pendant un moment.

— Venez, reprit-il. Allons prendre des poissons.

Elle le suivit à l'intérieur d'un petit magasin. Il acheta un seau de poissons au comptoir et ils s'engagèrent sur l'embarcadère. Elle ressentit le malaise habituel qu'elle avait en marchant au-dessus de l'eau, mais réussit à le surmonter. L'océan faisait partie de Thunder Key, et elle ne se lassait pas de le regarder, mais elle n'allait jamais y nager. Elle avait appris à vivre avec cette angoisse qu'elle ne comprenait pas.

Il y avait quelques touristes, mais la plupart se pressaient dans les magasins qui louaient du matériel de plongée. L'air était salé, léger, frais. Elle regarda Roman, et ressentit le désir stupide de passer les doigts dans ses cheveux, comme si c'était parfaitement naturel, et de lui demander pourquoi il estimait nécessaire de changer de vie.

— Vous aviez des questions à me poser sur le bar, déclara-t-elle à la place.

Les affaires, les affaires, les affaires. Elle avait besoin de parler de quelque chose qui ne lui donnait pas envie de lui passer les bras autour du cou, de lui prendre la main, ou de rechercher d'où venait la tristesse que l'on devinait dans ses beaux yeux noirs.

— Pas vraiment des questions. Je voulais seulement vous assurer que rien ne va changer… au cas où vous vous feriez du souci pour ça. Je sais que c'est important pour Morrie.

Il se pencha par-dessus la rambarde, lança un poisson aux tarpons qui se trouvaient en dessous, puis la regarda de nouveau.

— Morrie a bien insisté sur le fait qu'il veut que vous soyez certaine que vous allez garder votre emploi. Il se préoccupe réellement de vous.

— Morrie est quelqu'un de bien.

Elle posa les bras sur la rambarde, et regarda les tarpons qui s'agglutinaient. L'eau scintillait sous le soleil.

— Il est comme un père pour moi. Mais si vous devenez le propriétaire du bar, c'est à vous de décider ce que vous voulez en faire.

Elle prononça ces mots avec une certaine nervosité, mais, depuis que Morrie avait mis le restaurant en vente, elle avait appris à vivre avec cette incertitude du futur. Elle n'avait pas de passé, elle ne pouvait savoir de quoi demain serait fait, et il ne lui restait plus qu'à vivre au jour le jour.

Et, même si Morrie se comportait comme un père pour elle, elle n'était pas sa fille. Sa famille se trouvait au Nouveau-Mexique, et c'était là que Morrie voulait vivre.

— J'aime le Shark and Fin comme il est, déclara Roman. Je voulais seulement que vous le sachiez. Je ne vais pas vous demander de déménager, et je n'ai pas l'intention de changer le personnel.

— Vous allez devoir trouver un logement, lui fit-elle remarquer.

— Je suis très bien au White Seas pour le moment. Je verrai plus tard.

Apparemment, l'argent n'était pas un problème pour lui s'il pouvait se permettre de rester indéfiniment au White Seas. C'était l'un des hôtels les plus chers de l'archipel car il était situé dans une zone naturelle maintenant protégée, et jouissait d'un emplacement splendide.

Roman se baissa pour attraper une autre poignée de poissons qu'il lança aux tarpons. Les pélicans qui se trouvaient près de la jetée l'avaient remarqué, et un couple s'avançait vers eux.

Leah prit quelques poissons et un pélican vint les manger dans sa main. Roman nourrit l'autre, et la moitié du seau disparut en quelques minutes.

Elle se mit à rire lorsque le pélican lui mordilla les doigts avidement, et elle leva les yeux vers Roman. Il la regardait en souriant.

— J'aime vous voir rire, dit-il. Vous le faites trop rarement.

Cela la calma instantanément.

— Pourquoi voulez-vous acheter un bar dans les îles Keys ?

Bon sang, elle n'avait pas eu l'intention de lui demander ça.

Il eut ce regard qui la déconcertait toujours.

— C'est ici que nous sommes venus en voyage de noces.

C'était la dernière chose qu'elle s'était attendue à entendre.

— Ici ? A Thunder Key ?

— Au White Seas. Il y a deux ans.

La douleur qu'elle lut dans ses yeux était presque insupportable. Elle dut faire un effort pour ne pas le toucher, pour refréner ce sentiment qui la poussait irrésistiblement vers lui.

S'il s'était marié seulement deux ans auparavant, il n'y avait pas longtemps que sa femme était morte. Et il était revenu là où ils avaient été heureux. Elle parvenait à peine à imaginer la douleur qu'il devait ressentir.

— J'aurais pensé que c'était le dernier endroit où vous voudriez être, déclara-t-elle.

Se terrer. C'était son réflexe lorsqu'elle avait mal. Mais Roman ne se cachait pas. Il était revenu ici, dans un endroit chargé de souvenirs.

— Je me sens vraiment trop bête ! J'essayais de vous rapprocher de Marian, et je pensais que vous vouliez sortir avec moi. Je n'avais pas la moindre idée que votre perte était si... récente. Ce doit être très difficile pour vous de vous retrouver là.

Il s'appuya contre le parapet.

— C'est le seul endroit où j'ai envie d'être.

Le vent se leva et emporta presque ses mots. Elle dut se rapprocher de lui pour l'entendre. Les notes boisées de son eau de toilette se mêlèrent à l'air salé.

— Je suis désolée, murmura-t-elle.

Que pouvait-on ressentir lorsque l'on perdait une personne tant aimée ? Elle se demanda si elle le saurait jamais... Si elle avait connu ces sentiments par le passé. C'était une des choses qui lui faisaient peur : penser qu'il y avait peut-être quelqu'un, quelque part, à qui elle manquait. C'était une des raisons pour lesquelles elle n'arrivait pas à sortir avec quiconque. Et si elle avait un mari ? Des enfants ? Elle ne savait même pas si elle était libre. Mais elle avait fini par se convaincre que, si elle avait une famille, elle le saurait… d'une certaine manière… N'est-ce pas ?

Mais la plupart du temps ces questions la terrifiaient tellement qu'elle évitait d'y penser.

— Je me suis comporté comme un sale type, poursuivit-il la prenant totalement par surprise.

Il tourna le regard vers elle, et elle se sentit transpercée par la douleur de ses yeux noirs.

— Je n'ai pas été un mari à la hauteur, et puis, ça a été trop tard : je l'ai perdue. Ne vous sentez pas désolée pour moi. Ce qui est arrivé est entièrement de ma faute.

Il se pencha pour prendre une autre poignée de poissons qu'il lança aux tarpons.

— Vous ne seriez pas un peu dur avec vous-même ? demanda-t-elle. Et vous dites que je me déprécie ! Je crois que j'ai trouvé pire que moi.

— Il faut savoir prendre la responsabilité de ses actes. Surtout lorsque l'on a eu tort.

— C'est admirable, mais tout de même ! Un couple se fait à deux. Vous ne pouvez pas être le seul à blâmer.

— Elle disait que si.

— Vous êtes prêt à reconnaître vos fautes, et rien que cela est déjà fort louable. Je ne vous vois vraiment pas comme un sale type.

C'était le moins qu'elle pouvait dire ! Elle sentait qu'elle l'appréciait de plus en plus. Et il ne fallait pas. Vraiment pas.

Elle avait d'excellentes raisons pour ne s'attacher à

personne, et le fait que Roman soit si beau et justement si attachant n'y changeait rien.

Elle avait besoin de replacer la conversation sur un terrain plus sûr.

— Morrie m'a demandé de vous donner toutes les informations dont vous auriez besoin. Si vous voulez que je vous montre les comptes aujourd'hui, il n'y a pas de problème. En son absence, c'est moi qui gère l'établissement, et je peux répondre à la plupart de vos questions.

— Bien !

Il lança quelques poissons, et tous deux restèrent un instant silencieux.

La jetée s'emplissait peu à peu de touristes, venus goûter la tranquillité relative de Thunder Key pour la journée.

— Vous faites encore de la plongée ? demanda Roman lorsque le seau fut vide.

« Encore » ? Son visage dut trahir sa perplexité car il expliqua :

— Il me semble que vous m'avez dit que vous aimiez la plongée.

— Non, non, pas du tout ! A vrai dire, j'ai la phobie de l'eau.

Il la regarda avec une expression étrange. Elle avait pleinement conscience de sa proximité, des personnes qui passaient près d'eux, du soleil qui caressait ses bras musclés et de son parfum qui l'attirait et la repoussait à la fois.

— Vous vivez sur une île qui fait trois kilomètres de large et vous avez peur de l'eau ?

— Eh oui ! Enfin, je peux regarder l'océan sans problème. Simplement… Je ne me baigne pas.

— Vous savez d'où vous vient cette phobie ?

Elle secoua la tête. Il ramassa le seau et ils se dirigèrent de nouveau vers le petit magasin.

— J'ai toujours cru qu'il fallait affronter ses peurs, reprit-il.

— Vous ne voudriez tout de même pas que je fasse une attaque de panique, répliqua-t-elle. Ce n'est pas beau à voir !

Il s'arrêta net.

— Vous avez des attaques de panique ?

Il avait l'air préoccupé, et une ride s'était creusée au milieu de son front.

— Je fais bonne impression à mon futur patron, n'est-ce pas ? Je me conduis bizarrement avec les hommes, j'ai peur de l'eau, j'ai des attaques de panique… Mais je vous jure que je suis une serveuse exemplaire !

Il pencha la tête et la dévisagea pendant un instant.

— Je ne pense pas que vous soyez bizarre, répondit-il. Je crois que vous êtes tout ce que Morrie affirme que vous êtes.

Mais qu'est-ce que Morrie avait bien pu lui dire, se demanda-t-elle.

Ils regagnèrent le magasin où il rendit le seau. Ils se lavèrent les mains et, lorsqu'ils sortirent, il lui tint la porte. De mieux en mieux ! Il était superbe, riche, agréable *et* poli. Il fallait qu'elle réussisse rapidement à lui trouver des défauts. Pour commencer, elle le connaissait à peine et elle n'avait aucune raison de lui faire confiance, se rappela-t-elle en sortant sous un soleil maintenant éclatant.

— Il faut que je retourne au bar, déclara-t-elle.

— Je pensais qu'ils n'avaient pas besoin de vous pendant un moment.

Il avait raison. Et zut !

— Je vous montrerai les livres de comptes.

Tout plutôt que de continuer à marcher à côté de lui.

— D'ailleurs, le soleil commence à taper fort, ajouta-t-elle, en essayant de trouver une bonne raison pour regagner le Shark and Fin. J'ai l'habitude, mais pas vous. Il faut faire attention : il est plus violent qu'on ne le croit. On reconnaît les touristes à leurs coups de soleil. Et, tant que j'y suis, n'allez pas nager lorsque la nuit est tombée : c'est le moment où les requins sont le plus actifs. Et les moustiques sont féroces, aussi. Et puis, il vous faudra de bonnes lunettes de soleil, celles qui protègent contre les ultraviolets…

Elle s'interrompit. Il la regardait avec une expression impénétrable, mais apparemment il arrivait à lire en elle. Et c'était une impression qu'elle détestait. Cela faisait tambouriner son cœur et lui donnait envie de courir toujours plus vite, jusqu'à ce qu'elle ne pense plus à rien.

— Je ne voulais pas vous gêner, lui dit-il. Ni prendre trop de votre temps. Nous pouvons rentrer.

Ces paroles ne firent qu'accroître son malaise. Elle avait l'impression de dire bêtise sur bêtise.

Elle sentit ses joues brûler.

— Je n'essayais pas de m'échapper, mentit-elle.

Elle se doutait fort bien qu'il ne la croyait pas, mais il eut le bon goût de ne pas le lui faire remarquer.

— Heureusement, dit-il. Parce que je vais rester ici.

C'était exactement ce dont elle avait peur.

4

Roman aurait voulu aller beaucoup plus vite, mais il sentait que Leah n'était pas prête.

Il était dans le bureau de Morrie, assis devant des livres de comptes, et faisait semblant de s'intéresser au profit généré par l'établissement. Mais la seule chose qui lui importait, c'était de savoir pourquoi Leah avait si peur, pas seulement de lui, mais de tout. *Elle avait même peur de l'eau.* Il n'en avait pas cru ses oreilles ! Elle adorait nager. C'était elle qui avait insisté pour qu'il prenne des leçons de plongée et passe son brevet avant qu'ils n'aillent à Thunder Key. Ils avaient exploré les récifs coralliens et les fonds marins ensemble, fait du bodysurf et joué comme des enfants dans les eaux calmes protégées par la barrière de corail. Elle avait réussi à lui faire faire ces choses-là, lui qui était d'ordinaire si sérieux.

Mais maintenant, c'était comme si elle avait peur de la vie. Elle se protégeait. Sa Leah n'avait jamais réagi ainsi.

Il lui faudrait aller doucement avec elle, et jamais il n'aurait rien fait d'aussi difficile. Son tempérament lui dictait d'aller de l'avant, de prendre le contrôle de la situation. C'était ce qu'on lui avait appris à faire. Mais ça n'avait jamais marché avec Leah.

Ils s'étaient promenés dans le bourg avant de retourner au bar. Il ressemblait à un petit village de Nouvelle-Angleterre, avec ses rues sinueuses bordées de palmiers et ses maisons de bois ornées des corniches ouvragées qui étaient la marque de l'architecture des Keys.

— Le Shark and Fin attire surtout une clientèle locale, lui avait expliqué Leah. C'est une volonté de Morrie. Bien sûr, vous pourriez facilement augmenter le chiffre d'affaires si vous faisiez de la publicité.

— Je veux garder le Shark and Fin comme il est, avait-il répété. Si j'avais eu envie de gagner un million de dollars par an, je serais resté à New York.

Pour le reste, la conversation était demeurée exclusivement professionnelle.

Roman referma les livres de comptes. L'établissement était une affaire saine. Les factures étaient honorées à temps, et la main-d'œuvre était stable. Mais il ne voulait pas hâter les choses : pour le moment, il avait l'impression que Leah se sentait obligée d'assurer la transition pendant que Morrie essayait de vendre le bar, mais rien ne lui assurait qu'elle resterait ici ensuite.

Morrie n'était pas pressé, lui non plus. Il était clair qu'il voulait savoir ce que son acheteur potentiel allait faire de son établissement et du personnel… Surtout de Leah. Le vieil homme avait prudemment évité de donner à Roman des informations personnelles sur elle, mais il était manifeste qu'il l'estimait beaucoup, et il n'avait pas tari d'éloges : elle était intelligente, travailleuse, sûre… Et si Roman était heureux de savoir que quelqu'un de bon et bienveillant avait aidé Leah lorsqu'elle en avait eu besoin, il avait du mal à supporter que ce soit un étranger qui l'ait fait.

Pourquoi Leah n'était-elle pas venue vers lui ? Elle avait perdu la mémoire, et s'était pourtant retrouvée à Thunder Key. Pourquoi ?

Cela le rendait fou d'y penser. Au fond de lui, il avait envie de croire que les moments de bonheur qu'ils avaient passés ici l'y avaient inconsciemment attirée.

Mais elle ne se souvenait toujours pas de lui. Elle était revenue vers Thunder Key, pas vers lui.

Le téléphone sonna sur le bureau, mais il ne le décrocha pas. Il y avait également un appareil dans le bar, et il n'avait pas la moindre raison de penser que l'appel lui était destiné. Puis Joey passa la tête par la porte et lui annonça que quelqu'un voulait lui parler.

— Salut, mon vieux.

— Mark.

Il aurait dû s'y attendre : puisqu'il avait refusé de répondre aux questions de ses parents et de sa sœur, ils avaient fait appel à son beau-frère pour essayer d'en savoir plus.

— Ainsi c'est donc vrai : tu vas acheter un bar dans les Keys ?

— Oui. C'est ça, répondit Roman mécaniquement. En quoi puis-je t'aider, Mark ? Je suis plutôt occupé, à vrai dire.

— Je prenais seulement de tes nouvelles. Tu comptes pour nous… Et nous nous faisons du souci pour toi.

— Je m'en rends bien compte, Mark, merci. Mais tu peux dire à tout le monde que je ne suis pas encore prêt pour la camisole de force. Je fais un investissement. C'est tout.

— J'espère que c'est uniquement ça, répondit Mark.

Il eut une seconde d'hésitation.

— Roman, les questions que tu me posais l'autre jour, sur l'amnésie…

Roman se raidit.

— Oui ?

— Pourquoi me demandais-tu cela ?

— Je n'ai pas le temps de parler, Mark.

— Roman, je sais que parfois, lorsque certaines personnes perdent un être cher, elles ont tendance à regarder chaque visage et à essayer d'y voir celui qui leur manque tant. Le corps de Leah n'a jamais été retrouvé et cela a été dur pour toi. Mais elle est morte. Il est impossible qu'elle ait survécu. Alors, si tu penses que tu vas la retrouver à Thunder Key, si tu entretiens l'espoir insensé qu'elle a survécu à l'accident et qu'elle est amnésique…

Roman ferma les yeux pour contenir son agacement. Il sentait le sang battre à ses oreilles.

— Cela ne sert à rien de te complaire dans ton chagrin, poursuivit Mark. Je suis désolé que cette fille soit décédée. Nous sommes tous désolés ! Mais tu dois aller de l'avant maintenant. Je n'aime pas le dire, mais tu es mieux sans elle et…

Roman ne put en supporter plus.

— Je ne suis pas mieux sans elle ! Je ne veux pas vivre sans elle !

— Ce que tu dis est complètement fou, Roman. C'était l'effet qu'elle te faisait : elle te rendait fou. Tu n'étais plus tout à fait toi-même après ton mariage.

— Non. J'étais devenu moi-même, et c'était ça le problème.

— Le problème est que tu n'as pas épousé la femme qu'il te fallait. Et elle est morte. C'était tragique, mais c'est terminé. Tu as besoin d'aide, Roman. Tu as besoin…

— J'ai besoin de Leah ! Et je me fiche de ce que toi ou quiconque pouvez en penser. Je ne suis pas fou. Elle est ici, Mark. Elle est vivante !

Bon sang ! Il n'avait pas prévu de lui dire ça. Il avait envie de raccrocher le téléphone de colère, mais il ne pouvait pas laisser les choses en l'état.

— Je ne sais pas ce qui s'est passé la nuit où sa voiture a basculé de ce pont. Mais je vais tout faire pour le découvrir. Et je t'interdis de t'en mêler.

— Roman…

— Ne parle pas de ça à Gen ou à nos parents. Tu sais comment ils sont, et ce qu'ils pensent de Leah, de notre mariage. Ils n'ont pas besoin de savoir. Pas maintenant… Cela ne ferait que les inquiéter, et tu le sais. Et surtout, je te le répète, ne viens pas aux Keys. Ne me rappelle pas. Dis-leur que je vais bien… Parce que c'est la vérité, et que c'est tout ce qu'ils ont besoin de savoir.

Il respira profondément pour se calmer. Il fallait qu'il mette Mark de son côté.

— Mark, je sais que tu aimes Gen. Essaie d'imaginer ce que tu ressentirais si elle disparaissait et que tu la retrouvais. J'ai besoin de temps. Je compte sur toi pour me le donner.

Mark demeura un instant silencieux.

— D'accord. Je ne leur parlerai pas de Leah — si c'est vraiment d'elle qu'il s'agit. Tu as raison : cela ne ferait que les inquiéter. Mais fais attention. Et je pense vraiment ce que je dis…

Roman raccrocha le téléphone et alla droit vers la cuisine, attiré par l'odeur qui s'en dégageait et l'espoir d'y trouver Leah. Il fallait qu'il la revoie. Dire à quelqu'un qu'elle était vivante lui avait semblé si étrange ! Nul doute que Mark devait maintenant penser qu'il était cinglé. Chaque fois que Leah était hors de sa vue, il se disait qu'il avait imaginé toute cette histoire.

Pouvait-il faire confiance à Mark ? A la vérité, il n'en savait rien. Mais il ne pourrait pas supporter qu'un membre de sa famille s'interpose entre Leah et lui maintenant.

Joey était en train de servir un énorme bol de soupe aux coquillages.

— Leah a dit que vous pouviez vous servir, déclara-t-il. D'ailleurs, si vous voulez acheter le bar, il faudra bien que vous goûtiez ce que je fais.

— Et Leah, elle cuisine elle aussi ?

Leah était la pire cuisinière du monde, ce qu'il trouvait d'ailleurs étrangement charmant, tant elle était créative par ailleurs. La voir travailler dans un restaurant était pour le moins ironique.

— Non. Elle fait tout brûler !

Joey le regardait fixement.

— C'est vraiment le bar, ou c'est Leah qui vous intéresse ? poursuivit-il.

— Bon, pourquoi ne me diriez-vous pas franchement ce que vous avez en tête ? répliqua Roman sèchement.

— Nous manquons de personnel aujourd'hui, répondit Joey l'air dur. Une des serveuses est malade. Vous voulez aider ?

Roman comprit que le cuisinier le mettait à l'épreuve.

— D'accord.

A New York, il était assis derrière un bureau et dirigeait son monde. Aux Keys, il n'était qu'un type banal, même s'il allait peut-être devenir le nouveau patron de Joey. Il allait devoir faire ses preuves… Et il fut surpris de constater qu'il ne s'en offusquait pas. A dire vrai, il prenait plutôt cela comme un défi à relever.

— Où dois-je apporter ça ?

Il prit le bol de soupe. Joey en servit un second puis désigna un plan avec des tables numérotées, qui était fixé au mur.

— Table six, répondit-il en se retournant vers les fourneaux.

Roman poussa les portes battantes qui séparaient la cuisine du bar. Le téléphone sonnait derrière le comptoir. Leah finit de remplir une chope de bière, et décrocha.

— Shark and Fin.

Roman traversa la salle et posa les bols de soupe devant les deux hommes assis à la table six. Lorsqu'il revint vers le comptoir, Leah fronçait les sourcils d'un air irrité.

— Vous faites le service maintenant ? demanda-t-elle après avoir raccroché.

— Oui. Il faut que je connaisse toutes les facettes du métier. J'aime faire les choses à fond.

Elle retourna vers la tireuse à bière, et remplit une autre chope.

— Bien ! dit-elle en poussant un plateau vers lui.

Elle y déposa deux bières de plus.

— C'est pour la table près de la porte.

Et, pendant l'heure et demie qui suivit, Roman fit sans cesse des allées et venues entre la cuisine, le bar et les tables des consommateurs. Il remarqua que Leah avait un très bon contact avec la clientèle, qui allait du pêcheur en marinière au touriste en short. Elle avait souvent aux lèvres ce sourire qui le faisait craquer, mais qui ne lui était jamais destiné. Dès qu'il croisait son regard, il voyait un éclair de peur le traverser et son visage se fermer.

Quant à lui, chaque fois qu'il la regardait, son cœur bondissait. Il brûlait de l'envie de la prendre dans ses bras et de l'embrasser. La regarder, être si près d'elle et ne pas pouvoir la toucher étaient une véritable torture.

Le restaurant commença à se vider après le rush de midi, et Joey eut la témérité de lui demander de faire la plonge. Roman avait la certitude que le cuisinier le testait. Il l'accepta comme un défi de plus, et chargea et déchargea chaque assiette du lave-vaisselle comme si cette activité allait lui permettre de faire une fortune à Wall Street.

Lorsqu'il eut presque terminé, il avait les mains rougies par l'eau chaude. Il n'avait plus vu Leah depuis trop longtemps. Il était comme un drogué en manque, mais n'avait pas la moindre intention de se soigner.

Soudain, il entendit la porte battante s'ouvrir.

— Attention ! s'écria-t-il lorsque Leah manqua de le bousculer en entrant dans la cuisine exiguë, portant un plateau chargé de chopes de bière.

La sonnerie du téléphone retentit dans le bar redevenu calme.

— Waouh, et maintenant, vous faites la vaisselle ! Vous prenez vraiment les choses à cœur.

— Morrie m'a recommandé de mettre la main à la pâte, expliqua Roman.

Leah restait immobile, le plateau au bout des bras,

avec l'air de quelqu'un qui rêve de tourner les talons et de s'enfuir, et il voulait éviter cela à tout prix.

Il se demanda ce qu'il pouvait bien lui dire pour la faire rester.

— Alors, lança-t-il gaiement, à quelle heure les clients commencent-ils à arriver d'habitude ?

— Leah ! cria Joey en poussant les portes battantes.

Leah fit un pas de côté pour le laisser passer, mais elle trébucha, et les chopes sur le plateau s'entrechoquèrent.

Roman eut tout juste le temps de se retourner et de la rattraper alors qu'elle perdait l'équilibre et tombait droit dans ses bras. Il n'aurait pas pu la tenir plus étroitement s'il l'avait voulu.

Il avait réussi à lui éviter la chute, mais pas d'être aspergée par la bière que contenaient encore certaines chopes avant qu'elles ne se brisent au sol. Leah se retint en l'agrippant, elle aussi. Pendant seulement une seconde, il croisa ses yeux verts et elle fut dans ses bras. Son cœur s'emballa. Il n'arrivait plus à penser. Il se contentait de réagir de façon primaire et l'attira contre lui, fermant les yeux, respirant son odeur.

— Oh ! Mon Dieu ! Je suis désolé !

La voix de Joey brisa le sortilège.

Leah se dégagea des bras de Roman.

Le sentiment de solitude qu'il ressentit soudain le surprit. Pendant un instant, il avait serré Leah contre lui. Il ne savait pas à quel point ce serait merveilleux… et terrible.

Parce que, maintenant, elle ne voulait même plus le regarder. C'était comme s'il était l'incarnation du démon.

— Je vais bien. Je suis un peu mouillée, c'est tout.

Elle eut un petit rire forcé.

— Quel bazar ! ajouta-t-elle.

— Je m'en occupe, dit Roman. Allez vous changer.

Trempée de bière, elle alla chercher un balai et une pelle.

— Leah, le téléphone est pour toi, annonça Joey.

Roman lui prit le balai des mains.

— Laissez-moi faire.

— Merci, répondit-elle en évitant toujours de le regarder. C'est qui ? demanda-t-elle à Joey.

— Je ne sais pas. Quelqu'un qui veut te parler, répondit Joey avec un haussement d'épaules.

Tandis qu'elle disparaissait derrière les portes battantes, Roman finit de nettoyer le sol, puis la rejoignit dans le bar. Elle était debout derrière le comptoir, et regardait fixement le téléphone.

— Tout va bien ? lui demanda-t-il.

Elle hocha la tête.

— Oui.

Elle lui jeta un rapide coup d'œil, puis croisa les bras devant sa chemise humide, maintenant plaquée sur sa poitrine.

— Il faut que j'aille me changer. Je ne voudrais pas que les clients croient que nous organisons un concours de T-shirts mouillés.

— Attendez.

Elle se mordit la lèvre en se retournant.

— Je suis désolé que vous soyez dans cet état, reprit-il. Je n'ai pas réussi à rattraper le plateau.

— Ce n'est pas votre faute. Merci d'avoir nettoyé tout ça.

Il hésita.

— Je vais essayer de trouver quelques restes dans la cuisine, et nous pourrions déjeuner ensemble dans le bureau de Morrie. Qu'en dites-vous ? J'ai quelques questions à vous poser.

Il n'avait aucune question, mais il en inventerait bien s'il le fallait.

— Je vous promets que je ne mords pas.

Elle rit, et cette fois, elle croisa son regard.

— D'accord. Merci.

Il y avait du progrès, songea Roman, même si c'était très lent.

Il devait se satisfaire de ce qu'il avait. Pour le moment.

Leah monta les escaliers en courant. Elle se sentait vidée, étrange. Elle ne savait pas si c'était parce qu'elle était littéralement tombée dans les bras de Roman ou parce que cela faisait maintenant deux fois que quelqu'un téléphonait pour lui raccrocher au nez.

Cet événement la mettait très mal à l'aise. Deux fois. La première, elle s'était dit que ça devait être un mauvais numéro. Cela arrivait régulièrement sans qu'il y ait des raisons de s'inquiéter. Mais la deuxième quelqu'un avait demandé à lui parler puis avait raccroché. Ce n'était probablement rien, mais ça la tracassait tout de même. Tout ce qui n'était pas habituel l'inquiétait.

A commencer par Roman.

Mais comment aurait-elle pu refuser le déjeuner ? C'était une proposition tout à fait anodine. Il voulait acheter le bar. Il n'y avait pas la moindre raison de penser qu'il n'était pas sérieux.

Morrie allait se renseigner sur lui. Elle se demandait s'il avait déjà quelques informations.

Une fois dans son studio, elle ferma la porte et ôta sa chemise mouillée. L'air était chaud, mais pourtant elle frissonna. Elle se passa rapidement un gant humide sur la peau pour en ôter l'odeur de la bière. Puis elle prit un T-shirt dans un tiroir et l'enfila. Il était rose fuchsia, comme ses ongles. Dessus était écrit : 13

Elle aimait ce numéro. Elle ne savait pas pourquoi, comme d'habitude. Mais elle avait été attirée par ce vêtement dès qu'elle l'avait aperçu dans un magasin du Village des contrebandiers.

Tout comme elle était attirée par Roman.

Mais quelque chose en lui la troublait, et elle n'arrivait pas à déterminer si c'était parce qu'il lui plaisait, ou parce qu'il lui rappelait des choses profondément enfouies dans sa mémoire.

Elle décrocha son téléphone et se lova sur le canapé.

— Bonjour, Morrie, dit-elle lorsqu'il décrocha.

— Comment vas-tu ?

— Bien.

Le simple fait d'entendre la voix de Morrie la calma. Il lui manquait. Elle aimait sa présence solide dans sa vie. Mais il fallait qu'elle s'habitue à ce qu'il ne soit pas là. Si le bar était vendu, il irait vivre au Nouveau-Mexique. Elle ne pouvait pas éternellement dépendre de lui.

— Je voulais seulement te donner les dernières nouvelles.

Elle voulait surtout entendre sa voix rassurante.

Elle lui raconta son tour en ville avec Roman, et comment il les avait aidés au bar.

— Nous allons retourner dans ton bureau pour parler des comptes. Je voulais savoir si nous pourrions t'appeler, au cas où il aurait des questions auxquelles je ne pourrais pas répondre.

— Je serai là, dit Morrie. J'ai passé quelques coups de fil à New York. Les Bradshaw sont connus là-bas. Roman Bradshaw est un des héritiers de la famille, qui est riche à millions. Ils possèdent entre autres une compagnie de courtage qui opère à Wall Street : Bradshaw Securities. Il est plein aux as. Apparemment, sa femme est morte il y a peu de temps et il a pris un congé.

La main de Leah se serra sur le combiné. Elle ne savait pas si elle était soulagée, ou encore plus inquiète. Roman n'avait pas menti. Cela voulait dire qu'il allait vraiment acheter le Shark and Fin, et qu'il allait faire partie de sa vie, à moins qu'elle ne parte… Et cela, elle ne le voulait pas. Elle était chez elle aux Keys.

« Allons, Leah, reprends-toi ! C'est un homme comme les autres. »

Un homme sexy, beau à tomber, qui avait les yeux les plus tristes qu'elle ait jamais vus… et le plus beau sourire. Tout cela à la fois.

Morrie promit qu'il resterait joignable si elle avait des questions à lui poser, et elle le quitta avant de se lever. Il était temps de redescendre au bureau.

Elle lança un regard rapide au miroir de la salle de bains, puis saisit une brosse pour se coiffer et commença à prendre un tube de rouge à lèvres avant de s'immobiliser.

Pourquoi faisait-elle cela ? Ce n'était pas un rendez-vous galant.

Elle descendit retrouver Roman qui l'attendait dans le bureau de Morrie. Il avait déposé deux assiettes avec du poisson et des frites sur le bureau. Des serviettes. Une bouteille de bière pour chacun. Il avait même apporté du ketchup et de la sauce tartare.

— Merci, dit-elle en s'asseyant.

Il avait trouvé une chaise pliante quelque part et lui avait laissé la chaise de bureau usée mais confortable de Morrie. Elle avait beau faire des efforts, elle n'était pas à l'aise. Pas avec Roman Bradshaw assis à côté d'elle, avec ses yeux noirs comme l'océan sous la lune et son sourire si craquant.

— Bon appétit, dit-il en voyant qu'elle n'avait pas encore commencé à manger.

Elle trempa un morceau de poisson dans la sauce tartare, puis dans le ketchup, comme elle avait l'habitude de le faire. Lorsqu'elle leva les yeux, Roman l'observait. Son regard était bienveillant, bien qu'un peu trop intense, constata-t-elle. Il était aussi appréciateur sans être insistant. L'expression de ses yeux était étonnamment sérieuse, comme si ce n'était pas elle, mais son âme qu'il voyait, songea-t-elle.

— Si vous continuez à me regarder comme ça, je ne vais jamais pouvoir manger ! s'exclama-t-elle. Et j'ai faim. Alors, arrêtez.

Il cligna des yeux, comme s'il sortait d'un rêve.

— Je suis désolé. Je me demandais seulement…

— Quoi ? demanda-t-elle avant d'entamer son poisson.

Le poisson frit de Joey était le meilleur de Thunder Key. C'était pour cela que les habitants de l'île venaient ici.

— Je me demandais seulement si vous étiez d'ici, demanda-t-il.

— J'habite ici du plus loin que je puisse me souvenir, répondit-elle.

Et c'était vrai : elle détestait mentir. Si Roman

Bradshaw ne pensait pas déjà qu'elle était folle, il le ferait lorsqu'il découvrirait qu'elle avait perdu la mémoire… Et qu'elle ne faisait rien pour la retrouver tellement l'idée la terrifiait chaque fois qu'elle y pensait.

Elle était vraiment dérangée… Et elle n'aimait pas partager cette certitude avec les autres.

— Et vous ? demanda-t-elle pour renverser les rôles.

— Je suis né à Manhattan.

Il prit une gorgée de bière et reposa la bouteille.

— J'y ai toujours vécu. Ma famille possède une compagnie financière.

Il avait dit cela comme si ce n'était pas important, alors qu'elle savait maintenant à quoi s'en tenir après sa conversation avec Morrie. « La famille Bradshaw, qui est riche à millions », c'était ce que Morrie avait dit. « Il est plein aux as. »

Même lorsque Roman Bradshaw était en jean et en T-shirt, cela se voyait. Il avait trop d'aisance et de prestance.

Il attaqua son assiette.

— Et que pensent-ils du fait que vous soyez parti ?

— Ils ne sont pas contents, répondit-il entre deux bouchées.

— Vous allez peut-être changer d'avis, retourner là-bas…

Elle trouvait étrange qu'il ait pu laisser toute sa vie derrière lui… Surtout quand, contrairement à elle, il pouvait s'en souvenir.

— Je ne crois pas.

Il la regarda de nouveau droit dans les yeux.

— Mon ancienne vie… J'étais un autre homme… Je ne veux même pas me souvenir de ce type-là. Il ne pensait qu'à son travail et à l'argent. Il ne savait pas où était l'important.

Bon sang ! Ça devenait de nouveau personnel... Donc dangereux, pensa-t-elle.

Il trempa un morceau de poisson frit dans son ketchup.

— Ma femme, elle voulait que je lève le pied. Que je décompresse... Que je regarde autour de moi... Je ne l'ai pas écoutée.

Il prit un morceau de poisson.

Eh bien, si elle pensait qu'il était en train de la courtiser, cette conversation lui montrait clairement que ce n'était pas le cas. Il n'essayait vraiment pas de l'impressionner. Pas quand il ne cessait de lui dire à quel point il s'était mal conduit. Mais en fait elle était impressionnée. Roman avait une façon de se regarder en face qu'elle lui enviait.

Elle était bien trop effrayée pour le faire elle-même.

— Il est difficile de perdre quelqu'un que l'on aime, dit-elle doucement.

Il était évident qu'il portait le poids de la culpabilité.

— Cela vous est déjà arrivé ? demanda-t-il.

Sa voix était calme, mais il la regardait comme s'il pouvait voir en elle.

Elle prit une gorgée de bière.

— Non, finit-elle par répondre.

Elle vit une ombre traverser son regard et choisit ses mots avec soin.

— Je... J'imaginais seulement ce que l'on doit ressentir, je suppose.

Il détourna les yeux.

— Vous avez de la chance.

— Vous pensez beaucoup à votre femme.

Ce n'était pas une question. Il était clair qu'elle lui occupait constamment l'esprit.

— Tout le temps.

Il ne la regardait toujours pas.

— J'ai d'abord cru que c'était une chose que l'on surmontait. Mais non.

Soudain il planta son regard dans le sien et la douleur qu'elle y vit faillit lui briser le cœur.

— On ne s'habitue jamais. Surtout lorsque vous avez mal agi. Mais on peut changer. Et c'est ce que je suis déterminé à faire. J'ai beaucoup appris sur moi, sur elle, sur ce qui compte vraiment dans la vie. Et je ne sais absolument pas pourquoi je vous dis tout ça. Nous nous connaissons à peine et vous n'avez certainement pas la moindre envie de l'entendre.

— Non, ça ne me gêne pas.

Avait-elle vraiment prononcé ces mots ? Pourtant, elle ne pouvait pas supporter de l'entendre parler si durement de lui-même, et elle sentait confusément qu'il ne parlait pas à tout le monde de sa femme.

— Il y a quelque chose de très réconfortant aux Keys, reprit-elle. Le soleil, le sable, l'océan, la liberté. Pas de chaussures, de passé, de problèmes.

Il la regardait étrangement, mais il ne lui demanda pas ce qu'elle voulait dire. Elle en fut soulagée.

— Il ne fait jamais froid ici, poursuivit-elle pour masquer son trouble. C'est pour cela que l'on dit que c'est le paradis. Même lorsqu'il pleut à Miami, il fait soleil ici. S'il n'y avait pas les ouragans, les Keys seraient parfaites.

Il valait mieux parler du temps. C'était plus sûr.

Roman sembla saisir l'allusion. Il ouvrit les livres de

comptes de Morrie et lui posa quelques questions. Elle était certaine que les comptes du Shark et Fin étaient un jeu d'enfant comparés aux affaires qu'il avait l'habitude de gérer, mais Roman aimait faire les choses à fond, ainsi qu'il le lui avait dit. Il passa tout au crible.

C'était effrayant.

Le téléphone sonna, et elle décrocha.

— Bonjour, Shark and Fin.

Il y eut un silence au bout de la ligne, puis :

— Je sais qui tu es. Je sais ce que tu as fait.

Elle ne sentit même pas que le combiné lui tombait des mains.

5

Roman vit le visage de Leah se décomposer. Le combiné du téléphone tomba à terre avec un bruit sourd, et pendant une seconde Roman pensa qu'elle allait s'évanouir. Mais ce fut pire encore.

Il n'avait jamais vu quelqu'un avoir une attaque de panique auparavant.

— Leah, que se passe-t-il ?

Il lui prit la main. Ses doigts étaient glacés, elle tremblait, et pourtant, il vit la sueur perler à son front.

Elle retira brusquement sa main, et se tint l'estomac.

— Mon Dieu, je me sens mal, murmura-t-elle.

Puis elle pressa la main sur sa bouche et se leva d'un bond, faisant tomber la chaise de Morrie contre le mur.

Elle se précipita hors de la pièce, l'air hagard. Roman courut à sa suite. Il aurait voulu retourner dans le bureau, découvrir qui était au téléphone, ce qui se passait, mais il ne pouvait pas laisser Leah seule.

Il la suivit jusqu'à son studio et la trouva penchée sur son lavabo.

— Sortez ! s'écria-t-elle sans ménagement.

— Pas question.

Il ne voyait pas son visage. Elle ne voulait pas le regarder. Elle avait encore la main sur la bouche et elle restait là, tremblante. Il aurait voulu aller vers elle, la prendre dans ses bras, mais il savait qu'elle le repousserait. Il ne pouvait rien faire pour l'aider, et il détestait cela.

— Qui était au téléphone ?

— Personne. Je ne sais pas.

— Alors, que…

— Je vous répète que je ne sais pas.

Leah sentait sa tête tourner. Cette voix était-elle le fruit de son imagination ? Mon Dieu, les deux appels précédents l'avaient déjà mise mal à l'aise, et peut-être avait-elle cru entendre quelqu'un parler, prononcer les mots qui hantaient ses cauchemars… Et maintenant, elle était dans sa salle de bains, avec Roman Bradshaw, et elle n'arrivait pas à se maîtriser.

Tous ses nerfs frémissaient. Des frissons la parcouraient. Son cœur battait la chamade. Elle n'arrivait plus à réfléchir. Elle avait peur de… de mourir. Un sentiment d'horreur l'assaillait. Ces attaques de panique la terrifiaient, et cela la mettait en fureur de voir qu'elle ne pouvait pas les contrôler.

— Je vais bien, déclara-t-elle.

Dieu merci, elle n'avait pas vomi. C'était au moins ça.

— Laissez-moi.

Je vous en prie.

— Non, non, vous n'êtes pas en état de rester seule. Je ne sais pas ce qui s'est passé, mais je refuse de partir.

Sa voix était si réconfortante ! S'il la prenait dans ses bras là, maintenant, elle poserait sa tête sur son épaule et se mettrait à pleurer. Mais… c'était impossible. Elle cligna les yeux plusieurs fois, rapidement.

Respire. Respire.

— Ne vous inquiétez pas, c'est juste un petit malaise, murmura-t-elle.

— Je peux faire quelque chose pour vous ?

Elle secoua la tête.

— Je pense que ça ira maintenant, dit-elle au bout d'un long moment. Je me sens mieux. Ouf !

Elle essaya de rire. Voilà pour cette attaque : elle l'avait vaincue. Pour l'instant.

Il l'aida à se redresser. Elle avait l'impression d'avoir les jambes en coton.

— Venez.

Roman la guida jusqu'au canapé. Puis il alla vers la kitchenette et lui servit un verre d'eau.

— Buvez ça.

Elle en prit une gorgée. Elle avait du mal à avaler : ces attaques de panique lui donnaient toujours l'impression d'étouffer.

— Cela vous arrive depuis quand ? demanda-t-il.

— Un moment.

Elle reposa le verre. Sa main ne tremblait presque plus.

— C'est un peu embarrassant. En fait, non : c'est très embarrassant.

Il s'assit à côté d'elle. Pas assez près pour que leurs épaules se frôlent, mais presque. Elle évita son regard perçant, et garda les yeux obstinément baissés. Il avait de longues jambes, songea-t-elle.

— Merci… d'être ici, reprit-elle. Soyez rassuré, m'aider quand j'ai des crises d'angoisse ne fera pas partie de vos attributions.

Elle essaya un petit rire, mais il ressembla plutôt à un sanglot. Elle se mordit la lèvre et déglutit en essayant d'avaler la boule qu'elle sentait dans sa gorge.

Elle fut surprise de sentir la chaleur de ses doigts sur son menton : il lui relevait le visage pour l'obliger à le regarder.

— Hé, ne soyez pas embarrassée. Je me fais seulement du souci pour vous. Que s'est-il passé tout à l'heure ?

Il la regardait, le front plissé. Il ne la touchait plus, mais il était toujours près d'elle. Beaucoup trop près.

Elle se recroquevilla un peu plus sur le canapé, et secoua la tête.

— Rien. C'est juste… une de ces stupides attaques de panique. Je me mets une idée en tête, et puis, tout d'un coup, chaque fois que le téléphone sonne, je ne me contrôle plus. A deux reprises, on m'a raccroché au nez, et maintenant le téléphone me fait peur.

— Quelqu'un appelle et raccroche ? Aujourd'hui seulement, ou c'est déjà arrivé ?

— Aujourd'hui seulement. C'était probablement une erreur.

— Tout à l'heure, Joey a dit que quelqu'un voulait vous parler, remarqua-t-il. On a raccroché là aussi ?

— La ligne a certainement été coupée.

— Et d'habitude, qu'est-ce qui provoque ces attaques de panique ?

Il semblait véritablement intéressé, mais elle trouvait cette discussion étrange.

— N'importe quoi, répondit-elle en haussant les épaules. Il n'y a aucune logique là-dedans, alors si vous essayez de trouver une explication rationnelle, vous pouvez renoncer.

Elle avait lu quelques ouvrages sur ce sujet dans la petite bibliothèque de Thunder Key. Il y avait quelque chose dans son subconscient, dans sa mémoire. Quelque chose de noir et d'effrayant qui lui revenait par bribes, surtout dans des cauchemars.

Mais elle ne voulait pas savoir ce que c'était.

— Je n'ai vraiment pas envie d'en parler, lui dit-elle.

— Vous devriez peut-être pourtant le faire, insista-t-il avec douceur.

— Il faut vraiment être masochiste pour vouloir entendre parler de mes problèmes, le taquina-t-elle, essayant d'alléger la conversation.

Mais les yeux noirs de Roman demeurèrent sérieux.

— Je sais seulement que refuser de parler d'une chose ne la fait pas disparaître pour autant, c'est tout, déclara-t-il. C'est ce que j'ai essayé de faire lorsque ma femme est morte. Mettre ma douleur de côté. J'avais peur d'y faire face.

Il se leva, et, s'arrêtant devant la fenêtre, il écarta les rideaux et regarda l'océan.

— Comment est-elle morte ? demanda doucement Leah. Vous avez parlé d'un accident.

— C'était un accident de voiture.

Il restait immobile.

— Sa voiture a plongé dans un cours d'eau.

Il parlait à voix basse, péniblement.

— La police a pensé... Ils m'ont dit qu'elle s'était noyée. Je n'arrive même pas à imaginer ce qu'elle a dû endurer cette nuit-là. Ça a dû être terrifiant.

Sans réfléchir, Leah se leva et s'approcha de lui. Il avait l'air si seul ainsi, lorsque sa silhouette se découpait sur ce paysage vibrant de lumière.

— C'était irréel... On l'a cherchée pendant des jours. On n'a pas retrouvé sa voiture tout de suite.

Oh mon Dieu ! Comment Roman avait-il pu supporter une telle douleur ?

— Je n'arrivais pas à croire que c'était vrai. J'étais certain qu'ils allaient la retrouver, vivante. Je voulais continuer à espérer. Puis… J'ai dû me rendre à l'évidence.

— Ils ont retrouvé son corps ?

Des jours entiers. Des jours à attendre qu'ils retrouvent le corps de Leah, qu'ils le sortent de l'eau.

Il se retourna, et soutint longuement son regard. Il resta silencieux pendant un moment terrible.

— Non.

Les larmes perlèrent aux yeux de Leah. Roman dut faire appel à toute sa volonté pour ne pas la prendre dans ses bras et lui dire : « Mais maintenant, je t'ai retrouvée. »

— Jamais, de ma vie, je n'ai eu autant de mal à accepter quelque chose, poursuivit-il. Qu'on ne la retrouve pas… que je n'aie pas été avec elle… que je n'aie pas agi autrement…

— Roman, murmura-t-elle.

Puis elle posa la main sur la sienne, et entrecroisa leurs doigts.

— Si vous aviez été avec elle, vous seriez peut-être mort, vous aussi.

Il y avait pensé. Souvent. Et chaque fois il avait regretté de ne pas avoir été dans la voiture, et de ne pas avoir basculé dans le vide avec Leah.

Jusqu'à ce qu'il retourne à Thunder Key.

— Il n'y a rien de plus dur à supporter que le remords, déclara-t-il.

Elle le regarda avec compassion, les yeux encore

humides de larmes. Il lui était si difficile de ne pas la prendre dans ses bras !

Au lieu de quoi, il lui serra la main.

— Chaque jour est précieux, dit-il. C'est peut-être le dernier qui nous reste à vivre.

Il secoua la tête.

— On dirait une citation de carte postale, ironisa-t-il.

Elle lui serra doucement la main.

— En fait, je vous admire. Votre femme avait de la chance de vous avoir, que vous en ayez conscience ou non.

Avoir cette conversation avec Leah était totalement irréel. Cela lui faisait mal de la poursuivre. Il y avait trop de choses que, malgré son impatience, il ne pouvait lui dire…

Doucement, doucement, doucement… C'était si difficile !

Le téléphone sonna. Elle sursauta, puis leva les yeux vers lui et détourna le regard aussitôt.

— Vous voulez que…

— Non.

Elle traversa la pièce, et saisit le combiné.

— Morrie ?

Elle eut l'air soulagée.

— Oui. Tout va bien.

La conversation se poursuivit. Roman se sentit bêtement jaloux de cet homme dont la seule voix avait le don de réconforter Leah.

Elle raccrocha.

— Bien, puisque vous m'admirez, dit-il alors qu'elle s'approchait, que diriez-vous d'une petite promenade sur la plage ? Cela vous fera du bien de ne pas entendre le téléphone sonner pendant un moment, et il n'y a pas beaucoup de clients au bar pour le moment.

Il la voulait tout à lui.

Elle hésita, et il poursuivit :

— Nous allons prendre une heure de congé, qu'en dites-vous ?

C'était une chose que Leah avait l'habitude de faire auparavant : lui demander de faire comme si, pendant un moment, ils étaient en vacances.

Elle sourit, un peu nerveusement, mais elle sourit tout de même.

— D'accord. Je serai contente de sortir un peu du bar, de toute façon. Vous avez raison, je n'ai vraiment pas envie d'entendre la sonnerie du téléphone.

Ils descendirent l'escalier, et furent happés par la chaleur. La plage devant le Shark and Fin était tranquille, et l'océan étale. Ils enlevèrent leurs chaussures au bout de la terrasse de bois.

La sensation du sable chaud et granuleux sous la plante de ses pieds ravissait Roman. Il avait envie de prendre la main de Leah, mais il se retint. Ils s'approchèrent de la mer. Un bateau passait au loin.

Il remarqua qu'elle gardait le regard obstinément fixé sur la mer alors qu'ils avançaient. A quoi pensait-elle ? Il aurait payé cher pour le savoir.

— Eh bien, vive les vacances, même pour une heure ! s'exclama-t-il.

Elle le regarda, et il vit ses yeux briller dans le soleil. Elle éclata de rire.

Il ne s'était jamais senti plus gâté par la vie. Ils marchèrent un moment, en bavardant calmement. Rien de personnel. Il y avait un vieux phare tout près, et elle le fit entrer à l'intérieur. De là, ils pouvaient voir, par-delà le sommet des arbres, les toits de la ville, et les lignes sinueuses de ses rues.

— Ce n'est pas le phare d'origine, expliqua-t-elle. Le premier a été emporté par une tornade. Plusieurs personnes qui s'y étaient réfugiées sont mortes.

Elle avait l'air très sérieuse, et regardait fixement l'océan.

— Quand je pense qu'ils ont été pris au piège…

Roman la regarda. Leah avait été enfermée dans sa voiture, dans cette rivière. S'en souvenait-elle ? Elle avait évoqué sa peur de l'eau. Mais lorsqu'il lui avait parlé du décès de sa femme dans un accident de voiture — par noyade — elle n'avait pas semblé ressentir autre chose que de la compassion.

— Parfois, je rêve que je suis sous l'eau et que je ne peux pas m'échapper, déclara-t-elle doucement, si doucement qu'il dut se pencher pour l'entendre.

Il attendit…

Mais elle secoua la tête.

— Allons-y.

Si elle avait des souvenirs, elle n'allait pas les partager avec lui.

Ils descendirent du phare et retournèrent vers le Shark and Fin. Il faisait chaud, mais une petite brise venait de l'océan.

— Vous avez des enfants ? demanda-t-elle soudain, comme si elle venait tout juste d'envisager cette possibilité.

— Non. Je n'ai pas d'enfants. Ma femme en voulait. Tout de suite. J'ai dit non, bien sûr.

— Pourquoi « bien sûr ? »

Il lui lança un coup d'œil.

— Je veux dire, à part le fait que vous étiez — comme vous le répétez sans cesse — un sale type, dit-elle doucement, l'air taquin.

— Je pensais que je ne ferais pas un bon père, répondit-il. C'était la vraie raison. Je lui ai raconté des tas de mensonges : que je n'étais pas encore prêt, que je voulais faire carrière avant, que j'avais un projet de vie, et que les enfants n'y avaient pas de place avant que je n'aie atteint certains objectifs…

— Et ce n'était pas vrai ?

Ils s'étaient arrêtés tout près de la mer. Il lui prit la main et la fit s'asseoir sur le sable compact.

— C'était un tas de bêtises, répondit-il doucement. J'aurais adoré avoir des enfants. Elle serait… Elle aurait été une maman extraordinaire.

— Pardonnez-moi si ce que je dis vous choque, mais je suis certaine qu'elle n'était pas parfaite, affirma Leah en le considérant avec douceur.

— Elle était un peu têtue, mais c'était plutôt touchant. Elle essayait toujours de me faire faire des choses folles.

— Je parie qu'elle pensait elle aussi que vous étiez touchant. Vous êtes quelqu'un de bien, Roman Bradshaw.

Il aima la façon dont son regard s'illumina. Il lui tenait la main et, un instant, il sentit cette proximité.

Mais elle ne le connaissait pas, pas vraiment. Elle l'avait complètement effacé de son esprit.

— Eh bien, c'est parce que vous voyez là Roman Bradshaw version 2.0, lui fit-il remarquer. Elle a été considérablement améliorée !

Ce sourire en coin qui le faisait chavirer apparut alors sur les lèvres de Leah. Sourirait-elle encore lorsqu'elle saurait la vérité ? Comment pourrait-il la convaincre qu'il avait changé alors qu'il était en train de lui mentir, ne serait-ce que par omission ? Mais avait-il le choix ?

Plus il passait du temps avec elle, plus il lui devenait difficile de taire la vérité… Et plus elle serait en colère lorsqu'elle finirait par l'apprendre.

— Et pourquoi pensiez-vous que vous ne seriez pas un bon père ?

Il lui lâcha la main. Il n'avait pas l'habitude de parler de lui et il lui était difficile de partager ses sentiments… Surtout avec Leah, parce qu'il lui fallait choisir ses mots avec soin. Lentement, il traça un trait dans le sable humide devant lui. L'eau clapotait doucement en venant mourir sur le sable, tout près d'eux.

— Je voulais être différent de mon père mais… je ne voyais pas trop comment faire, je suppose, admit-il. Ma famille est… distante… très réservée. Nous sommes ensemble presque tout le temps puisque tout le monde travaille à l'agence, et pourtant, je ne les connais pas du tout, chacun garde ses émotions pour soi. Nous ne parlons qu'affaires… Et ma femme n'était pas comme ça.

— Elle était comment ? Parlez-moi d'elle.

Elle avait l'air triste, et il lui fallut une seconde pour se rendre compte qu'elle avait mal pour lui.

— Elle était insouciante. Elle n'aimait pas prévoir. Elle faisait les choses au moment où elles lui venaient à esprit. Elle me rendait fou parce que j'avais besoin d'organiser, de prévoir, pour tout…

C'était la Leah qu'elle était lorsque ses yeux verts n'étaient pas assombris par la peur.

— J'aime sentir que je maîtrise les choses et elle me donnait l'impression de ne rien contrôler.

C'était encore l'effet qu'elle avait sur lui : il ne savait toujours pas comment s'y prendre avec elle.

Il se pencha en avant, et plongea les doigts dans l'eau mousseuse. Il se rassit, lui prit la main, la retourna et posa le bout humide de ses doigts dans sa paume.

Elle soutint son regard, et ne s'éloigna pas.

— C'est l'océan, déclara-t-il doucement.

Elle secoua la tête.

Il se força à retirer la main.

— Vous avez peur ?

— Non. Oui. Je ne sais pas.

Elle avait l'air étrangement troublée maintenant, et il n'avait qu'une envie : l'enlacer et lui dire que tout allait bien se passer. Mais il n'en était pas certain lui-même. Le futur était encore une page blanche.

— Il est temps de rentrer, reprit-elle.

Elle se leva, brossa l'arrière de son pantalon, puis s'immobilisa : quelque chose sur la plage avait attiré son attention.

Roman se retourna, suivant son regard.

— Oh ! regardez ! Elle ne va pas bien ! s'écria-t-elle avant de se mettre à courir.

Roman la rejoignit alors qu'elle s'agenouillait sur le sable humide près de la mer. Elle regardait d'un air préoccupé la tortue qui boitait devant elle, et ce fut alors seulement que Roman comprit ce qui gênait l'animal : un filin métallique était entortillé autour de sa nageoire avant.

Il regarda Leah, et ne fut pas surpris de voir un éclair de colère dans son regard. Cela lui ressemblait bien d'avoir immédiatement de la compassion pour n'importe quelle créature. Ce qui le surprit fut le serrement de poitrine qu'il ressentit. Puis il comprit pourquoi. Ça, c'était *sa* Leah. Elle avait changé par de nombreux aspects, mais il fut frappé de sentir que cette réaction était exactement celle qu'il attendait d'elle. Il savait qu'elle voudrait faire quelque chose, qu'elle voudrait sauver l'animal. C'était sa Leah.

— Pourquoi a-t-elle un signe ? demanda-t-il en voyant une petite bande rouge sur l'une des nageoires arrière de la tortue.

— Ça veut dire qu'elle a déjà été soignée à l'hôpital des tortues.

Leah tendit la main et toucha le dos de l'animal, qui s'immobilisa.

— Et elle a besoin d'y retourner ! J'espère que je vais réussir à la porter.

— Nous allons y arriver, déclara-t-il d'un ton décidé.

Leah leva les yeux vers lui, l'air étonné.

— Où est l'hôpital des tortues ? poursuivit-il.

— A Orchid Key.

Elle avait l'air méfiant, comme si elle n'attendait pas son aide — ou n'en voulait pas. Elle semblait chercher quelque chose dans son visage. Quoi ? Il n'en avait pas la moindre idée.

— Allons-y.

Roman prit la tortue par les côtés. En la soulevant, il frôla le bras de Leah qui s'écarta en sursautant. Il en laissa presque tomber l'animal.

Il regarda alors Leah, et aperçut le bref éclair de frayeur dans ses yeux. Mon Dieu, avait-elle encore peur de lui ? Puis l'expression s'évanouit, pour faire place à une inquiétude qui concernait uniquement la tortue.

Tout cela s'était passé si vite qu'il n'était pas certain d'avoir bien vu. Mais il se sentait blessé.

Il voulait qu'elle ait confiance en lui. Mais cela allait prendre du temps…

Ils arrivèrent enfin au Shark and Fin. Leah désigna de la tête un vieux camion garé sur le parking.

— C'est celui de Morrie. Il m'a laissé les clés au cas où j'en aurais besoin. Attendez-moi là. Je reviens tout de suite.

Elle courut à l'intérieur, laissant Roman maintenir la tortue sur le trottoir. C'était, songea-t-il amusé, un épisode tout à fait caractéristique de Leah. A un moment, vous étiez en train de vous promener tranquillement sur la plage, et l'instant d'après, vous étiez sur le chemin de l'hôpital des tortues.

Il ne se rendit pas compte qu'il souriait jusqu'à ce qu'elle ressorte du bar avec les clés.

Elle s'arrêta net.

— Quoi ? demanda-t-il en voyant son expression déconcertée.

Elle secoua la tête.

— Je ne sais pas. C'est seulement… que vous me regardez bizarrement. En souriant comme…

Elle semblait ne pas savoir quoi dire. Evitant son regard, elle se baissa vers la tortue, et commença à lui parler doucement :

— Ne t'en fais pas, ma grande, ça va aller.

Elle courut vers le camion, ouvrit la portière du passager, puis revint pour aider Roman à porter la tortue sur le siège.

Roman grimpa à l'intérieur, et Leah prit le volant. Le moteur toussota puis vrombit. Elle avait du sable sur ses vêtements, et il se rendit compte seulement alors que lui aussi. Et aucun d'eux n'avait pensé à remettre ses chaussures.

Pendant le trajet, Leah parla doucement, sans discontinuer comme pour calmer la tortue. Et de manière incroyable cela sembla marcher. Enfin, pour la tortue. Roman, lui, avait l'impression que quelque chose frémissait en lui, et il avait peur de lui donner un nom car il savait que c'était l'espoir. Il ne pouvait s'empêcher de regarder Leah alors qu'elle conduisait, captivé par son charme naturel et son énergie. C'était comme s'il retrouvait celle qu'il connaissait.

Il avait l'impression qu'il aurait pu passer sa vie à la contempler ainsi, et il fut désolé lorsqu'ils arrivèrent à Orchid Key.

— J'imagine que vous êtes déjà venue ici, dit-il lorsqu'elle s'engagea dans une allée de gravier située dans la mangrove, pour s'arrêter devant ce qui ressemblait à un vieux motel.

— J'ai déjà trouvé un nid de tortue, lui expliqua-t-elle. Leur mère avait probablement été blessée par un bateau. Elle avait été rejetée sur la plage près du bar, et elle était en très mauvais état. J'avais entendu parler de l'hôpital des tortues et je les ai appelés. Ils sont venus et ont pris les bébés. Ils ont essayé de sauver la mère, mais ils n'ont rien pu faire. Attendez-moi là.

Elle sauta hors du camion, et revint quelques instants plus tard avec un homme vêtu d'un short et d'un T-shirt portant l'inscription : « SAUVEZ LES TORTUES ».

Roman s'écarta pendant que l'homme examinait l'animal. Puis ce dernier lui demanda de l'aider à le porter à l'intérieur. C'était effectivement, il s'en rendit compte lorsqu'ils entrèrent dans le petit hall, un ancien motel.

— L'endroit est tenu entièrement par des bénévoles, lui expliqua Leah lorsqu'ils eurent confié la tortue à l'un d'entre eux. Venez, je vais vous montrer.

Elle parlait rapidement alors qu'ils marchaient, lui montrant les bassins où les tortues étaient gardées, et les pièces où elles recevaient des soins, certaines même étant opérées. Il ne la quittait pas des yeux.

— Quelques-unes des tortues vivent maintenant ici parce qu'elles sont en trop mauvais état pour être relâchées, poursuivit-elle. Mais lorsque c'est possible, on les remet dans l'océan après les avoir marquées. C'est pour ça qu'on sait que celle-ci a déjà été soignée ici.

Elle s'interrompit soudain. Ils étaient à l'extérieur, près d'une ancienne piscine remplie d'eau de mer destinée aux tortues. Dans le soleil, son regard animé et brillant sembla se voiler.

— Que se passe-t-il ? Vous n'arrêtez pas…

— Quoi ?

— De me regarder !

Elle avait l'air en colère.

— C'est seulement… que je ne vous avais jamais vue si enthousiaste.

Enfin, pas depuis longtemps, ajouta-t-il intérieurement.

— Je parie que vous faites partie des bénévoles, lança-t-il.

Elle haussa les épaules.

— J'aide parfois.

Il voyait qu'elle se renfermait, comme si elle avait trop révélé d'elle-même.

— Nous devrions retourner au bar, déclara-t-elle

soudain. Je n'avais pas prévu d'être absente aussi longtemps.

Avant qu'ils ne partent, un des bénévoles leur annonça qu'ils devraient probablement amputer la nageoire blessée. Leah resta silencieuse sur le chemin du retour. Lorsqu'ils arrivèrent au Shark and Fin, Roman alla récupérer leurs chaussures pendant qu'elle entrait à l'intérieur du bar.

Lorsqu'il la rejoignit, Joe était en train d'essuyer le comptoir.

— Oh ! dit-il en s'adressant à Leah, j'ai failli oublier : quelqu'un a appelé. Il voulait te parler.

— C'était qui ?

Elle se pencha pour enfiler ses chaussures.

— Je ne sais pas. Il n'a pas laissé de nom.

Roman n'aima pas l'expression qui traversa les yeux de Leah. Tout l'enthousiasme qu'il y avait vu lorsqu'elle lui avait fait visiter l'hôpital des tortues avait disparu.

— La prochaine fois, laissez-moi prendre l'appel, dit-il à Joey.

Il n'arrêtait pas de penser à Mark maintenant. Téléphonerait-il pour demander Leah, afin de vérifier si c'était elle ? « Je ne leur parlerai pas de Leah — si c'est vraiment d'elle qu'il s'agit. »

Leah lui lança un regard noir. Bon sang, elle était toujours aussi indépendante qu'avant !

— Je prendrai l'appel moi-même, merci, déclara-t-elle. Vous ne possédez pas encore le bar.

— Il se passe quelque chose que je ne sais pas ? demanda Joey.

— Elle a eu plusieurs appels anonymes.

— C’étaient des faux numéros, ou alors la ligne a été coupée. Rien de grave, intervint Leah.

Joey regarda Roman.

— Hum…

Le cuisinier ne semblait pas convaincu.

— Shanna a téléphoné, elle aussi, ajouta-t-il. Elle sera là ce soir. Elle se sent mieux.

Roman comprit qu’il devait s’agir de la serveuse qui n’était pas venue à midi.

— Bien ! s’exclama Leah.

Puis elle s’adressa à Joey.

— Je vais monter une seconde, puis je viendrai t’aider à préparer le repas de ce soir.

— Nous organisons un buffet sur la terrasse, expliqua Joey à Roman. Les clients se servent eux-mêmes. Je fais griller du requin, du thon, ce que j’ai trouvé dans les derniers arrivages. Prix unique.

Leah était partie maintenant. Joey regarda Roman en plissant les yeux.

— Si le téléphone sonne, dit-il, c’est moi qui répondrai.

Protecteur.

Roman comprenait Joey. Il était tracassé par ces appels lui aussi. Et également par le fait que — comme Morrie — Joey semblât avoir toute la confiance de Leah.

Et lui, avait-il fait quelques progrès en ce sens aujourd’hui ? Il se dirigea vers le bureau de Morrie et composa le numéro du portable de Mark.

— Tu as appelé ici ? dit-il quand son beau-frère eut décroché.

— Pardon ?

— Tu as appelé ici ? Tu as demandé à parler à Leah ?

— Tu m’as dit de ne pas le faire. Bien sûr que non.

Mark paraissait blessé.

Soudain un fracas retentit à l'étage, et le cœur de Roman fit un bond dans sa poitrine. Raccrochant le téléphone, il se précipita vers l'escalier.

6

Leah entendit à peine la lampe qu'elle venait de heurter s'écraser sur le sol.

Quelqu'un était entré dans son studio.

Ce fut un ensemble de détails qui firent monter en elle un frisson d'angoisse : le tiroir qu'elle avait laissé légèrement ouvert était refermé ; les rideaux étaient maintenant tirés ; le plateau de perles était posé sur le sol, pas sur la table basse ; les revues qui se trouvaient sur le plan de travail de la kitchenette étaient arrangées en une pile trop régulière.

Tout était un peu étrange, un peu inhabituel… Dans l'après-midi, le bar était très tranquille, souvent vide, et la porte arrière n'était jamais verrouillée. Entre leur promenade sur la plage et le trajet jusqu'à Orchid Key, ils s'étaient absentés pendant deux ou trois heures.

Mais pourquoi quelqu'un se serait-il introduit dans son appartement ? Que pouvait-il y chercher ? Elle avait le tournis.

Elle avait reculé si brusquement qu'elle avait renversé la lampe posée sur la table, près de la porte, et il y avait du verre partout. Elle avait peur, elle se sentait seule, et elle regrettait amèrement que Morrie ne soit pas là en ce moment.

Soudain, elle sentit des mains se poser sur ses épaules. Elle sursauta, et poussa un petit cri.

— Leah, c'est moi.

Roman.

— Ça va ? La porte était ouverte, et j'ai entendu du bruit…

— Oui, ça va.

Non, ça n'allait pas, pas du tout. Roman la fit pivoter et elle se retrouva nez à nez avec lui, si près qu'elle aurait juré entendre battre son cœur. Il avait un regard à la fois bienveillant et inquiet. Et soudain, elle se sentit complètement stupide.

— J'ai fait tomber une lampe.

Elle avala sa salive avec peine. Son cœur battait toujours la chamade. Mon Dieu, que devait-il penser d'elle ? Elle était un cas désespéré : c'était la deuxième fois qu'elle cassait quelque chose aujourd'hui. Elle se retourna, et regarda la pièce.

Ainsi, baignée par la lumière du jour qui filtrait à travers les rideaux, l'endroit semblait un havre de paix. Ou alors étaient-ce les bras de Roman qui lui donnaient ce sentiment de sécurité ?

Elle se dégagea.

— Je suis vraiment maladroite, c'est tout.

— Vous êtes sûre que c'est tout ?

Non, ce n'était pas tout. Il y avait bien autre chose. Mais n'avait-elle pas rêvé ?

Etait-elle en train de devenir folle ? Tout cela n'avait aucun sens. Elle s'était habituée à ne pas se souvenir du passé, à n'en rien savoir, mais maintenant une angoisse nouvelle montait en elle. Peut-être perdait-elle vraiment la tête. Quelqu'un était-il venu dans son appartement, ou était-elle paranoïaque ? Avait-elle vraiment entendu au téléphone ces mêmes mots qui hantaient ses cauchemars, ou avait-elle tout imaginé ?

Ces questions la rendaient malade, et la mettaient en colère.

— Je vais nettoyer tout ça, et je descends, bredouilla-t-elle.

Elle avait besoin que Roman la laisse seule pour qu'elle puisse se reprendre, réfléchir un peu.

Il y avait un balai et une pelle dans le petit placard de la kitchenette. Elle alla les prendre, et commença à rassembler les morceaux de verre brisé.

— Laissez-moi faire, proposa Roman.

— Non, non. Je ne veux pas que vous ayez à nettoyer toutes mes bêtises.

Roman se mit à genoux, lui aussi, et lui prit la pelle des mains. Il avait des doigts chauds, réconfortants. Ils étaient maintenant un peu dorés par le soleil.

— Laissez-moi vous aider, dit-il doucement. Ce n'est pas un crime de laisser quelqu'un faire quelque chose pour vous, vous savez.

Elle avala de nouveau péniblement sa salive, et leva les yeux vers lui. Il était très près, et elle fut frappée par la vulnérabilité qu'elle lisait dans son regard maintenant. Elle eut la sensation étrange qu'il serait blessé si elle refusait… et elle ne voulait pas faire du mal à cet homme.

Elle oublia tout — les appels téléphoniques, la sensation diffuse que quelqu'un s'était introduit chez elle — alors qu'elle plongeait, comme au ralenti, dans son regard.

Il lui caressa la joue avec son pouce. C'était un geste empli de douceur, de bienveillance, et de gravité. Elle n'arrivait plus à bouger, à parler, à rien faire. Son regard extraordinaire la transportait ailleurs, très loin, en un lieu qui lui était familier et étranger à la fois.

Elle ferma les yeux, submergée par la violence de ses émotions. Elle pouvait presque le sentir se pencher en avant, et presser sa bouche contre la sienne. Ses lèvres seraient chaudes, exigeantes, extraordinaires… Et il la ferait se sentir en sécurité, vivante, entière.

Elle avait tant envie de l'embrasser ! Elle savait déjà ce que serait le contact de ses lèvres, et elle voulait en goûter la caresse. Elle le voulait tout entier. C'était complètement fou ! Elle revint brusquement à la réalité, ouvrant les yeux et faisant un bond en arrière.

Elle perdit l'équilibre, et posa les mains par terre pour se retenir.

Une douleur vive lui transperça la paume. Elle retomba sur les fesses et leva la main. Un filet de sang coulait le long de ses doigts : elle s'était blessée sur un éclat de verre. Elle regardait sa main sans bouger, sous le coup d'émotions et de sentiments qu'elle n'arrivait pas à démêler. C'était trop pour elle à la fois. Elle avait la tête qui tournait.

— Oh ! mon Dieu, Leah !

Roman l'attrapa, et l'aida à se mettre debout sans qu'elle comprenne vraiment ce qui arrivait. Il l'entraîna vers la petite cuisine, alluma la lumière au-dessus de l'évier, et examina sa main.

— Je pense que je peux enlever le verre, déclara-t-il. On dirait qu'il n'y a qu'un seul morceau. Il faudra faire une compresse pour arrêter le saignement, et aller à l'hôpital. Vous avez besoin de points.

— Il y a une petite clinique en ville, près de la bibliothèque.

Elle avait du mal à réfléchir.

— Bon sang, je n'arrive pas à croire que je me suis fait ça !

— C'est une clinique pour humains, pas pour les tortues, j'espère ? lui demanda Roman d'un air taquin. Bon, regardez ailleurs, je vais enlever le bout de verre.

Elle ferma les yeux pour ne pas voir. Elle savait qu'il essayait simplement de la distraire, mais elle répondit tout de même :

— Non, ce n'est pas pour les tortues.

Elle ressentit un bref élancement, puis une pression. Elle ouvrit les yeux et vit Roman qui appuyait de l'essuie-tout sur sa paume. De sa main libre, il en prit d'autres feuilles, et commença à lui faire un bandage.

— Comment allez-vous ?

— Très bien, mentit-elle.

Elle était livide, et Roman priait pour qu'elle ne s'évanouisse pas. Elle n'avait jamais aimé la vue du sang.

Il l'entoura de son bras, et elle ne résista pas. Sans la lâcher, il prit les clés du camion de Morrie.

— Gardez votre bras en l'air. Ça va aider le saignement à s'arrêter.

Déjà, le pansement improvisé se teintait de rouge.

— Continuez à appuyer, rappela-t-il en lui plaçant l'autre main sur le bandage de fortune, là où le sang transperçait.

— Je vais bien, dit-elle. Je pense que je peux conduire.

Il ne répondit pas. Ils descendirent les escaliers et entrèrent dans le bar.

— Tout va bien ? Que s'est-il passé ? demanda Joey en sortant de la cuisine.

Les yeux du cuisinier s'écarquillèrent lorsqu'il aperçut le bandage.

— Un petit accident, répondit Leah. Je me suis enfoncé un morceau de verre dans la main.

Elle avait les yeux pleins de larmes qui ne coulaient pas, et avait bien plus mal qu'elle ne voulait le laisser paraître.

— Je l'emmène à la clinique, expliqua Roman.

Il la guida rapidement au-dehors, craignant que, s'il laissait à Joey le temps de réfléchir, ce dernier n'insiste pour accompagner Leah chez le médecin.

Le réservoir était presque vide après leur aller-retour à Orchid Key. Roman ouvrit la portière du passager pour Leah, puis il contourna le petit camion et s'installa au volant. Le vinyle du siège était chaud.

— J'espère que nous aurons assez d'essence.

— Ce n'est pas loin, répondit Leah. Mon Dieu, je me sens complètement stupide ! J'ai l'impression d'être un boulet. Je peux conduire, vous savez, répéta-t-elle. Je peux me débrouiller.

— Ce n'est pas nécessaire. Je suis là.

Il fit marche arrière, et sortit du parking. S'engageant sur le chemin, il passa le pont en dos d'âne, tourna sur la grand-route, et se dirigea vers la ville.

— C'est juste après la bibliothèque. Là, dit-elle en désignant un petit bâtiment situé à l'angle d'un pâté de maisons.

Il s'arrêta à un passage piéton pour laisser des touristes traverser, et jeta un coup d'œil à Leah. Elle était encore très pâle. Elle avait fermé les yeux et ses cils semblaient un peu humides, mais elle ne pleurait pas. Non, pas Leah.

Elle lui avait dit une fois qu'elle avait appris à ne jamais verser de larmes devant les autres. Venant d'elle, cette déclaration était plutôt surprenante. Elle était si ouverte, si libre, si spontanée. Mais il y avait des choses qu'elle ne lui avait jamais dites. Des choses sur son passé, son enfance. Il savait seulement qu'elle était orpheline. Chaque fois qu'ils avaient abordé ce sujet, le regard de Leah s'était empli de tristesse et de douleur. Elle ne souhaitait pas en parler, et il n'avait pas insisté. Elle voulait vivre dans le présent.

Maintenant, il désirait tout connaître d'elle. Absolument tout. Mais aujourd'hui, même si elle avait eu l'intention de lui raconter son enfance, elle n'aurait pas pu le faire.

L'ironie de la situation lui tordait le cœur.

— Vous avez le droit de pleurer si vous avez mal, dit-il doucement.

Elle ouvrit les yeux. Il eut le cœur saisi par leur éclat.

— Non, je ne veux pas pleurer.

Sa voix était à peine plus qu'un murmure.

— C'est une marque de faiblesse, ça met les gens en colère et…

Elle cligna les yeux et détourna le regard.

— Je ne sais pas ce que je raconte.

Elle était si près, sur la banquette du camion. Il brûlait de l'envie de l'attirer contre lui pour l'embrasser. Et il aurait voulu qu'elle lui dise pourquoi elle ne voulait surtout pas pleurer. D'où lui venait cette idée étrange que cela mettait les gens en colère ?

Il avait eu autrefois l'occasion de le savoir, et ne

l'avait pas saisie. La culpabilité qu'il en ressentait pesait lourdement sur lui.

Il traversa la rue pour s'engager dans le petit parking de la clinique.

— Allons-y, dit-il.

Il descendit du camion, et alla ouvrir la portière de Leah.

La petite salle d'attente de la clinique était fort heureusement vide.

Roman s'approcha de la femme assise à la réception.

— Cette personne s'est coupé la main avec un morceau de verre, et a certainement besoin de quelques points.

— Je vais prévenir le médecin.

La réceptionniste demanda son nom à Leah, le nota, puis disparut à l'arrière. Une infirmière vint l'appeler quelques minutes plus tard.

— Vous voulez que je vienne avec vous ? demanda Roman.

— Non merci, ça ira.

Leah suivit l'infirmière, et la porte de la salle de consultation se referma derrière elle.

Elle détourna le regard lorsque l'infirmière défit le bandage de fortune, et elle dut faire appel à toute son énergie pour ne pas pleurer lorsque la jeune femme nettoya et examina la blessure. L'infirmière lui expliqua qu'elle devait s'assurer qu'il ne restait aucun éclat de verre dans la plaie.

Tout ce que Leah comprit, c'est que cela faisait horriblement mal.

Ce ne fut pas mieux pour les points. Le médecin sutura la longue coupure de sa main alors qu'elle serrait les paupières et essayait de se persuader qu'elle était quelque part ailleurs, n'importe où… Elle cherchait en esprit une image évoquant la sécurité, pour pouvoir se protéger de la douleur.

Elle était sur un chemin pavé devant un petit bungalow, aux volets bleus typiques des Bahamas. Mais elle n'avait d'yeux que pour l'homme à côté d'elle. Il lui tenait la main, et ce seul contact faisait naître en elle un sentiment de plénitude extraordinaire.

« Tu sens cette odeur ? C'est celle des quenettiers. C'est délicieux, tu ne trouves pas ? » murmura-t-elle.

« *Tu* es délicieuse », lui répondit-il.

Il taquina ses lèvres, sa bouche pour l'embrasser si passionnément qu'il la toucha au plus profond de son âme. Le parfum de la végétation et de l'homme se mêlèrent en une senteur étourdissante. Elle sentit son sexe dur contre elle.

« J'ai envie de toi », murmura-t-elle contre sa bouche, et il la prit dans ses bras, la porta dans le bungalow, lui enleva ses vêtements l'un après l'autre. Et elle savait qu'elle l'aimait, de tout son cœur, qu'elle était liée à lui à jamais. Il était tout pour elle. Il avait fait la lumière sur toutes les ombres de sa vie.

Lorsqu'elle fut nue, elle ne fut pas satisfaite : il fallait qu'il le soit lui aussi. Elle lui ôta son jean et son T-shirt. Mais il ne lui suffisait pas de le regarder… Elle le caressa et l'attira sur elle, en les faisant tomber tous les deux sur le grand lit.

Puis elle sentit ses doigts chauds fouiller son sexe, en une caresse intime et tendre. Elle trembla lorsqu'il la pénétra profondément…

— C'est fini.

Leah ouvrit les yeux, choquée. Le médecin tapota son bras valide.

— Tout ira bien, la rassura-t-il. Cela devrait se cicatriser sans problème.

Il lui donna quelques indications sur les soins à apporter à la blessure, et la façon de faire le pansement.

— Je vais vous prescrire des antalgiques et des antibiotiques. Il faudra que vous reveniez dans une semaine pour que j'enlève les points.

Il se mit à griffonner sur un bloc-notes tandis qu'une douleur froide envahissait Leah. Mais elle ne venait pas de sa main. La lumière crue de la salle de soins l'éblouissait, et elle avait une sensation d'oppression. Oh ! mon Dieu, où était-elle partie en rêve ? Tout semblait si réel !

— Voilà, dit le médecin en lui tendant la prescription.

Elle sortit de la salle de soins. Roman se leva. Il avait l'air dangereusement sexy, et inquiet. Un ventilateur brassait mollement l'air de la salle d'attente, mais il ne servait pas à grand-chose pendant les chaudes journées des Keys. A la réception, Leah se rendit compte avec un sursaut qu'elle n'avait pas apporté son porte-monnaie.

— Je n'ai pas d'argent, dit-elle embarrassée.

— Ce n'est pas un problème, déclara Roman en sortant son portefeuille. Vous allez bien ?

— Oui. On m'a simplement fait quelques points.

Elle se sentit gauche et mal à l'aise lorsqu'elle croisa brièvement son regard. Elle ressentait de manière persistante cette sensation d'étrangeté causée par son rêve. C'était une illusion, un simple moyen d'échapper à la douleur, mais il lui avait semblé si réel… Sauf que l'homme de son rêve n'avait pas de visage.

Roman paya la note, et ils sortirent. L'air du dehors chassa la brume de son esprit, ne laissant que la brûlure de la plaie.

— Je vous rembourserai, dit-elle en essayant de se concentrer sur autre chose que la douleur.

— C'est un peu ma faute, alors, n'y pensez plus. Si vous avez perdu l'équilibre c'est parce que je vous ai fait peur.

— Vous n'y êtes pour rien, répliqua-t-elle. Et ce n'est pas grand-chose. Il m'est arrivé bien pire, et je suis toujours là.

Elle se mordit la lèvre : elle ne savait pas d'où ces paroles étaient venues, mais elle avait la certitude que c'était vrai. Elle avait eu des fractures, des brûlures, des coupures. Elle regarda l'intérieur de son bras, et considéra des cicatrices presque imperceptibles : c'étaient des brûlures de cigarettes, et cette certitude soudaine l'ébranla.

Roman lui ouvrit la portière du camion puis s'installa au volant. Elle porta alors la main à son front et passa ses doigts tremblants à la racine de ses cheveux. Elle y sentit une autre fine cicatrice. Elle l'avait déjà remarquée auparavant, mais soudain elle ressentit une douleur en la touchant. Elle retira sa main dans un sursaut, comme si elle s'était brûlée.

Roman ne démarra pas. Il resta assis, la considérant d'un air sombre. Puis il tendit le bras, et toucha la cicatrice à son tour.

— Que vous est-il arrivé ? demanda-t-il. Comment vous êtes-vous fait ça ?

Un frisson la parcourut. Elle s'entendit répondre,

mais elle eut l'impression que c'était quelqu'un d'autre qui parlait. Pas elle.

— J'avais quinze ans. Le père de ma famille d'accueil m'a battue parce que je lui avais désobéi. J'avais caché du fard à paupières et du rouge à lèvres dans mon cartable. Il était venu me chercher plus tôt que d'habitude et m'avait vue maquillée. Il m'a dit que j'avais l'air d'une prostituée. Quand nous sommes entrés la maison, il m'a suivie et m'a frappée par-derrière si fort que je suis tombée contre la porte du réfrigérateur. Je me suis ouvert le front.

Les mots étaient sortis, et elle ne savait absolument pas d'où ils venaient. Comment avait-elle soudain eu connaissance de cette histoire ?

Son passé était une zone sombre, dangereuse. C'était un trou noir qui pouvait l'aspirer et l'emporter là où elle ne voulait pas aller.

Mais les souvenirs commençaient tout de même à refluer. Et elle était terrifiée.

— Oh ! mon Dieu, Leah !

Les yeux de Roman brillaient dans l'ombre de la cabine du camion. Il avait l'air dur, implacable, dangereux…

— Je ne savais pas !

Elle sentait son cœur tambouriner douloureusement dans sa poitrine, et elle tremblait de tous ses membres maintenant. Elle se sentait sale sans savoir pourquoi.

— Je voudrais pouvoir faire payer tout ça à cet homme, marmonna Roman.

Sa voix rauque était emplie d'amertume. En cet instant, il semblait tout à fait capable de violence.

— Vous ne pouvez pas. Il est mort.

Oh ! mon Dieu, pourquoi avait-elle si peur ? Elle

tremblait plus que jamais. Un souvenir sombre voulait remonter à la surface. Elle le repoussa de toutes ses forces.

Du sang, des cris…

Les larmes qu'elle ne voulait pas verser coulèrent sur ses joues. Elle attrapa la poignée de la portière. Elle n'avait qu'une envie : courir, aussi loin que possible du passé.

7

Roman arrêta Leah avant qu'elle ne réussisse à ouvrir la portière.

Il voyait bien qu'elle faisait son possible pour ne pas pleurer devant lui. Elle préférait manifestement se précipiter au-dehors que d'être prise en flagrant délit de faiblesse.

Il la retenait et ne voulait plus la lâcher. Mais que faisait-il donc ? Chaque fois qu'il la touchait, les choses ne faisaient qu'empirer.

Combien de temps réussirait-il à cacher les sentiments qu'il avait pour elle ? Surtout quand elle s'ouvrait soudainement à lui comme elle venait de le faire.

— J'ai besoin d'être seule, dit-elle en le repoussant.

Elle se passa la main sur le visage, essuyant une joue puis l'autre pour en sécher les larmes. Elle semblait si renfermée, si froide, si rigide… Bon sang !

— J'aimerais que vous me rameniez au bar. Vous en avez fait plus que je n'en attendais. Je vous remercie sincèrement et…

— Je ne pense pas que vous ayez besoin d'être seule.

Il avait envie de l'embrasser, de chasser toute la douleur qu'il y avait en elle. C'était impossible… Mais il n'allait certainement pas la laisser seule.

— Vous ne savez pas ce dont j'ai besoin !

Elle avait raison. Et maintenant, il regrettait amèrement de ne pas avoir demandé autrefois à Leah de lui parler de sa famille, de son enfance, et de l'avoir laissée souffrir en silence. Elle n'avait rien voulu dire, et il n'avait pas insisté.

Ne rien révéler de soi, de ses émotions : c'était ce que prônait l'éducation Bradshaw.

— Je sais ce que c'est de garder ses sentiments pour soi, dit-il. Cela ne les fait pas disparaître pour autant.

— Oh si, on y arrive !

Il eut l'impression pendant quelques secondes qu'elle allait en dire plus, mais elle se contenta de regarder fixement devant elle, le visage stoïque.

— Pas complètement, répliqua-t-il. On ne peut pas les faire taire complètement.

Elle haussa les épaules.

— Assez pour que ça fasse illusion. C'est l'apparence qui compte. Morrie le répète souvent.

Il croisa son regard. Elle avait les yeux rouges et humides, mais semblait s'être ressaisie. Ses émotions étaient soigneusement cachées dans un endroit secret qu'elle ne lui avait jamais ouvert.

— Vous m'avez dit qu'il était comme un père pour vous.

— Morrie est le seul père que j'aie jamais connu.

Les parents naturels de Leah étaient morts lorsqu'elle était très jeune, et elle avait grandi dans une série de familles d'accueil. C'était tout ce que savait Roman.

— Comment avez-vous rencontré Morrie ?

Il n'avait toujours pas démarré. Les fenêtres du camion étaient baissées, et les piétons passaient sur le trottoir. Mais, à l'intérieur du véhicule, Leah et lui étaient comme dans un monde à part.

— Sur la plage.

Elle regardait par la fenêtre les touristes portant les vêtements colorés des Caraïbes. Le froissement des feuilles des palmiers se mêlait au vrombissement des moteurs et au bourdonnement des voix. Mais tout semblait lointain.

— Je venais tout juste… d'arriver aux Keys, et il m'a proposé un travail, un endroit pour vivre. Il a été extraordinairement gentil et généreux. J'étais seule, sans ressources, et il m'a permis de prendre le nouveau départ dont j'avais besoin.

— Comment êtes-vous arrivée là ?

Il avait envie de savoir tout ce qui lui était arrivé au cours des dix-huit derniers mois, surtout la nuit où elle avait disparu.

Mais sa réponse ne l'aida pas.

— En bus.

Ce fut tout.

— Pourquoi êtes-vous venue ici ?

Elle tourna les yeux vers lui.

— Certaines choses sont simplement… évidentes. Vous comprenez ce que je veux dire ? On ne se demande même pas pourquoi c'est ainsi.

Roman sentit son cœur se serrer. Ce *pourquoi* était justement ce qui le hantait. Il soutint son regard pendant un long moment.

Il y avait encore une trace de larme sur la joue de Leah, et lentement, très lentement, il leva la main et l'essuya.

— Vous êtes heureuse ici, Leah ?

Il se demanda si elle pouvait lire dans ses yeux tous les sentiments violents qui l'agitaient en ce moment. Tout ce qu'il savait, c'était qu'il n'arrivait pas à détacher son regard d'elle : son parfum était si suave, sa peau si douce sous ses doigts… Elle était merveilleuse !

— Oui, dit-elle finalement. Je suis plus heureuse que je ne l'ai jamais été.

Il eut l'impression de mourir… Cela seul pouvait causer une telle douleur. Oui, il aurait dû s'arrêter avant, quand elle avait expliqué que venir aux Keys lui avait semblé… évident.

Elle se souvenait du père de la famille d'accueil qui l'avait brutalisée, mais pas de lui. *Je suis plus heureuse que je ne l'ai jamais été.*

Il laissa tomber la main, et s'enfonça dans son siège. Faisant appel à toute sa volonté, il dit d'une voix neutre :

— Je vais vous raccompagner. Après, j'irai chercher les médicaments. Dites-moi seulement où je peux trouver une pharmacie.

Il tourna la clé dans le contact, et démarra.

Leah avait très mal à la main, mais elle voulait travailler. Il n'était pas question qu'elle reste dans son studio à redouter que ne retentisse la sonnerie du téléphone, pendant que Joey et les autres serveuses auraient à faire son travail en plus du leur. Elle pouvait encore remplir les chopes de bière, même si elle était un peu plus lente qu'à l'accoutumée. Elle passa la soirée à expliquer à tous les clients qui le lui demandèrent pourquoi elle avait un bandage à la main.

Elle répondait à leurs questions de manière évasive, en essayant de ne pas penser à tout ce qui la tracassait.

A un moment, elle remarqua un homme assis au fond du bar. Elle aurait juré qu'il l'avait prise en photo. Les touristes prenaient parfois quelques clichés tant le bar, avec ses couleurs vives, était caractéristique des Keys. Mais l'homme n'avait pas l'allure d'un vacancier. Et elle avait eu la nette impression que l'objectif était braqué sur elle.

Son imagination lui jouait des tours en ce moment, songea-t-elle en tentant de chasser le sentiment de malaise que l'homme faisait naître en elle.

Il portait un coupe-vent. Il en sortit un téléphone et passa plusieurs appels tout en la regardant. A un moment, elle aperçut un objet sombre dans la ceinture de son jean, une forme qui rappelait celle d'un pistolet. Son sang se glaça. Aussitôt elle le signala à Joey, qui alla demander à l'homme s'il portait une arme sur lui.

Le client quitta les lieux sans répondre et le malaise qu'il avait suscité en elle persista toute la soirée.

Peut-être s'était-elle trompée… Peut-être n'était-ce pas une arme qu'elle avait vue… Peut-être avait-il pris une photo du bar comme les autres touristes…

Mais elle fut soulagée lorsqu'il fut parti.

La journée avait été étrange, déstabilisante, et elle ne savait toujours pas quoi penser de tout cela : les appels téléphoniques, cet homme inquiétant dans le bar… et Roman Bradshaw. Il était à la fois doux et profond, et terriblement dérangeant. A chaque instant, elle avait eu la sensation qu'elle pourrait très facilement tomber amoureuse de cet homme, qui ne devait pas devenir plus que son ami.

C'était mauvais. Très mauvais.

Mais malgré tout son cœur se mettait à battre plus

vite chaque fois qu'elle le voyait. Pire encore, il touchait quelque chose en elle, et faisait remonter les souvenirs à sa mémoire.

— Je vais monter, lança-t-elle à la cantonade lorsque tous les clients furent partis.

Shanna et Joey venaient tout juste de finir le ménage. Les autres serveuses étaient déjà parties.

— Je vais fermer à clé, annonça Joey.

— Comment va votre main ? demanda Roman.

— Bien. Merci encore.

Une fois chez elle, elle se déshabilla, et enfila un pyjama. Le petit appartement était tranquille, et elle se sentait épuisée et agitée à la fois.

Elle savait ce qui n'allait pas : elle avait peur de s'endormir, peur de ce dont elle pourrait se souvenir, ou de ce à quoi elle pourrait rêver. Bien trop souvent, elle faisait des cauchemars.

Elle s'assit au milieu du canapé-lit, et suivit lentement du doigt les marques légères sur son bras. Elle savait qu'il s'agissait de brûlures de cigarette. Qui les lui avait faites ? Le beau-père dont elle s'était souvenue, ou un autre ? Dans combien de foyers différents avait-elle vécu, et pourquoi ? Pourquoi son esprit refoulait-il les souvenirs qui cherchaient à remonter ? Avait-elle eu une enfance terrible ?

Ou était-ce autre chose ?

Je sais qui tu es. Je sais ce que tu as fait.

Mais qu'avait-elle fait ? Qui était-elle ?

Ne crois pas que tu peux détruire ma vie.

La vie de qui avait-elle été en position de détruire ?

Le fait de se souvenir pouvait-il être pire que le poids

qu'elle supportait maintenant ? Elle éteignit la lumière, et ferma les yeux. Elle n'avait pas pris les antalgiques. Elle avait commencé à ouvrir la boîte, mais n'avait pu se résoudre à les avaler. C'était une de ces détestations instinctives, comme les chats et les petits pois. Elle n'aimait pas les antalgiques.

Le sommeil ne vint pas facilement. Une question tournait sans cesse dans son esprit : et si se souvenir était encore pire ?

Elle se mit à rêvasser pendant un long moment, revivant la journée. La promenade sur la jetée avec Roman… Son déjeuner avec lui… La plage, et la visite du phare… Le trajet jusqu'à l'hôpital des tortues…

Le sommeil, lourd et sombre, eut finalement raison d'elle.

Elle était dans le phare, prise au piège. Les bourrasques de vents et les vagues prenaient les murs d'assaut. Le ciment et les pierres crissèrent et l'eau commença à envahir la pièce. Elle étouffait.

Puis elle fut dans une voiture, au milieu d'une rivière. Elle donnait des coups sur la fenêtre fermée, prise de panique. Ses mains étaient agrippées à la poignée de la portière et poussaient, poussaient, poussaient…

Elle était prise au piège. Elle allait se noyer. Puis la porte s'ouvrit soudain — mais ce n'était pas celle d'une voiture : c'était celle d'une maison maintenant.

Un homme était étendu par terre. Il était mort, et une mare de sang se formait autour de son corps flasque. Elle sentit un objet froid et lourd dans sa main. Elle baissa les yeux et vit une arme.

Leah se réveilla dans un sursaut, le souffle court. Elle passa quelques secondes terribles avant de comprendre que l'obscurité qui l'entourait était celle de son studio envahi par la nuit.

Elle retomba sur ses draps moites. Elle n'arrivait pas à calmer ses tremblements.

Roman se réveilla tôt. La lumière orangée dessinant l'horizon filtrait à travers les persiennes. Il se fit un café avec la petite machine à sa disposition dans le bungalow, en avala une tasse, et mit ses chaussures de course.

Leah était sur la terrasse arrière du bar lorsqu'il arriva. Elle refermait la porte avec une clé attachée à un élastique, qu'elle mit à son poignet. Il fut content de constater qu'elle prenait des précautions.

D'ailleurs, il était content de la voir, tout simplement. Chaque jour, lorsqu'il se réveillait, il remerciait le ciel que Leah soit en vie, à Thunder Key. Même si elle ne voulait pas de lui lorsqu'elle saurait tout, il apprendrait à le supporter. Le simple fait de savoir qu'elle était vivante était suffisant… enfin presque.

Il gardait constamment à l'esprit l'idée qu'elle ne voudrait peut-être plus de lui lorsqu'elle saurait qui il était.

Mais il n'allait pas abandonner la partie pour autant ! Et il allait faire en sorte que rien d'autre ne lui arrive.

Ces coups de fil l'inquiétaient. Plus il y pensait, plus les circonstances étranges qui avaient entouré sa disparition dix-huit mois plus tôt lui revenaient à l'esprit.

Et si tout était lié ? Depuis que cette idée lui était venue à l'esprit, il n'arrivait plus à s'en débarrasser.

— Bonjour !

Elle eut l'air surprise.

— Oh ! Roman. Bonjour.

Elle remarqua ses chaussures.

— J'allais justement courir.

— Vous permettez que je vous accompagne ?

La proposition ne sembla pas l'enchanter, mais elle ne protesta pas. Elle semblait épuisée. Ses yeux étaient cernés et son visage blafard.

— Comment va votre main ? lui demanda-t-il lorsqu'ils commencèrent à courir.

Il savait qu'elle avait l'habitude de longer la mer jusqu'à la ville. Elle s'arrêtait au Cuban Café avant de revenir au Shark and Fin.

— Beaucoup mieux.

— Plus de coups de fil bizarres ? Plus d'accidents ?

— Non. Je suis désolée de ce qui s'est passé hier. Je suis certaine que je vous ai fait très mauvaise impression. J'ai cassé tout ce que j'ai eu à portée de main, fait une attaque de panique, et même pleuré !

Elle avait l'air embarrassée et en colère contre elle-même.

— C'était la pire journée de ma vie ! Mais aujourd'hui, tout va mieux.

Elle accéléra.

— Vous n'êtes pas obligé de me suivre…

Bon sang, elle essayait de le semer. Et elle s'était renfermée comme une huître. Impossible de savoir ce qu'elle ressentait ou pensait.

Pour couronner le tout, elle avait l'air à bout.

— Je peux aller plus vite, dit-il en adoptant la même allure qu'elle.

Elle lui jeta un regard de côté, tout en continuant à courir.

— Vous savez, ces coups de fils étaient certainement un problème technique, reprit-elle. Ça arrive parfois aux Keys.

— Peut-être.

Qui essayait-elle de convaincre : lui, ou elle-même ?

— Je n'ai pas besoin d'un garde du corps.

— Je n'y pensais même pas, répliqua-t-il en restant à sa hauteur.

Elle s'arrêta si brusquement que Roman glissa sur le sable en se retournant. Les poings sur les hanches, elle le considérait avec colère.

— Alors, pourquoi êtes-vous ici ? demanda-t-elle d'un ton sec. J'aime courir seule.

— Je ne crois pas que ça soir sûr.

— Voilà enfin la vérité !

— Vous avez eu des appels téléphoniques étranges. Et vous ne savez pas si ce sont des problèmes techniques ou non.

Elle détourna le regard, et considéra l'océan.

— Ce n'est pas New York ici, lui répondit-elle sèchement. C'est Thunder Key, une petite île tranquille.

— Vous savez pourquoi quelqu'un pourrait vous en vouloir ?

Il attendit, mais elle ne répondit pas.

— S'il se passe quelque chose, quelque chose qui vous fait peur — n'importe quoi — vous devez me le dire.

Un oiseau effleura la surface de l'eau, et attrapa un poisson dans les vagues bleutées. La brise faisait voleter les cheveux de Leah.

— Je ne suis absolument pas obligée de le faire, répliqua-t-elle d'un air têtu.

— Je ne veux pas qu'il vous arrive quoi que ce soit, Leah. Je ne veux pas qu'on vous fasse du mal.

Il lut la confusion dans son regard.

— Pourquoi ? demanda-t-elle soudain. Pourquoi réagissez-vous ainsi ?

— Je ne supporte pas l'idée que vous soyez en danger. Je ne veux pas qu'il vous arrive autre chose. Ni maintenant, ni jamais.

— Autre chose ?

Il lui faisait peur, il s'en rendait bien compte. Et il se sentait perdu, aussi perdu qu'elle-même semblait l'être.

— Je vous connais ? interrogea-t-elle encore une fois. Quand je vous regarde…

Elle laissa sa phrase en suspens, presque incapable de poursuivre. Il entendit à peine la suite.

— J'ai l'impression que je vous connais. Et cela me donne envie de…

— De quoi ? dit-il en lui attrapant les bras. Cela vous donne envie de quoi ?

— Lâchez-moi ! cria-t-elle en essayant de se dégager.

Ce fut alors seulement qu'il remarqua l'homme caché sous le couvert des arbres, dans la mangrove qui longeait la plage. Le soleil se réfléchit sur l'objectif d'un appareil photo pointé sur eux.

Puis Roman aperçut l'arme glissée dans la ceinture de son jean.

Leah vit son regard se durcir alors qu'il fixait quelque chose par-dessus son épaule. Elle s'immobilisa, tourna la tête, et eut juste le temps d'apercevoir l'homme avant qu'il ne s'enfonce plus profondément dans la forêt et disparaisse.

Roman aurait voulu se lancer à sa poursuite, mais il

savait qu'il n'arriverait jamais à le rattraper. Il avait de l'avance, et la forêt était épaisse.

Et surtout il ne voulait pas laisser Leah seule.

— Il était dans le bar hier soir, déclara Leah.

Elle se retourna vers Roman.

— Il a pris des photos. Il m'a semblé que c'étaient des photos de moi.

— Pourquoi ? demanda Roman, qui sentit son estomac se tordre.

Il continuait à la tenir fermement.

— Je ne sais pas, murmura-t-elle en frissonnant, malgré la brise tiède du matin.

Elle avait l'air tellement épuisée qu'il avait l'impression qu'elle allait s'effondrer sur place.

— J'ai cru qu'il avait une arme, et lorsque Joe est allé lui parler, il est parti…

Elle laissa passer quelques secondes de silence avant d'ajouter :

— Il s'est passé une autre chose étrange hier. Lorsque je suis remontée chez moi en rentrant de l'hôpital des tortues, j'ai eu l'impression que quelqu'un était entré dans mon appartement…

— Vous ne m'avez rien dit ! Vous m'avez seulement parlé des appels téléphoniques.

— Je n'étais sûre de rien, chuchota-t-elle d'une voix qui déchira le cœur de Roman. Je me suis dit que je devais être un peu paranoïaque, que j'avais tout imaginé.

Il avait du mal à supporter de la voir aussi désorientée et apeurée, et ne voulait plus la laisser courir le moindre risque. Pas lorsqu'il était en mesure de l'aider.

Même si cela devait compromettre ses chances de regagner un jour son amour.

Mais il ne pouvait pas penser à cela maintenant. La vie de Leah était peut-être en danger. Quelqu'un la suivait, l'appelait, l'observait, la photographiait... Quelqu'un qui avait une arme.

Tout cela avait peut-être un lien avec le passé. Le passé dont elle ne se souvenait pas... Sa disparition étrange.

Il n'y avait plus de temps à perdre : il fallait qu'il sache la vérité.

Il chercha son regard et déclara, en priant pour qu'elle ne le haïsse pas à la fin de cette journée :

— Je veux que vous veniez à mon hôtel. Et là, il faudra que je vous parle.

Les paroles de Roman et l'expression de son visage firent monter un sentiment d'angoisse en Leah. Malgré sa fatigue elle n'eut soudain plus qu'une envie : courir. Roman lui fit rebrousser chemin jusqu'au bar. Puis ils traversèrent le petit pont, et prirent le chemin longeant la mangrove pour se rendre de l'autre côté de l'île.

Ils sortirent du couvert des arbres, sous la chaleur réconfortante du soleil. Leah avait déjà vu l'hôtel White Seas de loin, mais elle ne s'en était jamais approchée. Le bâtiment principal n'avait rien de remarquable, mais Roman le contourna pour la conduire vers les bungalows individuels qui abritaient les suites.

Ils avaient été construits dans le style des Bahamas, avec les traditionnels volets bleus. Roman la prit par la main pour la mener le long d'un petit chemin pavé. L'air était chargé du parfum des lataniers, des cerisiers des Barbades et des quenettiers.

Tout se mit à tourner autour d'elle.

« Tu sens cette odeur ? C'est celle des quenettiers. C'est délicieux, tu ne trouves pas ? » murmura-t-elle.

« Tu es délicieuse », lui répondit-il.

Il taquina ses lèvres, sa bouche pour l'embrasser…

Oh ! mon Dieu ! Elle s'arrêta brusquement et faillit tomber lorsque Roman, qui lui tenait toujours la main, continua à avancer.

— Leah…

Ses yeux noirs lui transperçaient l'âme.

— Je suis déjà venue ici, murmura-t-elle d'une voix rauque.

Elle sentit la peur, épaisse, froide, se répandre dans ses veines.

— Oui, lui dit-il.

— Je vous connais ? lui redemanda-t-elle.

Son cœur tambourinait dans sa poitrine. Elle eut l'impression qu'il ne lui répondrait jamais.

— Oui.

Elle retira brusquement sa main. Elle ne réfléchissait pas. Elle était seulement capable de ressentir et réagir. Elle s'enfuit en courant vers la plage.

Une peur panique la submergeait, lui ôtant tout contrôle d'elle-même. Elle trébuchait, mais continuait à avancer.

— Non ! Leah !

Il courait derrière elle… Et elle était bien incapable de le distancer. Surtout quand elle était dans cet état.

Mais elle ne pouvait s'empêcher d'essayer de lui échapper.

— Leah ! cria-t-il de nouveau, en la rattrapant.

Ils tombèrent ensemble sur le sable. Roman fit de son mieux pour amortir la chute et encaisser le choc, la tenant dans ses bras, forts, protecteurs.

Non, ils ne la protégeaient pas. Cet homme était dangereux. Il lui avait menti. Elle lui avait déjà demandé si elle la connaissait, et il avait répondu non. Et maintenant…

— Laissez-moi partir !

— Non, Leah.

Elle se débattait sans succès tant il la serrait fermement dans ses bras.

— Je ne peux pas te laisser.

— Pourquoi ? Qui êtes-vous ?

Dans leur corps-à-corps sur le sable, il ne lui faisait aucun mal mais il refusait obstinément de la lâcher et elle pouvait sentir leurs deux cœurs battre à un rythme infernal.

Il la fixa longuement et elle fut frappée par l'expression sauvage de ses yeux noirs. Il semblait aussi désorienté qu'elle en ce moment.

Une terreur froide et un étrange espoir s'affrontaient en elle et l'enveloppaient d'un sentiment d'irréalité tel qu'elle avait l'impression de rêver. De faire un cauchemar, plutôt.

— Je suis ton mari.

8

— C'est de la folie !

Leah le regardait, les yeux ronds, sous le choc.

— Non.

Roman ne voulait plus la lâcher de peur qu'elle ne disparaisse, qu'elle ne s'évapore sous ses yeux. Comme dans ses rêves.

— Tu t'appelles Leah. Leah Bradshaw. Tu es ma femme.

— Votre femme est morte.

Il soutint le regard torturé de Leah pendant un long moment. Il devait la convaincre que ce n'était pas un rêve, qu'il disait la vérité, qu'il n'était pas fou. Et pourtant, jamais il n'avait été si angoissé. Il était malade de peur.

— Je *croyais* que ma femme était morte. Mais tu es vivante, Leah. Tu es vivante. Je t'ai retrouvée.

— Non, murmura-t-elle d'une voix rauque.

Elle essaya de se dégager de son étreinte.

— Non !

— Leah, arrête ! Ecoute-moi.

Il continua à la tenir fermement, et elle détourna la tête.

— Je te dis la vérité.

— Non !

— Si. Regarde-moi, Leah ! Nous étions mariés. Nous

le sommes encore. Tu ne t'appelles pas Leah Wells et tu le sais. Leah Wells n'existe pas. Je ne sais pas ce qui s'est passé la nuit où tu as eu un accident, mais je te jure que je te dis la vérité !

Elle se tourna vers lui. Son regard était perdu, apeuré, et cependant il y aperçut une étincelle, lointaine et fragile, mais présente. Leah l'écoutait.

Il expliqua, tout en faisant des efforts surhumains pour ne pas aller trop vite, afin qu'elle puisse comprendre.

— J'ai perdu ma femme dans un accident de voiture. Sa voiture est tombée d'un pont, dans une rivière. Jamais on n'a retrouvé son corps… Jamais on ne *t'a* retrouvée. Ils m'ont dit que tu étais morte, noyée, emportée par le courant. Mais lorsque je suis arrivé à Thunder Key… tu étais là. C'est là que nous avions passé notre lune de miel, au White Seas. Tu sais que tu es déjà venue ici, non ?

Il sentait les tremblements de son corps. Ses yeux verts, brillants, troublés, le transperçaient. Que pouvait-il dire ? Que pouvait-il faire ? Il n'avait qu'une envie : écraser ses lèvres sur celles de Leah, et l'embrasser jusqu'à ce qu'il lui devienne impossible de ne plus se souvenir de lui. Il voulait faire reconnaître à son corps ce que son esprit avait refoulé.

Elle était si près de lui… Un souffle le séparait de ses lèvres… Il sentait son cœur battre.

— Tu sais que tu es déjà venue ici, répéta-t-il. Au fond de toi, tu le sais. Et tu sais que tu me connais. Tu as dit que tu le sentais quand tu me regardais. Nous étions amants, Leah. Mari et femme. Nous vivions ensemble. Je t'ai donné le bracelet que tu portes pendant notre voyage de noces, ici, au White Seas. Je ne suis pas fou. Il faut que tu me croies !

Elle ne se débattait plus maintenant, mais le regardait fixement. Elle était sa femme, et au fond d'elle-même elle le savait. Il n'allait pas abandonner.

— Je ne sais plus que croire, murmura-t-elle, d'une voix rauque.

— Si, tu le sais très bien. Tu sais que je te dis la vérité. Tu sens le lien qui nous unit.

Il vit l'expression de son regard changer, et il ne put s'empêcher d'aller chercher ce qu'il désirait depuis si longtemps. Il prit possession de sa bouche, et elle répondit immédiatement à son baiser. Il goûta ses lèvres, sa langue, et retrouva tout de suite toutes les sensations familières. Il se sentit vivant comme il ne l'avait jamais été au cours de ces dix-huit horribles mois. Et heureux. Pendant un moment extraordinaire, il fut heureux. Mon Dieu ! Elle l'embrassait en retour, et rien dans sa vie n'avait jamais été plus doux ni plus angoissant.

Le désir s'empara de lui. Mais, avec le peu de lucidité qui lui restait, il la sentit se raidir, et poser la main sur son torse pour le repousser.

— Non, non ! murmura-t-elle contre lui.

Elle se dégagea et se mit debout.

— Leah, attends ! cria-t-il en se relevant.

Elle se tourna vers lui. Sa silhouette fragile se découpait sur la mer. Elle le regardait d'un air terrifié.

Elle ne pouvait pas savoir le mal qu'elle lui faisait. Il voulait la toucher, l'embrasser de nouveau, la serrer dans ses bras. Il voulait tout ce qu'il ne pouvait avoir.

— Viens avec moi, dit-il, la voix cassée. Il faut que nous parlions, Leah.

Même le soleil sur son visage ne le réchauffait plus... Elle semblait si effrayée !

— Je ne peux pas. J'ai besoin de temps.

— Nous n'avons pas de temps ! Je ne sais pas ce qui s'est passé le jour où ta voiture a basculé de ce pont, Leah, mais ces appels téléphoniques, cet homme qui te regardait, qui prenait des photos... Cela pourrait avoir un lien avec le passé, avec la nuit où tu as disparu.

— C'était un accident. Le fait que la voiture tombe dans la rivière était un accident. Tu l'as dit toi-même.

Mais même lorsqu'elle prononça ces mots, il put déceler le doute et la peur dans sa voix.

— Je peux t'emmener voir des médecins qui seront à même de t'aider. Viens à New York avec moi.

Ses yeux verts lancèrent des étincelles.

— Non !

— Bien. Alors, nous n'irons pas à New York. Il y a des médecins à Miami.

— Non.

Il eut vaguement conscience que d'autres gens étaient arrivés sur la plage maintenant. Des gens de l'hôtel... qui les regardaient. Ils commençaient à attirer l'attention.

— Pourquoi pas ?

— Je ne sais plus à qui faire confiance, qui croire.

— Fais-moi confiance. Crois-moi.

— Tu m'as menti !

Roman porta la main à sa poche arrière, et en sortit son portefeuille. Il l'ouvrit, et prit l'unique photo qu'il contenait.

Il la tendit à Leah.

La petite photo lui coupa le souffle. On y voyait un homme en costume, Roman, et une femme, qui levait vers lui des yeux brillants. Elle était vêtue d'une robe de mariée. Bien que cette femme fût pour elle une étrangère, Leah sut sans l'ombre d'un doute que c'était elle.

Elle avait été son épouse. Elle avait été à côté de lui en robe de mariée, lui avait juré fidélité.

Elle était Leah Bradshaw.

Il lui disait la vérité sur ce point, au moins. Tout ce temps, il l'avait pleurée, et elle était en vie, ici, à Thunder Key !

Les choses qu'il lui avait racontées à propos de sa femme au cours des derniers jours lui revinrent à l'esprit. Elle était donc cette étrangère dont il avait parlé. Cela lui semblait impossible. Et pourtant, c'était elle qui était là, sur cette photo. Au fond d'elle, elle avait senti qu'elle le connaissait déjà.

Elle savait que tout ce qu'il lui disait était vrai... Et c'était ce qui lui faisait le plus peur !

— Tu es peut-être en danger, Leah. J'aimerais que tu partes d'ici. Si tu ne veux pas entendre parler de New York, nous irons ailleurs, jusqu'à ce que nous soyons certains que tu es en sécurité.

— Ma vie est ici.

Non. C'était tout ce qu'elle arrivait à penser. *Non.* C'était sa maison, et les dix-huit mois qui venaient de s'écouler étaient ses seuls souvenirs.

— Je refuse de partir.

Comment pouvait-elle aller où que ce soit avec cet étranger ? Tout son monde s'effondrait. Thunder Key était la seule chose à laquelle elle pouvait se raccrocher.

— Alors, reste ici avec moi, au White Seas, proposa-t-il.

— Non, répliqua Leah immédiatement, presque violemment. Je ne quitterai pas mon studio.

La douleur et le chagrin envahirent Roman. Elle était sa femme, et elle avait peur d'être avec lui. Cela lui faisait un mal de chien, mais il devait y faire face.

— Ton appartement n'est plus sûr, dit-il sombrement. Ecoute…

Il arriva à peine à croire ce qu'il s'entendit dire ensuite.

— J'ai perdu l'esprit, c'est vrai : je t'ai embrassée. Mais tu es ma *femme* ! Nous nous sommes embrassés des milliers de fois, Leah ! Je veux seulement te savoir en sécurité. Il ne faut pas que tu aies peur de moi. Je te donne ma parole : ce qui vient de se passer, ce baiser… Ça ne se reproduira plus.

Elle ne dit rien. Elle ne le croyait pas, ne lui faisait toujours pas confiance.

— Leah, je te jure que la seule fois où je t'ai menti, c'est lorsque je t'ai dit que nous ne nous connaissions pas. Il faut que nous découvrions ce qui se passe, qui te surveille, et pourquoi. Tu n'es pas en sécurité dans ton studio.

— Alors, j'irai chez Marian, suggéra-t-elle. Ou chez Shanna, ou chez Viv.

Il ne savait pas qui était Viv, mais il l'interrompit :

— Et tu les mettrais en danger ?

Elle écarquilla les yeux. Il se rendit compte qu'elle n'avait pas pensé à cela.

— Alors, tu pourrais rester dans le bar, dit-elle. Il y a un lit dans le bureau de Morrie.

— Il faut que je sois avec toi, Leah, pas dans une autre pièce, à un autre étage. Je ne veux pas que tu restes seule jusqu'à ce que nous sachions ce qui se passe. Au bar, il y a beaucoup d'allées et venues. C'est isolé. L'hôtel est plus sûr.

— Tu n'en sais rien.

Mais il y avait une lueur de doute dans son regard, ainsi que de la peur. Peur de lui ? D'elle-même ? Elle avait répondu à son baiser, qu'elle le reconnaisse ou non. Ils avaient vécu tous les deux une explosion de désir violente, presque irrésistible.

Etait-ce la véritable raison pour laquelle elle ne voulait pas rester avec lui ?

— Tu sais aussi bien que moi que le studio n'est pas sûr, reprit-il. Quelqu'un y est déjà entré, et ce n'est peut-être pas terminé. L'hôtel est surveillé en permanence. C'est la meilleure solution, Leah, et tu en as conscience.

Dans ses yeux, il lut le combat qui se jouait en elle. Elle avait l'air exténuée, fragile, et il ne voulait rien plus que la prendre dans ses bras et la protéger pour toujours.

Lentement, elle prit une inspiration, et redressa ses minces épaules.

— D'accord, déclara-t-elle. Je vais rester avec toi. Pour le moment.

Le bungalow était décoré dans ce que l'hôtel appelait le style cubain : coloré, élégant, et chaleureux. Ils passèrent devant le grand lit partiellement caché par la moustiquaire, qui rappela à Roman qu'ils avaient autrefois vécu ensemble ici, fait l'amour…

« N'y pense pas. »

— Tu as dit que nous avions passé notre lune de miel au White Seas.

La voix de Leah semblait tendue, étrange. Il pouvait sentir sa colère et sa douleur.

Son estomac se serra.

— Nous sommes restés ici une semaine. Tu as dû te

souvenir de quelque chose quand nous sommes arrivés devant le bungalow.

— Je me suis souvenue des quenettiers. De leur odeur.

Elle regarda la mer par la porte-fenêtre, puis se retourna vers lui.

— Je répondrai à toutes tes questions, promit-il. Il y a certainement des choses que tu veux savoir… Sur toi, sur nous.

Un long moment s'écoula. Elle n'était peut-être pas prête, et il était peut-être un imbécile d'espérer qu'elle le serait un jour… Mais il ne pouvait s'en empêcher.

— Combien de temps avons-nous été mariés ? finit-elle par demander.

— Six mois.

— Nous habitions à New York ?

— Oui. A Manhattan. Nous avons… Nous avions un appartement sur Central Park. Tu dessinais des vêtements. Tu travaillais dans une agence de design.

Elle passa devant lui et se dirigea vers le séjour.

— Je savais que j'aimais créer…

Elle s'arrêta devant la porte-fenêtre et se retourna vers lui.

— Je me rappelle certains détails étranges sans savoir pourquoi. Je sais que je suis une cuisinière épouvantable. Je sais que j'aime les chats, mais que j'y suis allergique.

Elle se souvenait de ces petites choses, de ces détails étranges comme elle les appelait, mais elle ne se souvenait pas de lui.

Il essaya de ne pas montrer sa douleur.

— J'ai été très étonné de voir que tu gérais un bar-restaurant ! Tu essayais toujours de cuisiner, mais tu brûlais tout. Tu pensais à autre chose, et tu oubliais le repas. Alors, tu rapportais des plats préparés.

— Tu as dit que tu avais beaucoup de regrets concernant votre mariage.

Votre mariage. Comme si ce n'était pas le sien aussi !

— Oui.

Son cœur battait lourdement, douloureusement.

— Tout ce que je t'ai dit sur notre mariage était vrai.

Elle tira une chaise et s'assit à la table. Elle y posa la photo qu'il lui avait donnée, croisa ses mains sur ses genoux et le regarda droit dans les yeux. Elle semblait effrayée, prête à craquer.

— Parle-moi de moi, dit-elle.

Il s'assit en face d'elle.

— Tu t'appelles Leah Bradshaw. Ton nom de jeune fille est Conner. Tu as vingt-sept ans. Tu es née le 13 avril. Nous nous sommes mariés le 13 août. Tu aimes le nombre 13. Tu disais qu'il te portait chance.

Il vit une lueur s'allumer dans ses yeux, puis s'éteindre.

— Leah Conner.

Elle répéta le nom comme s'il lui semblait étrange.

— Où nous sommes-nous rencontrés ?

— Dans Central Park. Tu courais souvent. Moi aussi. Après, tu t'asseyais sur un banc et tu regardais passer les calèches. Tu aimais voir les fleurs dans la crinière des chevaux. Tu adorais rester là, à les regarder. Un jour, je me suis assis à côté de toi, et nous avons commencé à parler. Nous nous sommes mariés six semaines plus tard.

Il était tombé fou amoureux d'elle dès qu'il l'avait rencontrée.

— Nous avons eu un grand mariage ?

Elle regardait la photo devant elle comme si elle

essayait de lire dans l'esprit de la femme qu'elle y voyait, la femme qu'elle avait été.

— Non. Juste ma famille et quelques amis qui travaillaient avec toi. Ton témoin était Nikki Bates. Tu habitais avec elle avant notre mariage. Vous partagiez un petit appartement à Chelsea.

Il attendit en vain une lueur de reconnaissance lorsqu'il prononça le nom de son amie.

— Et ma famille ?

— Tu m'as dit que tu n'avais pas de famille… Que tes parents étaient morts quand tu étais enfant. Tu as été élevée dans plusieurs familles d'accueil.

Elle resta silencieuse.

Il avait tellement envie de la toucher, mais il savait qu'elle ne voulait pas de contact physique avec lui. A vrai dire, il n'aurait pas pu le supporter, non plus : il n'aurait pas pu résister.

— Et avant New York, demanda-t-elle, j'habitais où ?

— Tu m'as dit que tu venais d'une petite ville de Virginie, au bord de la mer.

— J'ai d'autres photos ?

— Elles sont à New York.

Elle resta de nouveau silencieuse, en regardant fixement le cliché qu'elle tenait.

— Finissons-en, dit-elle soudain. Il faut découvrir ce qui se passe.

Finissons-en.

Bon. Ils allaient en finir.

— Alors, il faut commencer par la nuit où ta voiture a basculé dans la rivière, répondit-il en essayant de ne pas montrer à quel point elle venait de le blesser. Ça veut dire qu'il faut que tu voies un médecin, que tu le veuilles ou non, Leah. Je veux dire, si tu veux en finir.

Il vit son visage se contracter, mais elle ne protesta pas.

— Et il va falloir prévenir la police. Quelqu'un est rentré chez toi par effraction.

Elle avait l'air si fragile, mais il savait qu'elle était forte, qu'elle l'avait toujours été.

— Je ne me souviens pas de grand-chose à propos de cette nuit…, commença-t-elle. Je me souviens de l'eau. Je ne savais pas…

Elle plissa le front, et une expression de désespoir passa fugitivement sur son visage.

— Tu m'as dit que ta femme…

— Toi.

Elle sembla avaler sa salive avec difficulté.

— Tu m'as dit qu'elle avait eu un accident de voiture… Qu'elle était tombée dans une rivière.

Elle parlait comme si l'accident était arrivé à quelqu'un d'autre, pas à elle.

— Ta voiture a basculé par-dessus un pont, expliqua-t-il.

— Pourquoi ? Il y a eu un carambolage ?

Il comprit que, malgré sa réticence, elle voulait désespérément avoir des informations. Elle avait passé dix-huit mois emprisonnée dans le mystère. Il aurait aimé avoir plus de réponses pour elle.

— Aucun autre véhicule n'a été impliqué, d'après ce que j'en sais. Il n'y a eu aucun témoin. Il était tard, il faisait mauvais, et il y avait une très mauvaise visibilité cette nuit-là. Le lendemain, quelqu'un a signalé que la barrière de sécurité était écrasée, et ils ont trouvé ta voiture dans la rivière. Aucune trace de toi. Ils ont fini par me convaincre que tu avais été emportée par le courant… que tu étais morte.

Elle ne répondit rien, et il ressentit encore le besoin terrible de la toucher. Mais cela aurait été une erreur.

— J'allais où ?

« Tu allais me quitter. Tu avais des formulaires de divorce. »

— Je ne sais pas où tu allais… Dis-moi quel est ton premier souvenir net et précis.

— Je courais. Je courais au bord de l'autoroute. J'étais trempée, mais il pleuvait. Je ne crois pas que je me souvenais avoir été dans la rivière. Mais plus tard…

— Que s'est-il passé plus tard ?

— J'ai commencé à avoir des cauchemars.

Il voulait en savoir plus sur ses cauchemars, mais elle se mit à frissonner. Elle avait les mains posées sur la table maintenant, et elle crispait tellement les doigts de sa main non bandée que ses jointures blanchissaient.

— Tu m'as dit que tu étais venue à Thunder Key en bus, suggéra-t-il.

— Pas tout le chemin. J'ai été prise en stop par un routier.

Elle avait fait de l'auto-stop. Il eut soudain conscience de tous les dangers qu'elle avait courus : elle s'était dégagée comme elle l'avait pu de la carcasse de la voiture, en état d'amnésie, et était montée dans un camion avec un étranger.

Il fallait qu'il réfléchisse, qu'il reste concentré.

— Tu t'es souvenue de ton nom, et de Thunder Key, reprit-il.

— J'ai su que je m'appelais Leah à cause du bracelet. C'est tout. Je ne me rappelais pas mon nom de famille.

— D'où vient Wells ?

— D'un panneau indicateur. Quant à Thunder Key… Je savais seulement que c'était là que je voulais aller.

Elle se frotta les tempes comme si elle avait mal à la tête.

— Cette nuit… C'était comme un cauchemar. Juste un autre cauchemar. Quelquefois, j'ai du mal à démêler le rêve de la réalité. Je me souviens de la pluie, et d'avoir eu très peur.

— Je sais que c'est difficile, Leah, mais il faut que tu me parles de tes cauchemars. Peut-être qu'ensemble, nous pouvons en tirer quelque chose.

— Tu crois que je n'ai jamais essayé ? répliqua-t-elle, et sa voix se brisa. Au début, je ne pouvais pas m'empêcher d'essayer de les comprendre, parce qu'ils revenaient si souvent !

Elle s'arrêta, reprit son souffle. Il entendait la tension dans sa voix.

— Puis j'ai appris à les refouler. Je n'avais pas le choix : il fallait que je contrôle ces attaques de panique, et le seul moyen était d'arrêter de se souvenir.

Elle se leva brusquement et alla vers la fenêtre. Instinctivement il se mit debout, avec le désir d'aller auprès d'elle, de la prendre dans ses bras et de la réconforter. Mais il se contint et s'arrêta au milieu de la pièce, regardant sa silhouette qui se détachait sur le paysage.

— Tu te rends compte que tu as peut-être tort, totalement tort, à propos de tout ? demanda-t-elle, si doucement qu'il l'entendit à peine.

Elle se retourna.

— Surtout en ce qui me concerne, poursuivit-elle.

Roman sentit des fourmillements lui parcourir la peau tandis qu'elle continuait :

— Tu ne t'es jamais dit que je n'étais peut-être pas en danger ? Que si quelqu'un a fouillé mon appartement, me suit et me photographie, ce n'est peut-être pas parce qu'*il me veut* du mal, mais parce que *j'ai fait* du mal ?

— Tu plaisantes ! répliqua-t-il immédiatement, ne comprenant toujours pas où elle voulait en venir. Tu donnais à manger aux chiens abandonnés, tu étais bénévole dans une soupe populaire, et tu n'arrêtais pas d'envoyer de l'argent pour les enfants du tiers-monde ! Un jour, tu m'as dit que nous pouvions nous permettre d'aider tout un village, et c'est ce que nous avons fait. Tu t'es même inscrite sur le fichier des donneurs de moelle osseuse au cas où tu puisses sauver une vie !

Il ne put résister plus longtemps. S'avançant vers elle, il la prit par les bras.

— La femme que je connaissais n'aurait jamais fait de mal à quiconque !

Elle tourna vers lui son regard torturé.

— Alors, peut-être que tu auras aussi peur que moi de la vérité…, murmura-t-elle. Parce que, si j'en crois mes rêves, j'ai tué quelqu'un.

9

Roman secoua la tête en regardant Leah d'un air incrédule.

— C'est de la folie ! chuchota-t-il.

— C'est ce que je ne cesse de me répéter, murmura-t-elle en détournant le regard. Je pense que j'ai fait quelque chose de mal, Roman, quelque chose de terrible. Si tu veux fouiller le passé, alors il vaudrait mieux que tu sois prêt à cette éventualité. Dans mes rêves, je suis à côté du cadavre d'un homme... Et je tiens une arme.

Roman ne la croyait pas, c'était manifeste, songea Leah. Elle ne savait pas comment réussir à le convaincre.

— C'est impossible, répliqua-t-il.

— Pourquoi ? J'allais bien quelque part cette nuit-là. Pourquoi mon mari ne savait-il pas où, ni ce que j'allais y faire ? lui fit-elle remarquer. Je devais avoir des secrets.

— Pas ce genre de secrets. La femme que je connaissais n'aurait pas fait de mal à une mouche.

— Dans mes cauchemars, j'entends une voix. Et hier, lorsque j'ai décroché le téléphone dans le bureau de Morrie, c'est la même voix que j'ai entendue.

Il gardait les yeux fixés sur elle.

— C'est pour ça que tu as lâché le combiné et que tu as eu cette crise de panique.

Maintenant encore, elle avait l'impression d'étouffer. Elle se força à respirer calmement.

— Dis-moi ce que tu as entendu, poursuivit-il.

— Quelqu'un disait : « Je sais qui tu es. Je sais ce que tu as fait. »

— Ça ne veut pas dire que tu as tué quelqu'un !

Elle poussa un soupir amer et s'éloigna de lui.

— Tu voulais découvrir la vérité, eh bien, vas-y !

Il s'approcha d'elle, franchissant l'espace qu'elle cherchait désespérément à installer entre eux. Le vaste bungalow sembla se rétrécir autour d'elle.

— Ça fait beaucoup de questions sans réponses, remarqua-t-il d'un air sombre. Mais tu ne peux pas continuer à vivre ainsi, en te disant que tu as peut-être commis un meurtre. Il faut découvrir la vérité.

Leah avala péniblement sa salive. Roman semblait croire que, s'ils enquêtaient sur son passé, elle serait innocentée. Et elle comprit soudain, avec la clarté de l'évidence, qu'elle ne voulait pas décevoir cet homme. Mais elle avait pourtant l'horrible certitude que c'était ce qui allait se passer…

Il s'éloigna, prit le combiné posé sur la table de nuit, et composa un numéro. Elle s'assit de nouveau, ses jambes refusant soudain de la porter.

— Mark, demanda-t-il d'un ton sec, très direct.

C'était comme si elle entrevoyait celui qu'il pouvait être dans sa vie professionnelle à New York : Roman, l'homme d'affaires. La sensation était vaguement familière et la troubla.

— J'ai besoin de ton aide, poursuivit-il. Tu pourrais me recommander un médecin à Miami ? Un psychiatre ?

Il tournait maintenant le dos à Leah.

— Je ne peux pas en parler. Et encore une fois, je t'en prie, ne dis rien à Gen ni à quiconque. Je compte sur toi, Mark.

Mark. Ce prénom ne disait rien à Leah.

Roman raccrocha.

— Qui est Mark ? demanda-t-elle.

— Mon beau-frère. Il est médecin. Il a épousé ma sœur, Gen. Genevieve.

Elle se rappela soudain avec un choc ce que Morrie lui avait raconté sur la famille Bradshaw. Comment avait-elle pu s'y faire une place ?

— Ils savent… Sur moi… que tu m'as retrouvée ?

— Mark est au courant, mais il pense que j'ai perdu l'esprit.

Il parlait d'une voix sèche.

— Il pense probablement que le psychiatre devrait être pour moi. Toute ma famille est convaincue que je suis devenu fou depuis que j'ai quitté New York.

— Ça ne te contrarie pas ?

Il eut un bref sourire qui lui rappela à quel point il pouvait être dangereusement sexy.

— Je ne me soucie plus de l'opinion des autres, Leah.

Il s'approcha d'elle dans la douce lumière du bungalow. Et elle sentit les battements de son cœur s'accélérer.

— Mark va me rappeler pour me donner des coordonnées, c'est tout ce qui compte. Je veux être certain que tu voies quelqu'un de compétent.

Leah resta assise pendant un long moment, complètement abasourdie. C'était comme si tout son monde avait été détruit. Elle ne savait plus quoi penser, quoi faire. Elle avait trop de choses à digérer.

Elle avait besoin de se ressaisir, et elle ne pouvait pas le faire ici.

— Il faut que j'aille travailler, annonça-t-elle après un long moment.

Elle voulait surtout ne plus être seule avec Roman.

— Il va bientôt falloir ouvrir le bar. Ce n'est pas parce que je vais habiter ici que je ne dois pas travailler. J'ai besoin de m'occuper l'esprit.

L'acquiescement de Roman lui procura un immense soulagement. La discussion était close pour le moment. Mais lorsque la journée serait finie, il lui faudrait revenir dans ce bungalow où elle serait seule avec cet homme qu'elle ne connaissait pas, mais qu'elle désirait de tout son être.

Et ensuite, que se passerait-il ?

De retour au Shark and Fin, Roman appela la police de Thunder Key pour s'entendre dire que s'introduire dans un lieu par effraction ne constituait pas une urgence s'il n'y avait pas eu de vol, mais qu'ils allaient envoyer un agent dès que possible. Malheureusement, ce ne serait pas avant le lendemain.

Si Roman avait eu son interlocutrice en face de lui, il l'aurait volontiers étranglée.

— Mais j'ai l'impression que quelqu'un la surveille, l'épie en permanence, insista-t-il.

— Presque tous nos policiers ont été réquisitionnés pour faire une fouille à Coral Key, expliqua la femme. Nous ne pouvons nous occuper que des urgences pour le moment.

Il s'assit au bureau de Morrie. *Je sais qui tu es. Je sais ce que tu as fait.*

Il n'arrivait pas à croire que Leah ait pu tuer quelqu'un. Mais elle, pourtant, en était convaincue.

« Que sais-tu de cette fille ? » lui avaient fait remarquer ses parents lorsqu'il leur avait annoncé son mariage inopiné. « Elle n'est pas des nôtres. Elle n'est pas assez bien pour toi. »

Ils n'avaient cessé de le mettre en garde. Walter et Barbara Bradshaw avaient de grands projets pour leur fils unique. Ils avaient même secrètement espéré une carrière politique. Leah, avec ses origines modestes et son tempérament d'artiste, ne correspondait pas à l'image qu'ils s'étaient faite de la femme de leur fils. Ils avaient même évoqué l'idée de faire des recherches sur le passé de Leah, et Roman avait dû s'y opposer formellement.

Il décrocha le téléphone et composa le numéro de Bradshaw Securities.

— Je voudrais parler à Walter Bradshaw, demanda-t-il à la secrétaire. Dites-lui que c'est de la part de Roman.

Son père prit la communication quelques instants plus tard.

— Roman, où es-tu ?

— Toujours à Thunder Key. Ecoute, poursuivit Roman avant que son père ne puisse commencer à énumérer toutes les raisons pour lesquelles il devait rentrer à New York, je voudrais savoir si tu avais fait faire des recherches sur Leah.

— Pardon ?

— Lorsque nous nous sommes mariés… Tu voulais enquêter sur Leah.

— Tu y as mis ton veto, tu t'en souviens, non ?

— Et ça t'a arrêté ? demanda Roman.

Il y eut un silence dans l'appareil.

— Ecoute, j'ai une réunion.

— Ça t'a arrêté ?

Il sentait la tension à l'autre bout de la ligne de téléphone.

— Si tu as trouvé quelque chose sur Leah, n'importe quoi, il faut que tu me le dises !

— Elle est morte. Ça n'a plus d'importance.

Au moins, maintenant, il savait que Mark avait respecté sa promesse, et n'avait pas parlé de Leah à sa famille.

— Si, c'est important. J'ai besoin de le savoir.

— Nous avons fait faire des recherches… Et nous n'avons rien trouvé.

Roman eut soudain l'impression que l'air lui manquait. Il aurait dû savoir, tout ce temps, que ses parents n'avaient pas abandonné leur idée, malgré les assurances qu'ils lui avaient données du contraire. Mais, ironiquement, c'était exactement ce qu'il voulait entendre.

— Roman, que se passe-t-il ? Nous nous faisons du souci pour toi !

— Je vais bien. Arrêtez de vous inquiéter.

Roman prit congé et raccrocha le téléphone, commençant à passer en revue diverses possibilités. Leah était convaincue que son passé recelait quelque chose de terrible… Mais peut-être ses rêves n'étaient-ils rien de plus que d'horribles cauchemars, dus, entre autres, aux crimes épouvantables dont les informations se faisaient l'écho chaque jour.

L'idée ne le fit pas se sentir mieux : quoi qu'il en soit, Leah était en danger.

Leah rangea quelques affaires dans un petit sac. Roman l'attendait à la porte et elle sentait sur elle le poids de son regard. Elle ne pouvait s'empêcher de remarquer la manière dont son jean et son T-shirt épousaient ses larges épaules et ses hanches minces.

Ils sortirent dans la nuit étoilée et montèrent dans la voiture de location de Roman. Après avoir déposé son sac dans le coffre, il démarra, alluma les feux, et s'engagea sur la route étroite conduisant à l'hôtel.

Ayant baissé un petit peu sa vitre, Leah s'enfonça dans son siège et inspira l'air frais de la nuit, en essayant de ne pas remarquer à quel point elle se sentait étrangement à l'aise à côté de Roman.

— Tout cela est peut-être totalement inutile, déclara-t-elle. Nous n'avons pas revu cet homme. Sa présence n'a peut-être aucun rapport avec mon passé... Et le coup de fil d'hier était peut-être une mauvaise plaisanterie.

Elle essayait de se convaincre, mais frissonna malgré la tiédeur de la nuit.

— J'ai eu peur chaque fois que le téléphone sonnait hier, poursuivit-elle. Peut-être que je n'ai pas entendu ces mots. Peut-être...

Elle détourna la tête et plongea le regard dans les ombres de la nuit.

— Peut-être que je les ai imaginés.

— Il faut en être certain, répondit Roman en s'arrêtant à un stop.

Il tendit la main et lui prit le menton avec douceur, la forçant à tourner la tête vers lui. La douce chaleur de ses doigts apaisa Leah.

En cet instant, dans la pénombre de la voiture, ils auraient pu être les seuls êtres humains sur la planète.

— Je sais que tu as peur, reprit-il, mais tu n'as rien à craindre de moi.

Il y eut une longue pause durant laquelle il ne la quitta pas des yeux.

— Tu as peur de moi, Leah ?

La réponse à sa question lui était inaccessible, perdue dans ses souvenirs oubliés et sa confusion présente. Elle ne savait que dire.

— Je déteste que tu joues au baby-sitter, réussit-elle enfin à articuler, évitant ainsi de répondre directement.

Il la regarda pendant un long moment, et quelque chose dans son regard la fit tressaillir au plus profond d'elle-même.

— Crois-moi, répliqua-t-il, je n'éprouve pas pour toi les sentiments d'un baby-sitter.

Elle crut voir fugitivement dans son regard les mêmes émotions qui se mêlaient en elle : la douleur, la solitude, le désir…

Il reporta son attention sur la route et elle s'enveloppa dans ses bras.

— La salle de bains est là, déclara-t-il avec un geste de la main lorsqu'ils entrèrent dans le bungalow du White Seas. Fais comme chez toi.

Elle referma la porte, heureuse d'être seule. La pièce était luxueuse, avec une baignoire en marbre et une immense douche séparée. Avaient-ils partagé cette douche, cette baignoire, lors de leur lune de miel ?

Ils avaient été mariés. Il avait souffert lorsqu'il l'avait cru morte. Mais que ressentait-il pour elle maintenant ? Il ne lui avait pas dit qu'il l'aimait, et à part cet unique baiser, il l'avait à peine touchée.

Elle repoussa ces pensées, posa son sac sur le sol de la salle de bains et fit couler l'eau dans le lavabo. Qu'avait-elle fait ? Où se rendait-elle cette nuit où elle avait disparu ? Elle s'aspergea le visage d'eau froide. Toutes ces questions la hantaient. Elle voulait les faire taire, mais elles lui revenaient sans cesse à l'esprit.

Sa main blessée la brûla légèrement sous le bandage, et elle se souvint qu'elle devait prendre ses antibiotiques. Elle n'avait pas touché aux antalgiques.

Elle avait apporté un pyjama — un pantalon et un haut boutonné en tissu léger. Mais même avec ces vêtements si sages elle avait honte de sortir de la salle de bains. La situation était indéniablement intime et étrange.

Roman était assis à la table du bungalow, avec à la main un verre contenant un liquide jaune pâle. Ses longues jambes étaient étendues devant lui.

— Un peu de vin ? proposa-t-il.

Elle acquiesça, toujours sur le pas de la porte de la salle de bains. Le bungalow était plongé dans l'ombre, et seule une lampe éclairait la grande pièce d'un long rai de lumière.

Roman avait déjà posé un autre verre sur la table, et il lui versa du vin. Dans le silence du bungalow, le bruit du liquide qui coulait emplit l'espace. Elle s'assit en face de lui, tendit la main, et leurs doigts se frôlèrent lorsqu'il lui donna le verre. Elle sentit son parfum, inquiétant et réconfortant à la fois.

Une vague de désir se propagea en elle. Sa vie était peut-être en danger, et pourtant elle avait une conscience aiguë de cet homme. *Tu sens le lien qui nous unit ?* Oui, bien sûr elle le sentait.

Et c'était presque insupportable.

Roman prit une autre gorgée de vin, en la fixant du regard. Elle sentait son cœur battre sauvagement dans sa poitrine. Comment allait-elle réussir à passer la nuit dans la même chambre que lui, alors que tout son corps ressentait déjà si douloureusement cette simple proximité ?

Il fallait qu'elle empêche les choses d'aller trop loin, sinon, elle ne savait pas comment elle allait parvenir à garder les idées claires. Le lit, derrière elle, l'attirait dangereusement, presque comme si, doté d'une vie propre, il l'appelait.

Quelqu'un frappa à la porte, et Leah sursauta, renversant quelques gouttes de vin sur la surface vernie de la table. Elle prit une serviette en papier et les essuya.

— C'est le room service, expliqua Roman. J'ai commandé le dîner. Je sais que tu n'as rien mangé de la journée.

— Je suis un peu nerveuse. Je te jure que d'habitude je ne suis pas si maladroite.

— Je le sais.

Le regard de Roman la faisait se sentir encore plus nerveuse. Oui, il le savait. Il savait encore mieux qu'elle qui elle était, n'est-ce pas ?

Il se dirigea vers la porte. Un homme portant un uniforme entra avec un plateau chargé de plats.

— Posez-le sur la table.

Lorsque Roman eut raccompagné le serveur et refermé la porte à clé, il expliqua :

— Je suis désolé. Je n'ai pas attendu que tu aies fini de te doucher pour commander, mais je me suis dit que tu devais avoir faim. J'ai choisi tes plats préférés.

Leah avala péniblement sa salive. Il savait ce qu'elle préférait.

Pour se donner une contenance, elle prit une autre gorgée de vin.

Il souleva les cloches qui recouvraient les assiettes et découvrit des brochettes de crevettes avec des légumes cuits à la vapeur et du riz. L'odeur appétissante qui s'en éleva lui mit immédiatement l'eau à la bouche. Il avait raison : elle n'avait rien avalé de la journée, tant elle avait la gorge nouée.

C'était toujours le cas, mais elle avait faim et manger valait mieux que de rester ici à se demander quel sujet de conversation elle pouvait bien aborder avec un étranger, qui avait été son amant.

Elle prit une fourchette, fit glisser une crevette le long de la brochette, et la porta à sa bouche.

— Nous allons commencer par passer en revue tes journées à Thunder Key, commença Roman.

— Je ne pense pas que quiconque à Thunder Key ait envie de me faire du mal, répliqua-t-elle automatiquement.

— Rien ne nous permet de l'affirmer. Même s'il semblerait que ce qui se passe ait un lien avec ton passé, nous pouvons nous tromper. Il faut que nous mettions hors de cause tous les habitants de l'île, qu'il s'agisse d'étrangers ou d'amis.

— Tu n'es pas policier.

Il eut l'air agacé.

— Pour le moment, nous n'avons pas reçu grande aide de la police ! Je sais que cela peut paraître exagéré, poursuivit-il, mais je veux une liste de toutes les personnes que tu as rencontrées depuis que tu es ici.

Roman prit des notes sous sa dictée. Elle avait peu d'amis proches : Joey, Viv, Marin, Morrie. Elle connaissait beaucoup d'habitants de la petite île, cependant, grâce à son travail au Shark and Fin.

— Tu cours tous les matins, ajouta-t-il. Une fois par semaine tu tiens une permanence dans la boutique du Village des contrebandiers. Tu vas au Cuban Café, à la bibliothèque, à l'épicerie… J'oublie quelque chose ? Tu vas également dans d'autres îles ?

Leah avala sa salive.

— Comment sais-tu tout cela ? Tu m'as espionnée ?

— Je n'arrivais pas à croire que c'était toi, admit-il. Je t'ai regardée pendant des jours avant d'oser te parler. J'avais peur…

Il demeura un instant silencieux.

— J'avais peur que tu disparaisses, comme dans mes rêves.

Il avait rêvé d'elle. Il avait rêvé qu'il la perdait. C'était horrible et elle ne savait pas quoi dire. Elle savait seulement qu'ils souffraient tous les deux.

Elle répondit à sa question :

— Je vais parfois dans un atelier de tissus de Key West.

Elle le lui nomma.

— Que sais-tu de Morrie ?

Leah hésita. Morrie avait fait preuve de tant de gentillesse à son égard qu'elle avait quelques réticences à évoquer son passé de criminel.

— Il faut que je sache la vérité, Leah.

— Morrie a fait de la prison, admit-elle à contrecœur. Mais il a été formidable avec moi.

— De la prison pour quoi ?

— Je ne connais pas les détails. C'est de l'histoire ancienne. Il essaie de renouer avec sa famille maintenant. C'est pour ça qu'il veut vendre le Shark and Fin : pour aller au Nouveau-Mexique.

— Et les autres employés du bar ? Il y a quelqu'un qui pourrait t'en vouloir ?

— Je ne pense pas. J'ai renvoyé une fille juste après le départ de Morrie. Elle était absente une fois sur deux. Morrie avait été d'une patience angélique avec elle et m'avait autorisée à la licencier si les problèmes persistaient. Il m'a été très difficile de le faire, mais il nous fallait quelqu'un de fiable. Aucune des personnes que j'ai rencontrées à Thunder Key n'a dit ou fait quelque chose qui puisse me laisser penser que je les connaissais dans le passé, à part…

Roman la regarda dans les yeux en demandant :

— A part qui ?

— A part toi, dit-elle doucement.

Une sensation bizarre lui chatouilla l'estomac, et elle baissa le regard vers son assiette.

— Je suis heureux de l'entendre, Leah.

Sa voix rauque était emplie de bonté, de tendresse, et cela faillit faire plier sa volonté de résister à son attirance. Elle leva les yeux, et regarda, captivée, ses lèvres prononcer son nom.

— Je veux que tu te souviennes de moi.

— Il ne faut surtout pas que j'oublie que tu t'es mal conduit avec moi, ironisa-t-elle, cherchant à mettre de la distance entre eux.

Elle vit une ombre passer dans son regard. Si durs que les derniers mois aient été pour elle, ils n'avaient pas dû être faciles pour lui non plus.

— Je suis désolée, reprit-elle. Tu ne méritais pas cela.

Maintenant, elle se sentait mal. Il ne lui posa plus de questions. Ils finirent leur repas puis allèrent se brosser les dents chacun à leur tour, une routine étrangement intime avec un homme qui était un inconnu pour elle. Lorsqu'elle sortit de la salle de bains, elle vit que Roman avait mis en marche le home cinéma du bungalow. Il avait éteint la lumière, et seule la lueur de l'écran éclairait la pièce. Leah s'assit sur le sol au pied du lit, là où Roman avait empilé des oreillers.

Elle replia ses jambes et les entoura de ses bras, s'adossant aux coussins. Roman zappa sur quelques chaînes, et finit par s'arrêter sur un vieux film en noir et blanc. Il s'assit à côté d'elle sur le sol, laissant entre eux deux une distance respectable, mais trop petite au goût de Leah.

Elle se rendit compte qu'il la regardait, au lieu de fixer l'écran. Elle tourna les yeux vers lui, irrésistiblement attirée par son regard si intense.

— Tu te souviens que tu aimais ce genre de film ? demanda-t-il.

Elle cligna des yeux.

— Tu es sérieux ? Les extraterrestres ont l'air d'être emballés dans du papier alu, et on jurerait que c'est un enfant de cinq ans qui a imaginé les effets spéciaux. Es-tu en train de me dire que j'avais des goûts cinématographiques extrêmement douteux ?

Roman éclata de rire, creusant les deux fossettes qui faisaient battre le cœur de Leah plus vite.

— Tu aimais les vieux films, surtout ceux de science-fiction, lui dit-il. Plus ils étaient mauvais, plus tu étais contente. Et tu voulais toujours que je les regarde avec toi…

— Peut-être était-ce ma façon de te punir d'être un poison, repartit-elle d'un ton ironique, pour éviter que la conversation ne devienne trop sérieuse.

— Les vieux films te faisaient rire. Tu aimais rire.

La façon dont il prononça ces mots, d'un ton si tendre, si romantique, lui coupa presque le souffle. Il lui était de plus en plus difficile de penser à lui comme à un étranger, comme quelqu'un à qui elle n'osait pas encore accorder toute sa confiance.

— Je détestais ces films, poursuivit-il avec douceur.

— Alors pourquoi les regardais-tu avec moi ?

Il resta silencieux un moment. La lumière de l'écran éclairait ses traits sculptés d'une lumière vacillante.

— J'aimais te regarder rire.

Elle se sentit fondre et elle sut qu'elle n'arriverait pas à contrôler le cours des choses si la conversation continuait ainsi.

— Je suis fatiguée, déclara-t-elle soudain. J'ai à peine dormi la nuit dernière. Je crois que je ferais mieux d'aller au lit.

Il la regarda.

— D'accord, Leah.

Il prit la télécommande et éteignit la télévision. Lorsque ses yeux se furent accommodés à l'obscurité, elle se rendit compte que Roman se dirigeait vers un canapé dans un coin. Il avait pris quelques coussins sur le sol.

— Non !

Prise de panique à l'idée de se coucher dans ce lit, elle fut presque tentée de lui dire de remettre le film, mais ce n'était pas une bonne idée non plus.

— Laisse-moi le canapé. C'est ta chambre.

— Tu as besoin d'une bonne nuit de sommeil, rétorqua-t-il.

Elle n'avait d'autre choix que se glisser dans ce lit immense, entouré de rideaux, presque certaine qu'elle allait mettre une éternité à s'endormir. Elle ferma les yeux et essaya de ne pas remarquer que les draps propres et frais étaient légèrement imprégnés de cette odeur musquée, masculine qui était indéniablement celle de Roman.

Mais son corps, lui, le ressentait presque douloureusement et, dans le silence, elle aurait presque juré qu'elle entendait battre le cœur de Roman. Elle ne sut pas combien de temps elle mit à s'endormir. Elle sut seulement qu'à un moment elle dériva vers un endroit qui lui était aussi familier qu'étranger.

Elle dansait dans un appartement, riait, tombait sur les genoux d'un homme qui grogna et l'embrassa, lui plaquant le dos contre le canapé. Il se mit à califourchon sur elle, lui suça le lobe de l'oreille, lui embrassa le cou, la cajola, la caressa. Ils arrachèrent leurs vêtements, poussés par la passion et le désir.

Elle leva les yeux vers l'homme sans visage qu'elle avait embrassé si souvent dans ses rêves, et ses traits s'éclaircirent, et devinrent enfin nets pour la première fois. C'était Roman qu'elle tenait, Roman qu'elle embrassait.

Puis Roman disparut, et un homme en blouse blanche surgit. Elle était sur un trottoir, cernée d'immeubles, et elle courait, elle courait, et chaque fois qu'elle regardait en arrière, l'homme en blouse blanche était là. Terrifiée, elle trébucha sur une fissure du trottoir, et tomba. Le seul bruit qu'elle entendit fut le martèlement du pas de son poursuivant, toujours plus proche.

Leah se redressa dans son lit. La pièce était plongée dans l'ombre. Elle ne sut pas combien de temps s'écoula avant qu'elle ne se rendît compte qu'elle hurlait.

10

— Leah !

Roman essaya de maîtriser les gestes frénétiques de Leah en lui plaquant les bras sur l'oreiller. Elle le frappa encore une fois au visage avant qu'il ne réussisse à la retenir. Si demain il n'avait pas un magnifique cocard, il pourrait s'estimer heureux !

Mais maintenant elle lui donnait des coups de pied, et se débattait sous le mince drap. La couverture était déjà tombée à terre.

Il la lâcha d'une main pour immobiliser son visage, qu'elle tournait frénétiquement de part et d'autre.

— Leah, c'est moi, Roman ! N'aie pas peur. Tu n'es pas seule. Tu es en sécurité. Tu es avec moi.

Il voyait ses yeux emplis d'épouvante briller dans l'ombre. Un long moment s'écoula. Il bougea un peu pour relâcher sa pression et s'asseoir à côté d'elle, mais elle dut penser qu'il allait la laisser car elle lui agrippa les épaules et l'attira vers elle. Elle s'accrochait désespérément à lui.

— Je voulais seulement…,, commença-t-il d'une voix rauque.

Il prit une inspiration, essayant de retrouver le contrôle de lui-même.

— Je reste là près de toi.

Il s'allongea à côté d'elle. A travers la faible épaisseur du drap, il sentait le moindre de ses frémissements, le moindre de ses mouvements. Sa peau était chaude et moite, mais elle frissonnait dans ses bras.

La tenir ainsi contre lui était une torture à peine supportable, et il se rendit compte qu'il tremblait tout autant qu'elle. Il l'attira plus près, et il sentit ses épaules, ses cheveux, son visage contre lui.

— Tu étais dans mon rêve, dit-elle soudain.

— Je suis là maintenant, répondit-il. Et personne ne te fera plus jamais mal.

— Je veux que ces cauchemars s'arrêtent ! Je ne peux plus les supporter.

Jamais il ne s'était senti aussi désarmé de sa vie. Il aurait tant voulu pouvoir lui dire qu'il allait les faire disparaître, qu'il allait la tenir longtemps, longtemps, pour les dissiper à jamais.

Mais c'était impossible et ils le savaient tous les deux. Alors il se contenta de la serrer dans ses bras sans rien dire. Il sentait l'humidité de ses larmes sur ses épaules. Son parfum lui emplissait la tête, comme une douce torture.

Et dire qu'il avait déjà trouvé difficile de dormir si près d'elle !

— Tu étais la seule chose agréable de mon rêve, murmura-t-elle d'une voix éteinte.

Mon Dieu ! Cela lui faisait mal de la voir ainsi. Elle leva le visage vers lui, et il vit ses doux yeux briller de chagrin et de désespoir. Il ne savait pas quoi dire, quoi faire. Puis elle prononça des mots que, sans doute, songea-t-il, elle n'aurait jamais pu dire si elle n'avait été dans un tel état de détresse, enveloppée par les ombres de la nuit.

— Ne me laisse pas seule.

La douleur qu'il y avait dans sa voix le prit à la gorge.

— Non, je ne te laisserai pas, lui promit-il.

Elle bougea légèrement pour lui glisser les bras autour du cou. Il sentit ses muscles se raidir de désir. Il était uni à cette femme adorée, perdue et miraculeusement retrouvée, comme il n'avait jamais été lié à personne. Elle était la seule personne avec laquelle il se sentait vivant, la seule qui l'ait fait sortir du monde froid et stérile des affaires. Mais elle était une autre aujourd'hui, elle n'était plus ce rayon de soleil qui avait éclairé sa vie autrefois. Elle avait ses secrets, il avait le sien, et s'il avait un brin de jugeote, il ferait attention. Il sortirait de ce lit avant qu'il ne fasse quelque chose qu'ils regretteraient peut-être tous les deux dans la lumière du jour.

Mais il ne possédait pas assez de sagesse ce soir.

— Je vais rester avec toi toute la nuit, murmura-t-il... Si c'est ce que tu veux.

Il lui caressa la joue, et elle se laissa aller, fermant les yeux.

— Je veux..., dit-elle, puis elle s'arrêta.

— Que veux-tu, Leah ?

Elle ouvrit les yeux et il aurait juré pouvoir y lire cette même conscience qu'ils étaient unis l'un à l'autre à jamais. C'était un lien intuitif, subliminal qui allait au-delà des souvenirs... C'était dans le contact de leurs peaux, de leurs mains, de leurs regards.

— Je veux savoir ce que c'était d'être ta femme, chuchota-t-elle doucement.

Ses mots déferlèrent sur le cœur de Roman comme un raz de marée de bonheur.

— Pour une nuit seulement. Même si c'est tout ce que nous avons, reprit-elle. Je veux la seule bonne chose à laquelle j'ai rêvé… Le rêve que j'ai fait de toi.

Il avait l'impression de se noyer dans ses paroles.

— Et à quoi as-tu rêvé ?

Leurs visages n'étaient qu'à quelques centimètres. Il sentait le cœur de Leah battre aussi violemment que le sien.

— J'ai rêvé que nous faisions l'amour.

Roman ne trouva aucun mot pour lui répondre. Elle était tout ce qu'il voulait, et elle s'offrait à lui. Des sentiments violents — la culpabilité, le désir, la douleur — se mêlèrent, et menacèrent de lui faire perdre tout contrôle de lui-même.

— Il faut que je sache qu'une chose dans mon esprit, dans mon cœur, est vraie, et que c'est quelque chose de beau, reprit-elle. Fais-moi l'amour. Montre-moi que c'est vrai.

— Leah, commença-t-il, bouleversé. Bien sûr que c'est vrai !

Mon Dieu, c'était tout ce qu'il avait rêvé de l'entendre dire, mais c'était si dangereux ! Ce qui lui restait de raison lui soufflait qu'il n'était pas trop tard pour mettre un terme à tout cela. Il ne pourrait supporter que demain, lorsqu'elle se réveillerait, elle regrette ce qu'elle lui avait dit ce soir.

Elle s'accrochait à lui, et il ne savait pas si elle s'agrippait à un rêve ou à un homme. Mais il était trop tard. Beaucoup trop tard pour tout arrêter…

Demain était si loin de ce lit noyé dans l'ombre.

Il était de nouveau avec sa femme… Pour une nuit. Et même si ce qu'elle recherchait était un rêve, un réconfort pour sa douleur et sa peur, c'était lui qu'elle tenait dans ses bras. Et il était incapable de lui résister.

Alors, il l'embrassa avec toute la passion qui était en lui depuis dix-huit mois. Elle lui rendit son baiser, et il goûta la saveur salée de ses larmes sur ses lèvres. Il lui embrassa le visage, le cou, tout en promenant ses mains sur son corps, et pendant tout ce temps elle le tenait serré contre elle. Il ne pouvait se rassasier d'elle, et aurait voulu que cette nuit ne finisse jamais.

— Je veux me souvenir de toi, murmura-t-elle contre ses lèvres. Aide-moi…

Son cœur se gonfla et les larmes picotèrent ses yeux. Il l'embrassa avec une fougue renouvelée alors que ses mains refaisaient connaissance avec son corps. Puis elle poussa un doux gémissement et il ne sut qu'il ne pourrait plus se contrôler longtemps. Tout ce qui existait était le corps mince qu'il serrait dans ses bras. Il n'avait plus de passé, de futur, seulement Leah, ici et maintenant, dans ses bras.

Elle lui caressait farouchement le dos et semblait elle aussi emportée par la passion. Brûlant d'un désir qu'il ne parvenait plus à maîtriser, il la coucha sur les oreillers et défit lentement, un à un, les boutons de son haut de pyjama.

Si cette nuit était la seule qu'ils devaient passer ensemble, il allait la faire durer.

Le haut s'ouvrit, révélant ses seins, petits, parfaits dans la pénombre.

— Tu te souviens de ça ? demanda-t-il d'une voix étouffée en prenant un téton entre ses lèvres avec douceur.

— Et de ça ? poursuivit-il en suçant l'autre, dur dans sa bouche.

Elle répondit par un grognement et enfonça ses doigts dans ses cheveux. Puis il se rendit compte qu'elle tirait sur son T-shirt. Il s'assit, et l'enleva. Elle tendit la main vers lui et la posa sur son torse, comme si elle voulait sentir les battements de son cœur.

Il prit alors le temps de la regarder dans l'ombre. Les rayons de la lune traversaient les voiles de la moustiquaire, et baignaient sa poitrine soyeuse d'une lumière fantomatique. Mais c'étaient les yeux de Leah, emplis d'ombres et de désir, qui l'attiraient. Il sentit le sang battre à ses tempes, et l'émotion l'envahir devant cette intimité qui lui était si familière, et si nouvelle en même temps. Trop nouvelle pour des mots.

Il était plus simple de lui montrer combien leur amour pouvait être beau et réel. Et c'est ce qu'il fit, en capturant sa bouche encore et encore avec une douce fureur. Puis il traça une ligne de baisers le long de son ventre. Mais ce n'était pas assez pour elle, et elle se dégagea des draps et tira sur son bas de pyjama. Il le lui ôta complètement, ne lui laissant que sa culotte de satin.

— Leah…

Il respirait bruyamment.

— Leah…

Si elle l'arrêtait maintenant, il en mourrait.

— Caresse-moi. Caresse-moi et n'arrête pas, murmura-t-elle.

Et il n'entendit plus le murmure de l'homme plus sage, qui se serait éloigné de ce lit bien plus tôt. Il n'y avait aucune chance pour qu'il regrette cette nuit-là.

Elle le suppliait de continuer, et rien n'aurait pu l'arrêter maintenant.

Il glissa la main sous son slip, et ses doigts tremblants atteignirent son sexe chaud et humide. Lentement, il voulait faire cela lentement, savourer le moindre instant… Il était perdu.

Dans ses rêves, jamais cela n'avait été si bon. Leah sentait tout son corps trembler alors que les doigts de Roman s'aventuraient entre ses cuisses. C'était de la folie : elle s'en rendait compte de manière très confuse. Mais c'était une folie délicieuse, dont elle avait besoin de la même manière qu'elle avait besoin de respirer.

Le désir qu'elle ressentait pour lui était presque douloureux. Elle cherchait les souvenirs en touchant, en caressant son dos, son torse, ses épaules dures et solides…

Puis, alors que les doigts de Roman glissaient plus profondément en elle, ce fut une autre sorte de folie qui s'empara d'elle. Elle n'eut plus qu'une envie : se laisser emporter par cette sensation primitive. Elle voulait se libérer — ne serait-ce qu'une nuit — de la peur, de la douleur et de l'angoisse. Et les lèvres, les mains, le corps chaud de Roman étaient sa bouée de sauvetage. Elle reconnaissait confusément sa façon tendre de faire l'amour et s'y perdait. Il devait y avoir plus dans leur mariage que cette passion, mais pour le moment, cela seul comptait.

Maladroitement, elle défit les boutons de son caleçon. Il la regarda avec une lueur sauvage dans les yeux, un désir si violent qu'elle se sentit fondre. Il l'embrassa avec une lenteur pleine de passion, puis s'éloigna pour ôter son caleçon. Son corps nu était dur et magnifique. Elle aperçut dans la pénombre les contours de ses muscles, et sa peau caressée par les rayons de la lune. Tout en lui était viril, et elle se sentait femme sous son regard.

— Je veux que tu te souviennes de moi, dit-il en s'allongeant contre elle.

Il lui enleva prestement son slip et prit possession de sa bouche en un baiser dans lequel il mit toute son âme.

Elle ne savait plus où elle était, et cela n'avait aucune importance. Elle était dans ses bras. C'était tout ce qui comptait.

Elle avait une conscience aiguë de sa main qui se glissait entre eux, caressait sa poitrine de manière possessive, puis s'aventurait plus bas, vers l'endroit où elle brûlait de le sentir.

— Leah…

Ses doigts se glissèrent de nouveau en elle. Elle était déjà prête et chaude, et humide pour lui.

— Souviens-toi de moi, Leah.

Il la caressa de ses doigts, et elle gémit contre sa bouche. Il l'embrassa de nouveau, tout en s'aventurant plus profondément en elle, lui enflammant tout le corps. Elle ne pouvait se rassasier de lui, de cet étranger qui était son mari et qui, alors qu'elle le tenait dans ses bras, lui donnait le sentiment d'être enfin réconciliée avec elle-même. Elle explorait son corps magnifique de ses doigts tremblants, lui caressant le dos, les fesses, jusqu'à ce qu'elle arrive à son sexe dur et chaud qui lui disait combien il avait envie d'elle. Elle l'enlaça entre ses jambes et le guida en elle, ne pouvant plus se satisfaire d'autre chose. Il colla sa bouche contre la sienne alors qu'il la chevauchait sauvagement et qu'elle s'agrippait à lui de toutes ses forces. Chaque respiration maintenant était un gémissement, un cri, chaque poussée les emportait tous les deux plus haut. Elle le sentit trembler et jouir en elle, et le plaisir l'emporta, allumant un feu d'artifice de plaisir dans tout son corps.

— Oh ! Roman, murmura-t-elle en se cramponnant à ses épaules.

— Leah, ma chérie, marmonna-t-il.

Elle eut vaguement conscience qu'il retombait sur elle puis roulait sur le côté.

Il respirait bruyamment, et l'odeur de son corps la réconforta et la choqua par sa familiarité.

Elle se sentait si bien dans ses bras.

Il fut le premier à bouger, lui piquetant le visage et le cou de légers baisers. Alors elle ne pensa plus à rien. Elle se lova dans le creux de son épaule réconfortante, et lorsqu'elle rêva, ce fut seulement de lui.

La lumière de l'aube filtrait à travers les volets de la terrasse, et allumait une lueur rosée dans le bungalow. Leah ouvrit les yeux, et demeura hébétée pendant quelques instants. Elle n'était pas seule.

Elle était dans le bungalow de Roman. Le lit de Roman.

Il était étendu, un bras reposant en travers de son corps. Une petite tache légèrement rouge marquait le dessous d'un de ses yeux. Les événements de la journée précédente — et de la nuit — lui revinrent soudain à l'esprit, et elle se souvint de ce qui l'avait amenée ici.

Oh ! mon Dieu ! Elle avait fait l'amour avec Roman. Dans le cocon irréel que seule la nuit pouvait tisser, elle avait cédé à ce qu'elle rêvait de faire depuis qu'elle avait posé les yeux sur lui le premier jour dans le bar. Le danger, la peur, tout avait été oublié, balayé.

Le cauchemar de la nuit lui revenait par bribes, et se mêlait aux souvenirs de sa nuit d'amour avec cet étranger.

Elle se souvenait de Roman la tenant, la réconfortant, lui faisant l'amour... En regardant son si beau visage, elle se rappela avec un petit choc qu'elle l'avait frappé. C'était elle qui lui avait fait ce bleu sous l'œil. Pourtant, il avait été si tendre avec elle... Mais aussi sauvage et dominateur, lorsqu'il lui avait fait l'amour. Qui était donc son mari ? Dur et tendre à la fois, ouvert et pourtant énigmatique.

Protecteur et dangereux.

Alors qu'elle le regardait, il ouvrit les yeux et la fixa pendant un long moment. Le souvenir de leur nuit d'amour se lisait dans la lueur de son regard.

— Bonjour, Leah, dit-il enfin.

Et cela lui sembla si juste, si familier que la nostalgie d'un passé perdu naquit en elle.

— Ton œil, dit-elle, incapable de faire face aux émotions qui l'agitaient. Je suis désolée.

— Je ne suis désolé pour rien de ce qui s'est passé cette nuit, Leah.

Ils se regardèrent un long moment.

— Pour toi, je suis ta femme, commença-t-elle. Pour moi, tu es...

— Un étranger, lança-t-il.

Elle ne savait pas quoi dire.

— Je suis un grand garçon, Leah, reprit tranquillement Roman. Je n'attends rien de toi. La nuit dernière... était la nuit dernière.

Il leva la main et lui toucha brièvement la joue.

— Ne me dis pas que tu es désolée. Laisse les choses comme elles sont : nous en avions envie tous les deux. Nous en avions besoin.

— Les choses sont si compliquées…

Sa voix semblait triste à ses propres oreilles. Elle aurait tant voulu lui dire : « Je ne sais même pas qui tu es, et déjà je ne veux pas te perdre. » Mais elle ne le pouvait pas. Elle n'osait pas.

— Seulement si nous voulons qu'elles le soient, répondit-il, les yeux fermés.

Les feuilles des palmiers bruissaient dans la brise matinale. Elle s'assit dans le lit, cherchant à attraper le drap de ses doigts froids et engourdis malgré la chaleur.

— Il y avait quelque chose de nouveau dans mes rêves la nuit dernière, déclara-t-elle.

Il lui était plus facile de parler de ses cauchemars que de ce qu'elle ressentait après ce qui s'était passé entre eux cette nuit.

Elle vit son regard s'aiguiser. Il était là, étendu, mal rasé, incroyablement beau, en train de la regarder. Combien de fois l'avait-elle vu ainsi ?

« Concentre-toi. » Il était si difficile de réfléchir alors qu'elle était dans ce lit avec lui, à se souvenir du contact de ses mains sur sa peau, de la façon dont elles éveillaient son corps pour…

Pour des choses auxquelles elle ferait mieux de ne pas penser. Pas pour le moment.

— J'étais dans une ville, reprit-elle prudemment, rassemblant ses pensées. Il y avait des immeubles très hauts, de longues rues.

— New York ?

— Je ne sais pas.

Elle hésita, essayant de rassembler plus de détails.

— Quelqu'un me poursuivait, et je suis tombée.

— Qui te poursuivait ?

— La seule chose dont je me souviens, c'est qu'il portait une blouse blanche avec une sorte de badge dessus… Comme un médecin, ou quelqu'un qui travaille dans un laboratoire…

Elle se mordit la lèvre, tirant le drap sur elle pour qu'il ne puisse pas voir son corps. Hier soir, dans l'ombre, c'était différent. Mais dans la lumière pâle du matin elle se sentait mal à l'aise. Elle vit une ombre traverser son regard. Il avait remarqué son geste. Cela le blessait-il que la femme qu'il connaissait si bien se sente gênée d'être nue devant lui ?

— Si j'ai vraiment fait quelque chose de mal dans le passé, poursuivit-elle, j'ai peut-être été envoyée chez des médecins, été dans des hôpitaux, je ne sais pas.

Elle frissonna en ajoutant :

— Peut-être que c'est la raison pour laquelle j'ai peur de voir un médecin maintenant.

— Mais je ne vois pas pourquoi un médecin t'aurait poursuivie dans la rue, lui fit remarquer Roman.

— C'était un cauchemar. J'ai pu mélanger des choses. Il y a quelques mois, j'ai rêvé que j'apportais des assiettes de coquillages à des clients. Lorsque je me suis réveillée, je me suis souvenue que j'avais oublié de passer une commande que j'étais censée faire chez un de nos fournisseurs. Les rêves ne sont pas à prendre au pied de la lettre. J'ai peur des hommes en blouse blanche. Ça ne doit pas être bon.

Elle essaya de rire comme si elle pouvait prendre les

choses à la légère, mais le bruit qu'elle émit ressembla plus à un hoquet étranglé.

— Hé, dit-il, nous ne savons absolument rien pour le moment ! Ne l'oublie pas.

Elle ne s'en souvenait que trop bien.

Puis il sortit du lit et elle se rendit compte qu'il était nu, lui aussi. Elle contempla ses fesses musclées, et sentit une onde de désir et de peur lui parcourir le ventre. Elle le regarda qui traversait la pièce. Il n'essayait absolument pas de se couvrir… Et elle n'essayait pas de détourner les yeux, ce qui la choqua elle-même.

Si ce matin elle avait envie de cacher son corps, hier soir, elle avait répondu sexuellement à Roman sans la moindre retenue. Elle aimait faire l'amour avec cet homme. C'était une révélation dangereuse. C'était de la pure folie de constater qu'elle ne voulait qu'une chose : qu'il revienne vers le lit… et vers elle.

Elle n'avait qu'une envie : rester toute la journée au White Seas et faire l'amour avec son étranger de mari, malgré toutes les raisons pour lesquelles il ne le fallait pas.

Arrivé à la porte de la salle de bains, Roman se retourna et la surprit à le regarder.

11

A travers les fenêtres du Shark and Fin, on pouvait voir les vagues se balancer paresseusement. Une bande d'un gris bleuté soulignait l'horizon. Un orage se formait sur l'Atlantique, et atténuait la lumière du matin. Roman regarda Leah aller et venir dans le bar. Elle avait l'air sombre et pensif alors qu'elle préparait l'endroit pour accueillir les clients.

Les derniers jours avaient été épuisants pour elle, et visiblement elle n'allait pas bien aujourd'hui. Lui non plus. Il se sentait perturbé, troublé. Mais c'était pour elle qu'il se faisait du souci : elle subissait une telle pression actuellement ! Ces cauchemars et ces attaques de panique devaient être comme un nœud coulant qui se resserrait autour de sa gorge.

Il était encore tôt, et les autres membres du personnel n'étaient pas encore arrivés.

— Tu veux vraiment acheter le bar ? lui demanda soudain Leah, ou c'était un moyen de te rapprocher de moi ?

— Je veux vraiment l'acheter, répondit Roman, lui-même étonné de constater que c'était la vérité.

Il avait décidé d'acquérir l'établissement dans le seul but de passer du temps avec elle, mais au cours de ces derniers jours il avait compris que le Shark and Fin correspondait tout à fait à la manière dont il voulait vivre désormais. Et il voulait que Leah soit à ses côtés.

— Tu disais toujours que nous pourrions être heureux aux Keys, que nous pourrions y acheter un restaurant, poursuivit-il. Tu avais raison.

— Tu ne dois pas faire ça à cause de moi.

— Je ne veux plus vivre comme avant. Cette vie à New York, c'était celle d'un autre.

Elle le considéra d'un air tendu, épuisé. Le croyait-elle ? Elle lui avait totalement abandonné son corps la nuit dernière, mais ce matin elle était distante, mystérieuse, et cherchait visiblement à se protéger.

— Leah, tu devrais prendre un jour de congé.

Elle posa un shaker derrière le comptoir et le regarda.

— Pardon ?

— Tu es fatiguée et tu as le droit de l'être. Tu vas finir par tomber malade si tu t'en demandes trop.

— Morrie…

— Morrie te dirait de prendre ta journée s'il est aussi bienveillant que tu le dis.

— Je ne peux pas laisser tomber Joey.

— Appelle un extra.

Elle ne trouva plus d'excuses et il n'avait pas l'intention d'abandonner la partie. Le téléphone sonna, la faisant tressaillir. Roman s'avança pour décrocher, mais elle le devança.

— Shark and Fin.

Elle était toujours aussi indépendante ! Mais il était clair qu'elle était vraiment à bout, songea-t-il.

— Je suis désolée, Viv. Je sais que cela fait deux

jours que je ne suis pas venue. Je vais bien. Je suis seulement… très occupée.

Leah resta silencieuse un instant.

— Je m'en doutais, dit-elle alors.

Roman la vit se retourner et regarder la mer qui ondoyait.

— Je n'ai pas écouté les nouvelles aujourd'hui. J'allais justement allumer la télévision du bar. Merci.

— Qu'y a-t-il ? demanda Roman lorsqu'elle raccrocha.

— Une tempête tropicale se prépare, dit-elle. Il va peut-être falloir évacuer l'île dans quelques jours si elle continue sur la même trajectoire. Ça fait partie de la vie dans les Keys.

Roman imaginait les ralentissements qu'il devait y avoir sur l'unique route menant à Miami.

— Je parie que ça fait un beau bazar !

— Si ça se transforme en ouragan, nous serons alertés à l'avance. D'habitude, la tempête diminue en intensité, ou passe à côté.

Il songea à l'histoire qu'elle lui avait racontée : comment des habitants des Keys étaient morts dans ce phare. Il sentit un instinct protecteur s'emparer de lui et il eut envie de l'emmener ailleurs sur-le-champ. Mais elle avait raison, l'ouragan passerait certainement à côté. Il fallait attendre et voir. Ce n'était qu'un élément de plus qu'il était incapable de contrôler.

Il n'avait pas plus de prise sur l'ouragan que sur ce qui arrivait à Leah. Il pouvait seulement l'accompagner jusqu'au bout de ce que le sort leur réserverait, tout en la protégeant de son mieux.

Mais il détestait ce sentiment d'impuissance…

Il y avait un écran derrière le bar, et Leah prit la télécommande pour allumer la chaîne météorologique.

Roman décrocha le téléphone et composa le numéro de l'hôpital où travaillait Mark, tout en écoutant le présentateur.

« Une nouvelle série d'orages est en train de se former sur l'Atlantique. Leur développement est pour le moment ralenti par des vents dans les couches supérieures de l'atmosphère, mais ces tempêtes peuvent augmenter en intensité au cours des quarante-huit à soixante-douze prochaines heures. »

Leah s'accouda au bar, concentrée sur l'écran. Roman réussit à passer le barrage de deux standardistes et d'une infirmière avant d'aboutir dans le service où Mark faisait ses consultations.

La voix du présentateur poursuivait :

« Des avions de reconnaissance sont actuellement en route pour prendre des mesures et nos informations seront régulièrement mises à jour… »

— Salut, mon vieux ! s'exclama Mark. Comment ça va aux Keys ? Le soleil, le sable, le farniente… Dis, tu es sûr que tu n'es pas en train de nous faire la crise de la trentaine ?

Roman se sentit agacé par le ton moqueur de Mark. Son beau-frère savait très bien qu'il n'était pas ici en vacances, et qu'il était avec Leah. Mais Mark ne voulait pas le croire. Il préférait penser que Roman était cinglé.

— Tu as trouvé le nom d'un psychiatre ?

— Je suis désolé de ne pas avoir pu te rappeler hier, mais il y a des gens qui travaillent ici, répliqua Mark d'un ton sec. Ecoute, je sais que tu crois avoir retrouvé

Leah, mais c'est impossible, Roman. Elle est morte. Et si elle ne l'était pas, que ferait-elle aux Keys ? Pourquoi ne serait-elle pas revenue à New York ? Sois prudent, Roman. Plus prudent que la première fois.

Roman savait ce à quoi Mark faisait allusion. Il parlait de leur mariage, de la rapidité avec laquelle il s'était décidé. Mark n'avait pas plus accepté Leah que le reste de la famille. Pour couronner le tout, il avait été le médecin de Nikki Bates, l'amie de Leah morte d'une overdose de médicaments. Leah le tenait pour responsable de ce décès, ce qui n'avait fait qu'envenimer les choses entre Roman et le reste de sa famille.

— J'ai seulement besoin d'un nom, Mark. Ou si c'est trop te demander, j'en trouverai un dans l'annuaire. Mais j'aurais aimé être certain qu'il s'agit d'un bon psychiatre. Alors, si ça ne t'ennuie pas…

— Que sais-tu sur cette fille ? demanda Mark.

Roman sentit la colère monter en lui. *Cette fille.*

Leah le regardait maintenant, et il lisait clairement son trouble dans ses yeux.

— Soit tu me donnes un nom, soit je raccroche.

— Bon, répondit Mark, c'est ton affaire. Kent Thompson. C'est le meilleur psychiatre de Miami.

Mark lui dicta le numéro de téléphone, et Roman le nota.

— Gen se fait du souci pour toi.

— Dis-lui que c'est inutile. Je vais bien. Tu lui as parlé de tout cela ?

— Non. Tu m'as demandé de ne pas le faire.

— Merci pour le nom, Mark.

Et il raccrocha avant que son beau-frère ne puisse lui poser une autre question.

— Il t'a conseillé un psychiatre ? demanda Leah.

Roman acquiesça. Il n'avait pas envie de parler de cette conversation. Leah prit le bout de papier avec le numéro, et il remarqua que sa main tremblait légèrement.

— Je ne suis pas prête, murmura-t-elle.

Roman hocha la tête.

— Garde-le pour le moment.

C'était une chose qu'il ne pouvait pas hâter. Seule Leah était en mesure de savoir si c'était le moment ou non.

Quelqu'un frappa à la porte du bar. Roman traversa la pièce et tira le verrou. Derrière lui, Leah éteignit la télévision.

— Je suis le lieutenant Striker, de la police de Thunder Key. Vous êtes monsieur Bradshaw ?

Roman serra la main du lieutenant.

— Merci d'être venu.

Striker était un petit homme trapu, dont le regard sérieux et direct inspirait la confiance.

— Voici Leah… Wells.

Bon sang, il avait failli dire Leah Bradshaw, mais pour le moment — et jusqu'à ce qu'ils en sachent plus sur l'homme qui suivait Leah — il était préférable de s'en tenir à l'identité sous laquelle elle était connue à Thunder Key.

Même si Roman n'aimait pas cela.

Leah s'avança et serra la main du policier.

Tous trois s'installèrent à une table. Roman sortit le calepin sur lequel il avait pris des notes la veille au soir.

— Vous nous avez dit que l'appartement de Mme Wells avait probablement été visité, commença le policier, et que quelqu'un la surveillait, la photographiait.

— J'ai remarqué cet homme il y a deux jours, dans

le bar, intervint Leah, qui ne voulait pas laisser les deux hommes parler d'elle comme si elle n'était pas là. Tout d'abord, j'ai pensé qu'il prenait des photos de l'endroit, comme beaucoup de touristes. Puis, j'ai compris que c'était sur moi qu'il braquait l'objectif. Mais je n'y ai pas fait très attention, ajouta-t-elle en haussant les épaules.

— Et puis..., s'enquit Striker.

— Il a passé plusieurs appels téléphoniques, et j'ai cru voir un pistolet sous sa veste. Lorsque Joey — le cuisinier — est allé lui demander s'il avait une arme, il est parti.

— Un peu plus tôt dans la journée, Leah a eu l'impression que quelqu'un s'était introduit dans son appartement dit Roman.

— Rien n'a été volé, à ce qu'il me semble, reprit Leah. Je ne peux pas affirmer que quelqu'un est entré chez moi, mais j'en ai vraiment le sentiment. Plusieurs objets n'étaient plus à la même place. Tout était... étrange.

— Je vais prendre des empreintes, déclara Striker.

Il lui posa encore quelques questions. Qui était allé dans son appartement ? A quoi ressemblait cet homme ? Roman promit de lui faire une photocopie de ses notes. Il s'agissait de la liste des amis de Leah et des personnes qu'elle avait l'habitude de fréquenter.

— Nous avons revu cet homme hier matin, conclut Roman. Sur la plage. Il regardait Leah, et prenait encore des photos. Et je suis certain d'avoir vu une arme. Nous savons qu'il l'observe, et qu'il a vraisemblablement fouillé son appartement. Ce que nous ignorons, c'est qui il est, et pourquoi il agit ainsi.

— J'ai de quoi prendre des empreintes dans ma voiture, dit le policier. Je reviens dans un instant.

Lorsque Striker en eut terminé dans le studio de Leah, il les salua et s'en alla, promettant de revenir plus tard pour prendre les empreintes des autres membres du personnel pour les différencier de celles de Roman et Leah.

— Pour les éliminer des suspects, indiqua-t-il.

— Zut alors ! s'écria Leah lorsqu'il fut parti. Maintenant, tous mes amis se trouvent mêlés à mes problèmes.

A ce moment, Joey entra par la porte arrière.

— Il faut que j'explique pourquoi le lieutenant Striker va revenir, dit soudain Leah. A Joey et aux autres.

— Expliquer quoi ? demanda Joey en s'approchant du bar.

Leah lui fournit une version abrégée de l'histoire, omettant volontairement un détail sans importance : que Roman et elle étaient mariés.

— Ça ne me plaît pas du tout, soupira-t-elle. Je suis désolée.

— Ne t'en fais pas, la rassura Joey en la regardant d'un air préoccupé.

Elle avait l'air plus mal que jamais.

— Je veux seulement que tout cela cesse ! J'en ai assez de passer mon temps à regarder par-dessus mon épaule, à me demander s'il y a quelqu'un qui m'observe ! Elle ferma les yeux un instant.

— C'est de la folie.

Roman lui prit la main. Elle leva vers lui un regard tourmenté.

— Il faut que tu te reposes un peu, dit-il, que tu arrêtes un peu de travailler.

— Je suis d'accord, intervint Joey. Prends ta journée,

Leah. J'appellerai quelques extra si j'ai du mal à m'en sortir.

Le regard que le cuisinier lui lança avait perdu de sa méfiance. Au moins Joey commençait-il à lui faire confiance, songea Roman.

Quant à Leah…

— D'accord, céda-t-elle après un long moment.

Peut-être — peut-être seulement — commençait-elle à le croire après tout.

— Tu veux rire ! s'exclama Leah lorsqu'ils arrivèrent à destination, après avoir emprunté la route sur pilotis qui traversait quelques îles.

Roman lui prit la main et ils passèrent devant les topiaires en forme de dauphins et de sirènes qui bordaient l'allée menant au parc océanique des Keys. Des grappes d'enfants accompagnés de leurs parents envahirent l'endroit lorsque les grilles s'ouvrirent pour la journée.

Roman semblait heureux de vivre l'instant, et Leah eut soudain peur. Il y avait tant de pensées, de craintes qui s'agitaient en elle qu'elle ne voyait pas comment elle pourrait les oublier, ne serait-ce que quelques heures.

— Tu es certain que tu travailles dans la finance à New York ? demanda-t-elle, étonnée par l'activité que Roman avait choisie pour la journée.

Mais cela n'avait pas été la seule surprise, puisque Roman avait commencé par s'arrêter à un stand au bord de la route pour acheter des glaces.

— Une journée qui commence avec un tel petit déjeuner ne peut pas être mauvaise ! avait-il déclaré en lui tendant un cornet empli de deux boules de glace au chocolat.

Elle avait passé la langue sur la crème glacée, et il avait longuement regardé ses lèvres avant de redémarrer, ce qui lui avait provoqué des picotements dans tout le corps.

Ils avaient roulé vitres grandes ouvertes pendant tout le trajet. Il faisait délicieusement bon. L'orage qui se préparait sur l'Atlantique avait fait baisser la température, aujourd'hui printanière. Ils avaient même fait un petit détour pour aller voir les cerfs sur l'île de No Name Key, où les petits animaux se laissaient admirer alors qu'ils mangeaient des fleurs de bougainvillier sur les bas-côtés de la route.

— Tu imagines un courtier de Wall Street ici ? demanda Roman, regardant autour de lui de manière théâtrale alors qu'ils faisaient la queue pour rentrer dans le parc. Je suis un homme libre, qui va bientôt posséder un bar dans les Keys. Je ne porte même pas de montre, ajouta-t-il en désignant son poignet d'un coup de menton. Je n'ai pas de téléphone portable, pas d'ordinateur. J'ai pris une glace pour le petit déjeuner et je mangerai des nachos à midi.

— Et pour le dîner ?

Leah sentit son estomac se serrer lorsqu'elle lut dans ses yeux noirs, dangereux qu'elle était au menu. Mon Dieu !

Il ne cilla pas en payant une somme astronomique pour leurs tickets d'entrée.

— C'est bondé, remarqua-t-il. Les touristes ne s'en vont donc pas quand une tempête se prépare ?

— Pas tout de suite. Ils attendent d'être certains qu'elle va vraiment passer ici, dit Leah. Tu as une idée de ce que coûtent des vacances dans les Keys ?

Elle avait du mal à se souvenir que l'argent n'était pas un problème pour Roman Bradshaw. Si elle avait su qu'il projetait d'aller au parc océanographique, elle aurait pris une revue locale et y aurait cherché des coupons de réduction. Les brochures pour touristes comprenaient souvent des remises pour les attractions de l'île.

Il ne se comportait peut-être pas comme un financier new-yorkais, mais il n'en était pas moins indécemment riche. Elle n'arrivait toujours pas à imaginer comment elle avait pu s'accoutumer à son style de vie.

— Hey !

Il se pencha pour déposer un léger baiser sur sa bouche, et son regard redevint sérieux lorsqu'il remarqua son moment d'hésitation.

— Viens, allons nous amuser ! Si tu es fatiguée, nous trouverons un endroit pour nous asseoir, ou nous rentrerons. D'accord ?

— D'accord.

Elle se rendit compte qu'elle se sentait déjà mieux. C'était certainement parce que, chaque fois qu'il posait les yeux sur elle, elle se sentait revivre et reprendre confiance.

Mais elle avait si peur d'espérer.

Il ne lui laissa plus le temps de réfléchir pendant les heures qui suivirent. Le parc océanographique était bâti sur le site de plusieurs carrières abandonnées, et abritait maintenant un lagon d'eau de mer où s'ébattaient toutes sortes d'animaux, des dauphins aux otaries. Lorsqu'ils se furent promenés au milieu des requins, des tortues et des bassins de raies, ils décidèrent d'aller voir un spectacle de dauphins. Ils s'assirent au premier rang, et Roman entoura de son bras les épaules de Leah. Ils rirent comme des enfants quand un mammifère farceur les éclaboussa en plongeant juste devant eux.

Pour le spectacle d'otaries, Roman mit Leah au défi de se joindre aux enfants qui serraient les petits animaux dans leurs bras et les embrassaient, et il prit quelques photos d'elle avec l'appareil jetable qu'il avait acheté dans un des magasins du parc.

— Je peux vous prendre tous les deux en photo, proposa une femme souriante qui venait tout juste de faire des clichés de trois petites filles qui gloussaient.

Roman lui tendit immédiatement l'appareil. Il mit le bras autour de la taille de Leah et attira sa tête toute mouillée contre son large torse. Leah se força à sourire en repoussant l'idée que tout cela n'était qu'une façade.

Ils n'étaient pas réellement deux amoureux venus passer une journée magique dans le parc. Ils étaient deux étrangers, séparés par le temps et le destin, et quelque chose d'autre, de sombre et de secret.

Ils se séchèrent en déjeunant dans un café du parc.

— Alors, parle-moi du nouveau Roman Bradshaw, dit Leah en s'efforçant de prendre un ton dégagé pour aborder ce sujet sérieux. Pourquoi es-tu venu à Thunder Key ?

Roman la regarda un long moment. Il repoussa l'assiette qu'il avait presque terminée.

— Lorsque je t'ai perdue, j'ai essayé de retourner travailler, mais tout était… vide. Autrefois, faire prospérer l'entreprise que ma famille avait fondée était tout pour moi. Ou alors, je le croyais. J'ai grandi là-dedans.

— Ça te manque ?

Il secoua la tête.

— Pas du tout.

— Mais pourquoi es-tu venu ici ? Pourquoi Thunder Key ?

Retourner là où ils avaient passé leur voyage de noces n'avait pas dû être facile pour lui, songea-t-elle.

— C'est comme si tu avais voulu te faire du mal, poursuivit Leah.

— Ça a été terrible, admit-il.

Leah sentit son cœur se serrer. Il était sincère avec elle, et cela non plus n'était pas facile, étant donné les bases fragiles sur lesquelles reposait leur relation en ce moment.

— Mais je savais qu'il fallait que je guérisse, que je fasse la paix, et que j'avance.

Etait-ce ce qui allait arriver ? Roman allait guérir, faire la paix avec le passé, et avancer dès que les problèmes seraient réglés ? « Laisse les choses comme elles sont : nous en avions envie tous les deux. Nous en avions besoin. » C'était ce qu'il avait déclaré ce matin après leur nuit d'amour.

Leah se mordit la lèvre, et le regarda un moment.

— Tu n'arrêtes pas de me répéter que tu t'es mal conduit, dit-elle enfin.

La protégeait-il, l'aidait-il pour expier ses fautes, ou avait-il encore de l'affection pour elle, de l'amour ? Même s'il affirmait ne pas croire qu'elle ait pu faire quelque chose de mal, il était clair qu'il était sur la retenue. Elle ne savait pas quoi penser, et le pire était qu'elle sentait qu'il lui serait si facile de tomber amoureuse de lui… de nouveau.

— Je t'ai aimée parce que tu étais différente, Leah, répondit-il simplement. Différente de tout ce que j'avais connu jusqu'alors. Tu étais ouverte, enjouée, bienveillante. Il n'y avait rien de rigide ou de froid en toi. Ma famille… Si je te dis qu'ils sont hautains et sévères, je suis bien en deçà de la vérité.

Plus Leah entendait Roman parler de ses parents, plus elle redoutait d'avoir à les rencontrer un jour.

— Ils ne sont pas méchants, ajouta-t-il rapidement. Mais ils sont très conservateurs, traditionnels, attachés à des règles qui n'avaient aucune importance pour toi. Tu n'arrêtais pas de me surprendre. Tes priorités me semblaient parfois très étranges… Et, à cause de cela, nous nous disputions souvent.

— A propos de quoi ? demanda-t-elle avec curiosité.

— Surtout à propos de la façon dont nous devions occuper notre temps. Tu voulais constamment m'emmener quelque part, me faire oublier le travail, et je résistais toujours.

— C'est toi qui m'as empêchée de travailler aujourd'hui, lui fit-elle remarquer.

Les yeux plissés de Roman se mirent à briller, et elle se rendit compte qu'elle avait vu son sourire dans son regard avant même que ses lèvres ne s'accordent à leur expression amusée.

— Chacun son tour, répliqua-t-il.

— Pourquoi me racontes-tu tout cela ? demanda-t-elle. Je ne m'en souviens pas. Pourquoi veux-tu tellement que je sache que tu t'es mal conduit ?

Il soutint son regard pendant quelques secondes.

— On ne peut pas avancer sans faire face au passé, Leah, déclara-t-il tranquillement. Cela vaut pour nous deux.

Elle prit une gorgée de sa boisson. Il y avait tant de

choses concernant leur mariage qu'elle n'arrivait pas encore à saisir.

— Alors, que faisais-tu à New York ? Je veux dire, lorsque tu ne travaillais pas ?

— Je courais. Nous avions ça en commun. Mais je ne savais pas vraiment me détendre : même lorsque je courais, je voulais être efficace. Jusqu'à ce que je commence à courir avec toi.

— Ah ?

Elle attendit la suite avec intérêt.

— Tu me rendais fou. Tu t'arrêtais pour respirer les fleurs, littéralement.

Il sourit encore, et elle sentit une vague de chaleur monter en elle. Il était craquant !

— Tu me faisais faire des tas de choses que je n'avais pas envie de faire.

— Comme quoi ? A part sentir les fleurs ?

L'idée de ce grand gaillard en train de respirer le parfum des fleurs l'amusait beaucoup.

— Visiter des musées, monter dans des manèges, aller au cirque, tu voulais toujours me faire faire des trucs étranges ! Et si je refusais, tu prétextais toujours qu'il y avait quelque chose à célébrer pour me convaincre.

— Et tu le faisais ? demanda-t-elle.

Une ombre passa dans son regard.

— Parfois.

Elle sentit une ombre passer sur elle aussi.

— Je ne sors presque jamais, lui dit-elle. Le bar est mon espace de sécurité. C'est là où je me sens bien.

Jusqu'à maintenant. Mais aujourd'hui elle ne se sentait en sûreté nulle part. Pas même ici, sur une autre île, dans un parc bondé d'enfants. Elle avait constamment le réflexe de regarder autour d'elle, pour voir si un homme mystérieux avec un appareil photo et une arme n'était pas en train de l'épier.

— Et ta famille ? Que pensait-elle de moi ? demanda-t-elle soudain.

Elle en avait une vague idée, d'après tout ce qu'il avait dit.

— Ils n'approuvaient pas notre mariage.

Elle hocha la tête.

— C'est bien ce que j'imaginais.

Ils n'allaient pas davantage l'accepter maintenant, très certainement.

Roman avait manifestement eu le courage de l'épouser malgré leur opposition, mais cela ne rendait pas les choses plus faciles pour autant. Et maintenant, non seulement il avait épousé une femme qui ne leur plaisait pas, mais il était avec elle aux Keys. Il était impossible de savoir comment tout cela allait se terminer.

Il avait raison de ne pas lui faire de promesses pour le futur, et elle ferait mieux d'être très prudente.

Après le déjeuner, ils s'arrêtèrent à quelques stands sur l'allée centrale. Roman insista pour passer un long moment à essayer de pêcher assez de canards pour lui faire gagner un dauphin en peluche.

— Les dauphins portent chance, expliqua-t-il lorsqu'il eut enfin réussi à rassembler le nombre de canards nécessaires.

Il avait l'air d'un petit garçon et elle se dit soudain qu'il n'avait pas dû avoir une enfance très joyeuse dans la famille qu'il décrivait.

Puis il l'avait rencontrée et elle avait apporté de

l'insouciance dans sa vie. Maintenant, c'était ce qu'il faisait pour elle. Chacun son tour, avait-il dit. Il avait souvent répété qu'il était un sale type, mais la vérité était qu'il était tendre — dangereusement, irrésistiblement tendre — et qu'elle était en grand danger d'avoir le cœur brisé… car, encore une fois, tout cela n'était qu'une façade.

Ils montèrent dans la grande roue. De là, ils admirèrent la longue chaîne des îles qui s'étiraient vers l'horizon d'un bleu orageux, et Leah eut l'impression qu'ils étaient seuls au monde en cet instant, juste elle et Roman, au sommet du monde. Au-dessus de l'orage et de tout ce que le futur pourrait leur réserver.

Puis ils durent redescendre sur terre.

Avant de partir, ils s'arrêtèrent à une machine qui, pour un dollar, prédisait le futur. Roman inséra des pièces de vingt-cinq cents dans l'appareil, et Leah retint son souffle en retirant le bout de papier.

— Acceptez la prochaine proposition que l'on vous fera, et vous ne le regretterez pas, lut-elle.

Elle regarda Roman, et vit une étincelle briller dans ses yeux.

— Suis-je en danger ? demanda-t-elle un peu troublée.

Il aurait pu lui proposer n'importe quoi, et elle l'aurait fait de toute façon, message ou non.

— Qui sait ? répondit Roman d'un ton taquin.

Les nuages cachèrent le soleil, et l'air se fit plus lourd. Un petit orchestre jouait de la musique au milieu du parc, sous un kiosque.

— J'ai senti une goutte sur mon nez, dit Leah en levant le visage vers le ciel.

— C'est parfait pour danser sous la pluie.

— Nous allons être trempés ! Regarde, tout le monde se met à l'abri.

— Rappelle-toi : tu dois accepter la prochaine proposition, s'écria Roman en la prenant dans ses bras.

Et soudain, elle se moqua complètement de la pluie.

Elle avait pleinement conscience de lui. La sensation de son corps plaqué contre le sien était merveilleuse. Ses épaules larges, fortes, lui apportaient sécurité et réconfort. Ils bougeaient à peine, et se contentaient de se balancer au rythme de la musique langoureuse.

La pluie se mit à tomber plus fort.

— Je t'ai dit que nous allions être trempés, remarqua-t-elle en levant le visage vers lui.

Mais elle ne pensait pas à la pluie. Elle songeait à la nuit extraordinaire qu'ils avaient passée ensemble. Même maintenant, elle n'avait qu'une envie : refaire l'amour avec lui. C'était comme si le corps, l'odeur, le goût de Roman faisaient partie d'elle. Et depuis longtemps.

— Leah ?

Elle avala sa salive.

— Oui ?

— Tu vas bien ?

« Non. Je suis morte de peur à l'idée de tomber amoureuse de toi ! »

— Je suis fatiguée, répondit-elle.

— Nous allons rentrer, dit-il.

Elle se sentit fondre lorsqu'il leva la main pour lui caresser le menton, et repousser une mèche de cheveux humides collée sur sa joue. Elle noua ses bras autour de sa nuque et il se pencha, capturant sa bouche pour l'embrasser. Elle sentait son sexe en érection contre elle.

Puis les cieux se déversèrent.

Il mit fin à leur baiser et, pendant un moment lourd de sensualité, il la considéra d'un regard impénétrable. La pluie ruisselait sur son visage, et il lui fallut quelques secondes pour qu'elle se rende compte qu'ils étaient tous les deux trempés jusqu'aux os.

— Cours ! s'écria-t-il.

En poussant un petit cri, elle s'élança à sa suite pour traverser le parc.

Ils se précipitèrent dans la voiture et se mirent en route aussitôt. Leah alluma la radio. Une douce musique se mêla au crépitement de la pluie au-dehors.

Elle se laissa aller contre l'appui-tête, et se rendit soudain compte qu'elle était fatiguée.

— Leah…

Elle sentit quelqu'un qui lui touchait l'épaule, et cligna des yeux.

— Tu t'es endormie. Je suis désolé de te réveiller, mais il faut descendre de voiture maintenant.

Elle regarda autour d'elle : ils étaient devant le bâtiment principal du White Seas.

— Il faudra que j'aille au Shark and Fin, dit-elle machinalement.

Elle n'arrivait plus à se souvenir de la dernière fois qu'elle avait manqué une journée de travail entière.

— Je dois vérifier que tout va bien.

Les chasseurs de l'hôtel apparurent comme par magie pour aller garer leur voiture. Roman et Leah pénétrèrent dans le complexe, et suivirent le chemin tortueux qui menait à leur suite, environnés des senteurs des quenettiers.

Ils entrèrent dans le petit bungalow. Un courant d'air fit voler les rideaux de la porte-fenêtre.

Une ombre se précipita au-dehors.

12

— Appelle le gardien ! s'écria Roman en passant devant Leah.

Elle tenta de le retenir.

— Non !

Dans cette fraction de seconde où il croisa son regard empli de panique, tous les doutes qu'il avait sur leur relation s'évanouirent. Elle avait peur — peur pour lui — et cela le bouleversa. Mais il n'avait pas le temps d'y penser : il fallait qu'il agisse, tout de suite. La silhouette avait déjà disparu.

Il laissa Leah derrière lui, et se lança à la poursuite de l'ombre à travers le jardin. Il fallait qu'il mette un terme à tout ceci.

Alors qu'il s'engouffrait dans la nuit sous une pluie battante, Roman vit l'homme tourner derrière le bungalow d'à côté. Il se dirigeait vers la plage, et vers le couvert d'une petite forêt située à proximité. Roman sentait sa poitrine brûler, mais il n'était pas question qu'il ralentisse. Il continua à courir derrière l'homme, en priant pour que le gardien de l'hôtel ne soit pas trop loin derrière eux. Si l'inconnu atteignait les arbres, il se perdrait dans l'épaisse végétation tropicale.

Dieu merci, Roman avait l'habitude de courir. L'autre

homme était déjà essoufflé, mais rien ne l'arrêtait et il parvint à pénétrer dans la forêt. Heureusement il trébucha sur une racine et Roman se précipita sur lui. Ils tombèrent sur le sol avec un bruit sourd. Le souffle coupé, Roman vit un objet tomber de la main de l'homme, et heurter un tronc d'arbre. Une arme.

Son sang ne fit qu'un tour. Il n'avait pas l'habitude de traquer des criminels à Wall Street, mais il sut tout de suite que pour Leah il était prêt à tout. Lorsque l'homme tenta de se remettre debout, Roman l'attrapa par le col et lui écrasa son poing sur la mâchoire. L'individu fut juste assez étourdi pour que Roman ait le temps de plonger sur l'arme et de s'en saisir.

Sans la moindre hésitation, il appuya le pistolet sous le menton de l'homme. Dans la pénombre, il reconnut l'inconnu qui photographiait Leah sur la plage... L'homme qui la surveillait. Et maintenant il s'était introduit dans leur bungalow. Pourquoi ?

— A votre place, je ne bougerais pas, le menaça-t-il.

L'homme poussa un juron. Des bruits de voix s'élevèrent au loin. Le personnel de l'hôtel enfin. La pluie tombait à travers les branches. Les yeux de l'homme brillaient dans la nuit.

— Qui êtes-vous ? demanda Roman.

Il sentait le sang battre à ses oreilles.

— Je ne vous dirai rien.

L'homme semblait reprendre ses esprits après avoir été étourdi par le coup qu'il avait reçu. Mais, sous la menace du pistolet, il demeurait immobile, essayant de reprendre haleine.

— Si vous préférez, vous le direz à la police. Les vigiles de l'hôtel arrivent.

L'homme poussa un autre juron.

— Je suis détective privé, dit-il d'une voix légèrement tremblante. J'ai une licence. Je peux vous la montrer, si vous me laissez prendre mon portefeuille.

Certainement pas ! songea Roman.

— Où est-il ?

— Dans la poche intérieure de ma veste.

Roman laissa le pistolet contre le menton de l'homme et, de sa main libre, ouvrit sa veste. Il y trouva un portefeuille. La licence de détective privé était dans la première pochette plastique. Il la prit et essaya de lire le nom dans l'obscurité. Norman Robertson. Etat de Floride. Son père lui avait déjà menti lorsqu'il lui avait promis de ne pas demander une enquête sur Leah avant leur mariage. Apparemment, il lui avait encore menti hier au téléphone. Roman sentait son cœur tambouriner et la colère monter en lui.

— J'ai un permis pour cette arme, déclara Robertson.

— Vous n'avez pas de permis pour entrer dans un lieu par effraction, rétorqua Roman en laissant tomber le portefeuille.

Il glissa la licence dans la poche arrière de son jean.

— Vous n'en avez pas non plus pour suivre ma femme, poursuivit-il d'un ton glacial. Qui vous a embauché ? Mais vous préférez peut-être attendre et expliquer tout ça à la police ?

— Je suis certain que vous n'avez pas la moindre envie que la police s'en mêle, Bradshaw, siffla l'homme. Votre *femme* cracha-t-il, vit ici sous une fausse identité. Je n'avais pas l'intention de lui faire le moindre mal. Je cherche seulement des informations.

Roman sentit son cœur se glacer.

— Que savez-vous sur ma femme ?

— Bien plus que vous.

Roman lança l'arme sur le côté et attrapa l'homme à la gorge.

— Parle !

— Demandez à votre famille si vous voulez savoir. C'est pour eux que je travaille, pas pour vous. Et si vous n'avez pas envie que toute l'île apprenne ce qu'ils savent déjà sur votre femme, vous feriez mieux de me laisser partir avant que les vigiles n'arrivent ici.

L'homme regarda Roman dans les yeux.

— Personne n'essaie de faire du mal à votre femme, Bradshaw. C'est elle la coupable.

Roman eut l'impression qu'une poigne de fer lui serrait le cœur. « Personne n'essaie de faire du mal à votre femme. C'est elle la coupable. » C'était impossible. Totalement impossible ! Il n'arrivait pas à croire que Leah ait fait quelque chose de mal.

Les voix se rapprochèrent. « Si vous ne voulez pas que toute l'île apprenne… »

— C'est ma famille qui vous a embauché ? reprit Roman d'un ton sec. Je peux vous assurer que maintenant, votre enquête est terminée. Vous allez quitter Thunder Key. Et si je vous revois près de Leah, je ne réponds absolument de rien. Vous comprenez ?

— Parfait. Ils avaient oublié de me dire que vous étiez complètement cinglé.

Roman lâcha l'homme, et enleva les balles de l'arme avant de la laisser tomber près de lui.

— Fichez le camp.

Il fallait qu'il découvre ce que ses parents savaient

sur Leah. Et il devait la protéger. Même si pour cela il fallait qu'il laisse partir cette ordure.

L'homme se mit péniblement debout. Il ramassa son pistolet et son portefeuille.

— Où est ma licence ?

— Dans ma poche. Estimez-vous heureux de ne pas l'avoir définitivement perdue pour effraction. Et maintenant, partez.

L'homme hésita pendant une ou deux secondes, puis s'enfonça dans l'enchevêtrement de branches et de lianes. Roman sortit sur la plage et faillit bousculer deux vigiles en uniforme. Il était à l'hôtel depuis assez longtemps pour que les gardiens le reconnaissent.

— On nous a prévenus que quelqu'un s'était introduit dans une suite, expliqua un des vigiles en haletant.

— Il y avait quelqu'un dans mon bungalow quand je suis arrivé, répondit Roman. Je suis parti à sa poursuite, mais j'ai perdu sa trace dans les bois.

Le gardien parla dans un talkie-walkie, puis fit un signe de tête à son compagnon.

— Nous allons essayer de le trouver.

L'autre vigile pénétra dans la forêt.

— Ça fait longtemps qu'il est parti, déclara Roman. Je ne sais pas s'il a eu le temps de dérober quelque chose, et il vaudrait mieux retourner voir dans le bungalow. Mais je pense qu'il a été interrompu avant d'avoir eu le temps de prendre quoi que ce soit.

Il valait mieux les laisser croire que c'était une tentative de cambriolage. Il voulait éviter à tout prix que l'on pose des questions sur Leah.

— Monsieur, nous sommes très attachés à la sécurité de nos clients. Nous avons des caméras de sécurité, et nous allons regarder les enregistrements. Cela peut nous aider à le coincer. Le bungalow était fermé à clé ?

— Oui.

Il fallait qu'il aille aider Leah. Tout cela lui était égal.

— Je dois retourner voir ma…

Femme. Il avait failli dire ma femme, mais il s'arrêta à temps.

« Si vous ne voulez pas que toute l'île apprenne… » Pour le moment, et jusqu'à ce qu'il sache ce que recelait vraiment le passé de Leah, il était préférable de ne pas révéler son identité. Il n'arrivait pas à le croire, mais manifestement le détective privé avait découvert quelque chose. Et ses parents savaient ce dont il s'agissait. Il fallait qu'il l'apprenne également.

Puis il ferait ce qu'il avait à faire, quoi que ce soit.

Il sentit sa poitrine se serrer à cette pensée, mais il savait sans l'ombre d'un doute qu'il ferait tout ce qui était en son pouvoir pour protéger Leah. Mais si cela lui était absolument impossible ? Si elle avait fait quelque chose de tellement terrible que…

Il ne devait pas penser à cela.

— Il faut que je retourne dans mon bungalow. J'ai une… amie.

— Un membre du personnel est avec elle, monsieur, répondit le vigile. La police est en route. Nous aurons besoin que vous fassiez une déposition lorsqu'ils arriveront.

Roman acquiesça.

— Bien.

Le gardien parla de nouveau dans son talkie-walkie. Son compagnon sortit du couvert des arbres.

— Je n'ai vu personne.

Dieu merci. Roman traversa la plage en courant. Le bungalow… Leah… La prendre dans ses bras lui était aussi nécessaire que respirer.

Toutes les lumières étaient allumées dans la suite. Leah était debout devant la porte-fenêtre.

Elle accourut vers lui, et il la prit dans ses bras.

— J'étais si inquiète, murmura-t-elle d'une voix tremblante.

Roman l'attira dans le bungalow, dans la lumière. Elle semblait encore sous le choc, mais elle souriait de soulagement. Mon Dieu, il ne voulait rien dire qui fasse disparaître ce sourire ! Il remarqua une employée de l'hôtel qui attendait près de la porte.

— J'ai eu si peur, chuchota Leah. Ne fais plus jamais ça ! Il aurait pu te tuer. Si quelque chose t'était arrivé…

— Chut. Ne t'inquiète pas. Je vais bien.

Il n'allait pas bien, et elle non plus, mais il ne savait pas comment lui dire ce qu'il avait appris. Il ne *voulait pas* lui en parler.

La sonnerie du téléphone retentit dans le bungalow. Leah sursauta.

Roman décrocha.

— Monsieur Bradshaw ? Un policier vient d'arriver. Quelqu'un est en train de le conduire à votre bungalow.

Roman remercia le réceptionniste et raccrocha.

— Il va falloir que nous fassions une déposition, expliqua-t-il à Leah. Ça ne devrait pas être long.

Surtout qu'il allait mentir de manière éhontée.

— Ta joue, dit soudain Leah, levant la main pour la toucher doucement. Tu t'es coupé.

Roman ne l'avait même pas senti.

— Ça a dû arriver quand je poursuivais l'homme entre les arbres.

Les yeux de Leah s'assombrirent un instant, alors que la peur s'emparait de nouveau d'elle. La peur qu'elle éprouvait pour lui.

— Je vais bien, lui dit-il de nouveau.

Elle n'avait aucune raison d'avoir peur pour lui. Cela au moins était vrai. C'était elle qui avait peut-être des ennuis. Il y avait quelque chose de terrible dans son passé, et il ne trouverait la paix que lorsqu'il saurait ce que c'était.

Quelqu'un frappa à la porte. L'employée de l'hôtel l'ouvrit, et un homme portant l'uniforme de la police de Thunder Key entra. La femme referma la porte en partant.

Le policier serra la main de Roman et ils s'assirent à la table. Roman expliqua brièvement qu'ils avaient déjà appelé la police pour signaler que quelqu'un suivait Leah, et qu'elle recevait des coups de téléphone étranges. Il passa tout le reste sous silence. Le policier prit des empreintes sur les fenêtres et la porte du bungalow.

Lorsqu'il eut terminé, il leur dit :

— Je vais prendre les enregistrements des caméras de sécurité. Je vous tiens au courant si j'ai du nouveau. Et si vous vous rendez compte que quelque chose a été dérobé, appelez-moi au poste.

— Merci.

Roman l'escorta à la porte. Puis il se retourna vers Leah. Elle était debout près du lit, pâle et l'air épuisé.

— Ce n'est rien, dit-il. N'y pense plus.

Il sentit le découragement l'envahir tout à coup avec

une telle violence qu'il en eut la nausée. Il n'avait pas la moindre idée de ce qui attendait Leah. Elle semblait si naïve, si belle et si fragile !

Elle leva vers lui des yeux pleins d'inquiétude et de tourment.

— Quelque chose ne va pas, déclara-t-elle.

Il sentit son cœur se serrer.

— Il y a quelque chose que tu ne me dis pas.

Il la fit s'asseoir sur le lit, la prit dans ses bras, lui caressa les cheveux, le dos, ses bras si doux…

— Roman !

Il recula assez pour voir son visage.

— L'homme qui te suivait s'appelle Norman Robertson, dit-il. C'est un détective privé qui travaille pour ma famille. Je n'ai pas dit à la police que je l'avais attrapé parce que… Je ne voulais pas qu'ils me posent des questions… A propos de toi.

Il sortit la licence du détective de sa poche, et la lui montra.

— Mon Dieu ! souffla-t-elle.

Elle avait de nouveau l'air épouvanté.

— L'important, c'est que cet homme qui t'observait, te photographiait, ne va pas te faire de mal. Tu n'as rien à craindre de lui.

Elle était peut-être en danger, mais c'était celui d'être jugée pour meurtre, pas celui d'être épiée par un fou. Pourtant, il ne voulait rien lui dire pour le moment. Il ne savait rien, et tout ce qu'il pourrait ajouter ne ferait que la déstabiliser davantage. Il allait découvrir la vérité tout seul, et ensuite il lui prouverait que rien ne pourrait les séparer.

Et il priait pour que ce soit vrai.

— Tu n'as plus de souci à te faire à son sujet : son enquête est terminée.

— Tu en es certain ?

— Je vais m'en assurer.

Il avait envie d'appeler ses parents immédiatement, mais son père lui avait déjà menti hier. Il fallait qu'il leur parle face à face.

— Il va falloir que j'aille à New York, lui dit-il. Demain. Je reviendrai le soir même si je peux, ou le lendemain au plus tard.

— Pourquoi ?

Son expression lui donnait le sentiment qu'elle voulait s'accrocher à lui, mais elle gardait une posture rigide.

— Il faut que je parle à ma famille, expliqua-t-il. Il est temps qu'ils comprennent qu'ils ne doivent pas intervenir dans ce qui se passe ici entre nous. Et peut-être que je pourrai obtenir quelques informations pour toi. Je dois savoir ce que ce détective a découvert. Il n'a rien voulu me dire. Mais ma famille le fera. Je ne leur laisserai pas le choix.

Il essaya de calmer sa colère. Ce n'était pas le moment de la laisser éclater. Il s'occuperait de ses parents lorsqu'il serait à New York. Pour l'instant, Leah avait besoin de lui.

— Je ne peux pas y aller avec toi. Je ne suis pas prête, dit-elle d'une voix tremblante.

— Je le sais.

Il ne voulait pas la laisser le lendemain, mais il n'avait pas le choix. Il fallait qu'il découvre la vérité.

— Je ne serai pas absent plus d'une nuit, lui promit-il.

Ils restèrent silencieux un moment. La raideur des épaules de Leah trahissait sa tension, et Roman la prit dans ses bras pour tenter de l'apaiser. Il pria pour ne pas découvrir un secret terrible à New York, car une seule évidence s'imposait à son esprit : après dix-huit mois, les sentiments qu'il avait pour elle étaient plus forts que jamais, et il ne pourrait supporter de la perdre de nouveau. Malheureusement, il craignait de n'avoir aucun contrôle sur la situation.

Mais il ne voulait pas qu'elle perde espoir.

— Tu ne dois plus avoir peur, Leah. Quoi que tu aies fait par le passé, nous réglerons ça ensemble.

— Ne me fais pas de promesses, répliqua-t-elle d'une voix douce.

Ses paroles lui tordirent le cœur. Que pouvait-il lui répondre sans mentir ? Alors, simplement, il s'allongea sur le lit et la prit dans ses bras. Les vêtements de Leah étaient encore un peu humides, mais sa peau était chaude, et elle était tout ce dont il avait besoin en ce moment. Elle était prête à s'offrir à lui, et il la désirait tant que tout son corps lui faisait mal.

— Tu m'as tellement manqué, murmura-t-il contre ses lèvres.

Il voulait que cette nuit ne se termine jamais. Il voulait que tout soit possible. Il l'attira contre lui et l'embrassa tendrement, en y mettant toute son âme.

Leah sentit sa tête tourner. Lorsqu'il glissa la main sous son chemisier, la sensation qu'elle éprouva au contact de ses doigts contre sa peau lui parut au-delà des mots. Elle ne voulait penser à rien, seulement se laisser aller au contact de ses mains, de sa bouche sur son corps.

Il lui ôta son chemisier, puis, d'un mouvement preste, il quitta sa chemise, et caressa le soutien-gorge presque transparent qu'elle portait. Il passa le doigt sur la dentelle, l'interrogeant du regard, lui demandant la permission de continuer. Elle dégrafa la fermeture, et l'enleva.

Comme s'il ne pouvait pas résister une seconde de plus, il prit ses seins entre ses paumes, enfouit son visage contre elle, et l'embrassa, la respira, tandis qu'elle cherchait frénétiquement la fermeture de son jean.

Elle avait tellement envie de lui ! La fermeture lui résista et elle insista, les doigts tremblant de désir.

— J'ai besoin de toi maintenant, murmura-t-elle alors qu'il passait la langue sur un téton durci.

Il leva la tête et elle se perdit un instant dans ses yeux.

Elle baissa son slip sur ses hanches, et il l'aida à le faire descendre le long de ses cuisses pour l'enlever. Elle s'attaqua de nouveau à la fermeture du jean de Roman et ils se retrouvèrent enfin tous les deux nus dans le grand lit entouré de voiles.

Leah caressa son torse doux et musclé, fermant les yeux pour mieux savourer l'ivresse de sentir sa peau chaude sous ses doigts. Il était si solide, si sûr pour elle dans ce monde où elle se sentait en danger depuis longtemps. Tout son univers se réduisait à lui, ici et maintenant.

Quand il recommença à l'embrasser, à caresser chaque parcelle de son corps, elle sentit l'extase la gagner. Tout était tendre, simple et naturel. Elle prit son sexe chaud et dur dans ses mains, preuve de son excitation décuplée. Il redoubla de caresses auxquelles elle répondit immédiatement. Elle sentait que son sexe était chaud et humide, prêt à le recevoir. Elle souleva les hanches et l'encouragea, mais il voulait prendre son temps.

— Nous avons toute la nuit, dit-il contre ses lèvres.

Puis sa bouche descendit plus bas, toujours plus bas, jusqu'à ce qu'elle sente sa langue caresser son clitoris. Il le tourmenta jusqu'à ce qu'elle soit dévorée par la passion.

— Je t'en prie Roman, maintenant !

Puis elle fut incapable de parler. Si c'était une torture, c'était la plus merveilleuse qu'elle ait jamais connue. Un tourbillon d'émotions et de sensations la submergea. Il lui ôta toutes ses inhibitions, la laissant seulement gouvernée par la passion et ses caresses toujours plus audacieuses. C'était primitif et réel, comme rien d'autre ne l'avait été au cours de ces dix-huit derniers mois.

Ses mains étaient partout. Sa bouche était partout.

— Oui, oui…

Elle pouvait seulement murmurer ce mot alors qu'elle sentait la langue de Roman s'aventurer plus profondément. Puis tout son corps se mit à trembler.

Elle s'arc-bouta, et retomba sur le lit, complètement brisée et étourdie. Lentement, très lentement, il se souleva au-dessus d'elle. Elle saisit son sexe à pleines mains, et la réaction instinctive de Roman la fit trembler violemment. La chaleur qui l'avait emportée juste auparavant augmenta encore en intensité.

Avec une lenteur insupportable, il se pencha sur elle. Elle agrippa ses fesses, et le guida alors qu'il la pénétrait. Les muscles de ses bras puissants se raidirent et une lueur sauvage brilla dans ses yeux. Pourtant, il était à peine entré en elle, et son sexe commençait tout juste à se frayer un chemin dans son intimité.

Lentement, très lentement, il glissa plus profondément, en continuant à soutenir son regard. Il lui prit les lèvres dans sa bouche en avalant son gémissement de plaisir alors qu'il s'enfonçait complètement en elle. Leah s'accorda au rythme intolérablement langoureux qu'il dictait, tout en l'embrassant de toute son âme.

Puis il accéléra, et elle interrompit brusquement leur baiser pour jeter la tête en arrière. Le cri qu'elle s'entendit pousser était presque inhumain, puis elle fut assourdie par le battement du sang à ses oreilles. Elle eut la sensation que des étincelles jaillissaient et explosaient dans tout son corps. Elle ouvrit alors les yeux et il jouit en la dévorant du regard, prononçant son nom avant de se laisser retomber sur elle.

Elle sentait les battements de son cœur accordés aux siens, sa respiration contre sa joue, ses bras étroitement serrés autour d'elle. Puis il s'allongea près d'elle, et l'installa confortablement au creux de son épaule. Il n'y avait d'autre bruit que le battement de leurs cœurs, le crépitement des gouttes de pluie sur le toit du bungalow et le froissement plaintif des feuilles de palmier dans le vent.

Elle dormit sans rêver.

Le matin arriva, amenant avec lui l'appréhension du futur. Leah ouvrit les yeux, vit Roman à côté d'elle, entendit la pluie qui tombait toujours, et dut retenir les larmes qui lui picotaient les yeux.

Il allait partir à New York aujourd'hui. Il allait découvrir la vérité, quelle qu'elle fût.

Et ils ne partageraient peut-être plus jamais des moments comme ceux-là.

Mais elle savait que, quoi qu'il arrive, elle ne regretterait jamais les deux nuits qu'elle avait passées dans ses bras. Faire l'amour avec Roman avait été l'expérience la plus forte de sa vie. Il lui donnait le sentiment d'être chérie, il l'emportait avec sa bouche et ses mains ensorceleuses. Et elle savait que ce n'était pas seulement Thunder Key qui était sa maison. C'était Roman.

Lorsqu'il dormait, il avait l'air tellement paisible qu'elle n'avait aucune envie de le réveiller. Ses cheveux noirs étaient ébouriffés, son menton ombré d'une légère barbe. Il était dangereusement sexy sans rien faire pour cela. Son cœur fit un bond lorsqu'elle se souvint comment il avait soutenu son regard pendant qu'il atteignait le paroxysme de la passion. Alors qu'elle l'observait ainsi, il ouvrit les yeux et croisa son regard.

Il allait partir, et soudain, cela lui parut insupportable.

— Je vais me préparer pour te conduire à l'aéroport de Key West, déclara-t-elle, déterminée à atteindre la salle de bains avant de se mettre à pleurer.

— Pas encore.

Il la retint, et elle vit à quel point il était lui-même ému.

— Nous avons encore un peu de temps, murmura-t-il d'une voix sensuelle.

— Pas beaucoup.

— Assez.

Son regard torturé la déchirait, et elle ferma les yeux, incapable de supporter de voir à quel point il l'aimait. Leur relation ne reposait sur aucune base solide, et ils le savaient tous les deux.

Et si elle était recherchée pour un crime dont elle ne se souvenait pas ? Même s'il lui affirmait le contraire, ce qu'elle avait fait dans le passé pouvait entièrement changer ses sentiments pour elle.

Penser lui faisait trop de mal. Lorsqu'elle sentit sa bouche caresser ses lèvres, elle ravala un sanglot et l'attira vers elle. Il n'y eut rien de lent dans la façon dont ils firent l'amour alors : ce fut rapide et intense.

Lorsqu'ils redescendirent sur terre, Roman la serra contre lui comme s'il ne voulait plus jamais la lâcher.

Ils demeurèrent silencieux pendant le trajet jusqu'à Key West. Lorsqu'ils arrivèrent au petit aéroport, Roman ne descendit pas tout de suite de voiture.

— Il y a quelque chose que je dois te dire, commença-t-il d'une voix hésitante. J'aurais dû t'en parler avant. Tu as le droit de savoir.

Leah attendit, la gorge nouée. Ça n'augurait rien de bon.

Il la regarda dans les yeux.

— Lorsque la police a retrouvé ta voiture, il y avait des formulaires de divorce dans un attaché-case. Tu avais l'intention de me quitter.

La nausée la souleva.

— Pourquoi ?

Il secoua la tête.

— C'est une question à laquelle toi seule peux répondre, Leah.

Le Shark and Fin était presque vide. Le mauvais temps avait découragé même les clients habituels. Sur l'écran de télévision allumé au-dessus du comptoir, les messages d'alerte se succédaient, annonçant de probables inondations. La tempête tropicale — maintenant officiellement un ouragan — suivait toujours une trajectoire difficile à prévoir, et il était toujours impossible de savoir si oui ou non elle allait frapper les Keys. Mais les vents prenaient de la vitesse et se dirigeaient vers les côtes, entraînant avec eux des pluies torrentielles.

Leah sentait ses épaules tendues par le stress, mais ce n'était pas à cause de l'orage. C'était l'idée de Roman, qui volait en ce moment vers Miami pour y prendre une correspondance pour New York. Elle était restée sur le tarmac noyé sous la pluie et avait regardé le petit avion décoller dans le ciel gris de plomb. L'avion avait immédiatement disparu dans les nuages. Même si Roman le voulait, elle n'était pas certaine qu'il pourrait tenir parole, et revenir ce soir ou demain matin. Si les conditions météorologiques empiraient, l'aéroport de Key West pourrait bien être momentanément fermé.

Il avait fait promettre à Leah que, si l'ouragan menaçait Thunder Key, elle se réfugierait sur le continent. Avant de quitter le White Seas, il avait réservé une chambre au Grand Palm Hotel de Miami pour les deux nuits suivantes.

— C'est au cas où on vous demande d'évacuer l'île, lui avait-il dit. La chambre est à nos deux noms. Je te retrouverai là-bas.

Il avait pensé à tout, mais elle savait bien qu'il ne pouvait pas prévoir ce qu'il découvrirait sur son passé à New York. Et, en ce qui concernait le divorce, elle était toujours sous le choc. Elle comprenait maintenant la retenue qu'elle avait remarquée chez lui. Il craignait qu'elle ne le quitte lorsqu'elle se souviendrait de tout. Et elle ne rêvait que d'une chose : lui dire que cela ne pouvait pas arriver. Mais qu'allait-il trouver à New York ?

Les heures s'écoulèrent lentement. Leah renvoya Shanna chez elle dans l'après-midi, et elle resta seule avec Joey pour tenir le bar. Il l'aida à mettre des planches devant les fenêtres avant de repartir chez lui en début de soirée.

— Impossible de savoir ce qui va se passer pendant la nuit, déclara-t-il. L'ouragan se dirige vers le sud. Garde ta radio allumée. Tu as des piles ?

— Tout ira bien.

Elle tourna la pancarte pour indiquer que le bar était fermé et verrouilla la porte. Il y avait un plein dans le camion de Morrie. Si elle devait partir dans la nuit, elle était prête. Elle prit la radio et se prépara à monter dans son appartement, où elle n'avait plus dormi depuis deux jours.

Le vent soufflait et la pluie frappait le toit. Elle était en train de monter l'escalier lorsqu'elle s'arrêta, comprenant soudain que les bruits qu'elle entendait n'étaient pas provoqués par l'orage.

Quelqu'un frappait à la porte du bar.

13

Jamais Roman n'avait vécu un jour aussi long. Il arriva à Miami juste à temps pour prendre l'avion de New York. Comme il avait acheté son billet à la dernière minute, il dut faire escale à Atlanta où il atterrit avec une demi-heure de retard. Cela lui laissait juste assez de temps pour passer un coup de fil.

Il n'avait pas la moindre intention de parler de Robertson à ses parents au téléphone, mais il devait s'assurer qu'ils étaient disponibles. Bien entendu, si le détective les avait contactés, ils ne seraient pas surpris par son arrivée.

— M. Bradshaw a pris sa journée, répondit Rita, la secrétaire de son père, de sa voix lisse.

Walter Bradshaw ne prenait jamais de vacances.

— Il est malade ?

Et Roman se dit que si c'était le cas, c'était vraiment sérieux pour qu'il ne vienne pas travailler. Malgré la colère qu'il ressentait envers ses parents, cette pensée le troubla.

— Je ne sais pas, répondit Rita.

— Gen est là ? demanda-t-il.

— Elle est également absente.

Roman raccrocha et appela chez ses parents. Ce fut Barbara Bradshaw qui répondit.

— Roman !

Sa voix distinguée sonnait étrangement.

— Où es-tu ?

— A l'aéroport d'Atlanta. Je suis sur le chemin de New York.

— Dieu merci !

— Papa va bien ?

— Ton père ? Oui, bien sûr. Je suis si heureuse que tu reviennes à la maison ! Nous avons besoin de toi. C'est Roman, l'entendit-il souffler à quelqu'un.

Des gens passèrent près de lui dans le terminal de l'aéroport, couvrant de leurs voix les mots que sa mère prononça ensuite.

— Pardon ?

— Gen t'a appelé ?

— Non. Pourquoi l'aurait-elle fait ?

Il se demanda si ses parents avaient convaincu Gen de jouer les médiateurs auprès de lui, après le fiasco de l'affaire du détective privé. Cela ne l'aurait pas surpris.

Sa mère répondit quelque chose, mais la voix d'une hôtesse annonçant l'embarquement immédiat pour le vol de Roman couvrit de nouveau ses paroles.

— Je dois prendre mon avion, déclara-t-il. J'arrive dans quelques heures. Il faut que je vous parle, à toi et papa. Il faut que vous soyez là tous les deux. Je n'aurai pas beaucoup de temps. Je rentre ce soir à Thunder Key.

Il raccrocha, et se dirigea vers la porte d'embarquement.

La résidence des Bradshaw était située près de Madison, dans un quartier huppé de Manhattan. Les rues y étaient bordées d'une double rangée d'arbres, et tout y respirait l'opulence. Le hall en marbre de l'immeuble était aussi froid que les immenses appartements qu'il abritait. Roman avait grandi dans l'étage supérieur, d'où l'on jouissait d'une magnifique vue sur toute la ville, qui bruissait constamment d'activité.

Thunder Key et sa nonchalance lui manquaient. Et Leah.

Sa mère lui ouvrit. Comme toujours, elle était coiffée et habillée avec soin. Même pour rester chez elle, elle était vêtue d'un tailleur et était discrètement maquillée. Elle était toujours prête à recevoir, ou à sortir faire les magasins.

— Roman, on dirait que tu t'es battu ! s'exclama Barbara en le prenant brièvement dans ses bras avant de lever une main vers l'égratignure de sa joue.

Il se battait pour son avenir avec Leah. Mais ce n'était pas ce que sa mère voulait dire.

— Ce n'est rien, dit-il en passant devant elle. Il faut que nous parlions.

— Roman…

Le ton de sa voix l'arrêta. Il y avait une profonde émotion dans la façon dont sa mère avait prononcé son nom, et cela le surprit. Elle montrait rarement ses sentiments. Roman n'avait jamais vu ses parents se disputer. Lui, au contraire, avait eu des discussions acharnées, parfois féroces avec Leah, et chacune d'elle s'était terminée par des étreintes encore plus passionnées. Cela faisait partie de ce qui l'avait effrayé — ces sentiments qui s'exprimaient librement — il lui avait fallu longtemps pour s'en rendre compte. Là, alors qu'il revenait dans l'appartement austère de ses parents, cela lui sembla plus évident que jamais.

Pourquoi n'avait-il pas dit à Leah qu'il l'aimait avant de quitter Thunder Key ? Mais il connaissait la réponse : il avait eu peur. Il l'avait déjà perdue une fois, et lorsqu'il l'avait retrouvée, il s'était protégé contre l'éventualité de la perdre de nouveau. Il avait gardé ses émotions sous contrôle. Il avait fait la même bêtise que d'habitude… Et la vie était trop courte pour laisser la peur décider de tout.

Mais ce n'était pas le moment de penser à cela. L'expression du visage de sa mère l'inquiéta. Elle avait presque l'air paniqué, et il se rendit compte qu'elle était très pâle, sous son maquillage parfait.

— Gen a besoin de toi, lui dit-elle. Je suis heureuse que tu sois là.

Barbara porta une main tremblante à ses lèvres, mais n'ajouta rien. Roman s'approcha d'elle et posa les mains sur ses bras frêles.

— Que se passe-t-il ?

— Dieu merci, tu as retrouvé la raison et tu es rentré à New York, fiston !

Roman pivota. Walter Bradshaw, vêtu comme à l'ordinaire d'un costume et d'une cravate, se dirigeait vers eux.

— Je vais repartir tout de suite, répondit sèchement Roman. Je ne suis venu ici que pour vous dire d'arrêter de vous mêler de ma vie, vous et votre détective privé.

— Quel détective privé ? demanda Barbara.

Roman se retourna vers elle.

— Celui que vous avez engagé pour suivre Leah, et enquêter sur son passé.

Il se retourna vers son père.

— Maintenant, je veux la vérité. Je veux savoir ce que vous avez découvert sur Leah.

— C'est terminé, mon fils, répondit Walter. Ça ne sert à rien.

— J'ai besoin de le savoir, répliqua Roman en se préparant à entendre le pire.

Son père secoua la tête.

— Tu n'as pas voulu m'écouter, dit-il d'un ton véhément. Nous t'avions bien dit qu'il y avait quelque chose d'étrange chez cette fille ! Elle est arrivée à New York comme si elle n'avait pas de passé. Tout le monde a un passé, fiston. Elle aurait causé ta perte !

— Qu'avez-vous trouvé sur Leah ?

— Elle a été impliquée dans un meurtre quand elle avait dix-sept ans, intervint Barbara. Les circonstances demeurent peu claires, et elle n'a jamais été officiellement inculpée. Mais ensuite elle a passé quelques mois dans un centre de redressement.

— D'après ce que nous en savons, ajouta son père après quelques secondes lourdes de tension, tu as épousé une criminelle.

Roman eut l'impression qu'on venait de le frapper à l'estomac.

— Vous pensez réellement que Leah aurait pu tuer quelqu'un ?

L'expression du visage de ses parents suffit à lui répondre.

— Elle savait que vous étiez au courant ?

Etait-ce pour cela qu'elle l'avait quitté cette nuit-là,

il y avait dix-huit mois ? Essayait-elle de l'épargner ? Ses parents l'avaient-ils convaincue qu'elle allait ruiner sa vie, la future carrière politique dont il n'avait jamais voulu ? Tant de questions lui torturaient l'esprit !

Qui était cet homme en blouse blanche devant lequel Leah fuyait dans ses cauchemars ? Faisait-il partie du personnel du centre ? Roman avait l'impression désagréable que les pièces du puzzle s'assemblaient mal. Quelque chose continuait à le tracasser.

— Tout cela n'a pas d'importance, intervint Walter. Elle est morte.

— Vous savez bien qu'elle n'est pas morte ! l'interrompit Roman d'une voix rauque, en sentant son sang bouillir dans ses veines.

Il fallait qu'ils arrêtent de lui mentir.

— Je suis sûr que Robertson vous a déjà dit qu'elle était en vie, si Mark ne l'a pas fait.

— Quoi ?

Barbara semblait sur le point de s'évanouir.

— Cette fille est vivante ?

Roman fusilla sa mère du regard.

— *Cette fille* est ma femme.

Il se retourna vers Walter.

— Tu as envoyé Robertson là-bas…

— Qui ? demanda Walter.

— Norman Robertson. Détective privé à Miami, lâcha sèchement Roman.

Il sortit la licence du détective de sa poche et la lança à Walter.

— Ne me mens plus ! Tu m'as fait suivre à Thunder Key. Je veux que tu me dises la vérité maintenant.

Le visage de Walter s'empourpra.

— Je ne t'ai jamais fait suivre à Thunder Key !

— Leah est vivante ? répéta Barbara.

— Elle a perdu la mémoire après l'accident, et elle est allée dans le seul endroit qui lui évoquait quelque chose : là où nous avions fait notre voyage de noces.

Roman regarda de nouveau son père.

— Il y a de nombreuses choses à régler, mais j'espère...

Il sentit sa poitrine se serrer.

— J'espère que nous pourrons revivre ensemble.

Ces mots lui venaient du cœur. Il avait mal, et il n'avait qu'un seul souhait : en finir avec cette confrontation et retourner auprès de Leah. C'était à elle qu'il voulait dire ceci, pas à ses parents.

Il prit une profonde inspiration.

— Ce que vous me dites de son passé ne m'intéresse pas. Cela n'a aucune importance pour moi. Si elle veut bien de moi, je veux reconstruire ce que nous avions, notre mariage. Et si vous voulez continuer à me voir, ajouta-t-il sèchement, vous ne devez pas vous en mêler.

— Je ne connais pas ce Robertson, et je n'ai envoyé personne à Thunder Key, déclara Walter.

Il tenait la licence d'une main tremblante.

— J'ai demandé à quelqu'un d'enquêter sur Leah juste après votre mariage, c'est vrai, et je l'ai reconnu. Mais ce n'était pas à ce Norman Robertson. Je n'ai jamais entendu parler de lui. Et je jure sur tout ce que j'ai de plus sacré que je n'ai jamais demandé à quiconque de te suivre à Thunder Key. Je ne savais pas que Leah était encore en vie.

Les paroles de son père restèrent en suspens dans l'air lourd. Roman regarda sa mère. Il remarqua de nouveau l'expression hagarde de son visage et fut saisi d'appréhension. Il pivota de nouveau vers son père, et comprit alors qu'il lui disait la vérité.

— Oh mon Dieu ! s'écria Roman d'une voix soudain cassée.

Les pensées se bousculaient dans son esprit.

— Si tu n'as pas envoyé Robertson à Thunder Key…

— Je te jure, mon fils, que ce n'était ni moi ni ta mère.

— Alors, qui l'a fait ?

L'homme avait dit qu'il avait été embauché par quelqu'un de la famille. Cela ne pouvait être que… Mark. Mais pourquoi Mark aurait-il engagé un détective privé ? Cela n'avait aucun sens.

— Je ne sais pas, répondit Walter.

— Il faut que j'appelle Leah !

Roman se précipita dans le salon, et s'arrêta net : sa sœur Gen était blottie sur le canapé, tenant son visage entre ses mains.

Elle leva la tête. Elle avait les yeux rouges et les joues humides.

— Roman…

Elle prononça son nom en tremblant.

— Il voulait seulement aider ses patients. Il a toujours dit que c'était pour cela qu'il était devenu médecin. Il prenait les choses trop à cœur, peut-être. C'est tout. Il soulageait ceux que les autres médecins ne voulaient pas aider.

— De quoi parles-tu ?

Roman n'avait qu'une envie : décrocher le téléphone et appeler Leah, mais le désarroi de Gen l'émouvait profondément. Bon sang, que se passait-il donc ici ?

— Où est Mark ? Il faut que je lui parle.

— Je croyais que tu savais, dit Walter en entrant

dans le salon. Je pensais que c'était pour cela que tu étais revenu.

— Que je savais quoi ?

Roman ne comprenait plus rien.

— Quelqu'un va-t-il enfin me dire ce qui se passe ici ?

— Mark n'a plus le droit d'exercer, reprit Gen d'une voix paniquée. Il est accusé d'avoir prescrit des antalgiques de manière abusive.

— Quoi ?

Roman sentait sa tête tourner. Le mari de Gen avait un des cabinets les plus prestigieux de New York. Il soignait de nombreuses personnalités et des hommes politiques. Gen avait réussi là où Roman avait échoué : elle avait choisi le conjoint parfait, selon les critères Bradshaw.

— Qui a décidé ça ?

— Le procureur, répondit Walter.

Roman se retourna, et vit sa mère pleurer silencieusement. Maintenant, il comprenait pourquoi il avait ressenti cette atmosphère lourde dans l'appartement.

— Tous les journaux en parlent depuis ce matin, dit Barbara d'une voix tremblante. Tu n'as rien vu ?

Il avait regardé la chaîne météorologique, et ne s'était intéressé qu'à l'ouragan qui menaçait les Keys.

— Non.

Toujours sous le choc, il s'assit à côté de Gen. Sa sœur se jeta dans ses bras.

— Il a été accusé d'avoir escroqué l'assurance maladie en surfacturant ses consultations, sanglota Gen contre lui. Et on dit qu'il a touché des pots-de-vin de la part de laboratoires pharmaceutiques, pour prescrire des antalgiques à très haute dose. Certains de ses patients sont devenus dépendants, et il y a eu plusieurs décès par overdose. La police a fait une descente dans son cabinet, et même la secrétaire et l'infirmière sont en garde à vue.

— Où est Mark ?

Maintenant, il était aussi ébranlé qu'eux. Cela faisait dix ans que Gen et Mark étaient mariés. Marc avait été un beau-frère parfait. Roman avait toujours pu compter sur lui. Et maintenant, on le tenait responsable de la mort de plusieurs patients ? Comment cela pouvait-il être vrai ?

Gen leva le visage vers lui.

— Le journaliste a dit qu'il risquait la prison à vie s'il était pris. Et qu'il va devoir payer plusieurs millions de dommages et intérêts. Il a tout perdu : son cabinet, notre maison, notre argent… La police enquête depuis plus d'un an et demi, et je n'étais au courant de rien.

Roman sentit l'angoisse grandir. Il agrippa Gen par les épaules.

— Où est Mark ? répéta-t-il.

— Je ne sais pas ! Il est parti. Il a quitté la maison hier, et je ne l'ai pas revu depuis. Hier soir, il a appelé pour me dire qu'il allait revenir très tard du travail, mais quand je me suis réveillée ce matin, j'ai vu qu'il n'était pas rentré à la maison. Je n'arrête pas de téléphoner sur son portable, mais il ne répond pas.

Roman se sentit soudain mal.

— Leah était au courant de tout cela ?

— Quoi ? demanda Gen, l'air abasourdi.

— Tu sais ce qui a lancé toute cette affaire ?

— Quelqu'un est allé porter plainte après la mort d'un patient, geignit Gen.

Il y avait un journal sur la table basse. Pour la première fois, Roman se rendit compte que Mark faisait la une. Il se pencha et l'attrapa.

« UN MÉDECIN RÉPUTÉ DE MANHATTAN RECHERCHÉ PAR LA POLICE » : c'était le titre qui s'étalait sur la première page. Roman parcourut l'article le cœur battant. Il lut la litanie des charges qui pesaient contre Mark, soupçonné entre autres d'avoir provoqué le décès de dix patients. Il ouvrit le journal, à la recherche de détails supplémentaires.

L'enquête avait commencé à la suite de la mort d'une patiente de Chelsea, Nicole Bates.

Nikki. L'ancienne colocataire de Leah, son témoin de mariage !

Roman sentit la peur lui broyer le cœur.

— Bon sang, où est Mark ? demanda-t-il encore, en priant pour se tromper.

— Roman ! s'écria Barbara lorsqu'il lança le journal à terre et se précipita sur le téléphone.

Il composa le numéro du Shark and Fin. Une voix l'informa que la ligne était coupée. La tempête… Bon sang ! Il alluma la télévision, et sélectionna la chaîne météorologique.

« La tempête menace toujours le sud de la Floride, et il est fort probable que les îles Keys soient évacuées d'ici ce soir si l'ouragan continue à suivre la même trajectoire. »

Roman éteignit la télévision, et décrocha de nouveau le téléphone.

— J'ai besoin d'un numéro à Miami. Norman Robertson.

Il fut automatiquement mis en contact avec le numéro qu'il demandait.

— Tu peux m'expliquer ce qu'il se passe, fiston ?

Roman ignora la question de son père.

Il entendit une voix à l'autre bout de la ligne.

— Robertson.

— Roman Bradshaw. Si vous avez vu les nouvelles, vous savez que mon beau-frère est sous le coup d'un mandat d'arrestation, annonça sèchement Roman. Donc, si vous avez travaillé pour lui, vous avez du souci à vous faire. Je veux que vous me disiez si Mark Davison est la personne qui vous a engagé pour me suivre à Thunder Key. Et je veux savoir si vous avez la moindre idée de l'endroit où il se trouve en ce moment.

Il y eut une seconde de silence à l'autre bout du fil. Puis Robertson se mit à parler, et Roman eut l'impression que son monde s'écroulait.

— Il était à Miami ce matin, c'est tout ce que je sais, répondit Robertson. Je l'ai appelé hier soir et il m'a donné rendez-vous au bar du Royal Cypress. Je n'étais pas au courant du mandat d'arrestation, je vous le jure, poursuivit-il.

Mais Roman était déjà en train de raccrocher.

Mark était à Miami ? Oh ! mon Dieu !

Il se retourna vers Gen. Elle avait le visage ravagé.

— Je sais que tu as envie de croire que Mark n'aurait jamais pu faire ça. Je n'ai pas envie de le croire moi-même, dit-il.

Il se dirigea vers Gen et la serra dans ses bras, tout en essayant de surmonter l'horrible angoisse qui le tenaillait. Tout cela pouvait très bien être en lien avec la disparition de Leah, un an et demi plus tôt.

— Mais si ces accusations sont vraies, il en rend peut-être Leah responsable, ajouta-t-il. Elle a posé beaucoup de questions après la mort de Nikki Bates. Peut-être trop de questions.

— Cette fille ne nous a apporté que des ennuis, commença Barbara.

Roman l'interrompit aussitôt.

— Si elle est allée voir la police après la mort de Nikki, c'était pour sauver d'autres vies.

Il les regarda tous.

— Nikki Bates était la meilleure amie de Leah. Elle a été dévastée lorsqu'elle est morte. Et si elle a compris qu'on prescrivait à Nikki des quantités anormales d'antalgiques…

Il se remémorait les derniers jours que Leah avait passés à Manhattan, son désarroi lorsqu'elle voyait les ordonnances de Nikki…

Leah avait-elle fait part de ses doutes à la police ? Et Mark l'avait-il appris d'une manière ou d'un autre ? Avait-il poussé sa voiture par-dessus la rambarde du pont cette nuit-là ? Ce même Mark qui l'avait soutenu aux heures les plus noires après la disparition de Leah ? Ce serait une telle trahison que pour le moment il n'arrivait pas vraiment à l'envisager.

— Mark savait que Leah était vivante, poursuivit Roman.

C'était sa faute. C'était *lui* qui l'avait révélé à Mark. La culpabilité qu'il ressentit alors fut à peine supportable.

— C'est Mark qui a engagé Robertson. Il est en Floride en ce moment, et il y est peut-être allé pour faire du mal à Leah. Je ne veux pas croire que… Quelqu'un a également passé des coups de fils anonymes, et ça ne peut être que Mark. Il est le seul qui savait que Leah était en vie. Vous l'aviez mis au courant de son passé ?

Les yeux de Gen s'écarquillèrent.

— Leah est vivante ?

— Oui, répondit lourdement Walter. Mark savait tout. Je lui avais demandé de parler à Leah, de lui dire que nous étions au courant de ce qu'elle avait fait, et que si elle t'aimait elle ne pouvait pas gâcher ta vie.

Il s'interrompit comme s'il ne savait plus quoi dire. l'air soudain vieux et malade.

Roman n'arrivait plus à ressentir la colère ni le sentiment de trahison : il avait trop peur. Et le temps était compté.

Il décrocha de nouveau le téléphone.

— J'ai besoin du numéro de l'hôtel Royal Cypress, à Miami.

De nouveau, il fut automatiquement mis en communication avec son correspondant.

— Je voudrais parler à un de vos clients, Mark Davison. C'est une urgence familiale.

Le réceptionniste vérifia sur son ordinateur.

— Je suis désolé, monsieur, mais il a déjà quitté l'hôtel.

— Vous savez s'il est allé à l'aéroport ?

— Je vais demander au concierge, répondit l'homme. Il le sait peut-être.

Le concierge décrocha quelques instants plus tard.

— M. Davison ? Oui, je me souviens qu'il est parti ce matin. Il a demandé une carte, et des renseignements sur un itinéraire.

— Pour aller où ?

— A Thunder Key.

14

— Bonjour. Je suis Mark, le beau-frère de Roman. Il est ici ?

Mark. C'était l'homme auquel Roman avait parlé au téléphone. Celui qui lui avait donné le nom d'un psychiatre. Le mari de la sœur de Roman.

— Non, il n'est pas là, répondit Leah.

Elle se rendit soudain compte que l'homme était debout sous une pluie battante.

— Entrez. Vous allez être trempé.

Il l'était déjà malgré son imperméable à capuche. Elle ne voyait que des yeux gris briller dans un visage ruisselant. Les rafales de vent battaient son pantalon noir gorgé d'eau. Ses chaussures laissèrent de larges traces de boue sur le sol. C'était un homme grand, anguleux, mais avec une expression affable.

Pendant un long moment, ils restèrent ainsi debout dans le hall sombre, puis il déclara :

— Je sais que c'est étrange, mais j'ai l'impression que je devrais te serrer dans mes bras. Je fais partie de la famille, tu sais.

Il la regarda comme s'il hésitait et attendait sa permission. Mais l'attitude distante qu'elle avait adoptée depuis qu'elle était à Thunder Key la retint… ainsi que quelque chose de plus difficile à définir. Elle n'en avait pas envie.

— C'est bon de te revoir, Leah, reprit-il lorsqu'il vit qu'elle ne bougeait pas. C'est bien toi ! Je n'arrivais pas à croire Roman quand il m'a appris que tu étais encore vivante. Il fallait que je vienne voir par moi-même.

Elle ne savait pas quoi dire. La situation était étrange, comme il l'avait remarqué lui-même. Elle repensait à tout ce que Roman lui avait raconté de ses relations tendues avec sa famille. Mais Mark semblait véritablement heureux de la voir.

— Roman n'est pas ici, répéta-t-elle. Je suis désolée. Il est parti à New York ce matin.

Que savait Mark des raisons qui avaient poussé Roman à faire ce voyage ? Elle ne savait pas trop ce qu'elle pouvait lui en révéler.

— Vous voulez boire quelque chose ?

— Merci.

Il la suivit dans le bar. Elle posa la radio sur le comptoir, et alluma les lumières au-dessus. Le reste de la pièce resta dans l'ombre à cause des planches fixées sur les fenêtres.

— Nous avons fermé à cause de la tempête, expliqua-t-elle.

— J'ai vu beaucoup de voitures sur la route, dit Mark en s'installant sur un tabouret du bar.

Il enleva son imperméable. La chemise qu'il portait dessous était humide, et il frissonna légèrement. Ses cheveux bruns étaient mouillés, collés sur son crâne.

— Il fait froid ici, dit Leah en mettant le chauffage. Alors, demanda-t-elle en se retournant, que voulez-vous boire ?

Pourquoi était-il là ? Elle ne savait pas comment se comporter. Elle se disait qu'elle allait devoir s'habituer à rencontrer des gens qui l'avaient connue dans le passé, et dont elle ne se souvenait pas… Mais elle aurait aimé que Roman soit avec elle.

— Une bière sera parfaite.

Mark lui dit la marque qu'il préférait. Elle ouvrit une bouteille et la lui tendit par-dessus le comptoir.

On entendait la pluie crépiter dehors, et les planches clouées aux fenêtres grincer.

— J'allais justement écouter le bulletin météo à la radio. La dernière fois, j'ai entendu que la tempête se dirigeait vers le sud et que les Keys allaient peut-être être évacuées. J'ai l'impression que beaucoup de personnes ont pris les devants.

Il la dévisagea de ses yeux gris pâle tout en buvant une gorgée de bière.

— Et toi, tu ne pars pas, Leah ?

— Je viens tout juste de fermer le bar. Les lignes téléphoniques ont été coupées il y a deux ou trois heures, mais j'écoute tous les bulletins à la radio.

— Alors tu es seule au Shark and Fin.

— J'ai renvoyé tous les membres du personnel chez eux pour qu'ils puissent protéger leur maison et se tenir prêts en cas d'évacuation.

— Pourquoi Roman est-il allé à New York ?

— Il avait besoin de voir ses parents.

Mark prit une autre gorgée de bière.

— Et il t'a laissée seule ?

— Il revient ce soir ou demain. Il a réservé une chambre au Grand Palm Hotel de Miami, au cas où les Keys seraient évacuées. Il me retrouvera là-bas.

— Ah… Toujours aussi organisé, n'est-ce pas ?

Quelque chose, peut-être une branche d'arbre, craqua dehors, et Leah sursauta. Elle porta une main tremblante à son visage, pour écarter une mèche de cheveux qui tombait sur sa joue. Les yeux pâles de Mark semblaient suivre tous ses mouvements.

Elle se sentit soudain seule dans cette grande salle avec cet homme qui faisait partie de sa famille, mais lui était totalement étranger. La pluie s'abattait sur le bâtiment. Elle alluma la radio, et chercha la station.

— J'étais en train de monter dans mon appartement pour préparer un sac avec quelques affaires.

On entendit la voix du journaliste sur fond de grésillements.

« La tempête est maintenant classée en ouragan de force 5 puisque les vents soufflent maintenant à deux cent cinquante kilomètres/heure. Contrairement aux prévisions selon lesquelles l'ouragan pourrait se diriger vers le nord et menacer la Géorgie et la Caroline du Sud, il poursuit finalement sa route vers le sud. Des inondations sont à craindre le long des rivages de la Floride, et les autorités viennent d'ordonner l'évacuation de toute la côte allant des îles Keys jusqu'à Jacksonville. »

Leah sentit un frisson d'inquiétude la parcourir. Elle regarda Mark. Il était penché sur sa bière, et la dévisageait alors qu'ils écoutaient le bulletin météo.

« L'ouragan continue à prendre de la vitesse, les météorologistes s'attendent à ce qu'il touche les terres dans la matinée. Si vous attendiez l'avis d'évacuation pour partir, il est maintenant temps de le faire. »

— Ça veut dire qu'il faut que nous quittions l'île,

expliqua Leah. En fait, je suis surprise que vous ayez pu venir jusqu'ici. Vous avez dû passer juste avant que la route ne soit fermée dans cette direction.

Il finit sa bière d'un trait.

— Cela fait quelques heures que je suis ici, Leah. J'étais à Miami ce matin pour un rendez-vous. J'ai loué une voiture là-bas, et je suis venu à Thunder Key.

— Ce n'est pas un bon moment pour visiter les Keys, remarqua-t-elle.

— Je ne suis pas venu pour visiter les Keys.

Il ne la quittait pas du regard et elle eut l'impression qu'il la touchait, même s'il était de l'autre côté du comptoir. C'était une sensation étrange, dérangeante. En fait, elle se rendit compte qu'elle avait peur. Certes, un ouragan se dirigeait droit sur les Keys, mais il y avait largement le temps d'évacuer. Pourtant, elle se sentait tendue et elle avait envie de se mettre en route immédiatement. Elle éteignit la radio.

— Il faut que nous partions.

Mark ne bougea pas. Il n'était pas d'ici. Peut-être ne comprenait-il pas…

— L'ouragan va arriver dans la matinée, et il menace les Keys, expliqua-t-elle.

— Je peux avoir une autre bière ? demanda-t-il.

Leah demeura un instant interloquée.

— Il faut que nous partions, répéta-t-elle. Vous n'avez peut-être pas l'habitude. Dans les Keys, quand on nous dit d'évacuer, on évacue.

— J'ai vu tout le monde quitter le Shark and Fin, tu sais. Tout le monde sauf toi, Leah. Ça fait plusieurs heures que je suis là. J'attendais que tu sois seule… En me demandant pourquoi Roman n'était pas là, et si tu avais retrouvé la mémoire... Tu as retrouvé la mémoire, Leah ? Tu souffres réellement d'amnésie, ou c'est une ruse pratique pour échapper à un passé compromettant ?

Leah avala sa salive péniblement alors que la panique s'emparait d'elle. De quoi parlait-il ? Il semblait soudain complètement fou.

Il fallait qu'elle réfléchisse calmement. Les clés étaient dans sa poche. Elle n'avait qu'à sortir et grimper dans le camion de Morrie. Pas de problème.

— Je suis réellement amnésique. Je ne me rappelle rien de ce qui s'est passé avant les dix-huit derniers mois.

Et s'il faisait partie de son passé, elle n'avait vraiment pas envie de s'en souvenir maintenant. Pas tant qu'il était assis ici à la regarder avec ces yeux gris bleu qui lui donnaient l'impression d'être un papillon épinglé à une planche.

— Ecoutez, je sais que la famille de Roman ne m'appréciait pas beaucoup...

— Je croyais que tu ne te souvenais de rien, Leah.

— Roman me l'a dit.

Elle sentait son cœur battre lourdement.

— Vous ne me croyez probablement pas, reprit-elle, et je le comprends fort bien !

Elle essaya un petit rire.

— Je ne le croirais pas moi-même ! Ecoutez, je n'attends rien de la famille de Roman. Honnêtement. Si vous pensez que je veux de l'argent, vous vous trompez. Et s'il y a quelque chose de terrible dans mon passé, alors c'est à Roman de décider s'il veut vivre avec ou s'il veut divorcer. Je ne lui demanderai rien.

Sa gorge se noua alors qu'elle prononçait ces mots. Elle était terrifiée à l'idée que Roman ne soit pas capable d'accepter son passé. Son « passé compromettant » ainsi que Mark venait de le qualifier. Toutes ses peurs étaient donc justifiées…

Elle essaya de prendre un ton désinvolte, comme si elle n'avait pas le cœur brisé, et elle poursuivit :

— Pour le moment, il faut que nous partions d'ici. Je vais aller en haut prendre quelques affaires. Alors, si ça ne vous dérange pas…

Sortez.

S'il voulait rester ici dans le bar pendant que l'ouragan fondait sur eux, libre à lui. Elle s'en moquait. Mais elle partait. Elle n'allait même pas prendre son sac. Les clés étaient dans sa poche. C'était tout ce dont elle avait besoin. Ça, et Roman. Elle espérait de tout son cœur que, lorsqu'elle arriverait au Grand Palm, il serait là. Et qu'il voudrait toujours d'elle.

Elle prit les clés derrière le comptoir.

— Je m'en vais.

Mark porta la main à son imperméable, en sortit quelque chose de sombre et de compact, et le pointa droit sur sa poitrine.

— Je ne crois pas.

Thunder Key était à deux heures de Miami un jour normal. Et ce n'était pas un jour normal. La route sur pilotis menant aux Keys était un enfer.

Roman composa le numéro du Grand Palm tout en continuant à conduire sa voiture de location. Il avait acheté un téléphone avec une carte prépayée dès qu'il avait atterri à Miami, juste avant que la fermeture de l'aéroport ne soit décrétée, à cause de la détérioration des conditions climatiques.

— Est-ce qu'une Mme Leah Wells ou Leah Bradshaw est arrivée ? demanda-t-il pour la troisième fois.

— Non monsieur. Pas encore.

Roman raccrocha et laissa tomber le téléphone sur le siège du passager, agrippant de nouveau le volant à deux mains. Leah n'était toujours pas au Grand Palm.

Et dans la journée Mark avait pris le chemin de Thunder Key.

Roman avait appelé son père plusieurs fois. Walter avait téléphoné au bureau du procureur pour lui annoncer que Mark était en Floride, mais avec un cyclone se dirigeant vers les côtes il y avait peu d'espoir que les autorités puissent faire quoi que ce soit ce soir. Les polices de Miami et des Keys étaient très occupées en ce moment. La seule chance que Roman avait eue aujourd'hui, c'était de pouvoir attraper un vol direct pour Miami une demi-heure après être arrivé à l'aéroport de La Guardia.

Malheureusement, il n'avait pas pu prendre de correspondance pour les Keys : tous les aéroports y étaient fermés. Et le trajet jusqu'à Thunder Key le tuait. Il aurait voulu déjà y être. Il voulait Leah dans ses bras maintenant.

Chaque nerf de son corps vibrait alors qu'il s'efforçait de garder le contrôle du véhicule dans la pluie et le vent. Dieu merci, la voie menant aux Keys était vide alors que l'opposée était envahie par les habitants et les touristes qui évacuaient les lieux.

Roman avait été arrêté au barrage de Key Largo où les forces de l'ordre interdisaient le passage aux véhicules tentant de rejoindre les Keys. Il avait perdu dix minutes à discuter avec le policier qui maintenait que seuls les véhicules d'urgence étaient autorisés à circuler dans cette direction. Puis il était remonté dans sa voiture et avait contourné le barrage.

Il avait fait tout ce qui était en son pouvoir pour retourner dans le sud de la Floride aujourd'hui. Personne n'allait l'empêcher d'aller rejoindre Thunder Key et Leah. Il priait seulement pour qu'il ne soit pas trop tard.

Leah baissa les yeux, médusée, vers l'arme de Mark. C'était irréel. Elle ne comprenait pas ce qui se passait. Pourquoi le beau-frère de Roman aurait-il voulu lui tirer dessus ? Cela n'avait aucun sens.

— Ecoutez, je ne sais pas ce que vous avez l'intention de faire avec cette chose, dit-elle prudemment, mais si vous avez tant envie d'une bière, c'est d'accord.

Il fallait qu'elle gagne du temps. La seule chose qu'elle avait à faire, c'était sortir du bar, aller jusqu'au camion de Morrie, et tout irait bien.

Elle se refusait à considérer l'éventualité qu'elle pourrait ne pas sortir vivante de ce bar. Elle avait une chance — une chance très mince, mais une chance tout de même — de recommencer sa vie avec Roman. Une chance que, quoi qu'elle ait fait, il l'aime encore. Une chance de lui dire à quel point elle l'aimait. Elle n'allait pas la laisser échapper.

Elle commença à lui resservir une autre bière.

— Fais attention, l'avertit Mark. Pas de geste stupide !

Lentement, elle ouvrit le réfrigérateur derrière le comptoir et en sortit une bouteille qu'elle décapsula et fit glisser sur le comptoir. Dessous, il y avait un tiroir avec des couteaux et toutes sortes d'ustensiles. Il s'y trouvait également un lourd mixer, des shakers, un presse-citron, des bouteilles d'alcool… N'importe quoi ferait l'affaire.

Mark prit la bouteille. Elle remarqua pour la première fois que la main qui tenait l'arme tremblait légèrement. Il avait l'air… d'avoir peur ?

— Je sais que la famille de Roman ne m'aime pas, mais vous allez un peu loin, vous ne trouvez pas ?

Elle faisait tout son possible pour garder sa voix ferme, calme.

Il prit une longue gorgée de bière, sans jamais la quitter des yeux.

— Cela n'a rien à voir avec les Bradshaw. C'est seulement entre toi et moi, Leah.

Toi et moi. Maintenant, il avait l'air effrayé *et* fou.

— Ecoutez, il va falloir que vous m'expliquiez cela. Je ne me souviens absolument de rien. Alors, s'il y a quelque chose que vous voulez que je fasse…

Elle s'interrompit en l'entendant éclater d'un rire qui résonna de manière sinistre dans le bar vide.

— Alors, tu es prête à faire tout ce que je te dis ? Tu n'étais pas si accommodante il y a dix-huit mois.

Il baissa la main et la posa sur le bar, sans lâcher le pistolet.

Elle essaya d'estimer le temps qu'il lui faudrait pour attraper un des objets sous le comptoir et lui en assener un coup sur la tête. Arriverait-elle à le faire avant qu'il ne lève l'arme et la pointe de nouveau vers sa poitrine ?

— Peut-être qu'il y a dix-huit mois je ne comprenais pas à quel point vous étiez sérieux, répondit-elle.

Il l'était maintenant.

Mortellement sérieux.

— Tu as fait une erreur, répliqua Mark.

— Certainement.

Quelle erreur avait-elle faite ?

— Il a fallu que tu t'en mêles.

— J'ai compris maintenant.

Pas de problème. Elle ferait tout ce qu'il dirait. Et sans discuter.

— C'est trop tard.

— Pourquoi ?

Elle fit un effort pour sembler uniquement curieuse, alors que la terreur la prenait à la gorge. Elle devait lutter pour ne pas regarder son arme.

— C'est toi qui as initié tout ça ! C'est à cause de toi. J'ai cru que tout était terminé quand ta voiture a basculé de ce pont, mais ils n'ont pas cessé d'enquêter depuis. Tout ça à cause de toi et de cette idiote de Nikki Bates.

Leah avala sa salive. *Nikki Bates* ? Un déclic se fit dans son esprit. Roman lui avait dit que Nikki Bates était son témoin de mariage. Qu'avait-elle à voir avec Mark ?

— Et pendant ce temps, poursuivit Mark avec colère, tu disparais ! Parfait. Tu fiches ma vie en l'air, et tu disparais ! Comme ça ! Tu deviens amnésique. Comme c'est commode ! Mais je sais qui tu es. Je sais ce que tu as fait.

Leah resta pétrifiée, incapable de parler.

— Tu préfères éviter de faire front, Leah, n'est-ce pas ? Mais moi, je ne peux plus fuir. Tu as bousillé ma vie, Leah.

— Je n'en avais pas l'intention.

Mon Dieu, qu'avait-elle fait ? Que lui avait-il pris de se mettre à dos ce beau-frère complètement cinglé !

Je sais qui tu es. Je sais ce que tu as fait.

Une nausée l'assaillit et elle sentit le sang se glacer dans ses veines.

— Tu n'aurais jamais dû réapparaître. Mais c'est peut-être mieux ainsi. Maintenant, je vais pouvoir te tuer une seconde fois.

Mark leva l'arme, et la pointa vers elle. Sa main tremblait.

— C'est fichu pour moi, mais je ne tomberai pas seul. Ne crois pas que tu vas t'en sortir comme ça. Ne crois pas que tu peux ruiner ma vie.

Des bribes de ses cauchemars se mêlaient dans son esprit. *Elle était sur un trottoir, entourée de hauts buildings, en train de courir, courir. L'homme en blouse blanche la poursuivait…*

Mark !

Ne crois pas que tu vas t'en sortir comme ça. Ne crois pas que tu peux ruiner ma vie.

L'attaque de panique arriva sans signe avant-coureur. Elle allait vomir, elle n'arrivait pas à réfléchir. Elle transpirait et frissonnait à la fois.

Elle ne pouvait plus respirer. Elle allait étouffer.

— Bon sang, qu'est-ce qu'il y a ?

La voix de Mark semblait très lointaine.

— J'ai une…

Elle lutta pour réussir à prononcer les mots.

— … attaque de panique.

Elle mit sa main devant la bouche, craignant de vomir.

Et confusément elle comprit que cet homme, qui avait peur et qui était au bord de la crise de nerfs — était encore plus déstabilisé qu'elle par cette crise, et que c'était sa chance. Elle cligna les yeux rapidement, plusieurs fois de suite, et prit des inspirations profondes.

Elle ne pensait pas — elle en était incapable — et se contenta d'attraper le mixer si vite qu'il ne la vit pas.

Avec une force décuplée par la peur, elle souleva le lourd objet en acier et frappa violemment Mark à la tête. L'arme tomba, et elle entendit un grognement alors qu'il titubait en arrière.

Elle ne se vit pas ouvrir la porte, ne sentit pas la pluie ruisseler sur sa tête nue, l'eau éclabousser ses jambes, n'entendit même pas le rugissement du moteur. Elle se rendit seulement compte qu'elle était dans le camion de Morrie et qu'elle conduisait sur la route détrempée. *Respire, respire*. Des taches voletaient devant ses yeux. Elle allait s'évanouir si elle ne respirait pas.

Le véhicule glissa sur le revêtement mouillé alors qu'elle écrasait le frein. La pluie et le vent malmenèrent le petit camion lorsqu'il s'immobilisa. Ses mains tremblaient sur le volant. *Respire, respire*. Il fallait qu'elle continue à avancer. Elle devait partir de Thunder Key avant que Mark…

Elle aperçut des éclats de lumière dans son rétroviseur.

Elle se retourna, essayant de distinguer ce qui se passait au loin. Des phares. Un véhicule venait du Shark and Fin !

Désespérée, elle redémarra, et glissa sur la route inondée alors qu'elle accélérait. Mais la voiture que Mark avait louée, plus récente et plus puissante que le petit camion de Morrie, roulait plus vite. Le pont qui enjambait le lagon était juste devant, et au-delà, la route principale avec certainement beaucoup d'automobilistes, et peut-être même la police ou des véhicules de secours qui patrouillaient dans la tempête.

Elle poussa le camion à la limite, mais le moteur était

vieux, et les vents violents le ralentissaient beaucoup. La terreur lui nouait la gorge alors que les phares dans le rétroviseur se rapprochaient, l'éblouissaient. Une autre nuit d'orage, un autre pont lui revinrent à la mémoire. Il allait la faire sortir de la route. Il allait la tuer… de nouveau !

Elle eut l'impression que sa tête allait éclater. Des pensées, des images se bousculaient. New York. Le cabinet de Mark. L'appartement de Nikki. Des dizaines de flacons emplis de gélules. Beaucoup plus de gélules que Nikki n'en avait besoin, à des doses beaucoup trop élevées. Leah avait fait des recherches, en avait parlé à son propre médecin puis à la police. Elle avait commencé à poser des questions. Et Mark l'avait découvert.

Je sais qui tu es. Je sais ce que tu as fait. Arrête de parler à la police. Je vais révéler à Roman tout ce que je sais sur ton passé. Divorce, et il ne l'apprendra jamais.

Leah fut étourdie par cette révélation. Il parlait du père de sa famille d'accueil. Elle le sut soudain, avec certitude. Celui qui l'avait poussée contre le réfrigérateur parce qu'elle s'était maquillée. Il y avait du sang partout, des cris. Mais ce n'était pas elle qui l'avait tué.

Tu veux ruiner la vie de Roman ?

Mark lui avait tendu des formulaires de divorce. C'était le père de Roman qui les avait fait faire. Elle n'avait plus qu'à les donner à Roman.

Mais elle n'avait pas envie de divorcer. Elle n'était pas prête à sacrifier son mariage. Elle se souvenait de Roman ! Et elle l'aimait. Mon Dieu, comme elle l'aimait. Mais elle ne voulait pas ruiner sa vie…

La voiture arriva à sa hauteur alors qu'elle atteignait le pont, et emboutit la porte du conducteur. Il y avait d'autres phares devant : une voiture venant de la route principale se dirigeait vers eux. Elle lutta pour maintenir le petit camion sur la route alors que la voiture de Mark le heurtait de nouveau. Le volant tourna dans ses mains et le véhicule passa par-dessus la rambarde. Elle hurla lorsqu'il bascula dans le lagon.

La voiture de Roman fonçait sur la petite route qui menait au Shark and Fin, bravant le vent et la pluie. Il faillit percuter une voiture qui sortait du pont en tanguant. Il donna un coup de volant et évita la collision de justesse au moment où un arbre déraciné par le vent s'abattait sur le pare-brise de l'autre voiture avec une violence redoutable.

Leah. Oh ! mon Dieu ! Etait-ce Leah ?

Il écrasa la pédale de frein et sa voiture se mit à déraper dangereusement, s'arrêtant juste avant le pont alors qu'une silhouette sortait de l'autre véhicule en chancelant.

Portant instinctivement la main à son téléphone portable, Roman composa le numéro d'urgence tout en se précipitant hors de son véhicule. Il tombait des trombes d'eau, et il fut immédiatement trempé. Le sifflement des rafales de vent couvrit la voix du standardiste qui lui répondit, mais Roman signala l'accident et pria pour qu'un miracle se produise. La silhouette avançait, chahutée par le vent, et elle était maintenant assez proche de lui pour qu'il puisse l'identifier. La peur l'étreignit.

— Mark ?

Une bourrasque emporta son cri.

La pluie et le sang coulaient sur le visage de son

beau-frère. Il avait l'air hébété, et titubait dans le vent violent. Roman se rendit compte que Mark ne le regardait même pas. Il ne l'avait pas entendu, et reportait toute son attention de l'autre côté de la route. Sur le lagon. Roman se retourna, et ce fut alors le choc.

Le camion de Morrie. Leah.

La fureur le saisit alors qu'il se précipitait vers elle. Il ne voulait pas revivre ça. Il avait déjà perdu Leah une fois de cette manière — il ne pouvait pas la perdre de nouveau. Cette fois-ci, il était là.

Au passage, Roman se rua sur Mark, et le fit tomber à terre d'un coup de poing. Puis il poursuivit sa course, luttant contre les bourrasques. Il laissa son beau-frère derrière lui sur la route, sans se soucier de savoir s'il était blessé. Si Mark avait fait sortir Leah de la route — une fois de plus — il reviendrait pour le tuer.

Mais d'abord il devait trouver Leah. Il devait la serrer dans ses bras. Lui dire qu'il l'aimait.

Il se glissa dans la tranchée à côté du pont, et avança dans le lagon aux eaux épaisses et sombres. Il voyait le camion dont l'avant était étrangement planté dans l'eau boueuse. Mon Dieu, faites qu'elle soit en vie ! pria-t-il. Il scrutait désespérément l'intérieur de l'habitacle cabossé. Le vent et la pluie gênaient sa vision, mais lorsqu'il atteignait la portière du conducteur, il la vit enfin.

Des cheveux emmêlés, mouillés. Du sang. Elle était immobile…

Roman sentit une partie de lui-même mourir, mais la rage et la panique le poussèrent à agir. Ses doigts étaient froids et engourdis, et il lutta pour ouvrir la portière.

— Leah !

Elle leva la tête.

Il eut l'impression que son cœur allait exploser dans sa poitrine. Elle était vivante !

— Roman…

Sa voix fut emportée par l'orage, mais cela n'avait pas d'importance.

Doucement, il lui prit le visage entre ses mains. Malgré le froid et l'humidité, il était tiède. Un sentiment irréel de joie parfaite le submergea au milieu de l'ouragan déchaîné. Mais il fallait qu'il la sorte d'ici.

Il se redressa pour la regarder.

Elle avait une vilaine coupure sur l'arcade sourcilière, et il voyait qu'elle souffrait.

— Tu vas bien ?

Il cria pour couvrir le hurlement du vent et le ruissellement de la pluie. Elle hocha la tête, et il la prit dans ses bras pour la sortir du véhicule, mais elle résista.

— Il est armé ! Mark est armé ! s'écria-t-elle.

Bon sang ! Roman lâcha Leah, considérant qu'elle était plus en sécurité protégée par l'abri que lui offrait le camion. La joie de l'avoir retrouvée saine et sauve se transforma en une angoisse affreuse.

A travers le rideau de pluie, il distingua Mark qui avançait péniblement vers le lagon. Même à distance, il remarqua son regard hagard, vide. Du sang coulait de sa bouche et de son nez. Manifestement, il avait été sévèrement touché lorsque l'arbre s'était abattu sur sa voiture.

— Mark, tu es blessé ! N'aggrave pas les choses ! cria-t-il, se plaçant entre Leah et l'arme que Mark agitait.

— Elles ne peuvent pas être pires.

Mark continua à avancer en titubant, et entra dans le lagon.

— Elle a brisé ma vie. Tout est de sa faute. Elle est allée voir la police.

Il continuait à progresser d'un pas incertain.

— Elle a tué quelqu'un, lança-t-il d'une voix pâteuse, et elle ose aller parler de moi à la police ? J'essayais seulement d'aider mes patients.

— C'est toi que tu aidais ! répliqua Roman. Tu t'es mis dans ce pétrin tout seul.

Roman regardait Mark tout en réfléchissant désespérément à la manière de s'en sortir. Il fallait qu'il le fasse parler jusqu'à ce qu'il trouve l'occasion de lui faire lâcher son arme. Mais il craignait que Mark ne tire avant.

Soudain, ce dernier s'affaissa sur les genoux. Sous les traînées sanguinolentes, son visage était livide, mais il continuait à agiter le pistolet comme un ivrogne.

— Ce n'est qu'une sale criminelle !

Sa voix se faisait plus faible, plus indistincte.

— Ecarte-toi, Roman. Si je dois d'abord tirer sur toi pour l'atteindre, je le ferai. Je ne vais pas tomber tout seul. Elle va tomber elle aussi.

— Tu es fini, Mark ! cria Roman. Tu peux nous tuer, ça ne changera rien. Tu rendras simplement les choses plus difficiles — pour toi, pour Gen. Tu aimes Gen, Mark. Je sais que tu l'aimes. Ne lui rends pas les choses plus pénibles en faisant quelque chose de fou maintenant.

— Je ne peux rien faire pour Gen, bredouilla Mark en se remettant debout. C'est fini. Ils savent tout. Je ne peux plus rien changer.

Mark restait immobile, et Roman le mesura du regard, attendant l'instant propice pour bondir sur lui.

L'arme tremblait dans sa main, et il semblait à peine capable de viser.

— Ne fais pas cela à Gen, dit-il une dernière fois.

Alors Roman sentit, plus qu'il ne la vit, Leah passer devant lui.

— C'est moi qu'il veut.

Mark vacilla et la terreur chassa toute pensée dans l'esprit de Roman à l'instant où le coup de feu retentit.

15

Leah se sentait engourdie, inerte alors que l'infirmier finissait de suturer la coupure qu'elle s'était faite au-dessus de l'œil. Elle se trouvait à Orchid Key, dans un poste de secours installé dans l'église. La tempête continuait à faire rage au-dehors.

Tout était enfin terminé. L'appel désespéré de Roman aux services d'urgence avait été transféré aux forces de police proches de Thunder Key. Mais ils étaient arrivés trop tard…

Mark était mort. Il s'était suicidé. Le cauchemar ne faisait que commencer pour la famille de Roman. Les journalistes — venus pour couvrir les événements météorologiques — y avaient vu l'occasion de faire d'une pierre deux coups lorsqu'ils avaient découvert qu'un médecin renommé de Manhattan était en cavale en Floride. Les chaînes d'information en faisaient maintenant leurs gros titres : des prescriptions illégales aux pots-de-vin en passant par la tentative de meurtre et le suicide, tous les éléments étaient réunis pour des spectateurs assoiffés de sensationnel.

— Tout ira bien, déclara l'infirmier. La coupure suit la ligne du sourcil. On ne verra même pas la cicatrice.

Comme si elle se souciait de ça ! Le cauchemar ne faisait que commencer pour elle aussi.

Tout ira bien. Vraiment ? Roman avait parlé à ses parents et avait certainement appris ce passé peu glorieux dont elle voulait le protéger. Il savait maintenant qu'elle ne lui avait jamais dit qui elle était vraiment. Après son voyage à New York, il n'ignorait certainement plus rien d'elle. Sauf une chose — qu'elle avait retrouvé la mémoire au moment où Mark l'avait fait basculer dans le lagon. Toutes les pièces du puzzle s'étaient alors rassemblées, pour former une image terrible.

Roman avait été dévasté par le suicide de Mark, et pendant ces instants terribles où il avait tout tenté pour sauver son beau-frère avant l'arrivée des secours, ils n'avaient pas eu le temps de parler.

Elle ne savait même pas où il se trouvait maintenant. Ils avaient été séparés pendant que la police prenait la déposition de Roman et que les urgentistes essayaient de déterminer à quoi étaient dues les violentes douleurs qu'elle ressentait au thorax. Elle avait failli perdre connaissance lorsqu'ils l'avaient installée dans l'ambulance.

Elle avait trouvé refuge entre les solides murs en pierre de l'église, tout comme de nombreuses personnes. Il était près de minuit et le cyclone poursuivait sa course vers eux. Il n'était pas prévu qu'il frappe directement les Keys, mais la nuit serait tout de même très longue.

— Maintenant, ils ont fermé tous les ponts, annonça l'infirmier à Leah. Le vent et les vagues rendaient la circulation trop dangereuse. Il va falloir rester ici cette nuit.

Ils avaient dû couper la chemise de Leah pour envelopper ses côtes cassées dans un bandage qui immobilisait son thorax et son bras gauche. Un des infirmiers avait déniché une blouse d'hôpital qui se boutonnait devant et l'avait aidée à l'enfiler tant bien que mal.

Assistée par l'infirmer, Leah descendit prudemment de la table que les urgentistes avaient installée pour leur salle de consultation de fortune.

— Allez au fond de l'église à droite, et suivez le couloir. Vous trouverez un centre d'accueil. Ils devraient pouvoir vous donner une couverture, un coussin, de l'eau et à manger.

Leah n'avait pas faim, mais elle suivit péniblement le chemin indiqué. Devant l'église stationnaient plusieurs camions de chaînes de télévision dont les correspondants transmettaient des reportages en direct. A l'intérieur, les journalistes interviewaient les personnes réfugiées. S'ils apprenaient qui elle était, ils voudraient lui poser des questions sur Mark. Et elle ne voulait pas leur parler. Dieu merci, les urgentistes avaient été discrets. Pour les reporters, elle n'était qu'une victime de la tempête parmi d'autres.

Son cœur se serra lorsqu'elle entra dans le centre d'accueil. Elle regarda autour d'elle, pleine d'espoir… mais elle ne vit pas Roman dans la pièce bondée.

Quels étaient ses sentiments pour elle maintenant ? Même si elle n'avait pas voulu que les choses se terminent ainsi, son obstination après la mort de Nikki avait débouché sur une enquête sur les pratiques de Mark Davison. Elle était toujours bouleversée par ce que l'on avait découvert au cours des dix-huit derniers mois.

Jamais elle n'aurait supposé que ses doutes et les questions qu'elle se posait sur les médicaments que prenaient Nikki puissent avoir des conséquences aussi dramatiques. Elle avait mal pour son amie, morte trop tôt. Et elle avait mal pour Roman et sa famille.

Et surtout, elle avait mal tout simplement. Elle se sentait déchirée. Elle se souvenait de leur vie ensemble, du moindre détail. Leur rencontre et leur mariage quelques semaines plus tard, la difficulté à faire coïncider leurs styles de vie si différents. Il pensait qu'il s'était mal comporté avec elle, mais c'était elle qui avait gardé tant de secrets…

Roman lui donnerait-il une chance maintenant ? Pourrait-il lui pardonner d'avoir causé tant de peine à sa sœur ? Et surtout, pourrait-il lui pardonner de lui avoir caché son passé ?

Elle ne savait pas comment le retrouver, et pire, elle ne savait pas s'il voulait la revoir. La nuit s'annonçait interminable.

Le centre d'accueil était empli de familles. Des enfants étaient assis sur des chaises pliantes en métal devant de longues tables, en train de manger des cookies ou simplement d'agripper des ours en peluche. D'autres étaient installés sur des oreillers avec des livres ou des jeux vidéo à la main, pendant que leurs parents les surveillaient en sommeillant. Des volontaires leur donnaient à manger, à boire, et des couvertures. L'atmosphère tenait à la fois de la fin de soirée et de la veillée funéraire. Elle était entourée d'étrangers, et se sentait complètement seule.

Alors qu'elle traversait la pièce surpeuplée, elle entendit un journaliste faisant un reportage en direct :

— Davison a fui à Miami lorsque les autorités fédérales ont voulu l'arrêter. Au moins dix décès parmi ses patients ont été attribués à des prescriptions abusives de médicaments. Le médecin risquait la prison à vie et des amendes de plusieurs millions de dollars lorsqu'il s'est rendu aux Keys avec l'intention de tuer, ne faisant qu'ajouter au désordre auquel les autorités ont à faire face alors que l'ouragan se rapproche.

Intention de tuer ? Leah retourna dans l'église, pour s'éloigner autant que possible du correspondant et de son reportage à sensation qui ne ferait qu'ajouter à la détresse de Roman et de sa famille.

Puis la lourde porte d'entrée s'ouvrit.

Roman était debout dans l'église d'Orchid Key, trempé, épuisé, désespéré. Puis, enfin, il la vit.

Pendant un long moment, il se sentit incapable d'avancer. S'il y avait cent étrangers autour d'eux, il ne les remarqua pas. Il ne vit qu'elle. Elle avait l'air fatiguée, souffrante, à bout de force, mais elle était si belle !

Un journaliste commença à s'avancer vers Roman, suivi d'un cameraman portant un lourd équipement. Il avait déjà dû répondre aux questions des reporters devant l'église et il n'était pas d'humeur à poursuivre. Malheureusement, les visages de la famille Bradshaw avaient assez fait la une des journaux nationaux pour qu'il soit immédiatement reconnu.

— Je n'ai aucun commentaire à faire.

Il prit un air si fermé que le reporter battit en retraite.

Roman rejoignit Leah.

— Je croyais que je t'avais perdue… J'ai regardé autour de moi et ils t'avaient emmenée.

Elle portait une blouse d'hôpital, et il vit qu'un de ses bras était bandé contre son torse. Bon sang ! Pourquoi ne lui avait-on pas dit qu'elle était blessée !

— J'ai eu des côtes cassées dans l'accident. Ils m'ont mis dans une ambulance si vite que je n'ai pas eu l'occasion de te voir.

Sa voix semblait timide.

— Tu vas bien ?

Il tendit les bras vers elle et les laissa retomber aussitôt, ne sachant s'il pouvait l'enlacer sans lui faire mal... Ne sachant si elle en avait envie.

— Oui, je vais bien, répondit-elle.

Sa voix lui sembla voilée.

Elle essayait d'être forte de nouveau. De ne pas pleurer.

— C'est ma faute. Je n'aurais jamais dû te laisser seule à Thunder Key ce matin. Je n'aurais jamais dû...

— Roman, non, murmura-t-elle. Tu ne pouvais pas savoir. Tu croyais que j'étais en sécurité. Je le pensais aussi.

— C'est moi qui lui avais dit que tu étais en vie. Il aurait pu te tuer !

— Mais il ne l'a pas fait.

Elle tendit sa main libre, et lui toucha le visage.

— Et tu ne savais pas. Tu ne pouvais pas savoir. Je suis tellement désolée ! A propos de Mark. Et de Gen.

Il lui prit la main, et la serra.

— Ça va être très dur pour elle, et pour mes parents, répondit-il. Mais personne ne t'en veut. Plus maintenant. Je viens tout juste de parler au téléphone avec mon père. La police est retournée chez eux cet après-midi, et ils sont certains que Mark savait parfaitement ce qu'il faisait. C'est vraiment un traumatisme pour ma famille. J'ai l'impression qu'ils subissent un peu le même choc que moi quand je t'ai perdue : ils se rendent compte que le pouvoir, l'argent — tout ce qu'ils croyaient être important — ne l'est pas vraiment… Mon Dieu, Leah, j'ai eu si peur quand j'ai regardé autour de moi et que j'ai vu que tu étais partie !

Il vit le visage de Leah se fermer.

— Je sais que c'est moi qui ai lancé toute cette affaire, dit-elle. Si je n'avais pas tant insisté après la mort de Nikki…

Elle s'arrêta, avala sa salive, et retira sa main de celle de Roman. Elle s'éloignait de lui, et cela le tuait.

— Et ce n'est pas tout. Il faut que je te parle de mon passé maintenant.

Il ouvrit la bouche pour dire quelque chose mais elle l'interrompit.

— Je me souviens de tout maintenant, Roman. Juste avant l'accident… Tout m'est revenu. Je n'ai même pas eu le temps d'y repenser, de vraiment comprendre. Je me sens…

Elle secoua la tête.

— Je ne me sens pas moi-même, tu comprends ? Je ne sais pas comment expliquer. C'est comme si je m'étais réveillée en étant une autre personne, et pourtant je suis la même.

Que voulait-elle donc dire ? Il avait soudain très peur.

— Leah…

Il tendit de nouveau la main vers elle.

— Non, murmura-t-elle d'une voix rauque. Je veux seulement que tu saches que je ne voulais pas divorcer. Je n'en ai jamais eu l'intention. Ce n'est pas moi qui ai fait faire ces papiers : jamais je n'aurais pu. C'est Mark qui me les a apportés et qui m'a annoncé que tes parents savaient tout sur mon passé. Il m'a dit que j'allais gâcher ta vie. Il voulait que j'arrête de parler de Nikki à la police et, lorsque j'ai refusé, il s'est mis en colère. J'ai eu peur… Ce soir-là, je voulais rentrer chez nous, mais Mark était devant notre immeuble. Il m'avait suivie. Il était hors de lui, et il me menaçait. Je n'arrivais pas à passer devant lui pour rentrer chez nous. Alors, j'ai couru vers ma voiture, et je me suis mise à rouler. J'allais devant moi sans réfléchir… Je me suis perdue. Je ne sais absolument pas comment je me suis retrouvée sur cette route cette nuit-là. Je ne m'enfuyais pas, je ne te quittais pas, j'essayais seulement d'échapper à Mark. La seule chose dont je me souviens ensuite, c'est qu'il a percuté ma voiture. Il m'a fait basculer dans le vide. Et alors…

Elle s'interrompit.

Et alors le cauchemar avait commencé, pour tous les deux.

Roman sentit son cœur déborder d'émotion.

— Leah…

— Il faut aussi que tu saches que je t'ai menti, poursuivit-elle sans lui laisser le temps de parler.

Elle semblait déterminée à tout lui dire, maintenant, d'un seul coup.

— Je n'ai jamais été la femme que tu pensais.

— Tu es bien plus que ça !

— Non. Je t'ai menti. J'ai caché mon passé.

— Ton père adoptif…

— Je ne l'ai pas tué.

Sa voix tremblait, et elle respira profondément.

— Je ne suis pas la seule à avoir été maltraitée. Il frappait sa femme, aussi. Et je n'ai pas voulu témoigner contre elle… Je n'étais pas une adolescente facile : j'avais vécu dans beaucoup de familles différentes. Mes parents sont morts quand j'avais cinq ans, et pendant longtemps, j'ai refusé de parler. J'étais très renfermée, et les familles d'accueil ne savaient pas quoi faire de moi. Je ne peux pas leur en vouloir. J'ai connu beaucoup de foyers différents, puis j'ai terminé chez les Henderson.

Elle s'arrêta, déglutit péniblement, et détourna la tête, comme si elle avait honte de croiser son regard. Puis, lentement, elle tourna son regard tourmenté vers lui.

— J'ai compris qu'elle allait faire ça. Je le savais. Et j'aurais pu le dire à quelqu'un, ou faire quelque chose… Mais je le haïssais, expliqua-t-elle d'une voix pâteuse. Et lorsque la police est arrivée, j'ai menti pour elle. Je leur ai dit que quelqu'un s'était introduit dans la maison. Ils ne nous ont pas crues, mais ils n'ont rien pu prouver. Je pense qu'ils ne savaient vraiment pas laquelle de nous deux était coupable. Ils m'ont envoyée en centre de redressement jusqu'à ma majorité. Dès que j'ai pu, je suis allée vivre à New York et j'ai fait semblant d'être quelqu'un d'autre. Quelqu'un d'insouciant et d'heureux, sans passé. Quand ta famille a découvert…

— Tu avais dix-sept ans, Leah.

Il avait tellement envie de la prendre dans ses bras, mais il craignait de lui faire mal.

— Je n'ai jamais pensé que tu aies pu tuer quelqu'un. Je savais que c'était impossible. Et quand tu dis que tu savais ce que ta mère adoptive allait faire… Comment aurais-tu pu l'en empêcher ?

— Je n'avais pas le droit de t'épouser, poursuivit-elle. Ta famille avait raison.

— Non !

— J'aurais dû te dire la vérité. J'aurais dû te faire confiance…

Les larmes trop longtemps refoulées roulèrent sur ses joues.

— Comment aurais-tu pu me faire confiance ? répliqua Roman. Je ne me faisais pas confiance moi-même.

Il lui prit le visage entre les mains, n'osant pas l'enlacer. Le regard brillant de Leah le déchirait.

— Je n'avais pas confiance en ce que tu me faisais ressentir. C'étaient des émotions trop fortes, trop nouvelles pour moi. Mais tu étais tout ce dont je rêvais.

— Tu pensais que j'étais parfaite, murmura-t-elle en pleurant doucement, et j'en étais si loin !

— Non, protesta-t-il, je pensais que tu étais parfaite pour moi, et cela me faisait mourir de peur ! Je ne savais pas que l'on pouvait aimer quelqu'un autant, et j'étais certain que j'allais te perdre. Alors, je me suis protégé en continuant à accorder la priorité au travail, et je n'ai pas fait assez attention à toi.

Il lui caressa le visage, suivant la trace de ses larmes.

— Je t'aime, dit-il avec rudesse, et j'ai besoin de toi. Quand j'ai cru que je t'avais perdue, c'était comme si la nuit était tombée pour toujours. C'est un miracle que je t'aie retrouvée. Depuis que je suis revenu à Thunder Key et que je t'ai vue le premier jour dans le bar, j'ai su que c'était l'endroit où je voulais vivre. Ici, avec toi. Je rêve de notre vie ici, de l'homme que je pourrais devenir. Je rêve de nos petits-enfants construisant des châteaux de sable sur la plage dans trente ans. Et j'aime ce rêve.

Elle émit un petit bruit, moitié sanglot, moitié rire.

— J'aime ce rêve moi aussi.

L'espoir monta en lui, mais il fallait qu'il soit certain

qu'elle comprenne ce à quoi elle s'engageait. Il avait changé certes, mais il était toujours un Bradshaw, et il était difficile de perdre les vieilles habitudes.

— Je ne serai jamais très facile à vivre, dit-il. J'ai toujours envie d'agir, d'entreprendre, et parfois, je perds le sens des priorités. Je vais acheter le Shark and Fin, et un jour, je me réveillerai et je me dirai que je dois le transformer en une chaîne de restaurants sur toute la Floride… et il faudra que tu me demandes de te rejoindre au lit et que tu me fasses l'amour jusqu'à ce que je demande grâce.

Maintenant, elle riait.

— Oh ! ça me fait mal, dit-elle en portant la main à la poitrine. Je ne peux pas rire !

Elle avait le visage éclatant, les yeux étincelants de joie, et il revit la Leah dont il se souvenait : libre, heureuse, et pleine d'espoir. Il la prit doucement dans ses bras, baissa la tête pour embrasser ses lèvres, et il sut qu'il n'y aurait plus de cauchemars.

Seulement les rêves les plus doux.

Épilogue

Il était minuit, et il n'y avait pas un bruit dans les couloirs de l'hôpital de Miami.

Roman entra dans la chambre 502. La lumière n'était pas allumée, et la pièce était uniquement éclairée par les rayons de la lune. Leah leva les yeux vers lui et lui adressa ce sourire qui le faisait toujours craquer. A son sein, un bébé aux cheveux bruns tétait.

— Bonjour, dit Roman doucement en entrant dans la chambre.

On entendait seulement les bruits de succion réguliers du nourrisson qui tétait la poitrine gonflée de sa femme.

— Ils lui ont donné un bain, dit Leah. Ils m'ont proposé de la prendre pour que je puisse dormir, mais je préférais qu'elle reste avec moi. Et avec toi. Mais tu es fatigué, non ? Si tu veux retourner à Thunder Key et dormir un peu…

— Pas question.

Roman ne voulait pas être ailleurs. Il s'assit sur le lit, regardant sa femme si belle et sa fille âgée de deux heures. Cela faisait dix mois que l'ouragan était passé sur les Keys. Le bar avait subi de gros dégâts, et ils avaient dû emménager dans une petite maison de Thunder Key, ce qui était parfait puisqu'ils avaient besoin d'une chambre d'enfant maintenant.

Ils avaient déjà reconstruit le Shark and Fin, tout comme ils avaient reconstruit leur mariage.

— Je viens tout juste de parler à mes parents. Ils ont essayé de m'appeler toute la nuit.

— Comment vont-ils ? demanda Leah d'un air tendu.

Même dix mois plus tard, elle avait toujours mal lorsqu'elle pensait au rôle qu'elle avait joué dans la tragédie qui avait frappé sa famille. Roman le voyait bien. Leah ressentait les peines des autres aussi profondément qu'elle ressentait les siennes. Et même si la famille de Roman ne lui avait jamais reproché le suicide de Mark, Leah regrettait toujours ce qui s'était passé, et le rôle qu'elle y avait joué.

Ce n'était pas que les parents de Roman l'aient complètement acceptée. Mais ils avaient compris que Mark était le seul responsable de ses actes. Et ils avaient admis que Leah serait la femme de Roman pour toujours. Roman leur avait clairement dit qu'ils n'avaient pas le choix. Et peut-être — peut-être seulement — ce nouveau bébé Bradshaw qui venait de naître allait-il changer les choses.

Sa mère lui avait semblé de nouveau elle-même lorsqu'il lui avait parlé au téléphone. Roman se doutait que demain matin elle allait faire une razzia dans tous les magasins de Madison Avenue. Elle brûlait d'impatience d'aller acheter des vêtements pour sa petite-fille.

— Je crois que nous allons recevoir beaucoup de colis de New York, dit-il à Leah. Quant à mon père, il m'a demandé de te dire de ne pas arrêter tout de suite. Il veut beaucoup de petits-enfants.

— Il espère que l'un d'entre eux prendra sa suite.

Roman haussa les épaules.

— Ça sera à eux de décider.

Il se pencha pour embrasser sa femme.

— Ils vont avoir une enfance bien différente de la nôtre : ils vont grandir à Thunder Key. Et ils choisiront leur propre vie.

Il avait choisi la sienne. Avec Leah. Et elle était plus douce que tout ce qu'il avait connu auparavant. Au cours de ces dix mois, Leah était sortie de sa coquille. Elle était de nouveau celle qu'il avait épousée : heureuse de vivre, amusante et merveilleuse. Mais, Dieu merci, il n'était plus le même Roman. Il était heureux, lui aussi.

— Tu les as invités à venir voir le bébé ? demanda Leah.

Roman acquiesça. Ils s'étaient rendus à New York eux aussi, une fois. Ç'avait été un voyage difficile, mais lentement ses parents reprenaient le dessus, et apprenaient à connaître leur belle-fille. Ils avaient vu combien Roman était heureux avec elle, et ç'avait été un début.

— Ils vont venir dans quelques semaines, répondit-il.

— Et Gen ? Comment va-t-elle ?

Roman caressa les cheveux de soie de sa fille. Elle dormait, et une goutte de lait coulait au coin de ses lèvres. Leah referma sa blouse.

— Ça va aller, dit Roman. Le bébé grandit bien.

Gen avait découvert peu de temps après la mort de Mark qu'elle était enceinte.

— Elle dit qu'elle ne veut pas retourner travailler dans l'entreprise. Elle envisage d'aller vivre à la campagne et d'élever des chevaux.

— Des chevaux ? répéta Leah avec étonnement.

— Oui. Qui sait ? Gen a toujours dit qu'elle aimait les chevaux, mais mon père voulait qu'elle travaille avec lui. Maintenant, tout cela n'a plus d'importance…

— C'est bien pour elle, dit Leah en souriant, avant d'ajouter : et dommage pour ton père.

— Il a tout un tas de neveux et de nièces qui sont probablement ravis que Gen et moi ayons quitté l'entreprise. Maintenant, ils ont enfin une chance de pouvoir la diriger un jour, remarqua Roman.

Puis il se pencha pour l'embrasser de nouveau.

— Mais ils n'ont rien compris, murmura-t-il contre ses lèvres.

Il aimait sa femme, sa fille, sa vie.

— C'est nous qui avons de la chance !

Retrouvez prochainement,
dans votre collection

BLACK ROSE

Protégée par son ennemi, de Lena Diaz - N°662

LES JUSTICIERS - 1/4

Alors qu'elle enquête sur la disparition tragique de sa meilleure amie, Hayley se rend au château de Dalton Lynch car elle le soupçonne d'avoir assassiné la jeune femme. Surprise de trouver la demeure vide, elle y entre par effraction et se fait surprendre par le maître des lieux. Mais, alors qu'elle s'attend au pire, elle se rend compte, troublée, que rien chez cet homme d'une grande noblesse ne colle avec l'idée qu'elle se faisait d'un tueur froid et cruel...

La traque de l'impossible, d'Elizabeth Heiter

Quel démon pousse Darcy Altier à enlever des enfants et à les élever comme les siens ? C'est la question que se pose Alanna, elle qui, à l'âge de cinq ans, a été arrachée à sa famille et a grandi au fin fond de l'Alaska avant de dénoncer Darcy à la police... Aujourd'hui son ancienne « mère » est sortie de prison, et voilà qu'un petit garçon est à nouveau kidnappé. Persuadée que Darcy a repris ses vieilles habitudes, Alanna, accompagnée de Peter, un policier solitaire, se lance à sa recherche dans les montagnes hostiles d'Alaska.

La promesse d'un garde du corps, de Jennifer Morey- N°663

« Je vais vous protéger, vous et votre fille »... Désemparé, Callum songe à la promesse qu'il vient de faire à Hazel Hart. Ainsi, troublé par la beauté de la jeune femme, ému par la fragilité d'Evie, sa petite fille, il a dérogé à la règle qu'il s'était imposée depuis le drame qui a brisé sa vie. Mais comment refuser d'être leur garde du corps alors qu'Evie vient d'être témoin d'un meurtre et que sa mère et elle sont désormais en grand danger ?

À la recherche de la vérité, de Colleen Thompson

En arrivant sur le ranch de Beau Kingston, Emma ne se doute pas que son enquête concernant les méfaits des éoliennes sur la faune animale va tourner au drame. Dès le premier jour, son assistant meurt dans des circonstances mystérieuses. Puis elle est victime d'une série d'intimidations... Bien décidée à poursuivre ses investigations, elle s'interroge : quel est donc le rôle du séduisant Beau Kingston dans cette inquiétante affaire ?

Retrouvez prochainement,
dans votre collection

BLACK ROSE

Un père dans la tourmente, de Nichole Severn - N°664

La fillette gît, inconsciente, sur le trottoir... Le souffle coupé, Benning la prend dans ses bras et pousse un soupir de soulagement : sa fille de six ans est indemne. Mais Owen, son frère jumeau, a été enlevé par les hommes qui les ont agressés. Poussé par l'urgence, il prend alors une grave décision : il va faire appel à Ana pour retrouver son fils. Ana, la seule enquêtrice en qui il ait confiance. Ana qui a brisé son cœur sept ans plus tôt...

Un mensonge si périlleux, de Tyler Anne Snell

Jamais Riley n'aurait dû accepter de remplacer sa sœur jumelle à la soirée organisée pour le retour en ville de Desmond Nash... D'abord parce que, contre toute attente, elle est tombée sous le charme du beau rancher et ne sait plus comment lui révéler sa supercherie. Ensuite – et surtout – parce que, au sortir de la fête, elle a été poursuivie en voiture par un inconnu qui a tenté de la tuer. Une attaque qui visait sa sœur et qui la terrifie...

Soupçons sur un inconnu, de Cassie Miles - N°665

Engagée pour enquêter sur Ben Crawford, un millionnaire que son ex-femme cherche à destituer de la garde de leur fille, Liz Norton, détective privée, décide de se faire embaucher chez lui. Mais, bien qu'elle se soit promis de ne pas mêler travail et sentiments, elle ne peut s'empêcher de tomber sous le charme de cet homme aussi fascinant que mystérieux...

Un protecteur inattendu, d'Elle James

Trop séduisant pour être inoffensif... Méfiante, Melissa examine l'homme aux allures de *bad boy* qui prétend être là pour assurer sa protection. Pourtant, sa mission semblait simple : récupérer un pli à la poste et retrouver Cord, son meilleur ami, dans un bar pour le lui remettre. Mais Cord n'est pas venu au rendez-vous. Et Melissa n'a plus d'autre choix que de confier sa vie à un inconnu.

Retrouvez prochainement,
dans votre collection

BLACK ROSE

Une femme à l'épreuve, de Beth Cornelison - N°666

Lorsqu'un meurtre est commis dans le domaine qu'elle a quitté cinq ans plus tôt, Tamara, qui travaille désormais pour la police scientifique, hésite à s'y rendre, tant ce lieu lui rappelle de douloureux souvenirs. Et puis, elle est certaine d'y revoir Clay Colton, son ex-mari. L'homme qu'elle n'a jamais cessé d'aimer et à qui elle pense tous les jours...

Sous fausse identité, de HelenKay Dimon

En emménageant dans le Maryland sous un faux nom, Jocelyn n'a qu'un but : se reconstruire. Peut-être ici pourra-t-elle enfin oublier le psychopathe qui l'a enlevée et séquestrée. Peut-être sera-t-elle capable de laisser à nouveau un homme l'approcher... Et pourquoi pas Ben Tanner, dont elle a fait la connaissance quelque temps plus tôt, et qui semble avoir le don de fissurer sa carapace ?